WULF DORN

KALTE STILLE

WULF DORN

KALTE STILLE

THRILLER

HEYNE

FSC
Mix
Produktgruppe aus vorbildlich
bewirtschafteten Wäldern und
anderen kontrollierten Herkünften

Zert.-Nr. SGS-COC-001940
www.fsc.org

Verlagsgruppe Random House FSC-DEU-0100
Das für dieses Buch verwendete
FSC-zertifizierte Papier *EOS*
liefert Salzer Papier, St. Pölten, Austria.

Printed in Germany 2010
Redaktion: Heiko Arntz
Umschlaggestaltung: Eisele Grafik Design, München
Herstellung und Layout: Helga Schörnig
Satz: Christine Roithner Verlagsservice, Breitenaich
Druck und Bindung: GGP Media GmbH, Pößneck

ISBN 978-3-453-26686-5

www.heyne.de

Für
Harrison, Snoopy, Sumi, Beh-ton
und den Rest der alten Gang.

Für die, die wir waren,
und die, die wir sind.

Und für Volker,
der die Gang in einem Kino wieder
zusammengebracht hat,
das es eigentlich nicht mehr gibt.

*»Glücklich,
wer den Grund der Dinge erkennen kann!«*

VERGIL

*»And the vision that was planted in my brain
still remains within the sound of silence.«*

»The Sound of Silence«
SIMON AND GARFUNKEL

Vor der Stille

Samstag, 12. Januar 1985

Der Scheibenwischer quälte sich über die zersprungene Windschutzscheibe, schob mit nachlassender Kraft den Schnee beiseite und sank dann wieder in seine Ausgangsposition zurück.

Vor Schmerzen wie von Sinnen starrte Bernhard Forstner auf das spinnennetzartige Rissmuster der Scheibe. Sein Blick folgte dem Wischer, dem ersterbenden Hin und Her, das an das Winken einer dürren Totenhand erinnerte.

Gleich nach dem Aufprall war der Motor abgestorben, die Scheinwerfer hatten ein letztes Mal geflackert, und seither herrschte die Dunkelheit der Winternacht.

Forstner hatte alles versucht, seinen ausbrechenden VW Passat unter Kontrolle zu bekommen, aber er war viel zu schnell gefahren, und die verschneite Fahrbahn war spiegelglatt gewesen. Entsetzt hatte er den Wald auf sich zukommen sehen und wie ein Wahnsinniger am Lenkrad gezerrt, doch der Wagen hatte ihm nicht mehr gehorcht. Mit einem gewaltigen Krachen war er frontal auf den Stamm einer dicken Tanne geprallt. Die gelb lackierte Motorhaube schob sich zusammen, als sei sie aus Papier, die Windschutzscheibe zerriss, und dann setzte der Schmerz ein.

Das alles hatte nicht mehr als ein paar Sekunden gedauert, doch Bernhard Forstner hatte jedes Detail wahrgenommen, als sähe er eine Zeitlupenaufnahme. Seither waren vielleicht zehn Minuten vergangen, die Forstner jedoch wie eine Ewigkeit erschienen.

Wie ein Soldat auf verlorenem Posten hatte der Scheibenwischer gegen die Schneemassen angekämpft, die aus dem Geäst der Tanne gefallen waren. Doch nun war er am Ende. Ein letztes Rucken, dann erstarrte er.

Auch Bernhard Forstner fühlte seine Kräfte schwinden. Eingeklemmt hinter dem Lenkrad, das ihn mit unbarmherziger Gewalt in die Lehne seines Sitzes presste, wusste er, dass ihm nicht mehr viel Zeit blieb.

Jeder Atemzug schmerzte, als würden Rasierklingen durch seinen Brustkorb schneiden. Er vermutete, dass mehrere seiner Rippen gebrochen waren. Mindestens eine musste die Lunge durchstoßen haben. Das verriet ihm der blutige Sprühnebel, den er nun immer häufiger aushustete. Seine Arme und Beine waren gänzlich gefühllos, was darauf hindeutete, dass seine Wirbelsäule ebenfalls Schaden genommen hatte, als ihn das eingedrückte Armaturenbrett zwischen Lenkrad und Sitz gequetscht hatte.

Er würde sterben, hier und jetzt, da machte sich Forstner nichts vor. Als Mediziner wusste er, wann dieser Moment gekommen war. Er litt unter Lähmungserscheinungen und inneren Blutungen. Er spürte, wie ihn die Müdigkeit in Wellen überfiel und mitzureißen drohte. Bald würde er den Kampf mit seinen immer wieder zufallenden Augenlidern verlieren und in den einen letzten Schlaf fallen, aus dem man nie wieder erwachte.

Doch etwas in ihm, ein verzweifelter, eiserner Wille, wollte dies auf gar keinen Fall zulassen. Wenn er jetzt starb, hier auf dieser gottverlassenen Straße mitten im Fahlenberger Forst, würde nicht nur er sein Leben verlieren.

Wenn er jetzt starb, war Sven verloren. Sein kleiner, sechsjähriger Junge, der sich zu Weihnachten einen neuen Bahnhof für seine Modelleisenbahn gewünscht und der fest darauf vertraut hatte, ihn zu bekommen. Weil er wusste, dass er sich immer auf seinen Vater verlassen konnte. Und auch jetzt, wo es um das Leben des Jungen ging, würde er sich auf die Hilfe seines Vaters verlassen – darauf, dass Bernhard Forstner kommen und ihn retten würde.

Ich muss am Leben bleiben.

An diesen Gedanken klammerte sich Forstner mit zäher Verbissenheit, während er gleichzeitig mit einer nahenden Ohnmacht rang. Er versuchte, sich auf den eisigen Wind zu konzentrieren, der ihm durch das zerbrochene Fenster der Fahrertür ins Gesicht biss. Gleichzeitig richtete er seine Gedanken auf das leise Klicken des erkaltenden Motors. Er versuchte, die Anzahl der Klickgeräusche zu zählen, ein Muster darin zu erkennen. Hauptsache, er blieb bei Bewusstsein.

Ich muss am Leben bleiben, bis man mich hier findet!

Was für ein vermessenes Vorhaben, schalt ihn die logische Seite seines Verstandes. Von Minute zu Minute füllte sich seine Lunge weiter mit Blut. Bald würde sein Kreislauf vollends zusammenbrechen und der Kampf gegen die Besinnungslosigkeit verloren sein. Schon jetzt setzte ein Gedankengewitter in seinem Kopf ein, all die längst vergessen geglaubten Erinnerungen und Gefühle seiner Kindheit, die ihm Wärme und Geborgenheit signalisierten – jene als Nahtoderfahrungen bekannten neurologischen Wunder des Gehirns, die uns das Sterben erleichtern sollen. Das letzte Geschenk, das die Natur uns macht, ehe sie uns in ihren Schoß zurückholt.

Zu dieser frühen Stunde und vor allem bei diesen Wetterverhältnissen würde kaum ein Mensch auf die Idee kommen, die abgelegene Waldstraße zu nutzen. Man würde ihn frühestens im Laufe des Vormittags finden, sobald der Räumdienst die Bundes- und Hauptstraßen von der Schneelast befreit hatte und die Nebenstrecken abfuhr. Aber dann würde es zu spät sein. Für Forstner und für Sven.

Vor seinen Augen begannen Lichter zu tanzen. Zuerst schwach, dann immer stärker. Das grün-graue Netz der geborstenen Windschutzscheibe begann zu leuchten. Gleich würde er das helle Licht sehen, von dem Menschen immer wieder berichteten, die dem Tod in letzter Sekunde entkommen waren. Nur, dass *er* ihm nicht entkommen würde.

Doch halt, nein! Diese Lichter waren keine Halluzination. Es waren keine Tricks seines Gehirns, um ihm das Sterben zu erleichtern. Diese Lichter waren echt! Es waren die Scheinwerfer eines herannahenden Wagens.

Schon konnte Forstner das Brummen des Motors hören, gedämpft vom Schnee, aber dennoch real.

Die Hoffnung verlieh ihm neue Kräfte. Forstner hob den Kopf, soweit es seine eingekeilte Position und die geschwächten Muskeln zuließen.

Der Wagen steuerte vorsichtig auf ihn zu. Nun waren die rechteckigen Scheinwerfer gut erkennbar. Dann wurde der Motor abgestellt und das Licht ausgeschaltet.

Eine neue Schmerzwelle durchfuhr Forstners Brust, doch seine Gedanken waren klar genug, um zu erkennen, dass irgendetwas mit dem anderen Wagen nicht stimmte.

Warum schaltet er das Licht ab? Warum steigt er nicht aus?

Da auf einmal strahlte ihm erneut Licht entgegen. Diesmal nicht von den Scheinwerfern, sondern von einer einzelnen Lampe. Der Strahl war grell und kam schwankend auf ihn zu. Schritte näherten sich, gruben sich knirschend in den Schnee und endeten neben seiner Fahrertür. Forstner vermochte nicht, den Kopf zu drehen. Er benötigte alle Kraft, um zu sprechen.

»Bitte ... helfen Sie ... meinem Sohn.«

Der Mann neben ihm – denn nach den Schritten zu urteilen, schien es sich um einen Mann zu handeln – sagte nichts. Stattdessen hörte Forstner, wie er einen Handschuh abstreifte, und spürte, wie er den Puls seiner Halsschlagader berührte.

»Bitte ...«, keuchte Forstner. Er hob kurz den Kopf, doch er sank ihm gleich wieder auf die Brust, ohne dass Forstner etwas dagegen tun konnte. Lichtflecken, diesmal eindeutig halluzinatorischer Natur, tanzten hinter seinen geschlossenen Lidern.

Der Fremde entfernte sich. Er ging um den Wagen herum und zerrte an der rechten Hintertür. Doch die gesamte Karosserie war viel zu verzogen, als dass sie sich öffnen ließ. Forstner hörte mehrere dumpfe Schläge, ehe die Scheibe zerbarst. Etwas Glattes rieb am Stoffbezug der Rücksitzbank, und für einen irrwitzigen Augenblick sah Forstner das Bild seiner ledernen Aktentasche vor sich.

Dann kamen die Schritte zu ihm zurück. Wieder fühlte der andere Forstners Puls.

Bernhard Forstner fehlte die Kraft, noch einmal den Kopf zu heben. Er hatte Mühe zu atmen und hörte ein Rasseln in seiner Brust, die sich inzwischen ebenso taub wie sein übriger Körper anfühlte. Dennoch war sein Verstand klar genug, zu erkennen, wer der Mann neben ihm war.

Mit letzter Anstrengung sprach Forstner den Namen seines Sohnes aus. »Was ... ist ... mit ihm?«

Jedes seiner Worte wurde von einem warmen Blutschwall begleitet, der seinen Mund mit bitterem Kupfergeschmack füllte.

»Pssst!«, zischte ihm der Mann zu. »Es ist gleich vorbei.«

Das letzte große Gefühl in Bernhard Forstners Leben war hilflose Wut.

»Der Teufel … soll … dich holen!«

Er spürte die Gegenwart des anderen dicht neben sich. Hörte sein Flüstern.

»Er hat mich längst geholt.«

Dann wurde es für immer dunkel.

I

Dreiundzwanzig Jahre später

Die Stille in dem großen Büro war unerträglich. Nur das Heulen des Novemberwinds war von jenseits des großen Doppelfensters zu hören. Frost und Schnee verheißend, pfiff er durch das Parkgelände der Waldklinik, fegte die letzten Blätter von den Bäumen und zerrte an den Fensterläden des Altbaus.

Jan Forstner bemühte sich, seine Unruhe zu verbergen – dieses schleichende Unbehagen, das ihn stets befiel, wenn es um ihn herum so still wurde, dass man eine Stecknadel hätte fallen hören können.

Stille rief schlimme Erinnerungen hervor, ganz gleich, wie sehr sich Jan dagegen sträubte. Wenn es still war, kamen Bilder in ihm hoch, die ihn schaudern ließen.

Nacht. Schnee. Der menschenleere Park …

Wäre er jetzt zu Hause oder mit dem Auto unterwegs gewesen, hätte er das Radio eingeschaltet. Irgendeinen Sender. Hauptsache Stimmen und Musik, die der Stille ein Ende setzten.

Doch hier, in Prof. Dr. Raimund Fleischers Büro, blieb ihm nichts anderes übrig, als auf einen Trick zurückzugreifen, der sich in solchen Situationen schon mehrmals bewährt hatte. Jan rief sich eine eingängige Melodie in Erinnerung – die nächstbeste, die ihm in den Sinn kam. Der Trick bestand darin, sich ganz und gar auf die Musik zu konzentrieren, bis er glaubte, sie tatsächlich im Raum zu hören. Diesmal war es »Clocks«, ein Stück von Coldplay, das im Radio gelaufen war, als Jan auf den Besucherparkplatz des Verwaltungsgebäudes gefahren war. Das Ablenkungsmanöver gelang leichter als gedacht. Die sich ständig wiederholenden Klavierakkorde und der stampfende Rhythmus hallten in Jans Kopf nach, und die Erinnerungen verschwanden.

Fleischer schien von alldem nichts mitzubekommen. Mit entrücktem Gesichtsausdruck saß der leitende ärztliche Direktor in seinem Ledersessel und studierte Jans Unterlagen, als wollte er jedes Detail darin auswendig lernen. Ein Anblick, der Jan an seinen Vater erinnerte, wenn er spätabends in seinem Arbeitszimmer gesessen, Akten durchgeblättert und Berichte diktiert hatte.

Wenn man erwachsen ist, erscheint einem vieles kleiner als in Kindheitserinnerungen, doch Fleischer bildete für Jan eine Ausnahme. Noch immer war der Professor für ihn ein Hüne. Der graue Kaschmirpullover spannte ein wenig an den breiten Schultern und verriet einen durchtrainierten Körper. Anders als die meisten Professoren, die Jan bisher kennengelernt hatte, schien Fleischer viel Wert auf Sport und eine ausgewogene Ernährung zu legen. Der Psychiater hatte die fünfzig längst überschritten, wirkte aber entschieden jünger. Sicherlich lag dies auch an seinem dichten graumelierten Haar, das er mit Frisiercreme zu bändigen versuchte. Mit seinen markanten Gesichtszügen, den breiten Wangenknochen, der Denkerfalte zwischen den buschigen Brauen und der großen Lesebrille erinnerte er Jan an Gregory Peck als Atticus Finch in dem Filmklassiker *Wer die Nachtigall stört*. Im Fall einer Neuverfilmung hätte Fleischer sicherlich beste Chancen auf die Hauptrolle gehabt.

Jan ließ den Blick durch das geräumige Büro wandern. In die Wand zur Rechten war ein Bücherregal eingelassen, das von oben bis unten mit medizinischer Fachliteratur und einigen Jahrgängen der *Psychiatrischen Praxis* gefüllt war. Die gegenüberliegende Seite des Raums nahm ein polierter Besprechungstisch ein, auf dem eine voluminöse Vase mit frischen Schnittblumen thronte. Die Wand dahinter zierte ein großformatiges abstraktes Gemälde, in dem Gelb- und Rottöne dominierten. Daneben hingen mehrere gerahmte Urkunden und Fotos.

Die meisten dieser Fotos zeigten Fleischer bei feierlichen Anlässen und Kongressen. Ganz unten hing eine deutlich ältere Aufnahme, auf der eine Gruppe junger Menschen dem Betrachter entgegenstrahlte. Jeder von ihnen hatte den Ausdruck im Gesicht, der typisch ist für Schüler auf Abschlussfotos – Erleichterung und Stolz, es geschafft zu haben, und Neugier auf das, was die Zukunft bringen wird. Jan konnte Fleischer sofort in der Gruppe ausmachen. Er überragte die Mitschüler in seiner Reihe um mindestens eine Kopflänge. Schon damals trug er sein dichtes Haar streng frisiert, nur seine Statur war um einiges hagerer als heute.

Am äußeren Rand der kleinen Galerie fanden sich zwei Familienfotos, die in einem Doppelrahmen gefasst waren. Auf dem älteren spielten zwei kleine Mädchen im Sand, während sich das Elternpaar in Liegestühlen sonnte und dem unsichtbaren Fotografen zuwinkte. Auf dem anderen Foto nahmen zwei hübsche junge Frauen ihren Vater in die Mitte und legten lachend ihre Köpfe an seine Brust.

»Mein ganzer Stolz«, sagte Fleischer, und erst jetzt merkte Jan, dass der Professor ihn beobachtet hatte. »Die ältere ist Livia. Ihre Schwester haben wir nach ihrer Großmutter benannt. Annabelle. Sie wird uns demnächst selbst zu Großeltern machen.«

Jan erwiderte sein Lächeln. »Aus Kindern werden Leute.«

Ein besserer Kommentar fiel ihm in diesem Augenblick nicht ein. Für Smalltalk war er viel zu aufgeregt, denn wie auch immer das Ergebnis dieser Unterhaltung ausfiel, es würde über Jans weiteren Werdegang entscheiden.

Er hatte sich schon mit dem Gedanken abgefunden gehabt, nie wieder zu praktizieren, als er plötzlich vor zwei Wochen Fleischers Einladung im Briefkasten fand. Zum ersten Mal schöpfte er wieder Hoffnung. Natürlich war ihm klar, dass die Einladung noch keine Zusage war, aber nach all den Absagen, die Jan in den letzten Monaten erhalten hatte, war dieses Vorstellungsgespräch zumindest eine Chance – und es war fraglich, ob er noch eine weitere erhalten würde. Nicht nach dem, was geschehen war.

»Wohl wahr. Aus Kindern werden Leute, und aus den Eltern werden *alte* Leute. Tja.«

Fleischer seufzte und sah ein wenig wehmütig drein. Dann legte er Jans Bewerbungsmappe vor sich auf den Tisch und nickte anerkennend.

»Und wie ich hier sehe, Jan, ist aus Ihnen auch etwas geworden. Hervorragendes Abitur, Studium der Medizin in Heidelberg, mehrere Assistenzstellen bei namhaften Kollegen und ein exzellenter Abschluss Ihrer Facharztausbildung. Noch dazu an einer der forensischen Einrichtungen, an denen einem die Arbeit ein ziemlich gutes Nervenkostüm abverlangt. Alle Achtung, Bernhard wäre stolz auf Sie.«

»Das Gebiet hat mich schon während meines Studiums interessiert«, warf Jan fast schon entschuldigend ein. Das Lob machte ihn verlegen.

»Triebtäter?« Fleischer hob die Brauen und nahm seine Lesebrille ab. »Kein einfacher Bereich, beileibe nicht. Umso beeindruckter bin ich von Ihrer Dissertation. *Summa cum laude*. Da waren Sie besser als ich. Wenn ich richtig informiert bin, wird das von Ihnen entwickelte Instrument zur Typisierung pädophiler Straftäter inzwischen an mehreren Institutionen angewandt.«

»An zwei, um genau zu sein. Wobei man sagen muss, dass sich der Fragebogen in einem Fall erst in der Erprobungsphase befindet und es noch nicht sicher ist, ob er tatsächlich implementiert werden soll.«

Fleischer grinste. »Mir kommt es vor, als säße ich Ihrem Vater gegenüber. Er war wie Sie, Jan, voller Ehrgeiz, aber mit Lob wusste er nichts anzufangen.«

»Nun ja, ich wollte nicht ...«

»Nein, das ist schon in Ordnung«, unterbrach ihn Fleischer mit einer abwehrenden Handbewegung. »Das gefällt mir. Genau deshalb mochte ich Bernhard. Diese Haltung zeichnete ihn schon während unseres Studiums aus. Er war keiner dieser eingebildeten Kerle, die sich für die künftigen Halbgötter in Weiß hielten. Umso mehr freut es mich, nun auch bei Ihnen diesen Wesenszug wiederzufinden. Mir sind Menschen zuwider, die sich auf ihren Lorbeeren ausruhen. Wie heißt es doch so trefflich: Wer glaubt, etwas zu sein, hört auf, etwas zu werden. Insofern haben Sie die besten Zukunftsaussichten.«

Im Moment liegen meine beruflichen Zukunftsaussichten eher im Nullbereich, und das wissen wir beide, dachte Jan.

»Wie Sie sich bestimmt denken können«, fuhr Fleischer fort, »habe ich Erkundigungen über Sie eingezogen, ehe ich Sie zu diesem Gespräch eingeladen habe. Aber ich muss auch sagen, dass ich Sie seit jener ... nun ja, sagen wir: seit jener *Tragödie* damals nie ganz aus den Augen verloren habe. Vor allem nicht, nachdem ich erfuhr, dass Sie in Bernhards Fußstapfen getreten sind, wenngleich auch auf einem anderen Fachgebiet.« Er tippte auf die Mappe und sah Jan mit wissendem Blick an. »Der Grund, warum Sie sich ausgerechnet darauf spezialisiert haben, liegt ja gewissermaßen auf der Hand – Ihre Vita lässt kaum einen Zweifel aufkommen. Nun frage ich mich, ob Ihre Suche nach der Wahrheit zu einem Ergebnis geführt hat?«

Jan musste schlucken. Er hatte sich lange auf dieses Gespräch vorbereitet, war sämtliche möglichen Fragen im Geiste durchgegangen, und hatte gewusst, dass es zwei große Hürden zu meistern galt. Natürlich spielte Fleischer mit seiner Frage auf Sven an, und es lag an Jan, diese erste Hürde zu nehmen, ohne dabei zu stolpern.

Wie immer, wenn jemand seinen Bruder erwähnte, kam es Jan so vor, als sei alles erst gestern geschehen. Jan hatte sich gut überlegt, wie er dieses heikle Thema angehen sollte. Er wusste, dass Fleischer von ihm die Wahrheit hören wollte, und dass diese Wahrheit sehr persönlich war. Jemandem, der ihn von Kindesbeinen an kannte, konnte und durfte er nichts vormachen. Dennoch hatte er sich vorgenommen, so sachlich wie irgend möglich zu antworten.

»Offen gesagt weiß ich nicht, ob ich wirklich zu einem Ergebnis gelangt bin. Ich wollte die Tat begreifen, indem ich versuchte, die Motivation des Täters zu verstehen. Jedes Jahr werden bundesweit fast zwölftausend Fälle von Kindesmissbrauch registriert, eine unfassbare Zahl, und die Dunkelziffer wird weitaus höher geschätzt. Doch ebenso unfassbar ist, dass nur etwa achtzig Prozent dieser Fälle aufgeklärt werden.«

Jan spürte, wie seine Hände zu zittern begannen. Er fühlte sich unwohler denn je. Am liebsten wäre er aufgestanden und hinausgerannt, doch das hätte das endgültige Aus für seine Karriere bedeutet. Dies war seine Chance auf einen Neuanfang – und alles, was er dafür tun musste, war, Fleischer gegenüber Ehrlichkeit zu zeigen.

Der Klinikleiter schien Jans Gedanken gelesen zu haben. Er sah ihn verständnisvoll an und nickte aufmunternd.

Jan atmete tief durch, ehe er fortfuhr. »Irgendwo in dieser Statistik befindet sich der Fall meines kleinen Bruders, von dem man nie mehr fand als seine …«, Jan schluckte, »seine Unterwäsche auf einem Autobahnparkplatz. Weder der Täter noch …«, wieder musste Jan schlucken, »noch Svens Leiche wurden je ausfindig gemacht. Und was mit meiner übrigen Familie geschehen ist, wissen Sie ja.«

Betreten sah Fleischer aus dem Fenster in den bleigrauen Himmel.

»Ja, das weiß ich. Und es tut mir alles aufrichtig leid für Sie.«

»Ich habe nach Antworten gesucht«, sagte Jan. »Also habe ich mit Sexualstraftätern gesprochen. Es waren fast ausschließlich Männer. Sie stammten aus allen Bevölkerungsschichten. Lehrer, Handwerker, Arbeitslose, Alkoholiker, Priester, einmal sogar ein Psychiater. Dabei machte ich die Beobachtung, dass alle Täter zwei Dinge gemein hatten. Einerseits hatten sich alle zu ihren Opfern hingezogen gefühlt. Sie sprachen von Liebe und inniger Zuneigung, wobei sie andererseits keinerlei Skrupel gehabt hatten, ihre Opfer aus Furcht vor Entdeckung zu töten.« Jan zuckte mit den Schultern. »Aus psychiatrischer Sicht waren bei den meisten eine starke Triebhaftigkeit und ein durchgängiges Verhaltensmuster hinsichtlich ihrer mangelnden Schuldeinsicht erkennbar, was man als Antwort hätte akzeptieren können. Doch für mich persönlich habe ich nie eine zufriedenstellende Antwort gefunden. Nicht in Svens Fall. Er ist und bleibt verschwunden.«

Nun war es heraus. Jan spürte, wie seine Anspannung ein wenig nachließ. Er hatte es endlich geschafft, über das düsterste Kapitel seines Lebens zu sprechen, auch wenn er sich dabei wie ein Referent angehört haben mochte.

»Mein Vater hat einmal gesagt, das Leben stellt uns manchmal Fragen, auf die es keine Antworten gibt«, fügte er hinzu. »Ich habe mich lange nicht damit abfinden können, aber inzwischen denke ich, dass er Recht damit hatte. Wenn Sie so wollen, ist *das* das Ergebnis meiner Suche.«

Für einen Moment herrschte wieder die für Jan unerträgliche Stille. Dann löste Fleischer den Blick vom Fenster und sah ihn an.

»Auf dieser Suche haben Sie sich weit vorgewagt, Jan. Das war überaus mutig, wenngleich Sie am Ende über Ihr Ziel hinausgeschossen zu sein scheinen.«

Nun waren sie also beim zweiten großen Thema angelangt: Jans Zusammenbruch. Der Grund, warum er beinahe seine Approbation verloren hatte. Davon hing nun alles ab. Fleischer die Hintergründe seines Werdegangs offenzulegen war das eine gewesen. Ob er ihn nun davon überzeugen konnte, dass er aus seinen Fehlern gelernt hatte, stand auf einem anderen Blatt.

»Vor knapp einem Jahr stand ich unter einer starken psychischen Belastung, was ich mir zu jenem Zeitpunkt jedoch nicht eingestehen wollte«, erklärte Jan. »Meine Tätigkeiten als forensischer Gutachter und Stationsarzt lasteten mich völlig aus, aber ich sah darin eine berufliche Herausforderung und hatte zudem gute Chancen auf eine Oberarztstelle, die bald frei werden sollte. An manchen Tagen arbeitete ich fast rund um die Uhr. Kurz zuvor hatte meine Frau die Scheidung eingereicht, und ich hatte ihr zugesagt, mich nach einem Käufer für unsere gemeinsame Wohnung umzusehen. Als ich dann auch noch den Fall Laszinski übernahm, wurde mir alles zu viel. Leider habe ich das erst begriffen, als alles schon passiert war.«

»Laszinski«, sagte Fleischer und verzog das Gesicht. »Eine hässliche Geschichte.«

In der Tat. Der Fall Peter Laszinski hatte bundesweit für Aufsehen gesorgt. Ein gefundenes Fressen für die Medien.

Bis zu seiner Verhaftung hatte der sechsundvierzigjährige Küster ein unscheinbares Leben in einer kleinen Gemeinde geführt. Er galt als höflich, wenn auch verschlossen, und die Tatsache, dass er trotz seines Alters noch immer Junggeselle war, schrieb man seiner als bösartig verschrienen Mutter zu. Laszinski hatte sie über viele Jahre aufopfernd gepflegt, und als sie vor drei Jahren ihrem Darmkrebsleiden erlegen war, gab es viele, die von einer Erlösung für den armen Peter gesprochen hatten.

Als im Januar letzten Jahres zwei kleine Mädchen aus Laszinskis Heimatort verschwunden waren, kam niemand auch nur im Entferntesten auf den Gedanken, er könnte etwas damit zu tun haben. Erst bei einem erfolgreichen Schlag gegen einen Kinderpornoring im Internet war das Bundeskriminalamt auf Laszinski aufmerksam geworden. Zwölf Tage nach dem Verschwinden der

Mädchen stellte man Laszinskis Computer sicher, auf dem sich Tausende von Fotografien und Videos befanden. In einem Interview äußerte ein Pressesprecher der Behörde, die Aufnahmen dokumentierten sadistische Praktiken von unvorstellbarer Grausamkeit.

Bei einer weiteren Durchsuchung des alten Bauernhofs der Laszinskis fand man auch die beiden Mädchen im großräumigen Keller. Das eine Kind war in der Gefangenschaft gestorben, das andere hatte überlebt, schwebte aber noch lange Zeit in Lebensgefahr. Wie sich herausstellte, hatte Laszinski die Entführung von langer Hand geplant. Er hatte eigens hierfür zwei Zellen in das Gewölbe gemauert, in die er die Mädchen getrennt voneinander eingesperrt hatte.

Nach der ersten Sitzung, in der ihm Laszinski mit ungerührter Miene erzählte, was in diesem Keller vor sich gegangen war, hatte Jan ernsthaft überlegt, ob er dem Fall gewachsen war. Rückblickend wusste er, dass dies der richtige Moment gewesen wäre, den Fall abzugeben.

Was ihn dennoch veranlasst hatte, weiter mit diesem Mann zu arbeiten, war die Art des Verbrechens gewesen. Laszinski fiel nicht in das Schema der Pädophilen, mit denen Jan bis dahin zu tun gehabt hatte. Sein Handeln war nicht triebgesteuert oder spontan gewesen. Und ein inneres Gefühl sagte Jan, dass Svens vermutlicher Mörder vielleicht ähnlich gehandelt hatte.

Die Bilder, die Laszinskis Schilderungen in ihm hervorriefen, gingen Jan noch lange nach. Der Küster hatte die Mädchen nicht vergewaltigt. Abgesehen von der Entführung selbst, hatte er sie nie angerührt. Stattdessen zwang er beide, allabendlich nackt und frierend auf dem sandigen Kellerboden zu knien und das Ave Maria zu beten. Nur dann erhielten sie die – wie er es nannte –

»Kommunion«: ein Glas Milch, in das er zuvor ejakuliert hatte. Anfangs hatten sie sich geweigert, aber nach ein paar Tagen hätten die Mädchen vor Hunger und Durst alles getan, hatte Laszinski behauptet, und die Gefühlskälte seiner Worte hatte Jan das Blut in den Adern gefrieren lassen.

Dennoch hatte sich Jan zu einer weiteren Sitzung mit ihm getroffen, um sein Gutachten abzuschließen. Und dabei war es zu jenem verhängnisvollen Vorfall gekommen.

Jan selbst konnte sich kaum noch an seine Raserei erinnern. Erst als ihn zwei Vollzugsbeamte gepackt und aus dem Raum gezerrt hatten, war er wieder Herr seiner Sinne gewesen.

Jan sah Laszinski, der sich heulend in einer Blutlache am Boden wand, und stellte fest, dass er selbst ebenfalls voller Blut war. Später hatte Jan erfahren, dass er unvermittelt auf den Küster losgegangen war und wie von Sinnen auf ihn eingeschlagen hatte.

Nun hoffte Jan inständig, dass Fleischer ihn nicht nach dem Grund für diesen Kontrollverlust fragen würde. Auf diese Frage hatte er keine Antwort parat.

Fleischer fragte nicht. Stattdessen nickte er Jan nur wieder aufmunternd zu.

»Nach diesem Vorfall wechselte ich meinen Wohnort«, fuhr Jan fort. »Ein Bekannter, mit dem ich seit dem Studium in Kontakt stand, bot mir an, für einige Zeit bei ihm zu wohnen. Also habe ich die letzten Monate im Allgäu verbracht. Der Abstand zu allem hat mir gutgetan. Ich fühle mich wieder stabil und möchte jetzt einen beruflichen Neuanfang unternehmen.«

Fleischer lächelte, und seine Stimme nahm einen väterlichen Ton an.

»Ich weiß nicht, wie *ich* mich in Ihrem Fall verhalten hätte, Jan. Nicht dass ich Ihre Handlungsweise gutheißen möchte, aber ich kann mir keinen Kollegen vorstellen, den dieser Fall kaltgelassen hätte. Berücksichtigt man noch Ihre private Belastung, empfinde ich die Haltung mancher Kollegen Ihnen gegenüber als ziemlich übertrieben. Deshalb habe ich Sie auch eingeladen. Ich finde, ein ehrgeiziger junger Arzt wie Sie hat eine zweite Chance verdient. Und damit wir uns richtig verstehen: Diese Haltung hat nichts damit zu tun, dass Ihr Vater und ich gute Freunde waren. Mein Angebot bezieht sich einzig und allein auf Ihre Leistungen.«

»Danke«, sagte Jan. »Ich weiß das wirklich sehr zu schätzen.«

Fleischer nickte und beugte sich dann wieder über den Tisch, wobei sein Ledersessel einen ächzenden Laut von sich gab.

»Unternehmen Sie Ihren Neuanfang hier, und wenn Sie erst einmal eine Weile in der Allgemeinpsychiatrie tätig waren, wird kein Hahn mehr danach krähen, was in der Vergangenheit gewesen ist. Allerdings …«, er sah Jan eindringlich an, »allerdings knüpfe ich dieses Angebot an eine Bedingung.«

Jan hielt Fleischers Blick stand. »Und was für eine Bedingung ist das?«

Fleischer wiegte den Kopf, als wolle er seine Worte darin zurechtschütteln.

»Sehen Sie, Jan, ich kann mir nicht recht vorstellen, dass jemand, der so viele Jahre versucht, sein Kindheitstrauma zu bewältigen, nun auf einmal über alles hinweg ist. Wir sind beide lange genug in diesem Geschäft, um zu wissen, dass das nicht von heute auf morgen möglich ist.«

Jan spürte einen leichten Schauer. Natürlich hatte Fleischer Recht, aber dennoch stellten seine Worte eine gewisse Kränkung für ihn dar.

»Herr Fleischer, ich versichere Ihnen, dass ich mich wieder völlig im Griff habe. Dieser Bekannte aus Füssen, den ich erwähnte, ist ein hervorragender Psychotherapeut. Die Gespräche mit ihm waren mir eine große Hilfe, und wenn Sie mir eine berufliche Chance geben, werde ich Sie davon überzeugen.«

»Das glaube ich Ihnen gern«, entgegnete Fleischer. »Aber als Arzt und Freund rate ich Ihnen, weitere Hilfe in Anspruch zu nehmen. Ein langjähriger Freund und Kollege, Dr. Norbert Rauh, ist seit einiger Zeit wieder an unserer Klinik tätig. Er könnte Ihnen ein überaus erfolgversprechendes Therapieangebot machen. Selbstverständlich absolut diskret.«

Jan verstand, worauf Fleischer hinauswollte. »Das ist also die Bedingung?«

»Ich denke dabei nur an Sie, Jan«, sagte Fleischer und nickte. »Natürlich steht es Ihnen frei, mein Angebot abzulehnen, aber Sie sollten es zumindest überdenken. Ich möchte wirklich etwas für Sie tun und Ihnen nicht einfach nur einen Arbeitsplatz anbieten. Für Ihren Neuanfang bedarf es mehr, und ich denke, dies wäre auch ganz im Sinne Ihres Vaters. Hören Sie in sich hinein, dann werden Sie mir zustimmen.«

Jan sah nachdenklich aus dem Fenster. Was blieb ihm für eine andere Wahl? Konnte er Fleischers Bedingung ablehnen? Nicht, wenn er sich baldmöglichst rehabilitieren wollte. Andernfalls würde er über kurz oder lang irgendeinen Aushilfsjob annehmen und damit einen endgültigen Schlussstrich unter seine Karriere ziehen müssen. Welche Klinik würde noch einen Arzt beschäftigen, den man wegen schwerer Körperverletzung entlassen hatte und der nach längerer Auszeit sein Geld in einer Frittenbude oder bei irgendeinem Kurierdienst verdient hatte?

Abgesehen davon sah es auf seinem Konto inzwischen mehr als mau aus. Die Scheidung und der Verdienstausfall hatten den Erlös aus dem Verkauf seiner Wohnung längst aufgezehrt. Danach hatte er seine Ausgaben nur noch aus den Mieteinnahmen bestritten, die er für sein Elternhaus bekam – und das war nicht gerade die Welt, zumal er auch Rücklagen für Renovierungsarbeiten bilden musste –, ehe auch diese Einnahmequelle versiegt war.

Natürlich hätte er das Haus zum Verkauf anbieten und so die Zeit überbrücken können, bis er eine andere Stelle bekam. Bei den gegenwärtigen Immobilienpreisen in der Region Fahlenberg wäre dies allerdings eine überaus schlechte Idee gewesen.

Vor allem aber konnte Jan nicht darauf hoffen, dass er noch ein weiteres Stellenangebot bekam, das mit diesem mithalten konnte. Und vielleicht hatte Fleischer Recht. Vielleicht war es wirklich an der Zeit, eine Therapie zu machen, statt nur mit einem Freund über seine Probleme zu sprechen. Es war zumindest einen Versuch wert.

»Also gut«, sagte Jan und sah, wie Fleischers Gesicht aufstrahlte. »Ich bin einverstanden. Wann kann ich anfangen?«

»Gleich am Montag, wenn es Ihnen passt.«

Als Jan wieder auf dem Parkplatz stand, sah er noch einmal zu Fleischers Bürofenster hoch. Es gab da noch eine Frage über die Vergangenheit, die er dem Professor gern gestellt hätte. Doch während ihres Gesprächs hatte er sich dagegen entschieden. Andernfalls hätte Fleischer ihm nie geglaubt, dass er mit den Geschehnissen von damals abgeschlossen hatte. Tief in seinem Innern glaubte Jan auch, dass Fleischer die Antwort nicht gewusst hätte.

Manchmal stellt das Leben Fragen, auf die es keine Antworten gibt, dachte er und stieg in seinen Wagen. *Aber es gibt uns immer wieder die Möglichkeit für einen Neuanfang.*

2

Nichts bleibt, wie es ist. Diese alte Weisheit kam Jan in den Sinn, als er mit seinem VW Golf – einem klapprigen 3er-Modell, das die nächste TÜV-Plakette wahrscheinlich nicht mehr erleben würde – von der Schnellstraße abbog und in Richtung Innenstadt fuhr.

Mit den Überbleibseln eines vergangenen Lebens auf der Rückbank kehrte er nun in eine noch weiter hinter ihm liegende Zeit zurück. An den Ort, an dem er ein unbeschwertes, glückliches Leben begonnen und an dem dieses Leben die schlimmste nur denkbare Wendung genommen hatte. An einen Ort, der ihm einst vertraut gewesen war und der ihm nun vollkommen fremd erschien.

Fahlenberg hatte sich verändert. In den fast zwanzig Jahren, seit Jan der Stadt den Rücken gekehrt hatte, war sie um ein beachtliches Stück gewachsen. Die ausladenden Grünflächen am Ortseingang, auf denen Jan und seine Freunde einst Fußball gespielt und sich im Winter ausgelassene Schneeballschlachten geliefert hatten, waren nun mit einer Autowaschanlage und diversen Discountern zugebaut. Die Schrebergartensiedlung mit den bunten Hütten hatte zwei gewaltigen Baumärkten weichen müssen, und auf den Feldern hinter dem Friedhof ragten jetzt mehrere Hochhäuser und Betonbauten empor.

Als Jan an einer Ampel halten musste, sah er zu den grauen Scheußlichkeiten hinüber und dachte an die erste und einzige Zigarette seines Lebens, die er dort mit seinem Freund Dieter heimlich geraucht hatte – verborgen von hohen Maisstauden, die in der Herbstsonne auf die Ernte gewartet hatten. Fünfundzwanzig Jahre musste das jetzt her sein, doch noch immer sah er alles genau vor sich. Die beiden filterlosen Roth-Händle, die Dieter seinem Vater geklaut hatte, das billige Plastikfeuerzeug, das zuerst nicht hatte funktionieren wollen, und wie sie sich die Zigaretten angesteckt und nach dem ersten Lungenzug sofort wieder ausgedrückt hatten, weil ihnen schwindlig geworden war. Jan hatte einen Hustenanfall bekommen und sich vorgenommen, nie wieder zu rauchen.

Nun stellte er fest, dass sich in einem der Betonklötze eine Spielhalle befand. Der Bau daneben – Jan glaubte seinen Augen nicht zu trauen – beherbergte ein Eros-Center namens *Love Palace*. Einen unpassenderen Platz hätte man für dieses zweistöckige Etablissement nicht finden können. Wer dort aus dem Fenster schaute, sah direkt auf die Leichenhalle des Friedhofs hinüber.

Daneben wies ein Schild auf das Industriegebiet hin, das sich dort ausbreitete, wo es einst nur eine Ledergerberei und eine Maschinenfabrik gegeben hatte.

Die ganze Stadt schien verändert. Markante Gebäude hatten Straßenverbreiterungen weichen müssen. Der

Tante-Emma-Laden an der Hauptstraße und die alte Bäckerei daneben waren zu einem Handyladen und einem Döner-Imbiss geworden. Mehrere der ehemaligen kleinen Geschäfte standen leer. Ihre mit Tüchern oder Karton verhängten Schaufenster kamen Jan wie blinde Augen vor, als er sich seinen Weg durch den Vormittagsverkehr bahnte.

Nur hin und wieder sah er Altvertrautes. Natürlich stand die Kirche noch. Auch der Schreibwarenladen, in dem er früher seine Schulhefte gekauft hatte, war noch am selben Ort, und Jan fiel wieder ein, dass er von dem Geld, das ihm seine Mutter mitgegeben hatte, immer ein bisschen abgezweigt hatte, um sich Comic-Hefte kaufen zu können. Und den Fotografen, bei dem er einst für seine Kommunions- und Schultütenbilder posiert hatte, gab es ebenfalls noch. Bestimmt hat inzwischen der Sohn das Geschäft übernommen, dachte Jan.

Doch trotz dieser kleinen Vertrautheiten empfing ihn Fahlenberg kalt und gleichgültig. Zwar hatte Jan nicht unbedingt erwartet, mit offenen Armen empfangen zu werden – dafür war einfach zu viel Zeit ins Land gegangen –, aber er hatte zumindest gehofft, etwas zu empfinden, was bei einem Menschen einem erkennenden Kopfnicken gleichgekommen wäre.

Der Eindruck der Fremdartigkeit wich erst, als Jan die Abzweigung zum Stadtpark nahm, die in ihrem weiteren Verlauf zu seiner alten Heimat führte. Je näher Jan seinem ehemaligen Elternhaus kam, desto vertrauter wurde alles. Hier sah noch vieles wie früher aus. Noch immer wirkte der Stadtpark groß und weitläufig. Durch das Geäst der kahlen Bäume schimmerte die novembergraue Fläche des Fahlenberger Weihers.

Jan versuchte, nicht in diese Richtung zu sehen und

sich nur an die angenehmen Dinge zu erinnern, die er mit Park und Weiher in Verbindung brachte. Er versuchte, sich den Kiosk vor Augen zu rufen, an dem er und seine Freunde im Sommer Eis und Limonade gekauft hatten, wenn sie an den Weiher zum Baden gekommen waren.

Dennoch spürte er eine Gänsehaut, denn da waren noch andere, stärkere Erinnerungen.

Als Jan schließlich sein Ziel erreicht hatte und aus dem Wagen stieg, kam er sich vor wie der Zeitreisende in H. G. Wells' Roman. Er hatte das surreale Gefühl, diesen Ort nie wirklich verlassen zu haben, sondern lediglich ein Stück in die Zukunft gereist zu sein.

Der Eindruck, sich in einem seltsamen Traum zu bewegen, hielt noch an, als er an Rudolf Marenburgs Gartentor angekommen war. Gleich gegenüber befand sich das Haus der Forstners, in dem bis vor kurzem ein altes Ehepaar zur Miete gewohnt hatte. Vor wenigen Monaten war der Mann gestorben, woraufhin die Frau in ein Seniorenheim gezogen war. Das Haus befand sich noch immer in tadellosem Zustand, stellte Jan fest. Hin und wieder hatte er geträumt, es wäre irgendeiner Katastrophe oder einem Brand zum Opfer gefallen, und jedes Mal, wenn er danach erwacht war, hatte er eine morbide Form der Erleichterung verspürt.

Dieses Haus hatte so viel Leid gesehen, dass Jan davon überzeugt war, es müsse einen Teil davon für alle Zeiten in seinen Mauern gespeichert haben. Jan würde sein Elternhaus nie wieder betreten können, das stand für ihn fest. Aber jetzt, wo er ihm zum ersten Mal seit vielen Jahren wieder gegenüberstand, fragte er sich trotzdem, wie sehr es sich wohl im Inneren verändert haben mochte. Ob es noch immer so roch wie in seiner Kindheit – nach getoastetem Brot, nach dem Putzmittel mit Zitronenduft, das seine Mutter stets großzügig verwendet hatte, und nach der Holzpolitur des Treppengeländers? Jene Gerüche, die Jan so vertraut gewesen waren, dass er diesen anderen, fremdartigen Geruch nicht wahrgenommen hatte – damals, in jenem Sommer, als er übers Wochenende nach Hause gekommen und die Treppe hinaufgelaufen war. Als er …

»Jan?«

Die Stimme riss ihn aus seinen Erinnerungen. Jan wusste, dass es der alte Marenburg war, noch ehe er sich nach ihm umgedreht hatte. Die kehlige und ungewöhnlich hohe Stimme war unverkennbar. Rudolf Marenburg litt unter einer angeborenen Anomalie der Stimmbänder, weshalb sich die Kinder im Ort über ihn lustig gemacht hatten. Sie hatten ihn *Kermit* genannt, weil er klang wie der Frosch in der *Muppet Show*.

Marenburg hatte es den Kindern nicht übelgenommen – zumindest hatte er nie geschimpft oder sie zum Teufel gejagt. Im Gegenteil, nach all den schlimmen Dingen, die Jan und seiner Familie widerfahren waren, blieb Marenburg über die Jahre hinweg sein zuverlässiger, väterlicher Freund. Er hatte ihm den Rücken freigehalten, indem er sich um die Vermietung des Hauses und die anfallenden Reparaturen kümmerte, weil er wusste, wie dringend Jan den Abstand von seinem ehemaligen Zuhause gebraucht hatte. Mehrmals hatte Marenburg versucht, das Haus zu verkaufen, es dann aber wieder aufgegeben, immer mit der Begründung, bei den derzeitigen Immobilienpreisen wäre es ein Verlustgeschäft.

Jan vermutete aber auch, dass Marenburg es vielleicht nicht ganz so ernst mit seinen Verkaufsbemühungen genommen hatte. Denn dadurch hätte er für Jan auch das letzte Verbindungsstück nach Fahlenberg gekappt – und somit zu sich. Umso mehr hatte er sich über Jans Anruf gefreut, als dieser seine Rückkehr ankündigte, und es war für ihn eine Ehrensache gewesen, dass Jan die erste Zeit bei ihm wohnen würde, bis er etwas Geeignetes gefunden hatte.

Vielleicht verändert sich doch nicht alles mit der Zeit, dachte Jan, als er seinen Freund auf sich zukommen sah.

Natürlich war auch Marenburg älter geworden, hatte deutlich mehr Falten als früher, und seine einstmals roten Haare waren längst schlohweiß, aber seine äußerliche Aufmachung entsprach noch immer dem Bild, das Jan von ihm in Erinnerung hatte: eine ausgebeulte braune Cordhose, dazu ein helles Flanellhemd mit hochgekrempelten Ärmeln und Filzpantoffeln.

Es war ein herzliches Willkommen, und als ihn Marenburg an sich drückte, konnte Jan dasselbe strenge Rasierwasser riechen, das ihn schon vor über zwanzig Jahren umhüllt hatte.

»Schön, dass du wieder da bist, Junge«, sagte Marenburg und sah Jan prüfend an. Dann nickte er in Richtung des Forstner-Hauses. »Ich habe beobachtet, wie du es dir angesehen hast. Es war, glaube ich, der gute alte Cicero, der einmal gesagt hat, es sei die sorgenfreie Erinnerung an vergangenen Schmerz, die uns Frieden bringt.«

Jan sah noch einmal zum Haus, dann zuckte er mit den Schultern. »Der hatte leicht reden. *Er* musste ja nicht darin leben.«

Marenburg grinste. »Na komm, jetzt bringen wir erst mal deine Sachen rein, und dann musst du mir alle Neuigkeiten erzählen. Bis ins kleinste Detail.«

Das Gefühl, in die Zukunft gereist zu sein, verflüchtigte sich schlagartig, als Jan das Haus betrat. Hier herrschte noch immer der Einrichtungsstil von einst. Im

Flur empfingen ihn eine wuchtige Garderobe aus Kirschbaumholz, daneben ein gerahmtes Bild, das einen röhrenden Hirsch vor einem Bergsee zeigte, und zu allem Überfluss bewachte eine hölzerne Nachtwächterstatue mit Laterne das Telefonkästchen, auf dem ein uralter Wählscheibenapparat mit samtigem Schonbezug stand.

Jan folgte Marenburg über die teppichbezogenen Stiegen in den ersten Stock, wo Marenburg ein Zimmer für ihn vorbereitet hatte. Als Jan sah, in wessen Raum er in den nächsten Wochen wohnen sollte, beschlich ihn ein beklemmendes Gefühl. Zwar deuteten nur noch ein Regal voller Kinder- und Jugendbücher und ein Poster an der Wand auf die ehemalige Bewohnerin hin, aber für einen kurzen Moment hatte Jan den Eindruck, als sei Alexandras Geist noch immer anwesend.

»Ich hoffe, das stört dich nicht.«

Marenburg deutete auf das Poster über dem Bett. Es zeigte einen jungen David Bowie, dem ein roter Blitz übers Gesicht gemalt war. Darunter standen die Worte *Aladdin sane,* und Jan fiel das darin verborgene Wortspiel auf: *A lad insane,* ein verrückter Kerl.

Marenburg machte eine hilflose Geste. »Weißt du, sie war ganz vernarrt in diesen Kerl. Irgendwie habe ich es nicht übers Herz gebracht, es abzuhängen. Na ja, ich beziehe auch jede Woche ihr Bett neu, obwohl du seit vielen Jahren der Erste bist, der darin schläft. Ihr Psychiater habt bestimmt eine Erklärung für so etwas, oder?«

»Dazu muss man kein Psychiater sein, Rudi«, sagte Jan und legte ihm eine Hand auf die Schulter. »Nicht, wenn es um Liebe geht.«

Marenburg wich Jans Blick aus und ging zur Tür. »Schön, dich hierzuhaben, Junge. Jetzt komm erst einmal in Ruhe an, und dann feiern wir deine neue Stelle mit einem leckeren Essen. Ich hoffe, du magst noch gute alte Hausmannskost?«

»Na klar.«

Marenburg verschwand auf dem Gang, und gleich darauf knarrten die Treppenstufen, als er sich auf den Weg zur Küche machte. Jan seufzte und nahm sich vor, gleich morgen mit der Wohnungssuche zu beginnen. So gern er Rudi mochte, war dies hier wirklich nur eine Übergangslösung und keinesfalls der richtige Ort für einen Neuanfang.

Er besah sich noch einmal den verrückten Kerl auf dem Poster, den Alexandra so vergöttert hatte, und trat dann ans Fenster. Es war ein seltsames Gefühl, aus diesem Fenster auf sein Elternhaus zu blicken.

Vor mehr als dreiundzwanzig Jahren hatte er häufig und lange von seinem Zimmer aus zu diesem Fenster hinübergesehen. Vor allem abends, wenn in dem Zimmer, in dem er nun stand, Licht gebrannt hatte und der Rollladen noch nicht heruntergelassen war. Dann hatte er Alexandra Marenburg beobachtet, die sechs Jahre älter als er gewesen war. Er hatte ihr zugesehen, wie sie an ihrem Tisch gesessen und gelesen oder gezeichnet hatte. Manchmal hatte sie dabei Kopfhörer auf und starrte mit entrücktem Blick zur Decke. Damals hatte er gerätselt, was sie sich anhörte, welche Art von Musik sie mochte. Jetzt stellte er sich vor, wie sie sich von David Bowie in die Welt des verrückten Kerls hatte entführen lassen – eine Welt, in der Verrückte wie sie etwas ganz Normales waren.

Jans Vater hatte den Ausdruck *verrückt* nicht gemocht, für ihn waren diese Menschen *psychisch krank* gewesen. Er hatte Alexandra mehrmals behandelt, das hatte Jan gewusst. Doch für Jan war sie weder verrückt noch psychisch krank gewesen. Für ihn war sie eine hübsche junge Frau gewesen, mit langen dunklen Haaren, traurigen Augen und einer geheimnisvollen Aura.

Die Faszination, die er für sie empfunden hatte, ließe sich heute wahrscheinlich als eine Art frühpubertärer Schwärmerei erklären. Er war nicht verliebt oder – wie man als Teenager sagte – *verknallt* in sie gewesen, vielmehr hatten ihn ihre unnahbare, fast schon mysteriöse Ausstrahlung und die Anmut ihrer scheuen Bewegungen in ihren Bann gezogen, wenn er sie heimlich durchs Fenster beobachtet hatte oder bei den seltenen Gelegenheiten, wenn er ihr auf der Straße begegnet war.

Doch dann war jene Nacht gekommen, in der diese Schwärmerei ein abruptes Ende genommen hatte.

Ihm wurde kalt, als er daran dachte. An jene Nacht, in der das Unheil seinen Lauf genommen hatte.

3

Freitag, 11. Januar 1985

Es war noch dunkel, als Jan durch das Klingeln des Telefons im Erdgeschoss geweckt wurde. Er hatte einen merkwürdigen Traum gehabt – von Blättern, aus denen man Stücke herausgeschnitten hatte, und von Kirlianfotografien, auf denen diese Blätter von einer geheimnisvollen Korona umgeben waren, die sie wieder unversehrt erscheinen ließ. Darüber hatte er in einem Buch über rätselhafte Phänomene gelesen, das er sich zu Weihnachten gewünscht hatte. Einem Buch voller spannender Themen für einen fantasiebegabten Zwölfjährigen: Spukerscheinungen, UFOs, Kornkreise und noch vieles mehr.

Es war ein interessanter Traum gewesen. Umso mehr ärgerte sich Jan über das permanente Klingeln auf dem Flur.

Der Wecker zeigte 4:48 Uhr an, als Jan gähnend aus dem Bett kletterte und auf den Gang hinausschlurfte. Wie immer musste er über Rufus steigen, der vor seiner Tür am Boden lag. Der alte Golden Retriever öffnete zuerst nur ein Auge, als wolle er abschätzen, ob es sich lohnte, auch das zweite zu öffnen, dann schien er neugierig geworden und trottete Jan hinterher.

Gerade als Jan die Treppe erreicht hatte, huschte sein Vater aus dem Schlafzimmer. Bernhard Forstner trug einen blauen Pyjama mit dunklen Streifen – ebenfalls ein Weihnachtsgeschenk –, über sein Gesicht zog sich eine rote Schlaffalte, und das Haar stand ihm wild vom Kopf ab.

»Geh wieder ins Bett«, flüsterte er und eilte an Jan vorbei. »Wird ohnehin für mich sein.«

»Kannst du denen in der Klinik nicht mal sagen, dass wir in den Ferien ausschlafen wollen?«, maulte Jan ihm hinterher, doch sein Vater hatte bereits den Hörer abgenommen.

Längst hatte sich Jan mit den nächtlichen Rufbereitschaften seines Vaters abgefunden. Sie gehörten eben zu seinem Beruf. Nur eines nervte ihn nach wie vor: Wenn er erst einmal wach war, war er wach. Einfach wieder zurück ins Bett gehen und weiterschlafen funktionierte bei ihm nicht.

Jan beneidete seine Mutter, die das ohne Probleme konnte, und sein kleiner Bruder Sven ebenso. Sven brachte es sogar fertig, im Wohnzimmersessel einzupennen, wenn ein spannender Film im Ferienprogramm gezeigt wurde.

»Du bist eben ein nervöses Hemd«, pflegte seine Mutter zu sagen, und Jan hasste diesen Satz. Es hörte sich so schreckhaft an, so als ob er sich beim kleinsten »Buh!« in die Hosen machen würde. Dabei hatte er doch nur eine lebhafte Fantasie, wie es sein Klassenlehrer einmal ausgedrückt hatte. Eine lebhafte Fantasie, um die ihn manch einer beneiden würde, und Jan hatte gedacht: *Mag ja sein, aber für den Rest bin ich das nervöse Hemd – der, den man leicht erschrecken kann, was ja immer sooo komisch ist, ha-ha.*

Nun stand das nervöse Hemd am Treppenabsatz, streichelte Rufus' Kopf und sah seinem Vater beim Telefonieren zu.

Es musste sich um etwas Ernstes handeln, das stand Bernhard Forstner deutlich ins Gesicht geschrieben. Oft genügte nur eine kurze Anordnung an das Pflegepersonal, dann war die Sache bis zum Morgen erledigt und Forstner konnte in sein Bett zurückkehren. Doch diesmal war es anders.

Statt dem obligatorischen »Dann verabreichen Sie am besten den Bedarf« oder einem »Notfalls müssen Sie fixieren« stieß Bernhard Forstner ein »Komme sofort« aus, knallte den Hörer auf die Gabel und eilte zurück ins Schlafzimmer.

»Was ist denn los?«, fragte eine verschlafene Stimme hinter Jan.

Sven lugte aus seinem Zimmer. Er trug seinen heißgeliebten He-Man-Schlafanzug und rieb sich die Augen.

»Paps muss zur Arbeit«, erklärte Jan. »Schlaf weiter.«

Sven nickte nur und verschwand wieder hinter der Tür.

Auch Jan ging wieder in sein Zimmer, ließ sich aufs

Bett plumpsen und starrte missmutig auf das Duran-Duran-Poster an seinem Kleiderschrank.

»Toll«, sagte er zu Rufus, der ihm hechelnd gefolgt war, »jetzt bin ich wach, und es ist noch nicht mal fünf.«

Keine zwei Minuten später war Bernhard Forstner aus dem Haus. Jan hörte noch das Brummen des Motors, als sein Vater aus der Hofeinfahrt fuhr.

»Und was mache ich jetzt?«

Wie um Jan diese Frage zu beantworten, setzte sich Rufus vor ihn und sah ihn mit erwartungsvollem Gassi-Blick an.

Jan hob kapitulierend die Hände. *Also gut,* dachte er. Dann würde er jetzt eben mit Rufus Gassi gehen. Vielleicht war er danach wieder müde genug, um noch einmal ins Bett zu fallen und bis zum Mittagessen durchzuschlafen. Immerhin war dies der vorletzte Ferientag, und den wollte er auskosten. Dafür waren die Ferien schließlich da.

Das Haus der Familie Forstner lag am östlichen Stadtrand, und bis zum Fahlenberger Park waren es nur ein paar Gehminuten.

Rufus zerrte erwartungsvoll an der Leine, und Jan stapfte ihm durch den Schnee hinterher. Die letzten Tage waren sonnig gewesen, und es war kaum Neuschnee gefallen, doch die Nächte fielen eisig aus. Das Thermometer neben dem Hauseingang hatte neun Grad unter null angezeigt, aber der frostige Nachtwind erweckte den Eindruck, als sei es noch wesentlich kälter.

Einsam und verlassen empfing sie der Park im orangefarbenen Licht der Natriumdampflampen. Bäume und Büsche warfen lange Schatten auf den gefrorenen Boden, und über allem lag winterliche Stille.

Im Gegensatz zu Jan, der sich in einen dicken Steppanorak eingemummelt hatte, schien Rufus die Kälte nichts auszumachen. Schwanzwedelnd schnupperte er an den Hinterlassenschaften seiner Artgenossen, setzte seine eigenen Duftmarken an Schneehaufen und jagte einer vorbeiwehenden Plastiktüte hinterher, wobei Jan Mühe hatte, mit ihm Schritt zu halten, ohne auf dem glatten Weg der Nase lang hinzufallen.

Wenig später erreichten sie das Ufer des Fahlenberger Weihers. Jan ließ Rufus von der Leine, der daraufhin zu einer hoch aufragenden Tanne trottete und dort sein Geschäft verrichtete.

Jan fühlte sich ein wenig unbehaglich, und das lag nicht nur an der Kälte. Die Stille im Park war unheimlich, fand er. Der Schnee schien alle Geräusche zu schlucken. Nur das leise Pfeifen des Winterwinds, das Hecheln des Hundes und das Knirschen von Jans Schritten waren zu hören.

Als er so lauschte, durchbrach plötzlich das entfernte Heulen von Polizeisirenen die Stille. Wahrscheinlich waren sie auf der Schnellstraße am anderen Ortsrand unterwegs. Bald konnte Jan mehrere verschiedene Sirenen ausmachen. Zwei oder drei Polizeifahrzeuge und mindestens einen Rettungswagen. Bestimmt ein Autounfall.

Jan schnappte sich das Ende der Leine und befestigte den Karabiner an Rufus' Halsband.

»Komm, wir gehen jetzt.«

Doch Rufus machte keinerlei Anstalten, auf sein frierendes Herrchen zu hören. Er hatte etwas Hochinteressantes neben dem Mülleimer an einer Parkbank entdeckt: allem Anschein nach eine leere Hamburgerverpackung, die ausgiebig beschnüffelt werden wollte.

»O Mann, jetzt komm schon«, fuhr Jan ihn an. »Mir ist sauka...«

Das Wort blieb ihm im Halse stecken. Erschrocken starrte Jan auf die weiße Gestalt, die urplötzlich durch den Park auf ihn zugelaufen kam.

Ein Gespenst!, schoss es ihm durch den Kopf.

Ja, das konnte nur ein Gespenst sein! Es sah aus wie die weiße Frau, die laut seinem Buch im Berliner Stadtschloss umging, oder wie eine *Banshee*, die durch irische Moore geisterte und verirrte Wanderer ins Verderben lockte. Ein richtiger Mensch würde nie und nimmer in dieser Aufmachung durch den Stadtpark laufen – weder um diese Zeit noch bei dieser Affenkälte.

Jan wollte schreien und davonlaufen, doch vor Schreck war weder das eine noch das andere möglich. Wie festgefroren stand er da und starrte auf den unheimlichen Spuk, der durch die Ulmen und Ahornbäume auf ihn zueilte. Als die Gestalt nur noch wenige Meter von ihm entfernt war, gesellte sich ein neuer und nicht weniger schlimmer Schrecken hinzu – denn nun erkannte Jan, wer es war. Kein Gespenst, weder eine Banshee noch die weiße Frau. Die weiß gekleidete Erscheinung, die mit wehenden Haaren auf ihn zurannte, war Alexandra Marenburg.

Schlagartig war ihm klar, weshalb die Klinik bei seinem Vater angerufen hatte und was die Polizeisirenen bedeuteten: Man suchte nach der entlaufenen Patientin.

Alexandra trug nur ein Nachthemd mit kurzen Ärmeln und dazu dünne Leggins. Ihre Füße steckten in Wollsocken, die von Schnee und Matsch vollgesogen waren. Die nackten Arme und das Gesicht hatten vor Kälte eine blau-violette Färbung angenommen. Jan musste an die Gestalten in einem Horrorfilm denken, den er sich – ohne Erlaubnis der Eltern, versteht sich – mit seinen Freunden bei einem Videoabend angesehen hatte. *Tanz der Teufel.* Danach hatte er nächtelang nicht schlafen können, obwohl er sich immer wieder eingeredet hatte, dass es sich nur um maskierte Schauspieler gehandelt hatte. Doch Alexandra trug kein Make-up. Dieses durchgefrorene und vor Schmerz und Angst verzerrte Gesicht war echt. Ihre Augen waren weit aufgerissen, ihr Mund stand offen, und der Atem quoll stoßweise wie heißer Dampf heraus.

Als sie wenige Schritte vor Jan stehen blieb, konnte er die gefrorenen Speichelfäden sehen, die rechts und links wie winzige Eiszapfen von den Mundwinkeln hinabführten.

Alexandra starrte ihn an, als sei er der Schwarze Mann höchstpersönlich, dann schrie sie.

Es war ein Schrei, der Jan durch Mark und Bein ging. Dieser Schrei hatte keinerlei Ähnlichkeit mit einer menschlichen Stimme, vielmehr hörte sich Alexandra an wie ein vor Angst verrückt gewordenes Tier. Nichts an ihr erinnerte mehr an die hübsche Achtzehnjährige im Fenster, die er hin und wieder heimlich von seinem Zimmer aus beobachtet hatte.

Jan dachte an seinen Vater, der Tag für Tag mit Verrückten zu tun hatte und der ihm einmal gesagt hatte, es gäbe keinerlei Grund, sich vor ihnen zu fürchten. *Das sind Menschen wie du und ich, die unsere besondere Aufmerksamkeit und Fürsorge brauchen.*

Jan rief sich dies in Erinnerung und nahm sich vor, keine Angst zu haben. Leicht fiel ihm das nicht, aber dass Alexandra vor allem jetzt besondere Aufmerksamkeit und Fürsorge brauchte, war deutlich zu erkennen.

»He«, flüsterte er und hob beschwichtigend die behandschuhten Hände. »Ich bin's doch nur. Jan. Jan Forstner.«

In diesem Moment begann Rufus zu bellen. Wie die

meisten Hunde seiner Rasse gehörte er nicht gerade zu den Mutigsten und nahm schon bei den geringsten Anzeichen einer Gefahr Reißaus, doch nun schien er beschlossen zu haben, wenigstens aus gebührender Entfernung seiner Hundepflicht nachzukommen.

Alexandras Blick zuckte zu Rufus, dann wieder zu Jan, und dann rannte sie davon. Als Jan sah, wohin sie lief, war alle Angst endgültig vergessen.

»Nein!«, schrie er ihr hinterher. »Nicht!«

Doch Alexandra lief weiter – hinaus auf die Eisfläche des Weihers.

»O Scheiße!«

Jan lief ihr bis zum Ufer hinterher, dann hielt er inne. Noch am Nachmittag, als er hier mit Rufus unterwegs gewesen war, hatte er das Eis in der Sonne knacken gehört – es hatte *gesungen*, wie sein Vater es nannte –, und die Parkverwaltung hatte ein Schild EISLAUFEN VERBOTEN! LEBENSGEFAHR! aufgestellt.

Gut möglich, dass das Eis zur Mitte des Weihers hin noch trug, aber er hätte keine Wette darauf abschließen wollen.

»Bleib stehen!«, kreischte er, und seine Stimme klang in seinen Ohren schrill wie eine Trillerpfeife.

Diesmal schien Alexandra ihn gehört zu haben. Sie schlitterte noch ein paar Meter übers Eis und fiel dann auf die Knie.

»Du musst zurückkommen«, rief Jan ihr zu und betonte dabei jedes einzelne Wort, damit sie ihn auch ja verstand. »Bleib auf allen vieren und komm ganz langsam wieder her.«

Fernab der Parkbeleuchtung war Alexandra nur ein buckliger Schatten auf der Eisfläche. Jan konnte sie weinen hören. Sie rührte sich nicht.

So eine dreimal verfluchte Scheiße, dachte er, als sie keinerlei Anstalten machte, zum Ufer zurückzukommen. Wahrscheinlich hatte sie jetzt begriffen, in welche Gefahr sie sich gebracht hatte.

Jan biss sich auf die Unterlippe. Was sollte er nur machen? Heimlaufen und Hilfe holen oder hierbleiben und womöglich versuchen, sie vom Eis zu holen?

Rufus, der sich hechelnd neben ihn gesetzt hatte, war ihm auch keine Hilfe.

Noch während Jan überlegte, ob er wirklich das Risiko eingehen sollte, aufs Eis zu gehen und Alexandra zurückzuholen, nahm sie ihm die Entscheidung ab. Als habe sich ihre Verrücktheit zu einer kleinen Pause entschieden und ihr Verstand wieder Oberhand gewonnen, hielt sie sich an Jans Instruktionen. Sie blieb auf allen vieren und kam vorsichtig auf ihn zu.

Ihr Schluchzen war bis zu Jan zu hören – und Jan hörte noch etwas. Ein leises Knacken, das ihn zusammenfahren ließ. Es waren noch knapp hundert Meter, die sie zurücklegen musste, und Jan betete, dass das Eis halten würde. Bald waren es noch etwa achtzig Meter, dann siebzig, dann sechzig. Je näher Alexandra dem Ufer kam, desto schneller wurden ihre Bewegungen.

Wieder das Knacken, diesmal ganz in Jans Nähe. Jan starrte auf das Eis und sah die Risse, die dicht am Ufer entstanden. Als ob sie ein hektischer Zeichner auf die glasähnliche Fläche kritzelte.

»Halt!«, rief er ihr zu. »Nicht hierher! Kriech weiter nach dort drü…«

Ein lautes Krachen schnitt ihm das Wort ab. Risse schossen über das Eis, schneller, als dass man ihnen mit den Augen hätte folgen können.

Alexandra geriet in Panik. Sie sprang auf und lief los.

Direkt auf Jan und das rettende Ufer zu. Doch sie war kaum vier Schritte weit gekommen, als das Eis brach.

Jan schrie und Rufus bellte.

Alexandra stürzte in das eisige Wasser. Sie tauchte kurz unter und kam strampelnd und um sich schlagend wieder an die Oberfläche.

Jan packte Rufus am Halsband und wollte den Karabiner der Hundeleine lösen, doch mit seinen Fäustlingen war das nicht so leicht möglich. Er hörte Alexandras gurgelnde Schreie und ihr Prusten, streifte in Windeseile die Handschuhe ab und riss die Hundeleine los.

Bis zu dem Loch im Eis waren es nur noch wenige Meter, aber die Leine war viel zu kurz.

Jan überwand alle Bedenken. Auf Knien und Händen ließ er sich aufs Eis gleiten, ignorierte die Knackgeräusche und kroch auf Alexandra zu. Ihre Bewegungen waren steif, panisch und unbeholfen. Sie musste schon während ihres Laufs durch den Park völlig durchgefroren gewesen sein, und nun gab ihr das eisige Wasser den Rest.

Jan warf ihr die Leine zu, aber es wirkte geradezu lächerlich. Er war noch viel zu weit von ihr entfernt.

Und dann ging sie unter und tauchte nicht wieder auf.

Fassungslos starrte Jan auf das unruhige Wasser des Eislochs. Er glaubte kurz einen weißen Umriss zu sehen, der unter ihm mit der Strömung zum Ufer getrieben wurde. Aber gleich darauf war die Erscheinung auch schon wieder verschwunden.

Mehr als dreiundzwanzig Jahre waren seither vergangen. Jahre, in denen Jan immer wieder von dieser Nacht geträumt hatte. In seinen Träumen sah er das Eisloch, die weiße Erscheinung unter sich, und die dunkle Fläche des Weihers.

Gelegentlich veränderten sich diese Träume. Manchmal war Jan näher am Loch, dann wieder weiter entfernt. Mal hielt sich Alexandra noch länger über Wasser und versuchte vergeblich, das nasse Eis zu greifen, oder sie tauchte erst gar kein zweites Mal auf. Doch nie war die Leine lang genug, um Alexandra retten zu können – wenigstens in der Traumwelt.

Und es gab noch eine Variante. Dann nahm der Traum noch eine letzte Wendung: Jan sprang dem Mädchen hinterher und tauchte mit ihr in die eisige Schwärze des Weihers hinab, um vor all den Schrecken zu fliehen, die ihn nach jener schicksalhaften Nacht erwarten sollten.

4

Am Montagmorgen um 7:30 Uhr trat Jan seinen Dienst auf Station 9b der Waldklinik an.

Zuvor hatte ihm Rudolf Marenburg ein üppiges Frühstück aufgenötigt, mit Spiegeleiern, gebratenem Speck, Würstchen und einem Bataillon Toastbroten. Jan hatte sich über diese fürsorgliche Geste seines Freundes gefreut und ordentlich zugelangt, obwohl er für gewöhnlich morgens nicht mehr als eine Tasse Kaffee zu sich nahm. Zum einen wollte er die gute Absicht seines Gastgebers nicht enttäuschen, andererseits hatte er aber auch seit seiner Scheidung nicht mehr so gut und ausgiebig gefrühstückt.

Eigentlich lag es sogar schon länger zurück, denn im

letzten Jahr ihrer Ehe hatte Martina morgens meist nur mit einer Gauloise in der einen und einem Kaffeebecher in der anderen Hand am Küchentisch gesessen und ihn mit besorgtem und gleichzeitig vorwurfsvollem Blick angesehen. Einem Blick, der sagte: *Du hast heute Nacht schon wieder geschrien,* und: *Hört das denn nie auf,* und: *Ich mache das nicht mehr länger mit.*

Marenburgs Frühstück war für Jan wie eine schöne Erinnerung an die glückliche Anfangszeit seiner Beziehung gewesen; an eine Zeit, in der Martina morgens höchstens Slip und Bademantel getragen und Jan mit einem verschlafenen, aber glücklichen Lächeln empfangen hatte.

Mit seiner morgendlichen Fürsorge hatte Marenburg etwas bei Jan ausgelöst: Zum ersten Mal seit langer Zeit fühlte er sich wieder irgendwo zu Hause – auch wenn ihm klar war, dass dieses Zuhause nur von vorübergehender Dauer sein würde. Jan hatte es genossen, noch ganz verschlafen all die Köstlichkeiten zu verdrücken und nebenbei mit Marenburg über die Schlagzeilen des *Fahlenberger Boten* zu plaudern. Doch als er später die Treppe zu seinem neuen Arbeitsplatz emporstieg, war ihm ein wenig übel, und er nahm sich vor, es künftig wieder bei der einfachen Tasse Kaffee bewenden zu lassen.

Haus Nummer 9 war eines von insgesamt vierzehn Stationsgebäuden auf dem parkähnlichen Areal der Fahlenberger Waldklinik. Im Parterre war die geschlossene Station untergebracht, in der vor kurzem eine neue Kollegin, Dr. Andrea Kunert, ihren Dienst angetreten hatte. Darüber lag Jans neuer Verantwortlichkeitsbereich, die offene Akutstation.

Wie Jan erfuhr, hatte sein Vorgänger, Dr. Mark Behrendt, sechs Wochen zuvor eine Stelle an einer Klinik in der Nähe von Hannover angenommen – wie es hieß, aus privaten Gründen. Es gab da noch eine weitere, inoffizielle Version über eine Beziehung zwischen Behrendt und einer ehemaligen Kollegin, aber Jan hakte nicht weiter nach. Für Krankenhaustratsch hatte er sich noch nie interessiert.

Professor Raimund Fleischer ließ es sich nicht nehmen, Jan an seinem ersten Tag höchstpersönlich mit dem Klinikbetrieb vertraut zu machen. Zuerst führte er ihn herum, und anschließend stellte er Jan den Mitarbeitern an seiner – wie er es nannte – *neuen Wirkungsstätte* vor.

Das Pflegepersonal dieser Schicht bestand aus drei Männern. Der erste, den Jan kennenlernte, war Konrad Fuhrmann. Er stellte sich Jan als ›Konni‹ vor.

»So sagen hier alle zu mir«, meinte er schulterzuckend. »Und ich find's schöner, wenn man mich duzt. ›Herr Fuhrmann‹ find ich irgendwie seltsam. Ich hoffe, das geht in Ordnung für Sie?«

Für Jan ging das in Ordnung, wofür er von Konni ein breites Grinsen erntete. Mit seiner Statur erinnerte er Jan an seine Zeit in einer forensischen Verwahrungsanstalt, wo die Pfleger allesamt als Schwarzenegger-Double hätten durchgehen können. Tatsächlich hatten dort mehrere Pfleger ihr Gehalt als Türsteher in Clubs oder Diskotheken aufgebessert.

Dagegen nahm sich Konnis etwa gleichaltriger Kollege Lutz Bissinger wie ein Werbemodel für die Welthungerhilfe aus. Sein Hauptnahrungsmittel schien Kaugummi zu sein. Den ganzen Tag sah man ihn kauen, und die kurzen, abgehackten Äußerungen, die Lutz gelegentlich von sich gab, harmonierten mit dem fortwährenden Rhythmus seiner Kiefer.

Dritter und jüngster im Bunde war Ralf Steffens, ein für sein Alter ungewöhnlich ernster junger Mann mit blondem Lockenschopf und einem Ziegenbärtchen, das, so vermutete Jan, seine zarten Gesichtszüge etwas männlicher aussehen lassen sollte.

Ralf schien zu spüren, dass Jan nervös war an seinem ersten Arbeitstag. Deshalb half er ihm, wo er nur konnte. Ausführlich machte er Jan mit dem Tagesablauf auf der 9b vertraut. Die beiden verstanden sich auf Anhieb, auch wenn Jan bei Ralf das Gefühl nicht loswurde, dass irgendetwas mit ihm nicht in Ordnung sei.

Ralf machte auf ihn den Eindruck wie jemand, der sein letztes Geld für einen Lottoschein ausgegeben hat und nun der Samstagsziehung entgegenfiebert. Etwas musste ihn gewaltig bedrücken, und hätten sie sich schon länger gekannt, hätte Jan ihn darauf angesprochen.

Ralf verstand sich aufs Erklären, und Jan war beeindruckt von der Sensibilität, die der junge Pfleger dabei an den Tag legte. Wenn er mit den Patienten auch so umging, waren sie hier in guten Händen.

Ralfs Art und auch die seiner beiden Kollegen bildete einen krassen Gegensatz zu der strengen Vorgehensweise, die Jan vom Umgang mit psychisch kranken Straftätern kannte. Überhaupt verlief die Arbeit auf der 9b viel entspannter und gelassener als an Jans vorherigen Arbeitsplätzen. Vormittags waren die meisten Patienten auf dem Klinikgelände unterwegs. Sie besuchten die Ergotherapie, nahmen am Bewegungsprogramm teil, musizierten oder malten in der Kunsttherapie oder wurden in den Trainingswerkstätten auf den beruflichen Wiedereinstieg vorbereitet.

Jan nutzte die Abwesenheit der Patienten, um sich mit den schriftlichen Formalitäten und dem Dokumentationssystem der Klinik vertraut zu machen. Später besuchte er die allmontägliche Ärztekonferenz, wo er noch einmal von Fleischer im Kollegenkreis willkommen geheißen wurde.

Nach der Mittagspause stand Jan seinen Patienten für persönliche Gespräche zur Verfügung. Wieder musste er an seine frühere Stellen denken. Hier gab es kein »Ich war doch nur ganz zufällig auf diesem Schulhof, und dieser Junge hat mich dazu gezwungen« oder »Glauben Sie mir doch, sie findet es geil, wenn ich sie dabei würge – ich hab vielleicht nur ein bisschen fester zugedrückt als sonst«.

Hier gab es andere Probleme, mit denen Jan deutlich besser zurechtkam. Probleme wie die des Grundschullehrers, der an einem sogenannten sozialen Brennpunkt einer Großstadt gearbeitet hatte und mitten im Sportunterricht durchgedreht war, weil er das Geschrei und die Aufsässigkeit seiner Schüler nicht mehr ertragen hatte. Oder die der hochdepressiven, alleinerziehenden Mutter, die davon überzeugt war, dass nur sie selbst schuld an ihrer Langzeitarbeitslosigkeit war, weil sie nichts wert sei.

Das letzte Gespräch an diesem Nachmittag führte Jan mit einem jungen Mann, der seine psychotischen Wahnvorstellungen auf seine achtundsiebzigjährige Nachbarin projizierte.

»Sie tut das jede Nacht, glauben Sie mir«, sagte er und rutschte dabei nervös auf dem Besucherstuhl in Jans kleinem Büro hin und her. »Jede gottverdammte Nacht. Dabei spielt es keine Rolle, ob ich im Bett, auf dem Boden oder auf dem Sofa liege. Immer wenn ich kurz vor dem Einschlafen bin, schiebt sie ihren hässlichen Kopf durch die Wand, und dann beschimpft sie mich. Wenn man sie im Treppenhaus trifft, ist sie scheißnett, aber wehe, sie schaut nachts durch die Wand. Ha! Diese verdammte alte Hexe!«

Dass er krank sei und es sich bei dem Hexengesicht aus der Wand um das Ergebnis gestörter Impulse seiner Synapsen handelte, wollte der Patient nicht wahrhaben. Jan entschied, die Medikamentendosis zu erhöhen. Zuerst war es wichtig, dass die Halluzinationen nachließen, damit die Basis für ein vernünftiges Gespräch geschaffen werden konnte. Solange bei diesem Patient keine Krankheitseinsicht bestand, war die Hoffnung auf eine erfolgreiche Therapie illusorisch.

Nachdem sein Patient gegangen war, schrieb Jan den Bericht. Als er wieder aufsah, lehnte ein hochgewachsener Mann im Türrahmen. Die Hände lässig in den Hosentaschen vergraben, grinste er Jan an.

»Gleich am ersten Tag Überstunden? Das sollten Sie nicht zur Gewohnheit werden lassen. Kleiner Finger, ganze Hand, Sie wissen schon.«

Jans Gegenüber hätte durchaus einem Modeprospekt für den sportlich-eleganten Mittfünfziger entsprungen sein können. Die schelmische Art, mit der er Jan musterte, ließ ihn um einige Jahre jünger wirken.

»Ich bin Norbert Rauh«, stellte er sich vor. »Raimund hat Ihnen bestimmt schon von mir erzählt.«

»Ja, das hat er«, entgegnete Jan. Das was also Fleischers »Bedingung« – wobei Jan feststellte, dass Rauh zu den seltenen Menschen gehörte, bei denen er sich auf den ersten Blick nicht sicher war, ob sie ihm sympathisch waren oder nicht.

Ohne auf eine Aufforderung zu warten, betrat Rauh das kleine Büro und ließ sich auf Jans Besucherstuhl nieder. Jan roch den dezenten Hauch eines holzigen Aftershaves.

»Freut mich, Sie wiederzusehen«, sagte Rauh. »Bei unserer letzten Begegnung müssen Sie zehn oder elf gewesen sein. Wahrscheinlich werden Sie sich nicht mehr daran erinnern.«

»Um ehrlich zu sein, nein.«

»Ist ja auch schon eine Weile her.« Rauh seufzte. »Manchmal scheint es mir wie eine Ewigkeit. Wissen Sie, ich habe Ihren Vater gut gekannt. Wir haben damals gemeinsam an einem Forschungsprojekt gearbeitet. Hypnotherapie. Bernhard war fasziniert von diesem Thema. Sein Tod war ein schlimmer Verlust. Unfassbar. Ihr Vater war ein großartiger Mensch.«

»Haben Sie lange zusammengearbeitet?«

»Etwas mehr als zwei Jahre. Nach Bernhards Tod habe ich unser Projekt zunächst allein weitergeführt, ehe ich zwei neue Kollegen dafür gewinnen konnte, die Ihrem Vater annähernd das Wasser reichen konnten. Ich denke, er wäre mit den Resultaten sehr zufrieden gewesen.«

»Ich wusste gar nicht, dass es an der Waldklinik eine Forschungsabteilung gibt.«

Rauh schüttelte den Kopf. »Gibt es auch nicht. Wir haben damals mit der Ulmer Universität kooperiert. Danach habe ich lange Zeit in Cambridge und Oxford gearbeitet. Erst vor vier Jahren bin ich mit einem kleinen Umweg über Hamburg wieder in die alte Heimat zurückgekehrt.« Erneut grinste er, doch diesmal wirkte sein Grinsen nicht ganz so selbstsicher, eher ein wenig melancholisch. »Ich glaube, Sie wissen, wie es ist, wenn man irgendwann wieder zu seinen Wurzeln zurückkehrt, die alte Geborgenheit sucht. Nur die Gründe dafür sind unterschiedlich. In meinem Fall war es das Alter, das sich leider nicht mehr ignorieren lässt ... Aber das ist nicht der Grund für meinen Besuch, wie Sie sich bestimmt denken können.«

Jan verstand die Anspielung und beschloss, das eigentliche Thema geradeheraus anzusprechen. »Professor Fleischer hat ein Therapieangebot bei Ihnen erwähnt. Er meinte, Sie könnten mir helfen.«

»Das ist richtig.« Rauh nickte und sah Jan abschätzend an. »Und was meinen Sie dazu, Jan? Kann man Ihnen denn helfen?«

Für einen Moment erschien vor Jan das Bild seiner Exfrau. Martina stand im Schlafzimmer und packte ihre restlichen Kleidungsstücke in einen Koffer. Draußen vor dem Fenster parkte ein Lieferwagen, in den Jans – nun ehemaliger – Schwager den letzten Umzugskarton hievte. Jan erinnerte sich an Martinas Blick und an die Endgültigkeit ihres Entschlusses. Jeder Versuch, sie noch einmal umzustimmen, wäre zwecklos gewesen – selbst wenn Jan es gewollt hätte. Doch er hatte gewusst, dass es so besser war.

Jan erinnerte sich an Martinas letzte Worte, ehe sie zu ihrem Bruder in den Lieferwagen stieg und für immer aus seinem Leben verschwand: »Eines Tages wirst du einsehen, dass du ohne Hilfe nicht von deiner Besessenheit freikommst. Ich wünsche dir wirklich von Herzen, dass es dann jemanden gibt, von dem du dir helfen lässt. Ich war da wohl die Falsche.«

»Sie scheinen sich nicht sicher zu sein«, holte ihn Rauh aus seinen Gedanken zurück.

Jan zögerte mit seiner Antwort, ließ Martinas Worte in sich nachklingen. Dann nickte er. »Versuchen sollten wir es.«

Zufrieden lächelnd klatschte Rauh mit den Händen auf seine Schenkel. »Sehr gut, das ist ein Wort.

Kommen Sie morgen nach Dienstschluss zu mir auf Station 12.«

»Okay«, meinte Jan. »Aber unser Treffen werden Sie vertraulich behandeln?«

»Offiziell werden Sie als Hospitant in meinem Fachbereich geführt«, versicherte ihm Rauh. Dann fügte er zwinkernd hinzu: »Wer weiß, vielleicht werden Sie das auch sein, wenn Sie sich von der Wirksamkeit meiner Arbeit überzeugen konnten. Es wäre schön, wieder mit einem Dr. Forstner zusammenzuarbeiten.«

Jan fühlte sich nach wie vor unwohl bei dem Gedanken, Rauhs Therapieangebot zu nutzen. Es machte ihm Angst, in die Abgründe seiner Vergangenheit zu steigen und die alten Geister aus den Verliesen zu lassen, in die er sie nur mit Mühe hatte einsperren können. Aber so lautete nun einmal die Bedingung, die ihm Fleischer gestellt hatte. Und dann waren da noch Martinas Abschiedsworte, in denen weitaus mehr als nur ein Quäntchen Wahrheit gelegen hatte.

»So, nun will ich Sie aber nicht länger vom wohlverdienten Feierabend abhalten.« Rauh erhob sich. Er war schon fast bei der Tür, als er sich noch einmal umwandte.

»Wo werden Sie die nächste Zeit wohnen? Wenn ich mich nicht täusche, ist Ihr Elternhaus doch vermietet.«

»Ich wohne vorübergehend bei einem Freund«, sagte Jan, und einer plötzlichen Eingebung folgend fügte er hinzu: »Rudolf Marenburg. Kennen Sie ihn?«

»Marenburg«, sagte Rauh nachdenklich. »Kennen wäre zu viel gesagt. Er ist ein alter Fahlenberger so wie ich, und die Stadt ist klein. Da läuft man sich zwangsläufig hin und wieder über den Weg.«

»Wenn Sie damals schon an der Waldklinik gearbeitet haben, müssten Sie seine Tochter gekannt haben. Alexandra.«

»Ich weiß noch, dass sie hier während ihrer Behandlung verstorben ist«, sagte Rauh und machte eine bedauernde Geste. »Aber an mehr kann ich mich nicht erinnern. Ist schon eine Ewigkeit her.«

»Sie war wegen Depressionen auf der Station meines Vaters«, half Jan seiner Erinnerung auf die Sprünge. »Eines Nachts im Januar drehte sie durch, lief von der Station fort und ertrank halbnackt im Stadtweiher.«

Nun schien Rauh sich wieder zu erinnern. »Ach ja, richtig. War ein hübsches Ding, die kleine Marenburg. Sehr tragisch. Waren Sie damals nicht im Park, als es passiert ist?«

Die Art, wie Rauh auf das Thema reagierte, gefiel Jan nicht. In seinen teuren Klamotten sah der Arzt vielleicht wie ein Model für Männermode aus, aber ein guter Schauspieler war er nicht.

»Ich habe nie verstanden, warum sie so panisch gewesen ist«, fuhr Jan fort. »Sie wirkte vollkommen verwirrt, als sei der Leibhaftige hinter ihr her.«

Rauh hob bedauernd die Hände. »Wie gesagt, es ist lange her. Ich glaube mich noch düster zu erinnern, dass sie neben den Depressionen auch an einer ausgeprägten Angsterkrankung litt. Aber ganz gleich, was der Grund für ihren Tod war, ändern können wir daran nichts mehr. Warum fragen Sie danach?«

»Nun ja, ich frage mich immer noch, was jemanden dazu treibt, nachts im Winter durch den Park zu rennen, noch dazu mit kaum einem Fetzen Kleidung am Leib.«

Rauh nickte ernst. »Das ist verständlich. Andererseits sollten Sie lernen, die Vergangenheit loszulassen, Jan. Es gibt nicht immer eine Erklärung für alles. Lassen Sie mich Ihnen helfen, wieder in der Gegenwart zu leben. Wir sind viel zu kurz auf dieser Welt, als dass wir nur Zeit für Vergangenes hätten, finden Sie nicht?«

Die Vergangenheit loslassen, dachte Jan. *Das ist leichter gesagt als getan. Vor allem, wenn einen diese Vergangenheit mit so vielen unbeantworteten Fragen in die Zukunft geschickt hat.*

5

Es war bereits dunkel, als Jan den Wagen vor Marenburgs Haus parkte. In der Küche brannte Licht, und durch das Fenster konnte Jan den Alten am Tisch sitzen sehen.

Jan beschloss, noch einen kleinen Spaziergang zu machen. Im Moment war ihm nicht nach einer Unterhaltung zumute. Er fühlte sich müde und abgespannt, all die neuen Eindrücke und die zahlreichen Erinnerungen machten ihm zu schaffen. Er sog die kalte Luft ein und sah zum Himmel empor, an dem kein einziger Stern zu erkennen war. Nur ein trüber Lichtfleck ließ den Mond hinter fetten Wolken erahnen.

Rauhs Worte wollten ihm nicht aus dem Kopf gehen. *Die Vergangenheit loslassen. In der Gegenwart leben.* Konnte man wirklich beides voneinander trennen? War die Gegenwart denn nicht das Resultat vergangener Ereignisse, und konnte man die Gegenwart nicht erst dann verstehen, wenn man auch die Vergangenheit verstand?

Seufzend schlug er den Fußweg zum Park ein. Jan verspürte einen inneren Widerstand, der jedoch mit jedem Schritt nachließ. Irgendwann musste er diesen Weg wieder entlanggehen, sagte er sich. Jeder Zentimeter dieser Stadt war mit Erinnerungen gepflastert, mit guten und mit schlechten, das galt nicht nur für den Park. Es war an der Zeit, dies nicht länger zu verdrängen.

Wie oft war er in Gedanken diesen Weg gegangen, hatte sich jeden einzelnen Schritt vorgestellt und gefragt, wie es ihm dabei ergehen würde. Nun aber spürte er nur den kalten Wind, der ihm ins Gesicht wehte.

Im Park angekommen, ging Jan Richtung Weiher. Unzählige Male hatte er hier Rufus ausgeführt, und jedes Mal waren sie bis zur Bank am Ufer gegangen. Diese Parkbank gab es noch, wenngleich sie inzwischen erneuert worden war. Jan erkannte ein Messingschild an der Rückenlehne. Als er las, was dort eingraviert stand, durchfuhr ihn ein Schauer.

Gestiftet von Rudolf Marenburg.
Im Gedenken an Alexandra.

Jan ließ sich auf die Bank sinken. Möglich, dass jeder Quadratzentimeter Fahlenbergs mit Erinnerungen gepflastert war, aber hier an diesem Flecken war ihre Dichte am höchsten. Nicht nur wegen Alexandra.

Jan griff in seine Jackentasche und holte seinen ständigen Wegbegleiter hervor. Die Tasten des kleinen Diktiergeräts waren längst abgegriffen, ihre Beschriftungen kaum noch lesbar und das Gehäuse voller Schrammen, aber es funktionierte noch. Behutsam entfernte Jan einen Wollfussel, der sich in der Öffnung des Kassettenfachs verfangen hatte, ehe er die Starttaste drückte.

Klickend setzten sich die Spulen der Mikrokassette in Bewegung. Jan hielt sich das Gerät ans Ohr. Zunächst war nur ein Rauschen zu hören. Man hätte meinen können, das Band sei leer. Doch bei genauerem Hinhören vernahm man das leise Rascheln, das der Wind in den Rillen des Mikrofons erzeugte.

Nach Svens Verschwinden hatten Kriminaltechniker die Aufnahme eingehend überprüft. Man hatte sämtliche Geräusche herausgefiltert, verstärkt und analysiert, doch keines davon war stark genug gewesen, um einen Anhaltspunkt zu liefern, was in jener Nacht geschehen war.

Was auch immer passiert war, es war in aller Stille passiert. Einer Stille, die für Jan unerträglich war und die ihn dennoch immer wieder zwang, sie sich anzuhören.

Als das Band mit einem metallischen Schnappen endete, nahm Jan die Kassette heraus, drehte sie um und schaltete das Gerät wieder ein. Nun lief die A-Seite ab. Die Seite, auf der Jan und Sven noch zusammen gewesen waren. Mehr als ein ungeduldiges »Pssst!« von Jan war nicht zu hören, aber wie jedes Mal genügte es, um Bilder in ihm wachzurufen. Doch anders als sonst befand sich Jan jetzt am Ort des Geschehens. Hier, an der Stelle, an der er jetzt saß, war es passiert. Hier hatten sie das Diktiergerät auf der Bank abgestellt und mucksmäuschenstill darauf gewartet, dass etwas geschehen würde. Etwas absolut Verrücktes, an das nur ein Zwölfjähriger hatte glauben können, während sein frierender kleiner Bruder neben ihm stand.

Und dann, ganz am Ende des Bands, sprach Sven. Es war nur ein Satz, aber er genügte, um Jan die Tränen in die Augen zu treiben.

»Wann gehen wir endlich wieder heim?«

Gleich darauf schaltete sich das Gerät ab, und diesmal ließ das schnappende Geräusch Jan zusammenzucken.

Nun konnte Jan sich nicht mehr beherrschen. Heulend umklammerte er das Diktiergerät, strich über die aufgeprägten Buchstaben des GRUNDIG-Schriftzugs und steckte es dann zurück in seine Jacke.

Erst in diesem Moment bemerkte er, dass er nicht allein war. Marenburg musste ihn gesehen haben und ihm gefolgt sein.

»Ist für uns beide ein schlimmer Ort«, sagte er. »Und trotzdem zieht es uns hierher.«

»Das muss endlich ein Ende haben«, sagte Jan und rieb sich mit dem Jackenärmel die Tränen aus den Augen. Er schämte sich, mit seinen fünfunddreißig Jahren hier herumzusitzen und zu weinen wie ein Kind, aber er fühlte auch die Erleichterung, die es ihm verschaffte.

»Ich kann so nicht mehr weitermachen, Rudi. Ich habe meinen Job verloren, weil mich die Suche nach Erklärungen zerfressen hat. Meine Frau hat sich von mir getrennt, weil sie es nicht mehr mit mir ausgehalten hat, und ich kann es ihr nicht verdenken. Ich halte es ja selbst nicht mehr mit mir aus.«

»Weißt du«, sagte Marenburg und ließ sich neben ihm nieder, »es gibt Millionen von Binsenweisheiten in der Art von *die Zeit heilt alle Wunden* und so weiter. Das ist alles gequirlte Scheiße, Junge. Der Schmerz lässt nie nach. Genauso wenig wie man aufhören wird, nach dem Grund für etwas zu suchen, das einen quält.« Marenburg sah Jan in die Augen und lächelte tröstlich. »Aber man muss aufpassen, dass man dabei noch seine fünf Sinne beisammenhält. Wahrscheinlich wirst du nie erfahren, was aus deinem Bruder geworden ist. Ebenso wie ich vielleicht nie den Grund wissen werde, warum mein Mädchen hier sterben musste. Aber was man lernen kann, ist, mit dem Schmerz zu leben. Das klappt nicht immer, aber mit ein wenig Geduld wird es im Lauf der Jahre einfacher.«

Jan ließ diese Worte auf sich wirken, dann sagte er: »Ich werde eine Therapie machen. Allein pack ich es nicht mehr.«

Marenburg rückte von ihm ab, dann stand er auf.

»Eine Therapie«, wiederholte er, und in seine quäkende Kermit-Stimme mischte sich gelinder Spott. »Junge, ich will es dir nicht verderben, du wirst es dir bestimmt gut überlegt haben. Vielleicht hilft es bei dir, aber ich habe da meine Zweifel. Würden solche Therapien wirklich nützen, wäre meine Alexandra noch am Leben. Auch sie hat eine *Therapie* gemacht«, er spie das Wort fast aus, »ach, was sage ich, ein ganzes Dutzend. Und hat es etwas geholfen?«

»Das war etwas anderes, Rudi. Alexandra war schwer krank. Nach allem, was ich weiß, litt sie unter den Folgen einer Hirnstoffwechselstörung. Das kann man nicht so einfach therapieren. Die Medikamente können es allenfalls lindern.«

Marenburg trat nach einem kleinen Stein, der daraufhin über den Betonweg schlitterte.

»Nimm es nicht persönlich, Jan, aber ich halte verdammt wenig von diesem Psychiatrie-Hokuspokus. Ihr Psychiater tappt doch bloß im Dunkeln, und wenn ihr nicht mehr weiterwisst, dann ist es eben der Stoffwechsel im Gehirn oder so etwas. Nichts gegen deinen Vater, aber wenn du mich fragst, dann haben die mein Mädchen damals nur noch verrückter gemacht. Jedes Mal, wenn sie aus dieser verfluchten Klinik entlassen worden ist, war sie noch merkwürdiger, noch unnahbarer. Und dann läuft sie wie eine Besessene hierher und stirbt.« Er sah sich zu Jan um, und nun schimmerten auch in seinen

Augen Tränen. »Ich will dir deine Therapie nicht ausreden, aber glaub einem alten Mann: Mit seinen Gespenstern muss jeder allein zurechtkommen. Die kann kein anderer für dich vertreiben, und erst recht helfen keine Pillen. Hab Geduld mit dir selbst, dann schaffst du es. Du hast einen Neuanfang gemacht, und ich bin mir sicher, dass es dafür keinen besseren Ort gibt, als den, an dem alles angefangen hat.«

»Vielleicht hast du Recht«, sagte Jan und stocherte mit der Schuhspitze im Boden. »Aber wenn man den richtigen Weg für sich selbst finden will, sollte man nichts unversucht lassen.«

»Amen«, sagte Marenburg und lächelte. »Was hältst du jetzt von einem schönen kühlen Fahlenberger Schlossquellbier? Wenn man genug davon intus hat, um den Namen nicht mehr aussprechen zu können, lassen auch die Schmerzen in der Brust nach.«

Jan lehnte dankend ab. Alkohol würde seine Niedergeschlagenheit nur verstärken. Marenburg zuckte mit den Schultern. Er machte Anstalten, zurück zum Haus zu gehen, doch Jan hielt ihn zurück: »Wie hast du das vorhin gemeint, man hätte Alexandra in der Klinik nur noch verrückter gemacht?«

»So, wie ich es gesagt habe. Ich weiß nicht, was die da drin mit ihr angestellt haben, aber irgendwas hat sie dazu getrieben, mit kaum einem Fetzen am Leib in den Park zu rennen. Sie hat eine Scheißangst gehabt, Jan. Das weißt du wahrscheinlich besser als ich.«

Jan sagte nichts. Er sah nur Alexandras verzerrtes Gesicht vor sich, die an ihren Wangen festgefrorenen Speichelfäden und die weit aufgerissenen Augen.

Marenburg, der Jans Schweigen als Zustimmung wertete, nickte bedeutungsvoll. »Irgendjemand in dieser verfluchten Klinik ist schuld an ihrem Tod gewesen. Darauf gebe ich dir Brief und Siegel, auch wenn ich es nicht beweisen kann.«

6

Seit Tagen hatte es sich angekündigt, jetzt ließ der schiefergraue Novemberhimmel die ersten dicken Schneeflocken dieses Winters auf Fahlenberg fallen. Noch hielt sich der Schnee nicht lange auf dem Asphalt, aber wenn der frostige Wind weiterhin anhielt, würde die Stadt bald unter Schneemassen begraben sein.

Jan hatte das Autoradio aufgedreht und genoss die laute Musik, die die Stille aus der Enge der Kabine vertrieb. Billy Idol verkündete gerade, er tanze mit sich selbst, als Jan auf der Schnellstraße den Stau sah und abbremste. Die Ursache für den Stau ließ sich nicht ausmachen. Vielleicht war ein leichtsinniger Fahrer den Winterbedingungen zum Trotz mit Sommerreifen unterwegs gewesen und ins Schleudern geraten. Erst vor ein paar Minuten hatte der Radiomoderator über die hohe Zahl solcher Unfälle berichtet, die sich mit erstaunlicher Regelmäßigkeit ereigneten, sobald der erste Schnee fiel.

Dann sah Jan einen dicken Mann, der mit wehendem Trenchcoat zwischen den wartenden Fahrzeugen hin und her lief und etwas rief. Jan stellte das Radio ab und ließ die Seitenscheibe herunter.

»Ein Arzt!«, hörte er den Dicken im Trenchcoat rufen, während er bei Jans Vordermann auf das Dach hämmerte. »Ist hier ein Arzt? Herrgott, wir brauchen einen Arzt!«

Nun sah Jan die Blutflecken auf den Schößen seines Mantels und stieg aus.

»Ich bin Arzt! Was ist los?«

Der Mann im Trenchcoat wirbelte zu Jan herum. Er schien völlig aus dem Häuschen und starrte ihn aus schreckgeweiteten Augen an. Dann stürmte er auf Jan zu, packte seinen Jackenärmel und zog ihn mit sich.

»Kommen Sie! Mein Gott, kommen Sie schnell!«

Jan gelang es, seinen Arm aus dem Griff zu befreien, während er hinter dem Mann die Autoschlange entlangeilte. Mehrere Fahrer reckten neugierig die Köpfe aus ihren Fahrzeugen. Eine Männerstimme rief: »He, was ist denn da vorn los?«, ein anderer fluchte, wann es endlich weitergehe. Ein Stück weiter hinten wurde gehupt.

Der Unfallort befand sich wenige Meter hinter einer Fußgängerbrücke, die den Fahlenberger Stadtkern mit einer Neubausiedlung verband. Ein roter Seat stand dort quer auf der Straße. Als sie sich ihm näherten, stieß eine Frau wenige Meter vor ihnen einen entsetzten Schrei aus, wandte sich um und taumelte an ihnen vorbei.

Der Dicke im Trenchcoat blieb stehen, als traue er sich nicht weiter. Jan blieb ebenfalls stehen. Er sah die verbeulte Motorhaube des Unfallwagens. In der Windschutzscheibe klaffte ein Loch.

Steinewerfer, schoss es ihm durch den Kopf. *Irgendein Idiot hat etwas von der Brücke geworfen!*

Hinter dem Auto sah Jan einen jungen Mann im dunklen Anzug. Er stand vornübergebeugt, die Hände auf die Oberschenkel gestützt und würgte Speichelfäden auf einen Haufen Erbrochenes. Der arme Kerl war ganz offensichtlich der Fahrer des Seats. Er war unverletzt, also traf Jans Theorie vom Steinewerfer nicht zu.

Jan ließ den Dicken stehen und ging um den Unfallwagen herum. Als er sah, was dort auf der Straße lag, erstarrte er. Er hatte während seines Studiums schon einige schlimme Dinge gesehen, aber bei diesem Anblick blieb ihm fast das Herz stehen. Kein Wunder, dass der Fahrer sich die Seele aus dem Leib kotzte. Jan spürte ebenfalls, wie es ihn würgte.

Ärzte sind auch nur Menschen, hatte einmal ein befreundeter Unfallchirurg zu ihm gesagt. *Der entscheidende Unterschied ist, dass sie gelernt haben, den kleinen Schalter in ihrem Kopf umzulegen, der sie zum Profi macht.*

Jan riss sich zusammen und legte den Schalter um. Erst schien er etwas zu klemmen, aber dann klappte es.

»Haben Sie den Notarzt gerufen?«, fuhr er den Mann im Trenchcoat an, der ihn ansah, als hätte Jan ihn auf Japanisch angesprochen. Jan wandte sich an die Schaulustigen, die sich inzwischen versammelt hatten.

»Rufen Sie den Rettungsdienst! Eins, eins, zwei!«

Augenblicklich wurden etliche Handys gezückt, doch nicht alle wurden ans Ohr gehalten. Mit Entsetzen nahm Jan wahr, dass nicht jeder die Absicht hatte, zu telefonieren – zumindest nicht, ehe man nicht ein paar Fotos gemacht hatte.

Jan näherte sich dem Unfallopfer, das mehrere Meter vom Seat entfernt lag. Eine Frau. Sie musste von der Fußgängerbrücke gesprungen und auf das Auto geprallt sein. Die Brücke war nur wenige Meter hoch, und der Sprung allein hätte ihr wahrscheinlich nur gebrochene Beine eingebracht, aber der Aufprall auf ein fahrendes Auto war verheerend. Daran änderte auch nichts, dass der Fahrer sofort in die Eisen gestiegen war, wie die tiefschwarzen Bremsspuren bezeugten.

Jan schätzte die Frau auf Mitte zwanzig. Sie musste einige Meter durch die Luft geschleudert worden sein. Ihr zerfetzter Anorak verriet, dass sie danach noch ein weiteres Stück rücklings über die raue Straßenfläche geschlittert war. Der linke Arm, beide Beine und das Rückgrat waren gebrochen, daran ließ ihre verkrümmte Lage keinen Zweifel. Das linke Bein lag verdreht auf dem Asphalt, das rechte stand angewinkelt auf dem Boden, wobei es zwischen Knie und Fuß einen Rechtsknick eingenommen hatte, als befände sich in der Mitte ihres Schienbeins ein weiteres Gelenk. Ihr Rumpf sah aus, als habe ihn eine gewaltige Kraft zu einem menschlichen S verbogen.

Jan trat näher heran. Noch hob und senkte sich der Brustkorb der jungen Frau. Doch als Jan jetzt ihr Gesicht zu sehen bekam, gab er ihr nur noch Minuten, und er hoffte für sie, dass es *sehr wenige* Minuten sein würden. Das linke Auge war durch das verschobene Jochbein ins Schädelinnere gequetscht worden, während das rechte hektisch umherzuckte. Die Frau schien bei vollem Bewusstsein zu sein.

Jan kniete sich neben die Sterbende und griff vorsichtig ihre rechte Hand. Augenblicklich krampften sich ihre Finger um die seinen. Jan sah auf all das Blut, das aus einer gewaltigen Platzwunde inmitten der Stirn und aus den Überresten der eingedrückten Nase und den Ohren quoll. Die Blutlache berührte bereits seine Schuhe, und das lange dunkle Haar der Frau glänzte wie Seetang in einem tiefroten Meer.

Dennoch war Leben in dieser Frau. Ihr Griff war noch immer fest, und das verbliebene Auge zuckte nach wie vor umher, als schien es nicht begreifen zu können, was es sah.

»Ruhig«, sagte Jan sanft. »Bleiben Sie ruhig, Hilfe ist unterwegs.«

Natürlich war das ausgemachter Blödsinn. Ebenso hätte er *Alles wird gut* oder *Das wird schon wieder* sagen können. Zwar konnte Jan in einiger Entfernung die Martinshörner von Polizei und Notarzt hören, aber er wusste, dass hier jede Hilfe zu spät kam.

Als hätte sie seine Gedanken gelesen, sah die Frau ihn plötzlich mit ihrem unversehrten Auge starr an. Ein eiskalter Schauer durchfuhr Jan.

Wie sie mich ansieht! Wo bleibt nur der verdammte Rettungswagen?

Die Frau gab grässliche Laute von sich und schien mit ihrem Griff Jans Finger brechen zu wollen. Doch als er schon dachte, dies sei ein letztes Aufbäumen vor dem Ende, begannen ihre Arme zu zucken, als wollten sie sich von etwas befreien. Jan glaubte seinen Augen nicht zu trauen, aber die Frau versuchte tatsächlich, sich aufzurichten. Doch mehr als den Kopf anzuheben gelang ihr nicht.

»Nicht bewegen«, sagte er und strich ihr beruhigend über den Kopf. »Bleiben Sie liegen. Es ist gleich vorbei.«

Mit einem gurgelnden Geräusch ließ die Frau den Kopf zurückfallen, wandte sich aber sofort wieder Jan zu. Schneeflocken fielen auf ihr blutverschmiertes Gesicht, und das einzelne Auge stierte Jan mit einem flehentlichen Ausdruck an.

Sie will mir etwas sagen!

Es war unfassbar. Obwohl diese Frau Höllenqualen durchleiden musste und ihr der Unterkiefer wie ein Fremdkörper quer herabhing, so dass ihr das Sprechen unmöglich war, wollte sie ihm dennoch etwas mitteilen.

Jan hielt sein Ohr dicht an ihr Gesicht. Er spürte ihre warmen Atemstöße und konnte das Gurgeln in ihrer Kehle hören. Mehrmals musste sie ihr Blut schlucken, ehe ihr ein einzelner Laut glückte.

»Gäoh!«

Sie würgte einen weiteren Blutschwall hervor, schluckte und stieß dann noch einmal den seltsamen Laut aus, diesmal länger: »Gääääoooooh!«

Der Laut, der vielleicht ein Wort, vielleicht aber auch nur ein letzter Ausdruck ihrer Schmerzen war, ging in ein Hauchen über.

Jan sah die Frau an und zwang sich zu einem sanften Lächeln. Er wollte ihr etwas Gutes mit auf die letzte Reise geben.

Ihr Blick brach, der Griff um seine Hand erschlaffte, und dann war es endlich vorbei.

7

Den Hinterbliebenen bleibt die Tagesordnung. Dieser Satz kam Jan in den Sinn, als er mit fast drei Stunden Verspätung seinen Dienst antrat.

Zuvor hatte er am Unfallort seine Zeugenaussage zu Protokoll gegeben und mit dem Notarztteam gesprochen, das unmittelbar nach dem Tod der Brückenspringerin eingetroffen war. Danach hatte Jan seine Station verständigt, dass er sich verspäten würde, war noch einmal zurückgefahren und hatte ausgiebig geduscht.

Rudolf Marenburg war nicht im Haus gewesen, worüber Jan nur froh war. Er hätte nicht den Nerv gehabt für lange Erklärungen. Er hatte auch nicht den Nerv gehabt, seine blutverschmierten Schuhe zu reinigen, weshalb er sie in eine Plastiktüte gepackt und in der Mülltonne entsorgt hatte.

Den ganzen Tag über bekam Jan das schreckliche Bild des zerschmetterten Schädels mit dem einzelnen Auge nicht mehr aus dem Kopf. Doch als er am späten Nachmittag in seinem kleinen Büro saß und mit einem Patienten ein letztes Gespräch vor dessen Entlassung führte, war aus dieser Erinnerung das surreale Gefühl geworden, all die Ereignisse dieses Morgens nur geträumt zu haben. Ja, alles schien nur ein Alptraum gewesen zu sein oder einer jener Horrorfilme, die sein junger Patient hier mit Vorliebe sah.

Kevin Schmidt sah aus wie Graf Dracula persönlich. Dunkle Kleidung, weißes Make-up, die schwarz gefärbten Haare zu einer Krone hochgegelt. Nur hätte sich ein echter Vampir sicherlich keinen Rosenkranz um den Hals gehängt.

»Wissen Sie, Doc, das Leben ist für mich immer noch ein Stück Scheiße«, sagte er trocken. Er sah Jan dabei nicht an, sondern zupfte an einem Button mit der Aufschrift BARLOW RULES herum, den er am Revers seines Ledermantels trug. »Aber der Stoff, den man mir hier gegeben hat, ist echt gut. Jetzt stinkt die Scheiße wenigstens nicht mehr so übel wie früher. Wenn Sie verstehen, was ich meine.«

Wenn du vorhin wie ich dem Tod begegnet wärst, würdest du das wahrscheinlich anders sehen, dachte Jan.

»Freut mich, dass sich Ihr Zustand so gebessert hat.« Jan rang sich ein Lächeln ab.

»Na ja, vielleicht freut Sie's auch nur, dass Sie wieder einen Psycho weniger auf der Liste haben«, gab der depressive Vampir zurück und erhob sich. »Kann ich jetzt die Fliege machen?«

»Ja, schwirren Sie los«, sagte Jan, »und viel Glück für die Zukunft.«

Kevin Schmidt schnaubte nur verächtlich und verließ das Büro. Er hinterließ eine schwere Patschuliduftwolke, die Jan veranlasste, trotz der Kälte das Fenster aufzureißen. Dann schrieb Jan seinen Abschlussbericht fertig und packte die Akte in ein Kuvert.

Bis zu seinem Termin am Abend blieb ihm noch Zeit, weshalb er beschloss, einen kurzen Spaziergang zum Archiv zu machen, statt das Kuvert in die Hauspost zu geben.

Auf dem Gang begegnete er Ralf Steffens. Wieder dachte Jan, dass der Pfleger ungewöhnlich ernst wirkte, und sah ihn aufmunternd an.

»Alles in Ordnung mit Ihnen? Sie sind so blass.«

Ralf zuckte nur mit den Schultern. »Geht schon. Ist privat.«

Privat ist privat, dachte Jan und ließ es dabei bewenden. Wer, wenn nicht er, wusste, dass es Dinge gab, über die man nicht gern mit anderen sprach. Also wechselte er das Thema und fragte nach dem Weg zum Archiv.

Ralf hatte kaum geantwortet, als Konni Fuhrmann zu ihnen kam und seinen Kollegen ans Telefon holte. Eine Frau sei am Apparat, erklärte er, und es sei dringend. Jan hoffte für Ralf, dass der Anruf der ersehnte Lottogewinn sein würde. Es musste ja nicht gleich ein Sechser mit Zusatzzahl sein, aber ein »Lass uns noch mal darüber reden« wäre auch schon was wert.

Ein eisiger Wind pfiff durch die knorrigen Bäume, die den Weg zum Nebentrakt des Verwaltungsgebäudes säumten, wo sich das Archiv befand. Es hatte aufgehört zu schneien, aber die dunkle Wolkenfront, die sich langsam von Osten heranschob, deutete auf neue Schneefälle hin.

Obwohl es nur fünf Gehminuten von Station 9 waren, fror Jan erbärmlich. Aber das war in Ordnung, denn das Frieren und der kurze Weg an der frischen Luft erzielten den gewünschten Effekt. Nach dem Vorfall am Morgen hatte er den ganzen Tag weiche Knie gehabt und ein unangenehmes Ziehen in der Magengegend. Jetzt fühlte er sich besser.

Als er schließlich den Seiteneingang zum Archiv erreichte, folgte er der Beschilderung, die ihn zu einer Treppe in den Keller führte.

Wie die meisten Gebäude der Klinik stammte der L-förmige Verwaltungstrakt aus der Gründungszeit um 1900. Trotz der modernen Halogenfluter, die das Treppenhaus beleuchteten, und der hellen Holztreppe, hatte Jan das Gefühl, als stiege er in ein altes Verlies hinab. Dieser Eindruck verstärkte sich noch, als er den Kellerflur entlangging und zu einer schweren Stahltür mit der Aufschrift ARCHIV gelangte. Ebenso gut hätte dort KERKER stehen können, dachte Jan.

Doch statt eines Kerkers erwartete ihn hinter der Tür noch ein Gang, der nach wenigen Metern an einer weiteren Stahltür endete. Hier musste der Verwaltung das Geld für die Renovierung ausgegangen sein. Vielleicht hatte man es aber auch einfach nicht für nötig gehalten, den abblätternden Putz der grauen Wände zu erneuern, die freiliegenden Wasser- und Heizungsrohre an der Decke zu verkleiden oder für eine bessere Beleuchtung zu sorgen, da außer dem Archivar und den Mitarbeitern der Poststelle ohnehin niemand diesen Bereich aufsuchte.

Jan klopfte an die Tür, wartete auf ein »Herein«, und als er keine Antwort erhielt, trat er ein.

Vor ihm tat sich ein hoher Raum auf, dessen Wände mit Regalen und Registerkästen zugestellt waren. Es roch muffig nach altem Papier und Stein und – obwohl an einer der Wände gleich neben dem Feuerlöscher ein großes Rauchverbotsschild angebracht war – nach kaltem Tabakrauch.

In der Mitte des Raums stand ein einzelner großer Holztisch, auf dem sich Berge von Akten und Papieren stapelten. Hätte nicht auch ein Computer mit Flachbildschirm dort gestanden, hätte das Archiv ohne weiteres die Kulisse für einen Vierzigerjahre-Schwarz-Weiß-Streifen abgeben können.

Zur Rechten stand eine weitere Tür offen. Dahinter war ein Husten zu vernehmen, und jemand schien Kartons über den Betonboden zu schieben.

»Hallo!«, rief Jan, und sofort verstummte das schleifende Geräusch.

»So früh heute?«, krächzte eine Männerstimme. Wieder wurde gehustet, und dann erschien ein älterer Mann in grauem Tweedanzug in der Tür. Auch er sah aus wie ein Relikt aus längst vergangener Zeit. Mit der Kippe im Mundwinkel fügte er sich nahtlos ins Ambiente.

»Ah, ein Neuer«, sagte der Alte. Er watschelte zum Tisch und drückte die Zigarette in einem überquellenden Aschenbecher aus.

So viel zu dem Rauchverbotsschild, dachte Jan und verkniff sich eine Bemerkung. Diese Begegnung erschien ihm irgendwie skurril, wie aus einer Karikatur.

»Ich dachte schon, die aus der Poststelle haben ihre Mittagspause vergessen.«

Der Alte kam auf Jan zu und hielt ihm eine knochige Hand mit nikotingelben Fingern entgegen.

»Hieronymus Liebwerk, Archivar dieser Klinik seit Neunzehnhundert... ach ... irgendwas.«

Jan stellte sich vor und gab Liebwerk die Hand, die sich unangenehm kalt und kraftlos anfühlte.

»Dachte mir gleich, dass Sie nicht zur Verwaltung gehören. Auch wenn's heute schwerfällt, hier die Ärzte von den Schreibtischhengsten zu unterscheiden. Früher habt ihr wenigstens noch eure weißen Kittel getragen.«

»Den trage ich eigentlich nur noch zum Blutabnehmen.« Jan versuchte ein Lächeln. »Ansonsten besteht ja auch kein Grund dafür.«

»Wohl wahr. Heutzutage ist der Herren Psychiater wichtigstes Werkzeug das Reden. Und natürlich das Pillenköfferchen.«

Liebwerk bleckte seine gelben Zähne zu einem schiefen Lächeln. Seine blassgrauen Augen begannen plötzlich zu funkeln, und Jan erkannte, dass unter der hinfälligen Hülle ein hellwacher Geist steckte.

»Und was führt Sie in mein vergessenes Reich?«, fragte Liebwerk und deutete auf die Kartonmappe in Jans Hand. »Wollen Sie etwa unseren Chef beeindrucken, indem Sie ihm vorschlagen, die Hauspost einzusparen?«

Er lachte auf, wurde aber im nächsten Moment wieder von einem Hustenanfall geschüttelt.

»Nein, ich war nur gerade hier im Haus«, schwindelte Jan, »und dachte mir, ich schaue mir mal an, wohin die Mühen meiner Arbeit wandern.«

Nickend nahm Liebwerk die Akte entgegen. »Tja, die

Bürokratie ist ein nimmersattes Ungetüm, Dr. Forstner. Ständig will sie gefüttert werden, aber es schert sie einen Dreck, wie viel Mühe man sich bei der Zubereitung ihres Futters gegeben hat.«

Er las den Namen »Kevin Schmidt« und schob die Mappe in einen Stapel weiterer Akten neben dem Monitor. Dann sah er sich im Raum um und breitete die Arme aus.

»Hier lagern fast hundert Jahre Krankenhausgeschichte. Alles fein säuberlich einsortiert. Wenn man sich das vor Augen führt, bekommt die Redensart, dass Papier geduldig sei, eine deutlich stärkere Aussagekraft, finden Sie nicht?«

Nun war Jan ein wenig verwundert. »Werden die Akten hier nicht nach einer bestimmten Zeit vernichtet? Soweit ich weiß, bewahren Kliniken ihre Akten höchstens fünfzehn Jahre auf.«

»Irrtum.« Liebwerk schüttelte einen Zeigefinger, der kaum mehr als Haut und Knochen war. »Rein versicherungstechnisch beträgt die Aufbewahrungspflicht dreißig Jahre. Allerdings finden Sie hier Akten von Leuten, die bei uns vor wesentlich längerer Zeit zu Gast gewesen sind. Damals, als es noch Diagnosen wie ›Schwachsinn‹ und ›Hysterie‹ gab und Homosexualität noch als Krankheit galt. Ich sage Ihnen, manche dieser Arztberichte lesen sich, als habe der gute Seelenklempner selbst nicht mehr alle im Oberstübchen gehabt. Dagegen nehmen sich manche Zeugenaussagen aus den Hexenprozessen wie Tatsachenberichte aus.«

Mit einer abrupten Bewegung wandte sich Liebwerk von Jan ab und hielt auf die Tür zu, durch die er eben eingetreten war. »Kommen Sie, Doktor, ich will Ihnen was zeigen.«

Verwundert folgte Jan dem Alten, der sich hustend eine neue Zigarette ansteckte.

Der angrenzende Raum war so groß, dass man in ihm einen Opernball hätte veranstalten können – jedenfalls, wenn er nicht mit Unmengen von Kartons vollgestellt gewesen wäre.

»Für was halten Sie das hier, Dr. Forstner?«, fragte Liebwerk und deutete auf die riesigen Kartonstapel.

»Na ja, ich würde sagen, es ist das größte Klinikarchiv, das ich je gesehen habe.«

»Für mich«, sagte Liebwerk und hustete, »für mich ist das der Inbegriff von krankhaftem Geiz.«

»Wie darf ich das verstehen?«

Liebwerk stieß den Rauch durch die Nase aus. »Sehen Sie, schon als ich hier vor Gott weiß wie vielen Jahren angefangen habe, türmten sich die Aktenstapel. Zwar gab es damals einen Aktenvernichter, aber das Teil musste aus der Steinzeit gestammt haben. Ich war kein halbes Jahr hier unten, als es den Geist aufgegeben hat. Seither kommen Jahr für Jahr neue Akten dazu. Und bei inzwischen fast zehntausend Patienten jährlich ist das bei Gott eine Menge. Also sortiere ich die älteren Akten aus den vorderen Schränken in Kartons und stelle sie hier ab. Schön ordentlich. Jahr für Jahr für Jahr.«

Wieder schüttelte ihn ein Hustenanfall. Dann fuhr er fort: »Und genauso regelmäßig beantrage ich einen neuen Aktenvernichter. Der käme billiger, als eine Firma mit der Entsorgung zu beauftragen, sage ich immer, und ich habe hier unten ja Zeit. Aber solange in diesem Raum noch Platz ist, interessiert das keinen. Man muss ja sparen.«

»Dann ist wenigstens Ihr Arbeitsplatz sicher«, sagte Jan und lächelte Liebwerk zu. Der nickte.

»So kurz vor der Rente juckt es mich ohnehin nicht mehr. Aber mein Nachfolger tut mir jetzt schon leid. Der arme Kerl wird sich vorkommen, als hätte er den alten Sisyphos beim Rollen des Felsbrockens abgelöst.«

Jan sah auf seine Uhr. Es war Zeit für ihn, auf die Station zurückzukehren. Doch gerade als er sich bei Liebwerk für die interessante Führung bedanken und gehen wollte, kam ihm eine Idee. Nachdenklich betrachtete er die hohen Kartontürme und war sich unschlüssig, ob er Liebwerk danach fragen sollte. Doch was hatte er schon zu verlieren?

»Sagen Sie, wäre es Ihnen möglich, mir eine Akte aus dem Jahr 1985 herauszusuchen?«

Liebwerk legte den Kopf schief und sah ihn skeptisch an. »Sicher. Hier hat alles seine Ordnung. Aber was wollen Sie damit?«

Jan überlegte, ob er sich eine Geschichte aus den Fingern saugen sollte, entschied dann aber, bei der Wahrheit zu bleiben. Diese hellwachen blassgrauen Augen hätten ihn sofort durchschaut, darauf wäre Jan jede Wette eingegangen.

»Sagen wir, aus privater Neugier.«

»Aha«, krächzte der Alte und trug seinen Zigarettenstummel zum Aschenbecher auf dem Schreibtisch im Vorraum.

Jan folgte ihm, und als Liebwerk sich wieder zu ihm umsah, blitzten seine Augen verschmitzt.

»Dazu müsste ich aber in diesen staubigen Kartonstapeln herumklettern, und ich bin ja nun kein junger Springinsfeld mehr.«

Jan verstand die Andeutung und schmunzelte. »Ich würde mich natürlich erkenntlich zeigen.«

Liebwerk lachte. »Ich sehe schon, wir verstehen uns,

Doktor. Wären Sie mit zwei Stangen Zigaretten einverstanden?«

»Geht in Ordnung. Die Patientin, nach der ich suche, heißt Alexandra Marenburg.«

Wieder sah ihn Liebwerk argwöhnisch an. »Private Neugier also, soso. Aber eins ist doch hoffentlich klar: Ganz gleich, warum Sie sich dafür interessieren, ich werde danach *nichts* davon wissen und die Akte wird diesen Raum *nie* verlassen. Haben wir uns verstanden?«

Als Jan die Kellertreppe emporstieg und schließlich ins Freie trat, glaubte er, noch immer Liebwerks Blick zu spüren. Er hoffte, dass er keinen Fehler gemacht hatte.

8

Obwohl es erst kurz nach sechs Uhr war, hätte man meinen können, es sei bereits tiefste Nacht. Die Wegbeleuchtung auf dem Klinikgelände mühte sich ab, die Schwärze zu durchbrechen.

Doch mehr noch als die Dunkelheit war es die Stille, die Jan bedrückte, während er den Weg zu Station 12 einschlug. Er durchsuchte seine Erinnerung nach einer Melodie, die die Stille aus seinem Kopf vertreiben könnte. Diesmal fiel es ihm schwer, denn statt einer akustischen Erinnerung stiegen nur Bilder in ihm auf. Bilder einer sterbenden jungen Frau, deren eingedrücktes Gesicht von dicken Schneeflocken benetzt wurde.

Und dann kam ihm doch ein Ton in den Sinn – auch wenn es sich dabei nicht um Musik handelte. Vielmehr war es eine Stimme, die sich durch eine Kehle voller Blut quälte, um einen Laut zu formen.

Gäoh!

Weder das reale Knirschen seiner Schritte noch das Ächzen des Windes in den Bäumen konnte den imaginären Laut in seinem Kopf übertönen, und Jan fragte sich, ob dieser Laut nicht sogar noch schlimmer als die Stille war.

Gääääoooooh!

Das Heulen eines Rettungswagens riss ihn in die Realität zurück. Nur wenige hundert Meter Luftlinie von Jan entfernt eilte ein Wagen der Notambulanz des benachbarten Stadtklinikums zu einem Einsatz.

Noch bevor es gleich darauf wieder still wurde, hatte Jan sein Ziel erreicht. Seufzend blieb er vor dem Stationsgebäude stehen und besah sich das Haus mit der Nummer 12. Ein hässlicher zweistöckiger Betonklotz, nichts im Vergleich zu der Privatstation, die sich gleich daneben befand.

Für einen Moment überkam ihn der Drang, zu seinem Handy zu greifen, Martinas Nummer zu wählen und ihr zu sagen, dass sie Recht gehabt hatte. *Jetzt ist der Moment gekommen,* wollte er ihr sagen. *Ich habe es endlich kapiert. Ich werde mir helfen lassen. Auch wenn ich skeptisch bin. Aber immerhin unternehme ich jetzt etwas – etwas gegen diese unerträgliche Stille, die wie ein lautloses Echo in mir schwingt und mich nachts aufschreien lässt.*

Nur mit Mühe konnte er sich beherrschen, es tatsächlich zu tun. Vielleicht hätte sie sich sogar für ihn gefreut, dass er schließlich doch noch zur Einsicht gekommen war. Aber er hätte doch nur wieder eine alte Wunde aufgerissen. Eine Wunde, von der er hoffte, dass sie bei Martina längst zu heilen begonnen hatte. Nein, Martina hatte ebenso das Recht auf einen Neuanfang wie er selbst. Nach allem, was sie mit ihm durchgemacht hatte, verdiente sie es, in Ruhe gelassen zu werden. Auch wenn er sich das immer wieder neu ins Bewusstsein rufen musste.

Jan musste klingeln, da sein Schlüssel für Station 12 nicht passte. Während er wartete, sah er im Fenster der Privatstation eine Frau mit kurzen dunklen Haaren, die ihm zuwinkte. Sie hielt etwas im Arm, das Jan für einen Teddybären hielt. Jan winkte zurück.

Dann ertönte der Summton der Schließanlage, und eine Schwester bat ihn, einzutreten.

»Sie sind der neue Kollege von Dr. Rauh, nicht wahr?«, sagte sie, während sie ihn durch den Flur der geschlossenen Frauenstation führte.

Jan gab Fleischers offizielle Version zum Besten, nach der er bei Rauh für eine Weile hospitieren würde. Die Schwester schien jedoch nur mäßig interessiert. Als sie die Mitte des Ganges erreicht hatten, forderte sie Jan auf, kurz zu warten. Sie werde Dr. Rauh Bescheid geben. Dann verschwand sie im Stationszimmer.

Jan betrachtete die hinter Plastik gerahmten Bilder an der Wand: Poster aus einem Naturmagazin. Die Niagarafälle, eine neuseeländische Regenwaldidylle und der Ayers Rock in Australien. Orte, die so manchem Patienten einer geschlossenen Psychiatriestation mindestens ebenso fremdartig und unerreichbar erscheinen mussten wie das Alltagsleben eines Durchschnittsbürgers außerhalb der Klinikmauern.

»He, wer bist du?«

Eine Frauenstimme riss ihn aus seinen Gedanken. Jan sah sich um und erschrak. Die Stimme hätte gut zu einem jungen hübschen Mädchen gepasst, doch die Frau, die da in Filzpantoffeln auf ihn zugeschlurft kam, war weder jung noch hübsch. Der Großteil ihres Kopfes war kahlrasiert und durch einen monströsen Blutschwamm bis zur Unkenntlichkeit entstellt. Jan hatte schon von solchen Gefäßmissbildungen gelesen, die vor allem bei Frauen in Erscheinung traten. Gewaltige Hämangiome, eine Folgeerscheinung von Blutgerinnungsstörungen, auch als das Kasabach-Merritt-Syndrom bekannt. Jan hatte bislang nur Abbildungen in Fachbüchern gesehen, doch die Wirklichkeit sah um einiges schlimmer aus. Er musste an den Engländer Joseph Merrick denken, der Ende des neunzehnten Jahrhunderts als der »Elefantenmensch« traurige Berühmtheit erlangt hatte.

Die riesige Missbildung der Frau hatte eine schwammartige Oberfläche, die an einigen Stellen durch blasenartige Gebilde unterbrochen wurde. Sie nahm nahezu die Hälfte ihres Gesichts ein und verzog den Mund der Frau zu einem unnatürlichen Dauergrinsen.

»Glotz nicht«, brummte die Frau. »Sag mir lieber, wer du bist.«

Jan spürte die Hitze in seinem Gesicht. Es war ihm peinlich, sie so anzustarren. Er räusperte sich und versuchte, ihr direkt in die Augen zu schauen.

»Ich bin Dr. Forstner von Station 9.«

»Ein Doktor also«, sagte die Frau und blieb dicht vor ihm stehen. Sie war einen guten Kopf kleiner als Jan und musste zu ihm aufsehen. Jan glaubte Schokolade an ihr zu riechen.

»Aber das ist nicht das Einzige, was du bist.«

»Ach nein?«

»Nein.«

Sie schüttelte den monströsen Schädel, und für einen

Augenblick zuckte Jan der aberwitzige Gedanke durch den Kopf, dass er gleich ein gluckerndes Geräusch aus dem blutgefüllten Gebilde würde hören können – was freilich absoluter Unfug war.

»Du bist einer wie viele hier. Jemand wie ich. Ein Gefangener, der gleichzeitig sein eigenes Gefängnis ist.« Sie zeigte auf ihren Kopf. »Da oben steckst du drin. Das sieht man sofort.«

Jan fröstelte. Er rief sich ins Bewusstsein, dass er mit einer Patientin auf einer geschlossenen Abteilung sprach, einer Frau, die sicherlich nicht ohne Grund hier war. Womöglich hatte das Hämangiom auch ihr Gehirn befallen – das war sogar sehr wahrscheinlich, da man es ihr andernfalls längst entfernt hätte –, und wenn dem so war, litt diese Frau unter psychischen Störungen. Doch ihre Worte trafen ihn an seiner verwundbarsten Stelle.

Jan konnte nicht genau sagen, ob das von ihrer Entstellung verursachte Dauergrinsen nun breiter geworden war, aber er war sich ziemlich sicher, in den Augen dieser Frau eine Art Zufriedenheit zu erkennen.

Sie weiß, dass sie richtig liegt, fuhr es ihm durch den Kopf.

Doch noch bevor er in der Lage war, sich von Jan Forstner, dem Mann mit dem Problem, in Dr. Jan Forstner, den Facharzt für Psychiatrie, zurückzuverwandeln, fuhr die Frau fort. »Ich bin schon weiter als du«, sagte sie und strich sanft mit der Kuppe ihres Zeigefingers über das violette Hautgebilde. »Ich bin dabei, aus meinem Gefängnis da oben auszubrechen. Die schlechten Gedanken kommen aus mir heraus, und wenn alle draußen sind, wird alles von mir abfallen. Dann bin ich frei.«

Nun war sich Jan sicher, dass sie ihn in der Tat anlächelte.

»Du solltest Jesus um deine Freiheit bitten, dann wird er auch dich segnen. So, wie er mich gesegnet hat.«

Damit ließ sie ihn stehen und zog von dannen.

»Hat Sibylle Sie belästigt?«

Jan sah zu der Schwester, die in der Tür des Stationszimmers stand. Sie musste die Szene beobachtet haben.

»Im Gegenteil«, sagte Jan. »Es war eine interessante Begegnung.«

»Dann bin ich beruhigt. Wissen Sie, seit dem Einbruch vor vier Wochen ist die Ärmste völlig durcheinander und redet viel wirres Zeug.«

»Hier ist eingebrochen worden?«

»Unglaublich, oder?« Die Schwester nickte und senkte die Stimme. »Ein Patient von der Männerstation gegenüber. Hat sich den Schlüsselbund eines Pflegers geklaut und ist dann nachts zu uns herüber. Ob Sie's glauben oder nicht, der Kerl wollte hier Unterwäsche klauen. Aus der *Schmutzwäsche*! Stellen Sie sich das nur vor. Sibylle hat ihn dabei entdeckt, und jetzt hat sie Angst, er könnte wiederkommen und ihr etwas antun.«

»Und?«, fragte Jan. »Ist ihre Sorge berechtigt?«

»I wo«, winkte die Schwester ab. »Den haben sie auf Haus 9 gebracht, in die Geschlossene.« Sie zeigte auf die Glastür zum Treppenhaus. »Aber jetzt sollten Sie zu Dr. Rauh gehen. Er wartet schon auf Sie.«

Bevor Jan den Gang zum Untergeschoss betrat, sah er sich noch einmal nach der Tür um, durch die Sibylle gegangen war. Dort stand sie und spähte hinter dem Türrahmen zu ihm herüber.

Ich bin schon weiter als du, hörte er sie wieder. *Ich bin dabei, aus meinem Gefängnis da oben auszubrechen.*

Und dann?, dachte Jan. *Was wird sein, wenn du es geschafft hast? Was wird dich draußen erwarten?*

Und wieder wurde das entstellte Grinsen dieser Frau breiter.

Wart's ab, schien dieses Grinsen zu antworten. *Wart's einfach ab. Du wirst dich wundern.*

Wenig später saß Jan in dem ungewöhnlichsten Therapieraum, den er je gesehen hatte. Der Fußboden war mit rotem Teppich ausgelegt, und auch die Wände waren in tiefem Rot gehalten. Ein satter Farbton, von dem etwas Besänftigendes, aber gleichzeitig Beengendes ausging.

Die hinter Deckenblenden verborgenen Leuchtkörper verströmten warmes, weiches Licht, so dass man glauben konnte, Wände und Decke seien mit Samt bezogen. Der Raum wirkte aber nicht nur warm, er war es auch, und auch die Luftfeuchtigkeit schien höher als im übrigen Gebäude.

Den Mittelpunkt bildete ein niedriger Tisch aus dunklem Holz, der von einer Liege, einem Lehnsessel und einem schlichten Stuhl umstellt war. Als weiteres Möbelstück stand eine kleine Kommode an der Wand. Darauf waren ein Wasserkrug, eine Thermoskanne und mehrere Tassen und Gläser in schnurgerader Linie aufgereiht. Dem dezent-fruchtigen Aroma im Raum nach zu schließen, vermutete Jan, dass die Thermoskanne Tee enthielt.

Abgesehen von der Kommode und den beiden dunklen Holztüren waren die Wände frei. Es gab kein Fenster, keine Bilder, nur eine größere Topfpflanze neben der Eingangstür.

Jan hatte den Sessel ausgewählt, woraufhin Rauh auf dem Stuhl Platz genommen hatte, locker und entspannt, als säße er bei sich im Wohnzimmer. Heute trug er einen beigefarbenen Designerpullover und eine Freizeithose im selben Farbton.

»Dieser Raum«, sagte Rauh, nachdem er Jan Zeit für einen ausgiebigen Rundumblick gelassen hatte, »dieser Raum ist das Ergebnis jahrelanger Forschungsarbeit. Er ist so konzipiert, dass er in uns Assoziationen mit den ersten Eindrücken unseres irdischen Daseins weckt. Der Farbton der Wände gleicht dem des Uterus, ebenso die Temperierung und auch das leise Geräusch im Hintergrund, das Sie vielleicht noch gar nicht bewusst wahrgenommen haben.«

Er verstummte kurz und bot Jan Gelegenheit, in die vermeintliche Stille des Raumes hineinzulauschen. Tatsächlich vernahm Jan nun ein Geräusch. Hätte ihn Rauh nicht darauf hingewiesen, wäre es ihm sicherlich nicht aufgefallen. Ein rhythmisches Pochen wie von einem schlagenden Herzen.

»Ich bin beeindruckt.«

»Das freut mich«, sagte Rauh und schlug dic Bcinc übereinander. »Vor allem, da ein Großteil dieser Idee, wie Sie wissen werden, auf Ihren Vater zurückgeht.«

»Trotzdem will ich Ihnen nichts vormachen«, entgegnete Jan. »Im Gegensatz zu meinem Vater stehe ich der Hypnose im Allgemeinen und solchen Suggestionen im Besonderen skeptisch gegenüber. Um es vorsichtig auszudrücken. Natürlich gibt es genügend Belege für deren Wirksamkeit, aber für mich hat das alles auch einen unangenehmen Beigeschmack.«

Jan erwartete, der Forscher würde nun zu einer feurigen Verteidigungsrede ansetzen und ihn mit Zahlen und Fakten aus einschlägigen Publikationen konfrontieren. Doch Rauh nickte nur und lächelte verständig.

»Sie sorgen sich um Ihren freien Willen«, sagte er gelassen. »Mein lieber Jan, damit stehen Sie nicht allein. Fast jeder, der zu mir kommt, äußert diese Angst.«

»Nun, immerhin handelt es sich um Beeinflussung, oder nicht?«

»In gewisser Weise ja, aber leider vermitteln uns die Medien ein völlig falsches Bild der Hypnose. Man lässt die Leute glauben, sie würden jeglicher Selbstkontrolle beraubt, sie würden womöglich das willenlose Opfer in einer Art Show. Therapeutische Hypnose hat jedoch nichts mit Show zu tun. Ich werde Sie weder dazu bringen, als gackerndes Huhn durch den Raum zu laufen, noch werde ich Ihnen geheime Befehle eintrichtern, an die Sie sich danach nicht mehr erinnern können.«

Er beugte sich zu Jan, und sein Gesicht wurde ernst. »Das ist alles Mumpitz. Auch werde ich Ihre Trance nicht mit einem Fingerschnippen auflösen. Das wäre unter Umständen sogar gefährlich, da die Gefahr eines Kreislaufkollapses besteht. Nein, Jan, alles, was wir tun werden, ist, Ihre Barrieren zu beseitigen, damit Sie einen ungestörten Ausflug in Ihr Innerstes unternehmen können. Sie werden auf Entdeckungsreise gehen, wie ein Detektiv Ihre Vergangenheit erforschen und sie in klaren Bildern vor sich sehen. So, wie sie tatsächlich *gewesen* ist, nicht so, wie Sie sie *erinnern*. Denn Erinnerungen sind trügerisch.«

Rauh ließ sich wieder in die Lehne zurücksinken. »Dabei werden Sie nichts tun, was Sie nicht auch im Wachzustand tun würden. Und während alldem bin ich an Ihrer Seite, um Sie sofort zurückzuholen, wenn ich den Eindruck habe, dass es zu viel für Sie wird.«

Jan rieb sich unschlüssig die Hände. Noch immer sträubte sich alles in ihm, sich auf dieses Experiment einzulassen. Ihm machte der Rollentausch zu schaffen, der ihn, der sonst den Platz des Therapeuten einnahm, nun zum Patienten werden ließ. Er fühlte sich ausgeliefert. Was würde geschehen, wenn Rauh tatsächlich Erfolg hatte? Mehr als dreiundzwanzig Jahre hatte Jan sich abgemüht, die Geister der Vergangenheit hinter Schloss und Riegel zu halten. Immer wieder hatten sie versucht, sich aus ihrem Verlies zu befreien, und bei seiner Begegnung mit Laszinski war es ihnen sogar kurzzeitig gelungen.

Was, wenn Rauh die Verliestür ganz bewusst aufstieß? Was, wenn all die schlimmen Dinge wieder auf Jan losgelassen würden?

Was, wenn sie mich wie eine wild gewordene Büffelherde niedertrampeln?

»Ich weiß nicht, ob ich dieses Wagnis wirklich eingehen will«, sagte er schließlich. »Im Geiste bin ich unzählige Male zu den Ereignissen von damals zurückgekehrt, aber das Ergebnis war immer dasselbe: Ich werde nie die Antwort auf meine Fragen bekommen.«

»Und?« Rauh legte den Kopf schief. »Stellt Sie dieses Ergebnis zufrieden?«

Jan schlug die Augen nieder. *Du hast heute Nacht schon wieder geschrien.*

»Nein. Aber ich denke, ich muss lernen, mich damit abzufinden.«

»Das ist eine Möglichkeit«, entgegnete Rauh. »Aber vielleicht haben Sie bisher nur den falschen Weg gewählt, um die Antworten zu finden? Eine Reise in die Vergangenheit mittels Hypnotherapie ist von einer völlig anderen Qualität. Die Trance ermöglicht es, all die Schutzmechanismen außer Kraft zu setzen, die uns einen direkten Blick auf belastende Ereignisse verwehren. Die Hauptannahme der Hypnotherapie lautet, dass der Klient bereits genug Informationen zur Lösung seines Problems in sich trägt. Die Hypnose setzt diese Lösungsmöglichkeiten frei und ist deshalb nicht selten der beste Weg zu einem schnellen therapeutischen Erfolg.« Rauh sah Jan herausfordernd an. »Also, was meinen Sie? Wollen Sie dem Ganzen nicht wenigstens mal eine Chance geben?«

Dass er es allein nicht schaffen würde, war Jan inzwischen klar. Und wenn er diese Gelegenheit nicht beim Schopfe packte, würde er sich später nur Vorwürfe machen. Dafür kannte er sich selbst zu gut.

Alles, was er tun musste, war, diese Furcht vor dem Kontrollverlust über Bord zu werfen. Rauh war bei ihm und wusste, was er tat. Er musste ihm einfach vertrauen.

»Also schön«, sagte Jan. »Versuchen wir's. Aber wehe, Sie bringen mich zum Gackern.«

Rauh lachte und stand auf. »Sie werden nur gackern, wenn Ihnen selbst danach zumute ist.«

Der Therapeut ging zu der Kommode und entnahm ihr vier Bronzeschalen. Er erklärte, dass es sich um tibetische Klangschalen handelte, und platzierte sie an den Ecken des Tischs. Dann brachte er sie mit einem Klöppel zum Schwingen.

»Jeder Hypnotiseur hat seine eigene Methode«, meinte er, »und ich finde, dieser Klang ist ein guter Wegbereiter für eine Trance.«

Jan folgte Rauhs Instruktionen. Er machte es sich im Sessel bequem, schloss die Augen und konzentrierte sich auf die Schwingungen der Klangschalen. Zwei hohe Obertöne schwebten über einem tiefen, gleichmäßigen Brummen.

»Lassen Sie sich von diesen Tönen tragen«, hörte er Rauhs Stimme. Sie war irgendwo neben oder hinter ihm, doch wie aus weiter Ferne.

»Atmen Sie ruhig und gleichmäßig, und stellen Sie sich nun bitte Folgendes vor: Sie sitzen mitten in einem großen Kino.«

Jan stellte es sich vor, und es fiel ihm nicht schwer. Während seiner Jugend war er gern und häufig ins Kino gegangen. Also stellte er sich den Fahlenberger Filmpalast vor. So, wie es damals dort ausgesehen hatte. Er sah wieder die altmodische Tapete mit dem knalligen Siebzigerjahremuster aus orangefarbenen und braunen Streifen oberhalb der dunklen Holztäfelung, und plötzlich waren da auch wieder die orangefarbenen Plastikleuchten an der Wand.

Das Kino war bis auf den letzten Platz gefüllt. Noch war es hell, und alles wartete gespannt auf die Vorstellung. Es roch nach Popcorn, und jemand hinter Jan raschelte mit einer Tüte.

»Sie sind allein in diesem Kino«, fuhr Rauhs Stimme fort.

Augenblicklich waren die Leute um Jan herum verschwunden. Nicht einmal der Popcorngeruch war geblieben. Rauh sprach weiter, doch obwohl Jan ihn noch irgendwo in seiner Nähe hören konnte, verstand er ihn nicht. Er war jetzt ganz in seinem Gedächtniskino, wo gleich die Vorstellung beginnen würde.

Um ihn herum gingen die Lichter aus, und nur noch der rote Vorhang war zu sehen. Es war ein Samtvorhang. Ein sehr schwerer Samtvorhang. So schwer wie Jans Augenlider. Sie fühlten sich wie aus Blei an, und jeglicher Versuch, sie zu heben, war vergeblich. Aber das war auch nicht wichtig, nur dieser Vorhang vor ihm war noch wichtig. Behäbig glitt er auseinander und gab eine grellweiße Leinwand frei.

Die Leinwand wuchs. Sie wurde größer und größer

und immer noch größer, bis sie Jans gesamtes Gesichtsfeld einnahm. Dann begann sie zu flackern und zeigte ein Bild, das zunächst verschwommen und dann immer deutlicher wurde.

Und dann sah Jan sich selbst. Er war der Hauptdarsteller. Jan Forstner an dem Tag, nach dem nichts mehr so sein sollte wie früher.

9

Rauh hatte sich auf den Stuhl neben Jan gesetzt. Jan hatte die Augen geschlossen und befand sich in tiefer Trance. Entspannt saß er im Sessel, und seine Hände umfassten locker die Armlehnen.

»Welchen Tag haben wir, Jan?«

Wie so oft bei Klienten, die in ihre Kindheit versetzt wurden, klang Forstners Stimme höher als üblich. »Es ist Freitag.«

»Welches Datum haben wir?«

»Den 11. Januar 1985.«

»Wo sind Sie?«

Die Augen noch immer geschlossen, hob Jan verwundert die Brauen. »He, warum sagst du Sie zu mir? So sagt doch sonst keiner.«

»Soll ich lieber du sagen?«

»Klar doch.«

»Also gut, Jan, wo bist du gerade?«

»Na hier. In meinem Zimmer.«

»Und wo genau?«

»An meinem Schreibtisch vor dem Fenster.«

»Ist jemand bei dir?«

»Ja. Sven ist da.«

»Sven ist dein Bruder?«

Jan grinste schelmisch. »Nee, er ist ein Zwerg.«

»Was macht er?«

»Sitzt auf meinem Bett und spielt mit seiner He-Man-Figur.«

»Und was machst du?«

»Ich sitze am Tisch und lese in einem Buch.«

Urplötzlich zuckte Jan zusammen. Seine Finger packten die Lehnen, dass die Knöchel weiß hervortraten.

Rauh war dicht bei ihm, um ihn notfalls sofort zurückzuholen, wenn Jans Erregung eskalieren sollte. Anscheinend war Jan in seiner Erinnerung auf etwas gestoßen, das ihm Angst machte.

»Jan, was ist los mit dir?«

Jan warf den Kopf hin und her.

»O nein«, stöhnte er. »Dieses Buch … dieses Buch!«

»Was ist das für ein Buch, Jan?«

Jan begann zu schluchzen, seine Brust bebte. Rauh konnte erkennen, dass sich Jan gegen diese Erinnerung zur Wehr setzte. Doch die Trance war tief genug, dies zu verhindern. Es dauerte eine Weile, ehe Jan wieder zu Worten fand.

»Das dämliche Buch ist schuld!« Sein Gesicht verzerrte sich zu einer Grimasse aus Angst und Abscheu, dann brach er in Tränen aus.

Rauh sprach besänftigend auf ihn ein. Alles sei in Ordnung. Was immer er jetzt auch sehen werde, es sei bereits geschehen. Nichts davon könne ihm noch etwas anhaben.

Allmählich wurde Jan wieder ruhiger. Sein verkrampfter Griff löste sich. Rauh gab ihm Zeit, bis sich seine

Atmung wieder normalisiert hatte, dann fragte er: »Bist du bereit, weiterzumachen?«

»Ja.«

»Du hast ein Buch erwähnt. Warum denkst du, es sei an allem schuld?«

»Weil es mich dazu gebracht hat, wieder in den Park zu gehen.« Jans Stimme war ein Flüstern. Ein Schauer durchlief seinen Körper, dann schrie er: »Hätte ich dieses scheiß Buch nicht gelesen, wäre ich nicht noch einmal in den Park gegangen!«

»Was ist damals im Park geschehen, Jan?«

Wieder brach Jan in Schluchzen aus. »Ich ... ich ... ich kann nicht.«

»Doch, du kannst. Dir wird nichts passieren, glaub mir.«

Einen Moment zögerte Jan, dann meldete sich die schüchterne Jungenstimme zurück. »Wirklich nicht?«

»Ganz bestimmt nicht. Erzähl mir, was du siehst.«

Jan biss sich auf die Unterlippe und schien zu überlegen. »Also gut.«

Es war das letzte Wochenende der Weihnachtsferien. Am Montag würde die Schule wieder beginnen und der Alltag seinen Lauf nehmen, auch wenn sich Jan an diesem Freitagabend nicht vorstellen konnte, dass es jemals wieder so etwas wie Alltag für ihn geben würde.

Wäre alles wie sonst gewesen, hätte er beim Gedanken an die Schule ein ungutes Gefühl gehabt. Genauer gesagt ein schlechtes Gewissen, denn eigentlich hätte er während der Ferien Latein büffeln sollen. In allen Fächern kam er gut zurecht, aber Latein war eine einzige Qual. Warum lernte man eine tote Sprache, die zu nichts zu gebrauchen war, es sei denn, man wollte Priester werden – und nichts lag ihm ferner. Also hatte Jan das Lernen immer wieder verschoben – so lange, bis die Ferien schließlich vorbei waren und das Lateinbuch noch immer unangerührt in der Schultasche lauerte.

Doch an diesem Freitag waren ihm die Schule und der Lateinunterricht völlig gleichgültig. Was für eine Bedeutung hatte das schon, wenn man am Tag zuvor den Tod eines Menschen miterlebt hatte.

Noch stundenlang hatte Jan am ganzen Leib gezittert, und sein Vater hatte ihm erklärt, dass dieses Zittern von dem Schock herrühre.

Die Auswirkungen des Schocks ließen erst nach, als sich Jan im Laufe des Vormittags mit einem Polizisten über Alexandras Tod unterhalten hatte. Anfangs war Jans Mutter dagegen gewesen, weil sie der Meinung war, Jan brauche zunächst vor allem Ruhe – und außerdem war Jans Vater wieder in der Klinik, als die Polizei bei den Forstners geklingelt hatte. Aber dann war sie bei Jan geblieben, hatte sich neben ihn gesetzt und ihn in den Arm genommen, als Jan von seiner nächtlichen Begegnung im Park berichtete.

Der Polizist war ein netter Mann mit freundlichen Augen gewesen, der Jan erzählte, dass er einen Sohn in seinem Alter habe. Geduldig hörte er sich Jans Schilderungen an, stellte nur hin und wieder eine kurze Frage und ließ Jan so viel Zeit, wie er brauchte, um sich an alles zu erinnern. Danach sagte der Polizist, Jan könne mächtig stolz auf sich sein – immerhin habe er in dieser, wie er es nannte, »prekären Situation« den Kopf behalten und unter Einsatz seines eigenen Lebens versucht, Alexandra zu retten. Damit habe er großen Mut bewiesen.

Jan hatte zwar nicht gewusst, was »prekär« bedeutete, aber von einem Polizisten für seinen Mut gelobt zu werden, hatte ihm sehr gefallen. Danach hatte er sich wieder besser gefühlt und nicht mehr gezittert, auch wenn ihm sehr wohl klar war, dass all sein Mut nichts an der Tatsache änderte, dass Alexandra im eisigen Wasser des Fahlenberger Weihers ertrunken war.

»Was er jetzt wohl macht?«, wollte Sven wissen.

Jan sah zu seinem kleinen Bruder, der im Schneidersitz auf Jans Bett hockte und die Gelenke seiner He-Man-Figur so verbogen hatte, dass es aussah, als wolle der muskelbepackte Held einen Luftsprung machen.

Sven war eine Frühgeburt gewesen, und noch immer war er kleiner als seine Altersgenossen. Wollte man ihn auf die Palme bringen, musste man ihn nur »Zwerg« nennen, was Jan weidlich ausnutzte. Doch jetzt, unter dem riesigen Nik-Kershaw-Poster, das hinter ihm an der Wand hing – gleich neben Darth Vader, Madonna und Adam Ant –, sah der Sechsjährige mit dem blonden Struwwelkopf tatsächlich wie ein Zwerg aus. Er war bleich und zusammengesunken und sichtlich erschüttert von den Ereignissen.

»Wen meinst du?«

Sven deutete mit dem Kopf zum Fenster. »Na, Kermit.«

Jan folgte dem Blick seines Bruders und sah zu Marenburgs Haus hinüber. Nur in dem Fenster, das Jans Zimmer gegenüberlag, brannte Licht. Die Vorhänge waren zugezogen, doch wenn man genau hinsah, konnte man schwach die Silhouette eines Menschen erkennen.

»Er sitzt an ihrem Tisch.«

»Glaubst du, er weint?«

Jan zuckte die Schultern. Er war sich nicht sicher, ob ein Mann wie Marenburg weinte, konnte es sich aber durchaus vorstellen.

»Vielleicht.«

»Warum hat sie das getan?«

Dasselbe hatte Jan seinen Vater gefragt, und so wiederholte er, was dieser ihm geantwortet hatte. »Sie war geistig verwirrt. Da hat sie nicht mehr gewusst, was sie getan hat.«

Jan hoffte, dass es überzeugend klang, auch wenn er selbst nicht mit dieser Erklärung zufrieden war. Aber im Moment war ihm einfach nicht danach, die Fragen seines kleinen Bruders zu beantworten. Am liebsten hätte er jetzt überhaupt nicht gesprochen. Er wollte Sven aber auch nicht aus seinem Zimmer schicken, da es guttat, jemanden in der Nähe zu haben.

»Und warum wird jemand so?«

»Das weiß ich nicht«, entgegnete Jan seufzend. Er hätte jetzt gern in seinem Buch weitergelesen. »So etwas musst du Papa fragen, der ist der Experte.«

»Ach der.« Sven verbog seine Figur erneut, und nun sah He-Man aus, als müsse er mal dringend für kleine Helden. »Der ist doch immer am Arbeiten und hat keine Zeit. Oder er sagt, ich sei noch zu klein, um das zu verstehen.«

Jan lag die Bemerkung auf der Zunge, dass ihr Vater damit womöglich Recht hatte. Doch bevor er etwas entgegnen konnte, kam Angelika Forstner ins Zimmer.

»Na, ihr beiden? Wie geht es euch? Hast du deinen Tee getrunken, Jan?«

Seufzend sah Jan zu der Thermoskanne auf seinem Schreibtisch. Sie musste noch ungefähr halbvoll sein und enthielt Jans dritte Portion Tee an diesem Tag. Drei Liter Tee – Himmel, ihm kam das Zeug schon zu den Ohren heraus. Wenn sie wenigstens dulden würde, dass er etwas Zucker in die Kanne gab. Nur einen oder zwei Löffel.

Aber nein, das war ja schlecht für die Zähne. *Und wir wollen doch kein Gebiss bekommen, das aussieht wie ein Trümmerfeld, Schätzchen.*

Missmutig betrachtete er die Kanne und seine Tasse mit dem Alf-Motiv, in der sich noch ein kalter Rest Tee befand.

»Na komm schon, Schätzchen, trink das aus, und ich mache dir noch eine Kanne.«

Sven prustete in die vorgehaltene Hand, und Jan streckte ihm die Zunge heraus.

»Du brauchst viel Flüssigkeit nach dem Schock«, sagte Angelika Forstner, schnappte sich die Kanne und goss den restlichen Inhalt in Jans Tasse. Fast wäre die Tasse übergelaufen, hätte Jan seine Mutter nicht im letzten Moment darauf aufmerksam gemacht und sein Buch in Sicherheit gebracht.

Jan stellte fest, dass auch sie zu Alexandras Fenster hinübergesehen hatte. Wahrscheinlich hatte seine Mutter ebenfalls Marenburgs Umrisse hinter dem Vorhang erkannt. Nun ging sie um den Tisch herum und zog das Rollo herunter.

»Mama?«, sagte Sven. »Weißt du, warum Alexandra geistig verwirrt gewesen ist?«

»Nein, Schatz, das weiß ich nicht.« Angelika Forstner nahm die Metallkanne vom Tisch und betrachtete sie nachdenklich, als sei dort irgendwo eine überaus wichtige Botschaft eingraviert. »Ihr solltet auch nicht euren Vater mit Fragen bedrängen. Auch ihn hat das alles sehr mitgenommen. Denkt jetzt an etwas anderes. Ich weiß, das ist nicht einfach, aber das Leben muss weitergehen. Was geschehen ist, können wir nicht ändern.«

Als seine Mutter daraufhin zur Tür ging, sah Jan den richtigen Augenblick gekommen, ihr die Frage zu stellen, die ihm seit seiner Unterhaltung mit dem Vater nicht mehr aus dem Kopf gehen wollte.

»Gibt sich Papa die Schuld an Alexandras Tod?«

Angelika Forstner erstarrte in der Tür. Dann wandte sie sich zu den Jungen um, und Jan glaubte, eine Träne auf ihrer Wange zu erkennen. Sie musste schlucken, ehe sie antworten konnte.

»Er glaubt, er hätte es vorhersehen müssen. Niemand gerät einfach so in Panik, hat er gesagt. Als ihr Arzt fühlt er sich verantwortlich. Er ist deswegen sehr ...«

Sie sprach den Satz nicht zu Ende. Stattdessen sah sie zu Jan und lächelte gequält. Nun war die Träne deutlich zu sehen. »Wir müssen ihm Zeit geben. Es ist für uns alle nicht leicht. Besonders für dich nicht, mein Schatz. Wenn du möchtest, kannst du nächste Woche noch zu Hause bleiben, bis du dich besser fühlst.«

»Das ist ungerecht!«, protestierte Sven. Er sei auch traurig wegen der Sache, also wolle er auch zu Hause bleiben, forderte er. Doch seine Mutter ging nicht darauf ein, sondern schickte ihn ins Bett.

Als Jan wenig später allein in seinem Zimmer war, zog er das Rollo wieder hoch. Noch immer brannte Licht in Alexandras Zimmer. Im Geiste sah Jan seinen Nachbarn, wie er zusammengesunken am Tisch seiner toten Tochter saß und weinte.

Wie es sich wohl anhörte, wenn er weinte? Bestimmt nicht wie Kermit der Frosch. Nun schämte er sich, ihn jemals so genannt zu haben. Für Jan war es schlimm gewesen, Alexandra ertrinken zu sehen, aber wie schlimm musste es erst für einen Vater sein, der sein einziges Kind verlor – noch dazu auf solch schreckliche Weise.

Die Suchmannschaften hatten Stunden gebraucht, um Alexandras Körper zu bergen. Der Weiher hatte zwar keinen großen Durchmesser, aber er war an manchen Stellen sehr tief. Jan war selbst schon darin getaucht, und er konnte sehr lange die Luft anhalten, aber bis zum Grund hatte er es nie geschafft.

Vor ihm erschien Alexandras Gesicht. Im eisigen Wasser war es fast weiß. Sie sah ihn aus großen Augen an, und ihr Mund war weit aufgerissen wie zu einem endlosen Schrei. Das lange Haar trieb wie schwarze Schlangen um ihren Kopf, und hin und wieder stieg eine silberne Luftblase daraus zur Oberfläche auf …

Jan schüttelte sich. Nie wieder würde er im Weiher schwimmen, geschweige denn darin tauchen. Dort unten hing für immer der tiefgefrorene Schrei einer Toten fest, davon war er überzeugt.

Er blätterte in seinem Buch und versuchte, sich abzulenken, was ihm auch bald darauf gelang.

Dieses Buch war sein liebstes Weihnachtsgeschenk gewesen. Lange genug hatte er darum betteln müssen. Seine Mutter hatte sich vehement dagegen ausgesprochen, aber Jans Vater musste sie irgendwann davon überzeugt haben, dass ein Lexikon der paranormalen Phänomene keine bleibenden Schäden bei ihrem Sohn hinterlassen würde. Obwohl sie schließlich klein beigegeben hatte, war seine Mutter nach wie vor der Ansicht, dass das ganze Thema reiner Unsinn sei.

Jan sah das anders. Sicher, es wurden Dinge in dem Buch beschrieben, die einfach unglaublich waren – etwa das Phänomen der Levitation, bei der Menschen ohne jegliche Hilfsmittel schwebten oder über weite Strecken fliegen konnten. Das wollte Jan nicht so recht glauben. Nein, an manchen Dingen musste man zweifeln, aber nicht an allen.

So konnte er sich durchaus vorstellen, dass es Leben

auf anderen Planeten gab und dass diese anderen Wesen vielleicht schon einmal auf der Erde zu Besuch gewesen waren. Oder dass etwas aus grauer Vorzeit in den Tiefen des Loch Ness überlebt haben könnte.

Aber am meisten faszinierte ihn das Kapitel, das er gerade las – über die atemberaubende Entdeckung eines Schweden namens Friedrich Jürgenson. Dieses Kapitel brachte Jan auf eine Idee, auf die nur ein Zwölfjähriger mit blühender Fantasie kommen konnte. Und als einige Stunden später Jans Vater nach Hause kam, war die Idee bereits zu einem fertigen Plan gereift.

»Was tust du jetzt?«, fragte Rauh.

Jan hatte eine Weile geschwiegen. Er kauerte im Sessel und hatte die Beine an die Brust gezogen. Er hielt sie umklammert, als sei ihm kalt.

»Ich warte.«

»Worauf wartest du?«

»Auf meinen Vater. Dass er endlich aus seinem Arbeitszimmer kommt. Ich muss da rein, weißt du.«

»Und warum musst du in das Arbeitszimmer?«

Jan wandte Rauh das Gesicht zu. Er hatte jetzt die Augen geöffnet, schien aber durch Rauh hindurchzusehen. Nun lächelte er verschwörerisch und senkte die Stimme.

»Weil sonst mein Plan nicht klappt.«

»Was ist das für ein Plan, Jan? Erzähl mir davon.«

»Aber du darfst ihn keinem verraten.«

»Versprochen.«

»Wirklich?«

»Großes Ehrenwort.«

Es war kurz nach Mitternacht, als sein Vater endlich aus dem Arbeitszimmer kam. Mit angewinkelten Beinen hockte Jan auf seinem Bett und lauschte in die nächtliche Stille des Hauses hinein. Sven und seine Mutter schliefen längst.

Es hatte eine gereizte Stimmung geherrscht. Nachdem Bernhard Forstner nach Hause gekommen war, hatte seine Frau ihm zugeredet, er solle sich die Sache nicht so zu Herzen nehmen. Wenn er sich weiter derart in den Fall hineinsteigere, werde er sich noch ein Magengeschwür holen. Er solle jetzt erst einmal essen. Doch Bernhard Forstner hatte keinen Appetit und zog sich stattdessen mürrisch in sein Arbeitszimmer zurück. Irgendwann hatte Angelika Forstner an seine Tür geklopft, um ihm mitzuteilen, dass sie jetzt zu Bett gehe.

Seither wartete Jan im Dunkeln. Er hatte nicht gewagt, das Licht anzulassen, da man sonst den hellen Türspalt gesehen hätte. Auf keinen Fall wollte er, dass seine Mutter oder sein Vater noch einmal nach ihm sahen. Denn dann hätten sie bemerkt, dass er noch immer seine Straßenkleider trug.

Jan konnte jetzt hören, wie sein Vater die Tür zum Arbeitszimmer zuzog. Angespannt wartete er auf das Drehen des Schlüssels. In dem Fall hätte er seinen Plan begraben können. Doch statt des Schlosses hörte er die Schritte seines Vaters auf den Steinfliesen im Erdgeschoss. Gleich darauf vernahm Jan das Klappern der Flaschen in der Kühlschranktür.

Jan seufzte. Wenn sein Vater nun doch noch Lust auf die Reste des Abendessens bekommen hatte, würde er sich noch eine Zeit lang gedulden müssen. Er konnte hören, wie sein Vater sich etwas in ein Glas eingoss, nach einer kurzen Pause noch einmal, und dann wurde das Glas im Spülbecken ausgewaschen. Kurz drauf stapfte Bernhard Forstner die Treppe hoch. Jan schlüpfte vorsorglich unter die Decke und wartete, ob sein Vater noch einen Blick zu ihm ins Zimmer werfen würde. Doch dann hörte er die Tür des Elternschlafzimmers, die vorsichtig geschlossen wurde.

Also gut, dachte Jan. *Es kann losgehen.*

Er stieg aus dem Bett, zählte im Geiste bis fünfzig und trat dann aus dem Zimmer. Der Spalt unter der Schlafzimmertür war dunkel.

Vorsichtig und jedes Geräusch vermeidend, schlich Jan die Treppe zum Erdgeschoss hinunter. Er war schon fast unten angekommen, als er von oben ein leises Knarren hörte. Eine Tür ging auf. Jan wandte sich erschrocken um. Oben blieb es dunkel.

Dann war ein Tapsen zu hören, und Rufus erschien am Treppenabsatz. Erleichtert atmete Jan auf und machte dem Vierbeiner Zeichen, wieder dahin zurückzugehen, wo er hergekommen war. Rufus schaute ihn nur verständnislos an, gähnte und ließ sich auf den Hinterläufen nieder.

Jan setzte seinen Weg fort, wobei er darauf achtete, dass Rufus ihm nicht folgte. Für Rufus war das Arbeitszimmer tabu, was auch für Jan und Sven galt. Aber wie auch für die Jungen hatten Tabus für Rufus eine unwiderstehliche Anziehungskraft – und wenn man sich nicht vorsah, war er, schwups, schon dort, wo er nicht hindurfte.

Diesmal blieb Rufus jedoch, wo er war, und Jan schlich in das Arbeitszimmer. Auf dem Schreibtisch herrschte ein heilloses Durcheinander aus Papieren, Ordnern und Fachbüchern, ebenso auf den beiden Stühlen, die neben dem Tisch standen.

Und ich soll immer mein Zimmer aufräumen, dachte Jan und besah sich das Chaos. Die Schreibtischlade klemmte, doch Jan brauchte sie nicht weit herauszuziehen. Was er suchte, lag ganz vorn, das wusste er sicher.

Fahles Mondlicht fiel durch das Fenster in seinem Rücken und erhellte das gesuchte Objekt. Es war ein Diktiergerät der Marke Grundig – eine *Stenorette 2000*, wie der Aufdruck an der Unterseite verriet. Jan nahm es aus der Schublade und ließ die Klappe für die Mikrokassette aufschnappen. Sie war leer.

Mist!

Ungeduldig durchsuchte Jan die Schublade. Er durfte dabei nichts durcheinanderbringen, denn im Gegensatz zum Drunter und Drüber auf dem Schreibtisch herrschte hier eine penible Ordnung. Schließlich fand Jan ein Päckchen mit Leerkassetten, das – wie sollte es auch anders sein – im hintersten Winkel lag.

Er legte eine Kassette ein und verstaute das Diktiergerät in seiner Hosentasche. Das Päckchen legte er an seinen Platz zurück, schob die schwere Lade zu und schlich sich aus dem Zimmer. Nun hoffte er nur, dass sein Vater das Gerät nicht ausgerechnet morgen früh brauchen würde.

Zurück auf dem Gang sah Jan die Treppe hoch. Rufus war nicht mehr da. Wahrscheinlich hatte er sich wieder zu Sven ins Zimmer gelegt, nachdem er festgestellt hatte, dass sich bei Jan nichts Spektakuläres zutrug.

Gut so!

Jan schnappte sich Anorak und Handschuhe von der Garderobe, schlüpfte eilig in seine Moonboots – die er zwar nicht leiden konnte, weil sie so klobig waren, aber wenigstens waren sie warm – und huschte dann aus dem Haus.

Eisige Kälte schlug ihm entgegen. Jan zog den Reißverschluss seines Anoraks hoch, bis der Kragen Mund

und Nase bedeckte. Dann marschierte er los. Irgendwo bellte ein Hund, und Jan hörte einen herannahenden Dieselmotor. Doch noch bevor der Lichtkegel des Wagens um die Kurve gekrochen war, befand sich Jan bereits auf dem Weg, der in den Park führte.

Es war ein seltsames Gefühl, bei dieser Dunkelheit ohne Rufus unterwegs zu sein. Nicht, dass Rufus je einen besonders guten Wachhund abgegeben hätte, aber er hätte ihm wenigstens das Gefühl gegeben, nicht allein zu sein. Besonders jetzt, wo Jan zu einem Ort unterwegs war, an dem vor noch nicht einmal vierundzwanzig Stunden ein Mensch gestorben war.

Wenn Jan ehrlich war, dann hatte er die Hosen gestrichen voll. Aber Rufus hätte ihn bei seinem Vorhaben nur gestört. Er brauchte absolute Stille, wenn es funktionieren sollte. Die »Geräuschemissionen« – so hieß das in dem Buch –, die Rufus zweifellos gemacht hätte, hätten Jans Versuch womöglich scheitern lassen.

Trotzdem war ihm nicht wohl in seiner Haut. Er fühlte sich einerseits allein und andererseits auch wieder nicht. Irgendwie ... ja, irgendwie war ihm, als würde er verfolgt.

Abrupt blieb Jan stehen und sah sich um. Der Weg zum Park lag einsam und verlassen im Licht der Straßenlampen.

Da war niemand. Natürlich war da niemand. Wer außer ihm sollte schon auf die hirnverbrannte Idee kommen, mitten in der Nacht und bei dieser Eiseskälte einen Spaziergang in den Park zu machen? Noch dazu, wo der Wetterdienst für diese Nacht starke Schneefälle vorhergesagt hatte. Nein, heute Nacht würde der Park ihm allein gehören. Ihm und ...

Da! Ein Geräusch! Schritte auf gefrorenem Schnee.

Jan war sich hundertprozentig sicher. Sie kamen auf ihn zu. Jeder Irrtum ausgeschlossen.

Jan hatte schon fast den Park erreicht. Nun lief er los, doch schon nach wenigen Metern verlangsamte er seinen Schritt wieder.

Was mache ich da eigentlich? Vor wem laufe ich davon?

Eine gute Frage. Niemand konnte ahnen, dass er hier war. Wer sollte ihn verfolgen? War es nicht viel wahrscheinlicher, dass es eben doch Leute gab, die nachts auf dieselbe hirnverbrannte Idee kamen wie er? Vielleicht war es ein Jogger, der eine etwas ungewöhnliche Tageszeit für sein Training gewählt hatte.

Wenn er jetzt vor diesem Jemand davonlief, würde er nur auffallen. Und da sich in dieser Gegend Hinz und Kunz kannten, würden Jans Eltern spätestens am nächsten Morgen von den unerlaubten nächtlichen Streifzügen ihres Sprösslings erfahren. Dann würde es Ärger geben. Besser, er versteckte sich und wartete ab, bis der andere an ihm vorbei war.

Jan zog sich hinter eine Eiche zurück. Er versuchte, so ruhig wie möglich zu atmen, damit ihn seine Atemwolke nicht verriet, doch nach dem kurzen Spurt fiel ihm das nicht so leicht. Trotzdem konnte Jan nicht anders, als hinter dem Stamm hervorzulugen und nachzusehen, wer der andere war.

Im schwachen Licht der Parkleuchten war die Gestalt nicht auszumachen. Die Person musste noch ein Stück von der Wegbiegung entfernt sein. Sie hatte ihre Schritte verlangsamt. Jan konnte das Knirschen im Schnee hören.

Jan fuhr zusammen. Rauh sah ihn aufmerksam an.

»Was siehst du, Jan?«

Jan wand sich in seinem Sessel, als würde ihn ein schlimmer Alptraum heimsuchen.

»Einen Schatten«, stieß er hervor. »Er wird immer länger und länger.«

»Kannst du sehen, zu wem dieser Schatten gehört?«

Jan stöhnte und verzog das Gesicht. Seine Hände waren zu Fäusten geballt.

»Ich hab das nicht gewollt«, keuchte er. »Wirklich, ich hab das nicht gewollt!«

»Wer ist da mit dir im Park, Jan?«

Mehrmals warf Jan den Kopf hin und her, als müsse er sich gegen irgendetwas wehren.

»Es gibt keinen Grund, sich zu fürchten, Jan. Alles, was du jetzt durchlebst, ist bereits vorbei. Sag mir, wer bei dir ist. Kennst du diese Person?«

Jan nickte. »Ja, ich kenne ihn.«

10

Carla machte sich Sorgen. Seit dem Telefonat waren mehr als sieben Stunden vergangen. Immer wieder hatte sie versucht, ihn zurückzurufen, nachdem er einfach aufgelegt hatte.

Sie war bei seiner Wohnung gewesen, hatte geklingelt und geklopft und gehofft, hinter einem der dunklen Fenster würde schließlich doch noch das Licht angehen. Vergebens. Dann war sie wieder nach Hause gefahren. Ihn zu suchen würde wenig Sinn haben. Er wollte nach der schrecklichen Nachricht ganz offensichtlich allein sein, und sie musste es nun auch.

Sie beugte sich über das Waschbecken und warf sich kaltes Wasser ins Gesicht. Der Jetlag machte ihr zu schaffen, und obendrein waren ihre Augen vom Weinen geschwollen. Himmel, sie sah schrecklich aus.

Heute Morgen hatte sie nach fast dreißig Stunden Flugzeit endlich wieder deutschen Boden betreten. Sie hatte sich wie gerädert gefühlt. Aber das war im Vergleich zu jetzt nur ein Klacks gewesen. Alles hatte sich verändert. Ihr Leben war zum Alptraum geworden.

Gleich nach ihrer Rückkehr aus Neuseeland war sie in die Redaktion gefahren. Wie immer hatte sie ihre Fotos und den Artikel, den sie auf dem Rückweg geschrieben hatte, persönlich abgeliefert. Was das betraf, misstraute sie E-Mails, die nicht immer dort ankamen, wo sie ankommen sollten.

Nun wünschte sie sich, sie wäre nicht in die Redaktion gefahren. Dann wäre ihr Zeit geblieben, sich auszuschlafen, und sie wäre in besserer Verfassung für die schlimme Nachricht gewesen. Doch während sie abermals ihr Gesicht in das kalte Wasser tauchte, wurde ihr klar, dass sie sich etwas vormachte. Es spielte keine Rolle, wann sie davon erfahren hätte. So oder so, es war ein brutaler Faustschlag ins Gesicht, auf den man sich nie und nimmer hätte vorbereiten können.

Nathalie war tot. Sie war von der Fußgängerbrücke gesprungen, etwa zur gleichen Zeit, als Carlas Zubringermaschine zum Landeanflug auf den Stuttgarter Flughafen angesetzt hatte. Und als Carla schließlich den Fahlenberger Bahnhof erreicht hatte, floss auf der Schnellstraße bereits wieder der Verkehr, und mit dem Neuschnee waren auch die letzten Spuren des Unglücks beseitigt worden.

Erschöpft ging Carla aus dem Bad in ihr Schlafzimmer. Ihr war schwindlig, und in ihrem Kopf tobte ein

Orkan wirrer Gedankenfetzen. Sie musste sich dringend ausruhen. Doch als sie ihr Bett sah, war ihr klar, dass sie dort keine Ruhe finden würde. Nicht in diesem Bett, in dem Nathalie unzählige Male neben ihr übernachtet hatte, nachdem sie gemeinsam durch die Gemeinde gezogen waren. Nicht in diesem Bett, in dem Nathalie ihr eines Nachts ihr Geheimnis anvertraut hatte.

Das ist der Grund, warum ich bin, wie ich bin, hörte Carla die Stimme ihrer toten Freundin, die nun zu einem Geist der Vergangenheit geworden war. Carla schloss die Augen. Tränen rannen ihr über die Wangen.

Einen Moment verharrte sie reglos, dann ging sie in die Küche, goss sich den letzten Rest Rotwein ein und trank das Glas in einem Zug aus. Sie fühlte sich betrunken und, Herrgott ja, warum sollte sie sich nicht betrinken. Das war ihr gutes Recht. Sie hatte ihre beste Freundin verloren – nein, mehr noch, Nathalie war wie eine Schwester für sie gewesen.

»Warum hast du das getan?«, fragte sie das Glas in ihrer Hand.

Im Wohnzimmer ließ sie sich auf die Couch fallen, griff zum Telefon und drückte die Wahlwiederholungstaste, wie schon unzählige Male zuvor, nur um wieder das endlose Freizeichen zu hören.

Warum ging er nicht wenigstens an sein beschissenes Telefon? Sie brauchte jemanden zum Reden. Er war der Einzige, der verstand, wie sehr ihr Nathalie fehlte. Warum hatte er nicht wenigstens eine Mailbox?

Sie nahm die Tasche mit ihrem Notebook, befreite sie von der Banderole der neuseeländischen Fluglinie und holte das Gerät heraus. Ungeduldig wartete sie, bis der Computer hochgefahren war und sich das E-Mail-Programm öffnen ließ.

Sie schrieb ihm nur eine Zeile: BITTE MELDE DICH! Dann klickte sie auf *Senden/Empfangen*, und ihre kurze Botschaft nahm den Weg durchs Datennetz. Gleichzeitig erschienen zweiunddreißig neue Nachrichten in ihrem Posteingang. Carla hatte seit zwei Tagen keine E-Mails mehr abgerufen, und wie es schien, handelte es sich nur um schwachsinnige Spam-Werbung. Sie wollte gerade das Programm beenden und ihr Notebook zuklappen, als ihr unter den Absenderadressen ein Name ins Auge stach.

Carla spürte, wie ihr das Blut aus dem Kopf wich. Sie fühlte sich einer Ohnmacht nahe. Mit geweiteten Augen starrte sie auf den Monitor. Als sie sich schließlich überwinden konnte, die Nachricht aufzurufen, zitterten ihre Hände. Ihr war eiskalt.

11

Jan kam sich wie eine gespaltene Persönlichkeit vor. Ja, verdammt, seine Situation war doch wohl ziemlich schizophren: Einerseits war er der zwölfjährige Junge, der sich nachts mit dem Diktiergerät seines Vaters aus dem Haus geschlichen hatte. Er war der Junge, der sich ein dickes Buch zum Thema übersinnliche Phänomene zu Weihnachten gewünscht hatte, der am Heiligen Abend mit seiner Familie »O du fröhliche« gesungen hatte, und er war der Junge, der den Tod seiner um sechs Jahre älteren, geistig verwirrten Nachbarin hatte miterleben müssen. All das war er – und doch auch wieder nicht.

Zumindest nicht mehr. Denn ein anderer Teil von ihm

war fünfunddreißig Jahre alt, war ein erwachsener Mann, geschieden, von Beruf Psychiater, der sich gerade in einer Trance befand.

Was Jan jetzt und hier sah, war längst vergangen. Das rief ihm Dr. Rauh in Erinnerung, der wie ein Gespenst neben ihm im nächtlichen Park stand. Rauh gehörte nicht in diesen Park. Er war Bestandteil einer anderen, dreiundzwanzig Jahre entfernten Welt, und das war seinem ganzen Erscheinungsbild anzusehen. Die Dunkelheit konnte ihm nichts anhaben. Weder beschienen ihn die Wegleuchten, noch warf er einen Schatten auf dem Schnee. Rauh war klar und deutlich erkennbar, als stünde er in einem hell erleuchteten Zimmer. Und das tat er ja auch. Nur hier, im Fahlenberger Stadtpark des Jahres 1985, sah er deswegen aus wie ein Trugbild. Wie eine Art Hologramm.

Für Jan war es verdammt schwer, die bildgewordene Erinnerung, die sich so täuschend echt anfühlte, von der Realität zu unterscheiden. Natürlich erkannte sein Erwachsenenbewusstsein, dass nicht Rauh, sondern der Park das Trugbild war. Alles, was er jetzt zu erleben glaubte, war *»nur eine Erinnerung«*, hörte er Rauh sagen, und obwohl der Arzt in Jans gegenwärtiger Welt wie ein Geist erschien, war seine Stimme dennoch realer als all die anderen Geräusche hier.

Rauhs Worte bewirkten, dass Jans Furcht vor dem Schatten nachließ. Eigentlich wusste er doch längst, zu wem dieser Schatten gehörte, der von den Parkleuchten immer länger und länger gezogen wurde und wie ein schwarzes Ungeheuer auf ihn zukroch.

In Jans Erinnerung hatte er damals jedoch furchtbare Angst gehabt. Aus seinem Mund quoll der Atem wie der Dampf einer alten Lok, die einen Berg erklomm. Als der

Schatten ihn schließlich erreichte, hätte Jan sich fast in die Hosen gemacht. Doch jetzt erkannte er ihn – Sven. Sein Bruder, der Zwerg, in Steppjacke und Skimütze.

Die riesigen Pranken des Schattenmonsters waren nichts anderes als die verzerrten Abbilder von Svens gestrickten Fäustlingen gewesen.

»Sag mal, bist du völlig verrückt?«, rief Jan aus, teils erleichtert, vor allem aber überrascht und stinksauer. »Was hast du hier zu suchen?«

»Ich wollte sehen, was du machst«, entgegnete Sven.

»Das geht dich überhaupt nichts an.« Jan funkelte seinen kleinen Bruder an, der jetzt trotzig die dick gepolsterten Arme vor der Brust verschränkte. Er überlegte fieberhaft, was er mit dem kleinen Störenfried anstellen sollte.

Ihn allein zurückschicken brachte er nicht über sich. Er würde womöglich noch Aufsehen erregen oder zu Hause die Eltern aufwecken. Mit ihm gemeinsam umkehren und sein Vorhaben abblasen kam aber auch nicht infrage. Ihm blieb keine andere Wahl – er musste Sven in seinen Plan einweihen. Und wenn er ehrlich war, war es ihm gar nicht mal so unrecht, nicht mehr allein zu sein.

»Also gut«, sagte Jan. »Ich bin auf dem Weg zum Weiher. Dorthin, wo Alexandra ertrunken ist.«

Svens Augen wurden groß. »Warum denn das?«

»Ich will etwas ausprobieren«, sagte Jan und winkte seinem kleinen Bruder, ihm zu folgen. »Komm mit, es wird Zeit.«

Sven folgte ihm auf dem Fuß. »Ausprobieren? Was denn? Jetzt sag doch schon!«

Während sie durch den nächtlichen Park gingen und das Echo ihrer knirschenden Schritte von den kahlen

Bäumen zurückgeworfen wurde, erklärte Jan, was er in seinem Buch über Friedrich Jürgenson gelesen hatte und was ihn seit Tagen nicht losließ:

Durch einen Zufall hatte der Opernsänger und Maler im Sommer des Jahres 1959 eine unglaubliche Entdeckung gemacht. Jürgenson hatte die Radioübertragung einer Opernaufführung mit seinem Tonbandgerät aufgezeichnet. Als er das Band später abspielte, hörte er Stimmen im Hintergrund der Musikaufnahme.

Zuerst hielt Jürgenson diese Stimmen für eine Störung in der Übertragung – vielleicht durch einen anderen Sender hervorgerufen, der die Frequenz überlagerte –, doch bei genauerem Hinhören bekam er eine Gänsehaut. Eine dieser Stimmen kannte er, das hätte er vor jedem Gericht dieser Welt geschworen. Sie gehörte einem befreundeten Sänger, der Jürgenson auf dem Band mehrmals beim Vornamen ansprach. Das Unheimliche daran war: Dieser Freund war bereits seit mehreren Jahren tot.

Jürgenson wollte dem auf den Grund gehen. Er nahm ein neues, noch in Zellophan verpacktes Tonband und legte es in sein Gerät ein. Dann drückte er die Aufnahmetaste, ging aus dem Raum und ließ es bis zum Ende durchlaufen. Was danach geschah, beschäftigte Wissenschaftler bis zum heutigen Tag.

Auf dem Band, auf dem sich eigentlich nichts als die Stille in Jürgensons Arbeitszimmer hätte befinden dürfen, waren erneut Stimmen zu hören. Manche dieser Stimmen kannte Jürgenson, andere waren ihm fremd, wiederum andere stellten sich ihm als prominente Personen vor. Doch all diese Stimmen hatten eines gemeinsam: Die Personen, zu denen sie gehörten, waren zum Zeitpunkt der Aufnahme tot.

In den Büchern, die Jürgenson im Lauf seiner Nachforschungen schrieb, äußerte er die Vermutung, mit seinen Aufnahmen die Pforte zu einer anderen Welt aufgetan zu haben – einer Welt, in der es den Toten möglich war, mit den Lebenden zu kommunizieren. Und als sei dies noch nicht fantastisch genug, stellte Jürgenson noch eine weitere These auf: Er behauptete, er sei keinesfalls ein Auserwählter, an den sich die Verstorbenen bevorzugt wandten. Nein, laut Jürgenson sei jeder, der ein Tonbandgerät, einen Kassettenrekorder oder sonst eine Möglichkeit zur Magnettonaufzeichnung besitze, in der Lage, solche Aufnahmen zu machen und mit der Welt der Toten in Verbindung zu treten …

Jan und Sven waren bei der Parkbank am Weiher angelangt. Sie blieben stehen. Sven hatte seinem großen Bruder mit offenem Mund zugehört. Es dauerte eine Weile, bis er begriff.

»Du willst so eine *Aufnahme* machen?«

»Jürgenson sagt, man müsse den Toten nur seine Fragen stellen und dann das Tonband laufen lassen«, erklärte Jan, als sei es das Selbstverständlichste von der Welt.

Er holte das Diktiergerät aus der Hosentasche. Sven schaute ihn ungläubig an. Dann sah er auf das Diktiergerät in Jans behandschuhter Hand und schüttelte wie in Zeitlupe den Kopf.

»Das gibt mindestens *zwei* Wochen Hausarrest.«

»Selbst wenn«, gab Jan trotzig zurück, »das ist die Sache wert. Ich muss einfach wissen, warum Alexandra in den Park gerannt ist, vor wem sie davongelaufen ist – oder vor was.«

Sven schluckte. Ihm war anzusehen, dass er nun seinen Entschluss bereute, Jan gefolgt zu sein.

»Was ist?«, fragte Jan. »Willst du noch immer dabei sein?«

Sven nickte nur, und Jan hatte nichts anderes erwartet. *Allein* wäre Sven jetzt sicherlich nicht mehr durch den Park zurück zum Haus gelaufen.

»Dann lass uns anfangen«, sagte Jan.

Sie setzten sich auf die Bank. Sven rückte dicht an seinen Bruder heran.

»Warum machen wir das eigentlich nicht daheim, in deinem Zimmer?«, fragte er kleinlaut. »Der Typ, von dem du erzählt hast, ist doch auch nicht nachts durch die Gegend gelaufen.«

»Ja, schon«, sagte Jan, der diese Möglichkeit selbst schon in Erwägung gezogen gehabt hatte. »Aber ich glaube, dass Alexandras Geist noch immer hier ist. Sie ist ja noch nicht beerdigt worden. Also, pass auf. Du bleibst ganz ruhig sitzen und rührst dich nicht. Keinen Mucks, verstanden?«

Die Augen noch immer weit aufgerissen, presste Sven die Lippen zusammen und nickte.

»Gut, dann geht es jetzt los.«

Jan räusperte sich. Irgendwie kam es ihm nun schon ein wenig albern vor, und er fürchtete, er könne sich vor seinem kleinen Bruder zum Idioten machen. Aber dann dachte er an Jürgenson. Er spürte wieder die Begeisterung, die ihn ergriffen hatte, als er von den Experimenten des Schweden gelesen hatte. Das gab ihm die nötige Zuversicht zurück.

Jan stand auf, schloss die Augen und konzentrierte sich. Dann stellte er Alexandra im Geiste die Fragen, die ihm keine Ruhe ließen.

Er wollte wissen, was ihr so furchtbare Angst gemacht habe und warum sie vor ihm weggelaufen sei. Sie musste ihn doch erkannt haben, oder nicht?

Jan drückte die Aufnahmetaste des Diktiergeräts. Das

kleine rote Lämpchen leuchtete auf. Jan hielt sich den Zeigefinger vor den Mund und bedeutete Sven, keinen Laut von sich zu geben. Dann warteten sie.

Die Kassette hatte eine Spieldauer von fünfzehn Minuten pro Seite. Das war keine lange Zeit, aber wenn man stillhalten musste, müde war und zudem noch fror, konnte sich eine Viertelstunde zu einer Ewigkeit ausdehnen.

Immer wieder beugte sich Jan zu dem Gerät hinunter, um zu sehen, wie viel von dem Band schon abgelaufen war. Doch obwohl die Parkbank direkt unter einer Lampe stand, lag das Kassettenfach des Diktiergeräts im Dunkeln, und Jan konnte nichts erkennen.

Zu allem Überfluss fing es nun auch noch zu schneien an. Dicke Flocken fielen vom Himmel, zuerst nur vereinzelt, dann immer dichter. Es würde nicht lange dauern, ehe sich eine schwere weiße Neuschneedecke auf den Park gelegt haben würde.

Und als sei das nicht genug, musste Jan mal. Und zwar dringend. Dieser verdammte Tee, mit dem ihn seine Mutter den ganzen Tag über abgefüllt hatte, weil es angeblich wichtig war, dass jemand, der einen Schock erlitten hatte, viel Flüssigkeit zu sich nahm. Wahrscheinlich lag der wahre Grund darin, dass man deshalb so häufig zum Pinkeln musste, dass man gar keine Zeit mehr hatte, über diesen Schock nachzudenken.

»Wann gehen wir endlich wieder heim?«

Sven hatte nicht länger stillhalten können. In diesem Moment schnappte die Aufnahmetaste zurück. Die erste Seite war abgelaufen.

»Nur noch die zweite Seite«, sagte Jan.

»Och, Mann«, maulte Sven. »So lang kann die doch gar nicht für ihre Antwort brauchen. Und überhaupt, das klappt sowieso nicht. Gespenster gibt's doch gar nicht.«

»Es hat dich niemand gezwungen, mitzukommen«, gab Jan zurück, während er die Kassette umdrehte. »Du wolltest es so. Also hör auf zu jammern. Die Seite lassen wir jetzt noch durchlaufen, und dann gehen wir heim.«

Sven machte einen Schmollmund und sah verdrossen auf seine gefütterten Stiefel. »Na gut, aber dann gehen wir wirklich. Sonst schneit's uns hier noch ein.«

»Versprochen«, sagte Jan. »Ich geh nur mal schnell hinter den Baum. Lass das Band so lange laufen, okay?«

Erschrocken sah Sven zu ihm auf.

»He, ich komm mit!«

»Willst du mir etwa beim Pinkeln zusehen?«

Es stand Sven ins Gesicht geschrieben, dass er lieber seinem Bruder beim Pinkeln zugesehen hätte, als allein auf dieser Parkbank zu sitzen, während neben ihm ein Band lief, das vielleicht die Stimme eines Gespenstes aufzeichnete. Trotzdem sagte er mit einer Stimme, die besonders erwachsen klingen sollte: »Nee, ich bin doch nicht schwul.« Das war gegenwärtig die angesagte Redewendung unter harten Jungs.

»Alles klar«, sagte Jan, der nun keine Minute länger warten konnte, »du darfst dafür auf Aufnahme drücken. Aber verbock's ja nicht, sonst schick ich dich morgen Nacht allein hierher.«

»Okay«, sagte Sven, und diesmal klang er wirklich wie ein Großer. »Aber komm gleich wieder.«

»Logo.«

Jan spurtete los, suchte einen Platz hinter einer großen Tanne und zog den Reißverschluss auf. Himmel, war das knapp gewesen. Er hatte das Gefühl, seine Blase müsse platzen. Sein Strahl wollte und wollte kein Ende nehmen und grub ein großes dampfendes Loch in den Schnee.

Als er endlich fertig war, zog er rasch den Reißverschluss zu, streifte seine Handschuhe wieder über und schlich zurück zur Parkbank – langsam, Schritt für Schritt, um keine Fremdgeräusche aufs Band zu bringen.

Inzwischen schneite es wie verrückt. Sein Vater würde morgen früh fluchen, weil er wieder Schnee schaufeln musste.

Jan war nur wenige Meter gegangen, als er abrupt stehen blieb. Wo war Sven? Eine Sekunde lang hatte er geglaubt, er hätte ihn wegen des dichten Schneefalls übersehen – aber die Bank war leer.

Da war nur das Diktiergerät. Es war bereits von einer dünnen Schneeschicht bedeckt, wie auch die ganze Bank, so dass man hätte glauben können, dass dort nie jemand gesessen hätte. Vielleicht hatte Sven ebenfalls pinkeln müssen? Aber dann wäre er gewiss Jan gefolgt.

Jan sah sich um. In dem Schneetreiben konnte er keinerlei Spuren erkennen.

Vielleicht ist es ihm zu dumm geworden, und er ist heimgelaufen?

Nein, so viel Schneid traute er ihm bei aller Bruderliebe nicht zu.

Sven ist verschwunden. Er ist nicht weggegangen, er ist verschwunden. *Es muss ihm etwas zugestoßen sein!*

Jan geriet in Panik. So aberwitzig der Gedanke auch war – was sollte seinem Bruder denn während der zwei oder drei Minuten, die er fortgewesen war, passiert sein? –, so hatte diese Vorstellung dennoch eine schreckliche Logik.

»Sven!« Sein Schrei hallte durch den Park. »Herrgott nochmal, Sven! Wo steckst du?«

Keine Antwort.

»He, komm schon, Zwerg, lass den Scheiß! Sag was!«

Stille.

»Sven, verdammt nochmal!«

Eisige Stille.

Jan fing an, wie von Sinnen zu schreien. Doch ganz gleich, wie sehr er auch schrie, Sven gab keine Antwort. Da war nur diese kalte, gleichgültige Stille, die sich in Jans Kopf festfraß wie ein bösartiges Tier. Sie grub ihre stählernen Zähne in sein Gehirn und verbiss sich darin.

Er schrie und schrie und schrie ...

Dann war der Park verschwunden.

Der Schnee war verschwunden.

Sven war verschwunden.

Jan fand sich auf einem roten Teppichboden liegend wieder.

»Ruhig, ganz ruhig«, sagte Rauh und half Jan auf die Beine.

Jan fühlte sich elend und verwirrt. Rauh führte ihn zum Sessel zurück, und Jan ließ sich nieder.

»Hier«, sagte Rauh und hielt Jan ein Glas entgegen. »Trinken Sie etwas Wasser.«

Jan leerte das Glas in einem Zug. Er fühlte sich wie ausgedörrt, und das Wasser war eine Wohltat.

»Ich glaube, wir lassen es für heute dabei bewenden«, sagte Rauh und setzte sich wieder auf den Stuhl. »Sie waren sehr tapfer, Jan. Außergewöhnlich tapfer sogar. Für eine erste Sitzung haben Sie sich sehr weit vorgewagt.«

»Trotzdem weiß ich jetzt nicht mehr als vorher«, entgegnete Jan und stellte das Glas neben eine der verstummten Klangschalen. Seine Hand zitterte.

Rauh nickte. »Darum geht es vorerst auch gar nicht. Wichtig ist, dass Sie sich Ihrer Vergangenheit stellen und sie sich so ansehen, wie sie tatsächlich gewesen ist. Erst danach bekommen Sie die Antworten.«

Jan nickte müde und stemmte sich aus dem Sessel. »Nehmen Sie es mir nicht übel, aber für heute habe ich genug. Ich brauche jetzt Ruhe und frische Luft.«

Auch Rauh erhob sich. »Natürlich. Lassen Sie das alles erst einmal auf sich wirken. Wir sollten uns aber so bald wie möglich wiedersehen, um über den weiteren Verlauf der Behandlung zu sprechen.«

Jan schlüpfte in seine Jacke und ging zur Tür. »Ich werde mich bei Ihnen melden.«

Rauh verabschiedete ihn mit einem freundlichen Lächeln, doch Jan glaubte, dass Rauh ihn durchschaut hatte. Der Therapeut wusste, dass Jan nicht bereit war, mit ihm über das zu sprechen, was nach jener Nacht geschehen war.

12

Für die kommende Nacht war im Radio ein starker Kälteeinbruch vorhergesagt worden, und schon jetzt war es bitterkalt. Frierend trat Jan auf der Stelle, rieb sich die behandschuhten Hände und beobachtete ungeduldig die Zapfsäule, die ein gleichgültiges Summen von sich gab.

Dabei hatte es einst eine Zeit gegeben, zu der sich Jan gewünscht hatte, das Tanken würde noch sehr viel länger dauern – damals, als er noch mit seinem Vater hier gewesen war. Und mit Sven.

Für Jan war diese Tankstelle an der Fahlenberger Ortseinfahrt so etwas wie die steingewordene Verkörperung dessen, was man als den Wandel der Zeit bezeichnete.

Bis in die späten fünfziger Jahre hatte sich in dem dreistöckigen Gebäude das Stadtkrankenhaus befunden. Sowohl Bernhard Forstner als auch seine Frau Angelika waren dort zur Welt gekommen. Als dann ein gut zwanzigmal so großer Krankenhauskomplex in der Nachbarschaft der Waldklinik errichtet wurde, ging das alte Gebäude in Privatbesitz über und wurde zu einem Wohnhaus umgebaut. Etwa zehn Jahre darauf kam die Tankstelle hinzu und wenig später eröffnete gleich nebenan ein Spielwarenladen.

Jan sah die freundliche Besitzerin noch vor sich. Da verstand es sich von selbst, dass Jan und Sven ihren Vater liebend gern zum Tanken begleiteten. Vor allem an Samstagen, wenn Bernhard Forstner anschließend noch durch die Waschstraße fuhr und den Jungs mehr Zeit blieb, all die tollen Dinge im Schaufenster zu bestaunen.

Jedes Jahr im November wurde die Auslage zu einer Modelleisenbahnlandschaft mit Tunneln, Bergen, Brücken und Seen, und spätestens dann stand auch Bernhard Forstner bei seinen Söhnen vor der Scheibe.

Hätte man Jan nach den schönsten Erinnerungen an seinen Vater gefragt, hätte er die alljährliche Adventszeit genannt – die Zeit, in der Bernhard Forstner jeden freien Moment mit Sven und Jan verbrachte. Dann bastelten sie gemeinsam in den Abendstunden und an den dienstfreien Wochenenden des Vaters an der Landschaft für die Modelleisenbahn, die jedes Jahr neu gestaltet wurde.

Jan erinnerte sich noch an seinen letzten Einkauf in diesem Laden: ein Güterwaggon für sechs Mark. Das war drei Tage vor Svens Verschwinden gewesen. Drei Tage vor der Nacht, in der Bernhard Forstner mit unbekanntem Ziel davonfuhr und wenig später in den Trümmern seines VW Passat gestorben war.

Jetzt, nach all den Jahren, kamen ihm diese Erinnerungen wie die eines Fremden vor.

Jan sah zu der leeren Schaufensterscheibe hinüber, und ein Gefühl der Wehmut beschlich ihn. Damals, im Zuge der Ermittlungen im Fall seines Bruders, war unter anderem auch der Tankstellenbesitzer in Verdacht geraten. Der Verdacht wurde schnell fallengelassen, aber bald darauf gab er die Tankstelle auf. Etwa zur gleichen Zeit machte auch der Spielwarenladen zu.

Wie lange mochte der Laden wohl schon leer stehen? Den Überresten der Plakate am Eingang nach zu schließen, hatte sich zuletzt ein Reisebüro darin befunden. Eisiger Ostwind zerrte an den Papierfetzen und trug Lärm vom Nebengebäude herüber. Dort, wo einst die benachbarte Autowerkstatt gewesen war, stand nun ein Flachbau, in dem sich eine Kneipe mit dem vielsagenden Namen »Zapfsäule« befand.

Das Klicken des Füllstutzens ließ Jan zusammenfahren. In der Einsamkeit des Winterabends hatte es sich für einen Sekundenbruchteil angehört wie die Aufnahmetaste eines Diktiergeräts. Sofort schüttelte Jan diesen Gedanken ab und rammte den Zapfhahn zurück in die Säule – heftiger als nötig.

Während er den Tankdeckel schloss, sah Jan, wie ein alter Mann mit seinem Fahrrad neben dem Eingang des Tankstellenladens hielt. Das schüttere graue Haar des Mannes wehte wie Spinnweben um seinen Schädel. Der verschlissene Armeeparka und die fleckige Cordhose schienen aus der Altkleidersammlung zu stammen, ebenso wie er wahrscheinlich auch das Fahrrad vom Sperrmüll gerettet hatte.

Unsicher stieg der Alte ab, lehnte sein Rad gegen einen Verkaufsständer für Motoröl und schloss es mit einer Kette daran fest. Dann schwankte er auf den Eingang des Ladens zu. Kurz vor der Tür wandte er sich noch einmal mit prüfendem Blick nach seinem Rad um, als dürfe er das gute Stück keine Sekunde aus den Augen lassen. Dann stapfte er ins Innere.

Als Jan den grell erleuchteten Laden betrat, empfing ihn ein beißender Gestank – eine Mischung aus Moder, kaltem Rauch und billigem Fusel. Der Alte, den Jan als die Geruchsquelle ausmachte, schien soeben bei dem jungen pickelgesichtigen Mann an der Kasse seine Bestellung aufgegeben zu haben, denn nun grinste das Pickelgesicht und sagte etwas lauter als nötig: »Brauchst wohl neuen Stoff, was?«

Der Alte nahm zwei große Flaschen Korn entgegen, die er in einer Plastiktüte verstaute. Den kleinen Flachmann ließ er vor sich auf der Theke stehen. Dann zog er einen speckigen Geldbeutel aus der Jackentasche. Seine Hände zitterten, als habe er Schüttelfrost.

»Ey, mach hinne, Hubbi«, drängte der Kassierer. »Ich hab keinen Bock, wegen dir wieder stundenlang zu lüften. Hier drin isses sowieso schon arschkalt.«

Das Pickelgesicht hatte kaum ausgesprochen, als dem zitternden Alten der Geldbeutel entglitt. Münzen klimperten über den Boden.

»Och nee jetzt!« Der Kassierer schüttelte genervt den Kopf, machte aber keinerlei Anstalten, hinter seinem Tresen hervorzukommen, um zu helfen.

»Warten Sie, das haben wir gleich.« Jan trat zu dem Alten und half ihm, die Münzen aufzuheben. Der alte Mann suchte akribisch jeden Winkel des Bodens ab. Erst als Jan und er nach derselben Euromünze griffen, die unter einen Zeitschriftenständer gekullert war, blickte er zu Jan auf.

Jan sah in ein Gesicht, das von jahrzehntelangem starken Trinken gezeichnet war. Gelblich verfärbte Augen zeugten von einem schweren Leberschaden, und die schlaffe, von unzähligen Äderchen durchzogene Haut hing an dem kantigen Schädel wie ein graues, faltiges Laken. Irgendwoher kannte Jan diesen Mann, er kam nur nicht drauf, woher.

Der Alte grunzte ein kaum hörbares »Danke«, zählte zitternd eine Handvoll Münzen ab und legte sie auf den Tresen. Dann schnappte er sich den Flachmann und leerte ihn auf seinem Weg hinaus zum Fahrrad.

»Wer war das?«, fragte Jan, während er bezahlte.

»Keine Ahnung.« Das Pickelgesicht zuckte die Schultern. »Zu dem sagt jeder nur Hubbi. Kommt immer erst, wenn's dunkel ist und kriegt kaum die Zähne auseinander. Irgend so ein Schluckspecht halt. Darf's sonst noch was sein?«

Jan sah auf das riesige Zigarettenregal und überlegte. Dann nickte er. »Geben Sie mir noch zwei Stangen West.«

Das Pickelgesicht drehte sich um und machte sich am Regal zu schaffen, in einem Tempo, als wolle er einen neuen Rekord in Sachen Langsamkeit aufstellen. Endlich reichte er Jan die Zigaretten. Im selben Moment riss er die Augen auf.

»Ach du heilige Scheiße!«

Jan sah den jungen Mann ratlos an, doch dann begriff er, dass sich irgendwas hinter seinem Rücken abspielte.

»Scheiße, Scheiße, Scheiße!«, kreischte der Kassierer. »Nicht schon wieder!«

Mit einem Tempo, das Jan ihm nicht zugetraut hätte,

stürmte er hinter dem Verkaufstresen hervor und zur Tür hinaus.

Jan sah ihm nach, und nun erkannte auch er die vornübergebeugte Gestalt, die sich an eben der Stelle erbrach, an der noch vor wenigen Minuten das Fahrrad von Hubbi dem Schluckspecht gestanden hatte.

Da so schnell nicht mit der Rückkehr des Kassierers zu rechnen war, legte ihm Jan das abgezählte Geld auf die Theke und ging nach draußen. Dort stand das Pickelgesicht neben einem etwa gleichaltrigen Mann, der noch immer den Inhalt seines Magens auf den Teer würgte.

»Du Sau!«, schrie ihn der Kassierer an. »Warum kotzt du nicht vor der Kneipe, hä?«

Jan sah eine kleine Ansammlung von Männern, die rauchend vor der »Zapfsäule« standen und lachend zu ihnen herüberapplaudierten.

»Beschissenes Säuferpack!«, schrie sie der Kassierer an. Dann wandte er sich Jan zu. »Wenn Sie wüssten, wie oft ich hier diesen Dreck aufwischen muss. Warum saufen die Kerle, wenn sie's nicht vertragen?«

Jan entgegnete nichts, sondern sah erstaunt zu dem jungen Mann, der nun den Kopf hob und sich die Speichelfäden mit dem Jackenärmel vom Ziegenbärtchen abwischte. Es war Ralf Steffens, sein ernster junger Kollege aus dem Krankenhaus.

Der Pfleger lallte etwas, das wie »Hallo, Doktor Forstner« klang, dann würgte er abermals und wäre fast in seine eigene Bescherung gefallen, hätte ihn Jan nicht im letzten Moment am Kragen gepackt.

Erstaunt hob der Kassierer die Brauen. »Sie kennen den?«

Jan ignorierte ihn und stützte Ralf, der schon wieder umzukippen drohte.

»Na, wird's gehen?«

Ralf versuchte ihn anzusehen, doch es gelang ihm nicht, den Blick auf Jan zu fokussieren.

Jan seufzte. Den jungen Mann mit beiden Armen umfassend, führte er ihn zu seinem Wagen. Mit einiger Mühe gelang es ihm, die Beifahrertür zu öffnen und den Betrunkenen ins Auto zu hieven. Dann ließ er die Seitenscheibe herunter.

»Wenn Ihnen wieder schlecht wird, dann bitte aus dem Fenster, okay?«

Doch Ralf hörte ihn nicht. Er war sofort eingenickt, kaum dass er in Jans Wagen saß.

Na prima, dachte Jan, *und ich weiß nicht mal, wo er wohnt.*

»Hey, Sie haben was vergessen!«

Das Pickelgesicht kam auf ihn zu und reichte ihm die Zigaretten. Dann machte er eine angeekelte Geste in Ralfs Richtung.

»Sie sind wohl der barmherzige Samariter, was?«

»Nein, ich bin Arzt.«

Das Pickelgesicht nickte zu den Zigaretten in Jans Hand. »Und ich dachte, die leben gesund und qualmen nicht. Na ja, was geht's mich an.« Damit wandte er sich ab.

Jan warf die Zigaretten auf die Rückbank. Dann versuchte er, Ralf zu wecken, aber ohne Erfolg. Er befühlte Ralfs Jackentaschen und fand einen Schlüsselbund und einen Geldbeutel.

Wie es schien, hatte Ralf seine gesamte Barschaft in der »Zapfsäule« gelassen. Im kleinen Sichtfenster des Geldbeutels steckte ein Foto. Ein Automatenbild, das Ralf mit seiner Freundin zeigte. Es sah ganz nach der spontanen Idee eines frisch verliebten Pärchens aus, das mal eben in einen Passbildautomaten am Bahnhof oder im Supermarkt kletterte, um den Augenblick mit einem Schnappschuss zu verewigen. Die beiden küssten sich, so dass man von dem langhaarigen Mädchen nur den Hinterkopf sah. Ralf hatte die Augen weit aufgerissen und wirkte deutlich munterer als jetzt auf dem Beifahrersitz.

Jan zog den Personalausweis hinter dem Bild hervor und fand Ralfs Adresse. Bachstraße. Die Gegend kannte er. Ein Jugendfreund, mit dem er einst Krebse aus der Fahle gefischt und in Marmeladengläsern nach Hause getragen hatte, hatte dort gewohnt. Auf dem Weg dorthin drehte Jan die Heizung des Wagens bis zum Anschlag auf. Sie kam jedoch nicht gegen den eisigen Fahrtwind an, der durchs offene Fenster pfiff. Ralf merkte davon nichts. Der Blondschopf schnarchte mit weit offenem Mund. Nur hin und wieder zuckte er wie bei einem bösen Traum.

Der Fahrstuhl war defekt, aber sie schafften es mehr oder weniger gemeinsam, die vier Stockwerke zu Ralfs Wohnung zu erklimmen. Als Jan endlich wieder im Wagen saß und sich auf den Heimweg machte, war ihm jedenfalls nicht mehr kalt.

Er nahm die kürzeste Strecke über die Schnellstraße. Als er sich der Fußgängerbrücke näherte, befiel ihn ein beklemmendes Gefühl. Er spürte einen unangenehmen Stich in der Brust, als er jetzt auch noch eine Gestalt am Geländer erkannte. Jemand stand dort oben und sah auf die Straße herab.

Beinahe wäre Jan auf die Bremse gestiegen, doch kurz bevor er die Brücke erreichte, wandte sich die Gestalt ab und verschmolz mit der Dunkelheit.

Wieder musste Jan an das zerschmetterte Gesicht der

jungen Frau denken und an den unmenschlichen Laut, der sich ihrer Kehle entrungen hatte.

Gäoh!

13

»Ich gehe jede Wette ein, dass du heute noch nichts Vernünftiges gegessen hast.«

Marenburg stand im Türrahmen des Wohnzimmers und bedachte Jan mit einem prüfenden Blick.

Jan hängte seine Jacke an die Garderobe und sah seinen Gastgeber an. »Du hörst dich schon an wie meine Exfrau.«

Marenburg grinste. »Siehst ganz schön fertig aus. Man könnte meinen, du arbeitest auf dem Bau und nicht in einer Klinik.«

Jan fühlte sich in der Tat, als hätte er stundenlang Ziegelsteine geschleppt. Die Sache mit Ralf Steffens hatte einem aufreibenden Tag noch die Krone aufgesetzt.

Marenburg wies mit dem Kopf zur Küche. »Was hältst du von Heringssalat mit Roter Bete? Altes Rezept von meinem Großvater. Ich habe eine extragroße Portion gemacht.«

Jan widerstand der Versuchung, das Gesicht zu verziehen. Es war wohl nicht der richtige Moment, seinem Freund zu sagen, dass er sich nichts aus Fisch machte. Marenburg genoss es ganz offensichtlich, einen Mitbewohner zu haben, um den er sich kümmern konnte, und Jan hatte einen Bärenhunger. Er hatte tatsächlich noch nichts gegessen, und wie um dies zu betonen, gab sein

Magen nun ein lautes Knurren von sich. Die beiden Männer mussten lachen.

»Na, das deute ich mal als ein Ja«, meinte Marenburg.

Er verschwand in der Küche, und Jan ging sich umziehen. Als er wenig später die Treppe zur Küche hinunterstieg, empfing ihn der würzige Duft von Bratkartoffeln. Der Tisch war gedeckt, und Marenburg hatte sogar ein paar Flaschen Schlossquellbier kalt gestellt.

Die beiden machten sich über die Hausmannskost her, und Jan stellte fest, dass er seine Meinung über Fischgerichte revidieren musste. Der Salat schmeckte ausgezeichnet, auch wenn die sonderbar rote Sahnesoße für einen Moment ungute Assoziationen bei ihm weckte. Und morgen würde er für seine Patientengespräche dringend Pfefferminzpastillen brauchen. Marenburg hatte an Zwiebeln nicht gespart.

Heißhungrig schaufelte Jan Bratkartoffeln in sich hinein, während Marenburg Anekdoten über seinen Großvater zum Besten gab, der mit sechzehn von zu Hause ausgebüxt war, um zur See zu fahren, und den es irgendwann nach Fahlenberg verschlagen hatte. Seither lebten die Marenburgs am Ort und führten im Gegensatz zum abenteuerlustigen Großvater ein recht bodenständiges Leben. Rudolfs Vater, Siegfried Marenburg, war zeit seines Lebens Arbeiter bei den Fahlenberger Elektrowerken gewesen, und Rudolf hatte bis zu seiner Pensionierung im Einwohnermeldeamt der Stadtverwaltung gearbeitet.

Marenburg verstand sich aufs Erzählen, und Jan stellte einmal mehr fest, dass der alte Mann Gott und die Welt in Fahlenberg kannte. Das brachte ihn auf eine Idee. Er schob seinen Teller von sich, lehnte sich zurück und sah Marenburg an.

»Sag mal, du kennst doch so gut wie jeden hier in Fahlenberg, oder?«

»Bestimmt nicht jeden«, sagte Marenburg und wischte sich mit einer Papierserviette den Mund ab, »aber unter den Alteingesessenen kenne ich mich aus. Warum fragst du?«

»Sagt dir ein gewisser Hubbi etwas?«

Marenburg legte die Serviette beiseite und wischte mit einem Brotstück die letzten Soßenreste von seinem Teller.

»Hubbi?«

»So wird er jedenfalls genannt. Scheint schwer alkoholkrank zu sein und macht einen ziemlich abgerissenen Eindruck. Sein Alter ist schwierig zu schätzen. Sieht vermutlich älter aus, als er tatsächlich ist.«

»Ach so«, Marenburg nickte und schob den Teller von sich. »Du meinst bestimmt Hubert Amstner. Wie kommst du denn auf den?«

»Ich bin ihm heute Abend an der Tankstelle begegnet«, sagte Jan, und noch während er sprach, ging ihm ein Licht auf. »Amstner? Der Tankstellenbesitzer?«

Er sah den Mann vor sich, wie er damals seinen Vater bedient hatte. Nie wäre er auf die Idee gekommen, bei der heruntergekommenen Gestalt, die er heute gesehen hatte, könnte es sich um Hubert Amstner handeln.

»Genau der«, sagte Marenburg und nippte an seinem Bier. »Du bist ihm an der Tankstelle begegnet?«

»Ja.«

»*Seiner* ehemaligen Tankstelle?«

Jan nickte und Marenburg seufzte. »Er kann's einfach nicht lassen. Ist eine verdammt traurige Geschichte. Erst die Sache mit deinem Bruder, dann mit seiner Frau …«

»Seiner Frau?«

»Die den Spielzeugladen hatte.«

Jan glaubte seinen Ohren nicht zu trauen. »Das war Amstners Frau?«

»Rosalia Amstner.« Marenburg nickte. »Du wirst sie wahrscheinlich nur als Rosa gekannt haben, so wie alle. Ich glaube, mit einem *Frau Amstner* hätte sich die gute Rosa gar nicht angesprochen gefühlt.«

»Wie gut kennst du die beiden?«

»Sie haben im selben Jahr geheiratet wie Flora und ich.« Er nickte in Richtung des Hochzeitsfotos, das auf dem Küchenregal stand. »Und ihnen erging es ähnlich wie uns: Auch Rosa konnte keine Kinder bekommen, genau wie meine Flora. Als es bei Flora dann doch noch klappte, war es für uns wie ein Wunder. Wer hätte denn geahnt, dass sie die Geburt nicht überstehen würde.« Traurig zuckte er mit den Schultern. »Rosa schien mit der Kinderlosigkeit gut zurechtzukommen. Aber für den armen Hubert war das ein ziemlicher Schlag. Er war ganz vernarrt in Kinder, weißt du. Der Spielzeugladen war seine Idee. Tja, und dann wurde ihm seine Kinderliebe zum Verhängnis.«

»Erzähl, was ist passiert?«

Marenburg trank sein Bier aus, stand auf und holte zwei neue Flaschen aus dem Kühlschrank.

»Es muss im Sommer 1983 gewesen sein, als Gabriele Jost mit ihrem Sohn Christian in den Ort kam. Ich weiß zwar nicht mehr, woher sie ursprünglich stammten, aber an die Namen erinnere ich mich noch genau.« Marenburg tippte sich an die Schläfe und lächelte schwach. »Obwohl ich jetzt schon seit Jahren in Rente bin, kommt es mir manchmal immer noch so vor, als hätte ich das gesamte Einwohnerarchiv da oben abgespeichert.«

»Tja, Rudi, das Langzeitgedächtnis wird im Alter eben besser.«

»So genau wollte ich das gar nicht wissen«, brummte Marenburg und reichte Jan sein Bier.

»Was war mit den beiden?«

»Christian war zehn, wirkte aber schon sehr vernünftig für sein Alter. Ein lieber Junge. Ein wenig schüchtern und zurückhaltend, aber immer freundlich. Seine Eltern hatten sich einige Jahre zuvor scheiden lassen, und ich denke, Christian hat in Hubert so etwas wie einen Ersatzvater gesehen. Hubert hat das gefallen. Er hatte hinter dem Haus einen Hasenstall, und das war natürlich toll für einen Zehnjährigen. So freundeten sich die beiden an.« Mit einer routinierten Bewegung ließ Marenburg den Bügelverschluss seiner Bierflasche aufschnappen und nahm einen großen Schluck. »Es muss im selben Sommer gewesen sein. Vielleicht kennst du noch Karl Lehmann, den Postboten? Einer vom alten Schlag, der noch Zeit hatte für ein Schwätzchen hier und da. Solange er die Post austrug, konnte man sich den Lokalteil in der Zeitung sparen.«

Jan erinnerte sich tatsächlich an Karl Lehmann. Allerdings hatte er ihn nicht gerade positiv in Erinnerung. Lehmann hatte Rufus nicht ausstehen können, dabei hatte er einfach Rufus' Freude über einen vermeintlichen Spielgefährten grundsätzlich fehlinterpretiert.

»Eines Vormittags«, fuhr Marenburg fort, »sah Karl, wie Hubert und Christian am Weiher saßen. Es waren noch keine Ferien, und eigentlich hätte der Junge in der Schule sein müssen. Das machte Karl stutzig. Also blieb er stehen und beobachtete die beiden. Und dann ...« Marenburg machte eine kurze Pause, als falle es ihm schwer, darüber zu sprechen. »Nun, Karl behauptete, Hubert habe sich an dem Jungen zu schaffen gemacht, und er, Karl, habe gerade noch das Schlimmste verhindern können. Er ist dazwischengegangen und hat Hubert eine tüchtige Tracht Prügel verpasst. Er war ja nun wirklich kein Schwergewicht, aber Hubert sah hinterher aus, als sei er unter einen Lastwagen geraten.

Danach war die Hölle los, wie du dir denken kannst. Hubert hat immer wieder seine Unschuld beteuert. Geglaubt hat ihm keiner. Auf einmal erschien seine Kinderliebe in einem ganz anderen Licht. Der Junge nahm ihn zwar in Schutz, aber man war sich nicht sicher, inwieweit Hubert ihn schon beeinflusst hatte.«

Das wäre kein Einzelfall gewesen, dachte Jan und trank sein Bier leer. Häufig ging pädophilen Beziehungen eine längere Freundschaftsphase voraus, und es entstand eine Art gegenseitiges Abhängigkeitsverhältnis, ehe es zu sexuellen Handlungen kam. Wurde der Täter dann überführt, nahmen ihn seine Opfer oft in Schutz, da sie den Freund – den sie oftmals für ihren *einzigen wahren Freund* hielten – nicht verlieren wollten. Für Jan waren es stets die schmerzhaftesten Momente seiner Berufslaufbahn gewesen, wenn sich ein Kind selbst beschuldigte, den Täter verführt zu haben.

»Was wurde aus dem Jungen?«

»Er und seine Mutter zogen kurz darauf aus Fahlenberg weg. Nach Augsburg, wenn ich mich recht entsinne. Für Hubert war das der Anfang vom Ende. Das Gerede hörte nicht auf, und bald schon sah es an seiner Tankstelle aus, als sei die schlimmste Ölkrise ausgebrochen. Hubert musste das Haus und sein Geschäft verkaufen. Er zog mit Rosa in das kleine Bahnwärterhäuschen, das ihm sein Vater vererbt hatte. Das Häuschen drüben am Waldweg. Kennst du bestimmt.«

»In diese Ruine? Die war doch schon damals eine Bruchbude.«

Marenburg zuckte die Schultern. »Was blieb ihnen anderes übrig? Er bekam ja nicht einmal mehr Arbeit am Ort.«

»Warum ist er dann in Fahlenberg geblieben? Er hätte irgendwo hinziehen können, wo man ihn nicht kannte.«

»Ich glaube, er ist geblieben, weil man es ihm sonst als Schuldgeständnis ausgelegt hätte«, meinte Marenburg und zupfte am Etikett seiner Flasche. »Natürlich hatte man ihm schon den Stempel aufgedrückt, aber vielleicht hat Hubert gehofft, dass mit der Zeit Gras über die Sache wächst.«

»Wieso bist du dir so sicher, dass Lehmann nicht vielleicht doch Recht gehabt hat?«

Marenburg stieß ein freudloses Lachen aus. »Zum einen, weil der gute Karl – Gott hab ihn selig – ein verdammtes Klatschmaul gewesen ist. Bei dem durfte man nicht alles für bare Münze nehmen. Und zum anderen …«

Marenburg sah zu seinem Hochzeitsfoto. Er zögerte kurz, dann sprach er weiter: »Also, zum anderen ist Hubert während seiner Jugend ein ziemlicher Schürzenjäger gewesen. Vor dem war keine sicher, die nicht bei drei auf dem Baum war. Sah ja auch noch verdammt gut aus damals. Da sind nicht viele auf den Baum geklettert, wenn du verstehst, was ich meine … «

Jan verstand sehr wohl, und nun war ihm auch klar, weshalb Marenburg gezögert hatte.

»Tja, aber dann kam Rosa, und von einem Tag zum nächsten wurde aus dem alten Schwerenöter ein braver Ehemann. So kann's manchmal gehen.« Er sah Jan eindringlich an. »Er hat seine Frau geliebt, Jan, auch das hatten wir gemeinsam. Und wäre all dieser Mist nicht passiert, wären die beiden heute noch zusammen.«

»Sie hat ihn verlassen?«

Marenburg schüttelte den Kopf.

»Sie hat ihn nicht einfach verlassen.« Er trank einen Schluck Bier und wischte sich mit dem Handrücken über den Mund. Es war ihm deutlich anzusehen, wie nahe ihm diese Geschichte ging. »Nach der Sache mit deinem Bruder muss es ihr zu viel geworden sein. Rosa hat immer zu ihrem Mann gehalten, auch noch als sie in dieser alten Bruchbude hausen mussten und von den Ersparnissen lebten. Aber das Gerede hörte nie ganz auf. Und dann verschwand Sven. Sofort verdächtigte man ihren Hubert. Zwar glaubte ihr die Polizei, dass Hubert die ganze Nacht zu Hause gewesen war, aber die Leute im Ort hatten sich ihre eigene Meinung gebildet. Das brachte das Fass dann zum Überlaufen.«

»Sie hat sich umgebracht?«

Marenburg nickte. »Ist in den Wald gegangen und hat sich aufgehängt. Das hat Hubert dann endgültig das Genick gebrochen. Danach hat er jeglichen Kontakt zum Ort beendet. Inzwischen ist das alles längst vergessen. Viele der Alten von damals sind gestorben, und für die Jüngeren ist Hubert Amstner nur noch Hubbi der Säufer, der in der alten Bruchbude haust und von der Hand in den Mund lebt.«

Eine bleierne Schwere machte sich in der kleinen Küche breit und drückte auf Jans Schultern. Svens Verschwinden hatte so viel Unheil ausgelöst – nicht nur in seiner Familie. Jan fragte sich, ob der Täter von einst dies alles mitbekommen hatte und was dabei in ihm vorgegangen war.

»Hast *du* denn noch Kontakt zu Amstner?«

Marenburg schüttelte den Kopf. »Nein. Der redet mit keinem mehr. Außer vielleicht noch mit dem Verkäufer im Schnapsladen. Kann man ihm nicht verdenken.«

Obwohl Jan todmüde war, wälzte er sich in dieser Nacht noch lange im Bett hin und her. Das Bild der sterbenden Frau, die Therapiestunde bei Rauh und Hubert Amstners Geschichte geisterten durch seinen Kopf und ließen ihn lange nicht zur Ruhe kommen. Als er schließlich doch einschlief, hatte er einen Traum, der eigentlich kein Traum, sondern eine Erinnerung war. Ein längst vergessener Dämon suchte ihn heim.

14

Es war Samstag, der 12. Januar 1985, und Jan kauerte hinter dem Geländer am oberen Treppenabsatz. Er hatte die Arme um die angezogenen Beine geschlungen, und seine Augen brannten vom Weinen. In den letzten Stunden hatte er viel geweint – so viel, dass nun keine Tränen mehr kamen. Er war erschöpft, aufgewühlt und verängstigt.

Aus dem Wohnzimmer im Erdgeschoss drang die schrille Stimme seiner Mutter zu ihm hoch. Angelika Forstner war noch immer wie hysterisch. Obwohl es schon mehrere Stunden zurücklag, dass sie Jan geohrfeigt und wie eine Verrückte auf ihn eingeprügelt hatte, glaubte er noch immer, ihre Schläge zu spüren.

Solange die Polizei im Haus gewesen war, hatte sich seine Mutter noch einigermaßen zusammennehmen können, aber kaum waren die Beamten fort, war sie ausgerastet. Sie verlor jede Selbstbeherrschung. Seither tobte sie, und sosehr sich Bernhard Forstner auch bemühte, seine Frau zu besänftigen und ihr Mut zuzusprechen, seine Versuche blieben erfolglos.

»Wie kann man nur auf so eine *hirnverbrannte* Idee kommen? Schleppt einen Sechsjährigen nachts in den Park und lässt ihn dort allein stehen! Meinen armen kleinen Schatz!«

Jedes dieser Worte schmerzte Jan wie weitere Schläge. Als er dem Polizisten erzählt hatte, was geschehen war, hatte ihm dieser mit stoischer Miene zugehört und sich Notizen gemacht. Er hatte Jans Idee weder kommentiert noch mit Blicken oder sonstigen Gesten bewertet, und Jan war ihm dafür dankbar gewesen. Am Ende hatte er Jan sogar Mut zugesprochen.

»Wir werden deinen Bruder suchen«, hatte der Polizist gesagt und war dann mit seinen Kollegen gegangen, um sein Versprechen zu erfüllen.

Danach war der verzweifelte Zorn seiner Eltern über Jan hereingebrochen. Zwar hatte Bernhard Forstner kein Wort zu seinem ältesten Sohn gesagt, aber seinem Blick war deutlich anzusehen gewesen, dass es besser für Jan war, wenn er auf sein Zimmer gehen würde. Und gerade als Jan das Wohnzimmer hatte verlassen wollen, war seine Mutter auf ihn losgegangen.

Jans Vater war zu ihnen gelaufen, hatte seine schreiende Frau gepackt und die Tobende durch den Raum zur Couch gezerrt. Jan hatte sich vom Boden hochgerappelt. In seinem Mundwinkel hatte er Blut geschmeckt. Er hatte den eindringlichen Blick seines Vaters erwidert und dabei etwas entdeckt, was er noch nie zuvor in seinem Leben gesehen hatte: Bernhard Forstner hatte Tränen in den Augen. Dieser Anblick hatte Jan fast noch mehr erschreckt als die Tatsache, dass Sven verschwunden war und seine Mutter den Verstand verloren zu haben schien.

Bis zu diesem Tag hatte Jan geglaubt, sein Vater sei

allen Situationen gewachsen, wie schlimm sie auch sein mochten. Er hatte doch stets für alles eine Erklärung, fand immer eine Lösung, wenn es irgendwo Probleme gab. Doch nun stürzte Jans Glaube an den allmächtigen Vater in sich zusammen wie ein Kartenhaus.

»Bitte, Jan. Geh nach oben. Deine Mutter steht unter Schock. Ich werde später nach dir sehen, ja?«

Also war Jan in sein Zimmer gegangen, doch dort hatte er es nicht lange ausgehalten. Auch Jan fürchtete, dass Sven etwas sehr Schlimmes zugestoßen war. Etwas, von dem man sonst nur aus der Zeitung oder freitagabends in *Aktenzeichen XY* erfuhr.

Und für seine Eltern war *er* an allem schuld. Sicher, es war eine blöde Idee gewesen, die Stimme eines Geistes auf Tonband aufnehmen zu wollen. Aber er hatte es doch nicht böse gemeint. Vor allen Dingen war Sven ihm doch *nachgelaufen*. Es war Svens Idee gewesen, seinem großen Bruder in den Park zu folgen. Aber das hatte niemand hören wollen. Jan war der Ältere, also war er für das verantwortlich, was geschehen war – und vielleicht noch geschehen würde.

»Wir werden deinen Bruder suchen«, hatte der Polizist gesagt, und Jan klammerte sich an die Worte wie an einen Rettungsring. Sie *mussten* ihn einfach finden, schließlich war ein riesiges Aufgebot an Suchmannschaften unterwegs. Ganz Fahlenberg war inzwischen auf den Beinen und durchkämmte die Umgebung. Das hatte sein Vater doch vorhin auch seiner Mutter versichert.

Den Wunsch ganz zu Ende zu denken, wagte Jan aber nicht, sondern hielt ihn tief in seinem Herzen verborgen. Denn den Wunsch ganz zu denken bedeutete auch, daran zu denken, was wäre, wenn er sich nicht erfüllte. Und das wollte und konnte Jan nicht. Nicht jetzt.

Wenn es wirklich einen lieben Gott gab, der in die Herzen der Menschen sehen konnte, dann würde er den Wunsch dort sicherlich entdecken und ihn auch erfüllen. Dort wünschte sich Jan, dass die Männer seinen Bruder nicht nur finden, sondern *lebend* finden würden. Allein die Vorstellung, Sven könnte seinetwegen zu Tode gekommen sein, raubte ihm fast den Verstand.

Allmählich wurde es stiller im Erdgeschoss. Wahrscheinlich wirkten die Tabletten, die Bernhard Forstner vor einer Weile für seine Frau geholt hatte.

Auch Rufus traute sich nicht, die Treppe zu seinem Herrchen hinunterzugehen. Er lugte vorsichtig aus Svens Zimmer, trottete dann, den Schwanz zwischen die Hinterläufe geklemmt, zu Jan und ließ sich leise winselnd neben ihm nieder. Jan kraulte sein weiches Fell und fühlte sich ein klein wenig besser. Die Nähe des Hundes war tröstlich, auch wenn sie ihm die große Angst nicht nehmen konnte.

Sven war irgendwo da draußen, und es gab einen Grund, warum er nicht nach Hause gekommen war. Sicherlich hätte er längst vor der Tür gestanden, wenn es ihm möglich gewesen wäre. Sven hatte gefroren, er war müde gewesen, und Jans Geisterjagd hatte ihn nach einer Weile nur noch gelangweilt. Wieso sollte er also nicht heimgekommen sein, außer etwas oder jemand hatte ihn daran gehindert?

Sie werden die Umgebung nach ihm absuchen, dachte Jan. *Sicherlich werden sie auch das Weiherufer abgehen.*

Er dachte an Alexandra, und wieder brannten ihm die Augen. Was, wenn Sven zum Weiher gegangen war, auf das brüchige Eis …

In diesem Moment schrillte das Telefon auf dem Gang.

Beim zweiten Klingeln war Bernhard Forstner am Apparat. Er riss den Hörer von der Gabel, und sein Gesicht war kreidebleich.

Bitte, lieber Gott, lass sie Sven gefunden haben, betete Jan. *Lass sie ihn* lebend *gefunden haben. Bitte, bitte, bitte!*

»Nicht jetzt«, hörte er seinen Vater sagen. »Mein Jüngster ist verschwunden, und die Polizei sucht ihn.«

Dann sah Jan durch die Stäbe des Geländers, wie sein Vater zusammenfuhr.

»Was?«

Die Hand seines Vaters, die den Hörer hielt, begann zu zittern. Mit der anderen fuhr er sich durch die Haare, als sei sein Kopf plötzlich voller Läuse.

»Wo?«, rief Bernhard Forstner in den Hörer. Dann: »Moment noch!«

Er knallte den Hörer auf die Gabel zurück, rannte zur Garderobe und riss seinen Mantel vom Haken.

Ohne sich noch einmal seiner Frau im Wohnzimmer zuzuwenden, lief Forstner zur Haustür und stürmte hinaus ins Freie.

Als die Tür hinter seinem Vater ins Schloss fiel, wurde Jan von einem Gedanken gepackt, der wie ein Schrei in seinem Kopf hallte. Dies war kein Traum, dies war eine Erinnerung, und sie schien lebendig geworden zu sein.

Auf einmal verstand er, dass er keine zwölf Jahre mehr war. Er war erwachsen, und er wusste, was nun geschehen würde. Sein Vater würde das blecherne Garagentor öffnen und den Motor seines gelben Passats starten. Dann würde er rückwärts aus der Hofeinfahrt heraussetzen und dabei den Nachbarzaun streifen, ohne es zu bemerken. Und dann würde er mit überhöhter Geschwindigkeit davonfahren und im wilden Schneetreiben für immer verschwinden.

Jan würde ihn nie lebend wiedersehen. Alles, was ihm bleiben würde, war das Sterbebild nach der Beerdigung und die Frage, was Bernhard Forstner veranlasst hatte, in den frühen Morgenstunden mit unbekanntem Ziel aufzubrechen und wenig später beim Zusammenprall mit einem Baumstamm sein Leben zu verlieren.

Das alles wusste Jan, weil das, was er gerade durchlebte, mehr war als nur ein Traum. Doch vielleicht gab es nun auch die Möglichkeit, dies alles ungeschehen zu machen. Das hoffte sein Traum-Ich – ebenso wie es hoffte, zu erfahren, ob Bernhard Forstners überstürzter Aufbruch wirklich mit Svens Verschwinden in Zusammenhang stand, wie Jan es in all den Jahren immer vermutet hatte.

Also sprang Jan von seinem Versteck hinter dem Treppengeländer auf und rannte die Treppe hinab.

Das Wohnzimmer war leer. Eigentlich hätte dort seine Mutter sitzen oder liegen müssen, schlafend oder zumindest benebelt von den starken Medikamenten, die man ihr verabreicht hatte. Doch da war niemand, und das Wohnzimmer sah aus, als sei es seit Jahren nicht mehr betreten worden. Staub lag auf den Möbeln, durch eine Scheibe der großen Glasvitrine zog sich ein langer Sprung, und der Couchtisch war voller Rattenkot. Hier musste seit Jahren niemand mehr gewesen sein.

Jan stutzte. Das war unmöglich. Vor ein paar Minuten hatte er hier noch die Stimme seiner Mutter gehört.

Draußen startete ein Motor. Der Passat! Mit einem Satz war Jan bei der Haustür. Er riss die Tür auf und rannte hinaus ins Freie.

»Nein! Warte!«

Doch seine Schreie waren vergeblich. Er sah noch, wie die roten Rücklichter des Wagens von der Dunkelheit verschluckt wurden, dann umfing ihn eisige Stille. So realistisch dieser Traum auch sein mochte, er änderte nichts an der Tatsache, dass Bernhard Forstner seinem Tod entgegenraste.

Jan schlug die Hände vors Gesicht und schrie. Er schrie wie von Sinnen, ließ seiner Verzweiflung freien Lauf.

Da legte sich eine Hand auf seine Schulter, und Jan wirbelte herum. Erschrocken sah er in das Gesicht eines Mannes, der etwa Ende zwanzig sein mochte. Er sah Jan aus traurigen Augen an. Augen, die Jan sofort wiedererkannte, auch wenn sie bei ihrer letzten Begegnung noch Kinderaugen gewesen waren.

»Sven?«

Der Mann nickte. »Hallo, großer Bruder.«

Hätte Jan auch nur einen Moment daran gezweifelt, dass er dies alles nur träumte, spätestens jetzt wäre er sich sicher gewesen, dass dies nie und nimmer die Realität sein konnte.

»Mein armer großer Bruder«, flüsterte Sven. Sanft berührte er Jans Gesicht und wischte ihm die Tränen fort. »Die Vergangenheit ist unabänderlich. Merk dir das, denn es ist eine Tatsache, selbst in deinen Träumen.«

»Aber … aber du bist tot!«

»Wenn du weiter nach mir suchen willst«, flüsterte Sven, »dann denk an eins: Schenke nie Gerüchten Glauben.«

15

Im wirklichen Leben hieß sie Dunja Koslowski, doch wenn sie ihrem Job im *Love Palace* nachging, nannte sie sich Mandy. Als angehende Schauspielerin brauchte sie schließlich einen guten Künstlernamen, der sich nicht nach dem einfachen Bauernmädchen aus der Ukraine anhörte, das sie einmal gewesen war. Und schon damals hatte für sie festgestanden, dass sie einmal Mandy heißen würde – so wie das Mädchen, das Barry Manilow vor vielen Jahren besungen hatte.

Was den Nachnamen betraf, war sie sich noch nicht sicher, aber sie würde sich zu gegebener Zeit von einem Profi beraten lassen – jemandem, der wusste, wie man ein wirklicher Star wurde. Bis dahin würde sie Mandy sein, einfach nur Mandy.

Fast alle ihre Freier nannten sie bei diesem Namen. Nur einer sagte *Carmen* zu ihr. Der große Unbekannte, der ihr seinen Namen nicht verraten wollte. Er war einer ihrer wenigen Stammfreier.

»Carmen« war die zweite große Hauptrolle ihres Lebens. Die erste hatte sie in einem Pornostreifen gespielt, für den acht Montagearbeiter aus Düsseldorf sie bezahlt hatten. Sie war die Hauptdarstellerin bei einem Gangbang in einem schäbigen Hotelzimmer gewesen. Auch wenn dazu aus ihrer Sicht keine großen schauspielerischen Qualitäten gehörten, fand sie dennoch, dass sie überzeugend gewesen war.

Die Rolle der Carmen war da weit anspruchsvoller. Der große Unbekannte hatte nicht einfach ein Flittchen gesucht, das er bumsen konnte, so wie diese Kerle damals. Er hatte sie sich gezielt ausgesucht – sie *gecastet*, wie man das nannte. Zwar hatte er Dunja nie seine Auswahlkriterien verraten – wie er überhaupt nicht viel mit ihr sprach –, aber sie war sich immer noch sicher, dass es um mehr als nur ihren Körper gegangen war. Er musste ihr Talent erahnt haben.

Letztlich ausschlaggebend dürften allerdings ihre Haare gewesen sein, da wäre sie jede Wette eingegangen. Natürlich legte sie viel Wert auf ihr Äußeres, und ihr Körper war makellos: lange schlanke Beine, ein straffer Po und feste Brüste – nicht allzu groß, aber groß genug, dass sie auf Männeraugen magnetisch wirkten. Selbstverständlich fanden sich an ihr keinerlei Fettpölsterchen. Sie ernährte sich streng nach einer Star-Diät, von der sie gelesen hatte. Madonna schwor darauf, ebenso wie Penélope Cruz und Cameron Diaz. Aber es waren vor allem ihre langen kastanienbraunen Haare, die das Besondere an ihr ausmachten. Sie waren, wenn man so wollte, ihr Markenzeichen. So wie die wasserstoffblonde Frisur der Monroe oder die Lockenmähne von Julia Roberts.

Dunja pflegte ihr Haar mit teuren Shampoos und Glanzpackungen und hoffte, dass sich das kleine Vermögen, das sie in ihre Frisur investierte, irgendwann auszahlen würde. Der große Unbekannte war der Erste, der dieses Haar wirklich zu schätzen wusste. Deshalb war sie seine Carmen geworden.

Ihre Rolle bestand darin, sich mit weit gespreizten Beinen auf das große Bett in ihrem kleinen Studio zu legen, den linken Arm von sich gestreckt. Mit der rechten Hand hielt sie sich eine Pappmaske vors Gesicht, die er ihr jedes Mal mitbrachte.

Die Maske war handgemacht, das konnte man sehen, und er hatte viel Sorgfalt darauf verwendet. Sie war mit dem Foto einer hübschen jungen Frau überzogen, und Dunja zweifelte keinen Augenblick daran, dass diese

Frau die *wahre* Carmen war – die Frau, deren Rolle sie zu spielen hatte.

Gleich beim ersten Mal hatte sie ihn gefragt, wie diese Carmen denn sei, in welcher Tonlage sie sprach und wie sie sich bewegte. Gerade bei der Darstellung realer Persönlichkeiten war solches Wissen enorm wichtig, sagte Dunjas *Leitfaden der Schauspielkunst*, den sie in- und auswendig kannte. Doch er hatte sich bedeckt gehalten.

»Du machst das schon richtig«, hatte er gesagt, woraufhin Dunja beschlossen hatte, sich auf ihr Einfühlungsvermögen zu verlassen und, so gut es ihr möglich war, zu improvisieren.

Bei jedem seiner Besuche brachte er ihr neben der Maske auch einen Zettel mit. Auf ihm fand sich Dunjas Text. Er war mit der Hand geschrieben, in großen, gleichmäßigen Druckbuchstaben.

Dunjas Aufgabe bestand darin, den Text auswendig zu lernen, während sie beide sich entkleideten. Danach musste sie ihm den Zettel zurückgeben und sich auf das Bett legen. Dann kam er zu ihr, drapierte ihr Haar über den blauen Satin des Spannbetttuchs und bedeckte ihren Bauch mit einem Zipfel der Bettdecke.

Letzteres war der Teil, bei dem *er* improvisieren musste. Er mochte das glitzernde Piercing in ihrem Bauchnabel nicht – das wusste sie, da er sie bei ihrem ersten Treffen gefragt hatte, ob sie es herausnehmen könne, was sie hatte verneinen müssen.

Sobald er mit ihrer Position zufrieden war und vor sie trat, schlüpfte sie in ihre Rolle. Dann spielte sie nicht nur Carmen, sie *wurde* zu Carmen und zeigte all ihr Können. Die Maske vors Gesicht haltend wie eine *moretta* im venezianischen Karneval, begann sie, ihren Text zu sprechen. Dabei legte sie in jedes ihrer Worte Gefühl und Betonung, so dass es keinesfalls wie bloßes Aufsagen klang.

»Ich bin jetzt bei dir«, hauchte sie. »Wir gehören für immer zusammen. Nichts kann uns trennen. Alles, was geschehen ist, sei dir verziehen. Alles ist verziehen.«

Sie spürte, wie er in sie eindrang und sich in ihr bewegte. Zuerst sanft und zögernd, dann schneller und heftiger.

»Ich liebe dich«, keuchte er. »Ich liebe dich, ich liebe dich, ich liebe dich.«

»Ja, mein Geliebter«, flüsterte sie. »Liebe deine Königin.« Das war frei improvisiert, und sie fand, dass es toll klang. »Alles sei dir vergeben.«

»Ich wollte ... es ... nicht«, schluchzte er.

Dann kam er, und wie so oft begann er zu weinen. Doch dieses Mal schien es Dunja verzweifelter als sonst. Sie spürte, wie er aus ihr glitt, und legte die Maske beiseite.

Er stand vor ihr, das Gesicht in den Händen vergraben, und schluchzte.

Einen Mann weinen zu sehen hatte für Dunja etwas Herzzerreißendes. Normalerweise neigten die Männer eher zu Gewalttätigkeiten, tobten oder schrien oder schlugen. Wenn Männer weinten, litten sie unter besonders schlimmen Qualen. Erst recht, wenn sie vor einer Frau in Tränen ausbrachen.

Ihn so zu sehen, machte ihr das Herz schwer. Sie mochte ihn. Er war anders als die anderen. Er beschimpfte sie nicht oder bezeichnete sie als »Fickstück« oder »geiles Luder« wie die meisten anderen Kerle. Im Gegenteil, er machte Dunja zu jemand Besonderem – in erster Linie natürlich für sich selbst, aber auf eine gewisse Weise auch für sie.

»Willst du mir von ihr erzählen?«

Er schüttelte den Kopf und wandte sich ab.

Sie beobachtete ihn, wie er sich wieder anzog. Es war so ein trauriger Anblick. Er legte sein Geld auf ihren Schminktisch und dazu ein Beutelchen Koks. Seine übliche Dreingabe, damit sie auch wirklich niemandem von ihm erzählte. Dabei wusste sie beim besten Willen nicht, wem sie von dem großen Unbekannten hätte erzählen sollen.

»Man kann mit mir auch reden, nicht nur ficken«, versuchte sie ihn zu ermuntern. »Ich kann zuhören, und wir haben noch Zeit.«

»Halt den Mund!«

Er packte einen ihrer Parfümflakons, wirbelte zu ihr herum und schmetterte das Fläschchen hinter ihr an die Wand. Süßlich schwerer Blumengeruch erfüllte den Raum.

Dann ging er und knallte hinter sich die Tür ins Schloss.

Dunja sah ihm verwundert nach. So hatte sie ihn noch nie erlebt.

»Dann eben nicht.«

Seufzend betrachtete sie die Scherben. Sie war ihm zu nahe gekommen, und das mochte er wohl nicht. Auch gut. Mehr als sich anbieten konnte sie nicht. Das Parfüm konnte sie verschmerzen. Allein sein Stoff war mehr wert als das Fläschchen.

Und wer weiß, dachte sie, *vielleicht spricht er ja beim nächsten Mal von ihr.*

Irgendwann erzählten sie alle ihre Geheimnisse. Früher oder später.

16

Jan erwachte am Mittwochmorgen noch vor dem Klingeln des Weckers und fühlte sich, als habe er die Nacht in einer Zentrifuge verbracht. Noch immer wirbelten ihm die als Traum getarnten Erinnerungen und Gedanken durch den Kopf und kamen erst ganz allmählich zur Ruhe.

Wenn du weiter nach mir suchen willst …
denk an eins …
schenke nie Gerüchten Glauben …

Ein Gefühl der Beklemmung schien ihm mit unsichtbarer Hand die Kehle zuzudrücken. Die Begegnung mit Sven – einem erwachsenen Sven, von dem nur noch die Augen an den sechsjährigen Jungen von einst erinnert hatten – hatte ihn zutiefst erschreckt.

Es war nur ein Traum, rief sich Jan ins Bewusstsein. Der erwachsene Sven war nicht mehr gewesen als das Resultat psychischer Aktivitäten während des Schlafs. Träume sind Geschehnisse, die wir ausschließlich in der Welt unserer Gedanken durchleben. Sie sind die Aufarbeitung von vergangenen Erlebnissen im Zusammenspiel mit Spekulationen und Wunschdenken. Das waren die Definitionen, die Jan während seines Studiums gelernt hatte. Ebenso wie er gelernt hatte, dass Träume meist irreal und von Symbolik durchwoben sind. Es lag sozusagen in der Natur des Träumens, dass dabei jedwede kognitive Gesetzmäßigkeit außer Kraft gesetzt werden kann. Deswegen hatte Sven älter werden und sich wieder mit Jan unterhalten können.

Trotzdem wollte sich ein Teil von Jans Verstand nicht damit zufriedengeben und versuchte, sich über die rationalen Weisheiten der Psychologie hinwegzusetzen.

Was wäre, wenn dieser Sven mehr als nur das Ergebnis von Erinnerungen und Wunschdenken gewesen ist, meinte der irrationale Teil in Jans Verstand. *Was ist, wenn ich vorhin nicht Svens imaginären Geist, sondern seinem wahren Ich begegnet bin? Was, wenn wir über weite Distanz auf telepathische Weise miteinander kommuniziert haben, so wie es in diesem Buch stand, das mich damals dazu gebracht hat, in den Park zu gehen?*

Jan spürte Tränen in sich aufsteigen. Meist gelang es ihm, die eine quälende Frage zu unterdrücken, doch nun, nach diesem merkwürdigen Traum, war er ihr schutzlos ausgeliefert. Dabei war diese Frage ebenso naheliegend wie die, wie und wo Sven damals gestorben war, ob er dabei große Schmerzen gehabt hatte und was das letzte Bild gewesen sein mochte, das sein kleiner Bruder am Ende seines viel zu kurzen Lebens gesehen hatte.

Was, wenn Sven gar nicht tot war? Vielleicht hatte ihn sein Entführer am Leben gelassen und ihn an irgendeinen fernen Ort verschleppt, von dem Sven nicht mehr nach Hause gefunden hatte. Irgendwann hatte Sven womöglich vergessen, wer er war und woher er stammte, und hatte ein anderes Leben gelebt. Vielleicht war er jetzt an einem anderen Ort glücklich und zufrieden und führte ein eigenständiges Leben, ohne zu wissen, dass in der Welt, aus der man ihn vor dreiundzwanzig Jahren herausgerissen hatte, kein Stein auf dem anderen geblieben war.

Oder was, wenn Sven sich zwar noch an seine Familie und an Fahlenberg erinnerte, aber absichtlich nicht zurückkehrte – aus Bitterkeit, weil er sich damals im Stich gelassen vorgekommen war?

So verrückt diese Theorien auch sein mochten, man

musste sie ebenso in Betracht ziehen wie die von Svens Tod. Ein weggeworfenes Wäschestück allein war noch kein Beweis für einen Mord. Sicher, dieser Fund und die Tatsache, dass man keine weiteren Spuren des Jungen gefunden hatte, legten diese Vermutung nahe, aber Gewissheit gab es nicht.

Dass Sven noch lebte und irgendwo ein normales, glückliches Leben führte, war eine großartige Vorstellung, der sich Jan gern hingegeben hätte. Andererseits wusste er, dass dies nichts als Wunschdenken war. Die gefundene Unterwäsche legte jedenfalls etwas anderes nahe. Man hatte sie erst Tage nach Svens Verschwinden gefunden, und Jan war sich sehr wohl bewusst, dass es besser war, zu hoffen, sein Bruder sei schnell und ohne Schmerzen aus dieser Welt geschieden.

Der Stoff war zerrissen gewesen. Sven hatte die Hose nicht einfach nur abgestreift. Alles hatte darauf hingedeutet, dass man sie ihm vom Leib gerissen hatte. Und was, wenn nicht das Schlimmste, hätte man vermuten sollen, wenn man im tiefsten Winter die zerrissene Unterwäsche eines vermissten Sechsjährigen fand?

Vor einigen Jahren war Jan bei seinen Recherchen auf eine Geschichte gestoßen, die ihn seither nicht mehr losließ. In England war ein Junge von einem Pädophilen entführt worden. Der Mann war Chirurg in einer angesehenen Londoner Klinik, und er hatte sein Opfer lobotomisiert. Dazu hatte er dem Kind eine feine Nadel durch den Tränenkanal ins Hirn gestoßen und Teile des Frontallappens zerstört, so dass der Junge zu einem willenlosen Schatten seiner selbst geworden war. In diesem Zustand hatte der Mann sein Opfer über viele Jahre in seinem Haus gefangen gehalten und missbraucht. Erst als der Junge im Alter von sechzehn Jahren an einer

Hirnembolie gestorben war und sich der Chirurg der Leiche entledigen wollte, war man ihm auf die Spur gekommen.

Der Autor des Artikels hatte die Vermutung angestellt, dass es sich um keinen Einzelfall gehandelt hatte. Immer wieder würden Pädophile gefasst, die den Willen ihrer Opfer gebrochen hatten, um sie fortan wie menschliche Spielzeuge zu benutzen. Deshalb war es besser, wenn sich Jan keinen falschen Wunschträumen hingab – ganz gleich, was dieser irrationale Teil seines Verstandes sich auch wünschen mochte. Denn dieser Teil blendete mit krampfhafter Naivität eine Erkenntnis aus, die sein übriger Verstand längst als gegebene Tatsache zu akzeptieren gelernt hatte: Das Gute siegt vielleicht im Märchen, in Hollywoodfilmen und in Romanen, aber die wirkliche Welt ist der Spielplatz des Bösen.

Jan schlurfte ins Badezimmer, nahm eine heiße Dusche und versuchte, das Gefühlschaos in seinem Kopf zu ordnen.

denk an eins …

schenke nie Gerüchten Glauben …

Nein, das waren nicht Svens Worte gewesen. Es waren Jans eigene Gedanken gewesen. Und sie hatten ihm nichts anderes als die Wahrheit gesagt: *Hör auf, das Unmögliche zu hoffen!*

Als Jan wenig später die Küche betrat, empfingen ihn die gurgelnden Geräusche der Kaffeemaschine. Marenburg saß am Küchentisch und starrte mit leerem Blick aus dem Fenster. Im Licht der Küchenlampe sah er eigenartig fahl aus, so als säße eine Wachsfigur dort. Jan dachte kurz, auch Marenburg habe vielleicht eine schlechte Nacht hinter sich.

Hoffentlich habe ich heute Nacht nicht im Traum geschrien und ihn aufgeweckt.

»Guten Morgen. Alles in Ordnung mit dir?«

Marenburg reagierte nicht. Sein Geist schien irgendwo da draußen, jenseits des Fensters unterwegs zu sein.

Irgendetwas stimmte nicht. Die Kaffeemaschine gab einen rülpsenden Laut von sich, und als Jan genauer hinsah, erschrak er. Aus dem Filter tropfte klares Wasser in die Glaskanne. Marenburg hatte das Kaffeepulver vergessen.

»He, Rudi, was ist los mit dir?«

Marenburg legte eine Hand über die Augen, und erst jetzt wurde Jan klar, dass er geweint hatte.

»Rudi, um Gottes willen, was ist denn?«

Marenburg schob Jan die Tageszeitung über die Tischplatte zu. Jan drehte sie, so dass er die Schlagzeilen des Regionalteils lesen konnte.

Marenburg gehörte zu den Leuten, die die Zeitung von hinten lasen. Wie die meisten Menschen seines Alters begann er bei den Todesanzeigen, las sich dann durch den Sportteil, ehe er zu den übrigen Neuigkeiten aus der Region überging. Die Weltpolitik musste bis ganz zum Schluss warten, da man das meiste davon ohnehin schon aus den Nachrichtensendungen des Vorabends wusste.

Jan überflog die Schlagzeilen des Regionalteils, den Marenburg aufgeschlagen hatte. FAHLENBERGER FORSCHER ENTDECKT RIESENKALMAR VOR NEUSEELANDS KÜSTE meldete der Leitartikel, dessen Verfasserin, Carla Weller, den nun berühmten Sohn der Stadt vor Ort interviewt hatte.

Jan glaubte nicht, dass die Entdeckung eines gigantischen Kraken Marenburgs Zustand verursacht hatte, ebenso wenig die geplante Erweiterung der Umgehungsstraße oder die Rekorderlöse der diesjährigen Rotariertombola.

Doch dann entdeckte er die Meldung. Unter der Überschrift TRAGISCHER SELBSTMORD wurde über die junge Frau berichtet, die am Vortag von der Fußgängerbrücke gesprungen war. Augenblicklich glaubte er wieder zu hören, wie die Sterbende zu sprechen versuchte.

Gääooohhh.

Marenburg fuhr sich mit dem Hemdsärmel übers Gesicht und sah Jan an. In seinem tränenverschleierten Blick stand Fassungslosigkeit.

»Schau bei den Todesanzeigen nach.« Marenburgs Stimme war belegt und zittrig.

Jan blätterte zur vorletzten Seite. Sofort sah er, was Marenburg meinte. Inmitten schwarz umrandeter Anzeigen mit Kreuzen, Tauben und Dürers betenden Händen war ein kurzer Text zu lesen.

In der Blüte deines Lebens
bist du von uns gegangen.
Wir trauern um unsere liebe Kollegin
NATHALIE KÖPPLER.
Wir werden sie immer in Erinnerung behalten.

Das Team der Fahlenberger Stadtverwaltung

Für Jan bestand kein Zweifel daran, dass es sich bei Nathalie Köppler um die junge Frau von der Brücke handelte. Der Artikel hatte ebenfalls von einer »jungen Stadtangestellten« gesprochen.

Doch erst jetzt begriff Jan, was Marenburg so erschüttert hatte – das Foto neben dem Text. Jan stockte der

Atem. Als er das Gesicht der Frau sah und das Lächeln, das sie dem Fotografen schenkte, glaubte er, seinen Augen nicht zu trauen.

»Die Ähnlichkeit ist verblüffend, nicht wahr?«, flüsterte Marenburg, als wage er es nicht laut auszusprechen.

Jan brachte nur ein Nicken zustande. Die Ähnlichkeit war mehr als verblüffend. Wäre es nicht ganz unmöglich gewesen, Jan hätte Stein und Bein geschworen, das Foto zeige Alexandra Marenburg. Das gleiche ovale Gesicht, die gleichen breiten Wangenknochen, die gleichen dunklen langen Haare und die gleiche Andeutung eines Lächelns wie auf dem Foto von Alexandra, das in Marenburgs Wohnzimmer stand.

Vor allem dieses Lächeln, das eigentlich keines war, sondern nur der Versuch, ein ernstes und verängstigtes Gesicht vor dem Fotografen zu verbergen, hatte Jan bisher für einzigartig gehalten.

Mit einem Stöhnen erhob sich Marenburg und schob dabei den Stuhl zurück. Das Quietschen der Stuhlbeine auf dem PVC-Boden klang in Jans Ohren wie ein heiseres Krächzen – *Gäääooooh*. Es ließ ihn zusammenfahren.

»Ich muss an die frische Luft«, murmelte Marenburg und ging zur Tür. Er verharrte einen Moment und sah sich um. »Glaubst du an Zufälle, Jan?«

Jan war noch immer zu verdutzt, um antworten zu können. Das Bewusstsein, dass sich Alexandra und diese Nathalie Köppler nicht nur zum Verwechseln ähnlich sahen, sondern auch beide vor seinen Augen gestorben waren, schnürte ihm die Kehle zu. Wenn dies alles nur ein Zufall war, dann war es der makaberste, der ihm je untergekommen war.

»*Ich* glaube nicht daran«, sagte Marenburg und ging aus der Küche.

Als wenig später die Haustür zugezogen wurde und Jan durch das Küchenfenster einen gebeugten Rudolf Marenburg sah, der im Zwielicht der winterlichen Morgendämmerung verschwand, fragte er sich, ob sein Freund vielleicht Recht hatte.

Vielleicht glauben wir ja nur deshalb an Zufälle, weil wir den Gedanken an die Alternative nicht ertragen können.

17

»Ah, der Neue!«

Hieronymus Liebwerk saß an seinem Schreibtisch und kaute an einem Stück Vollkornbrot. Als er Jan angrinste, waren seine nikotingelben Zähne mit Senf, Leberwurst und Brotkrümeln verschmiert.

»Ich habe Ihnen etwas mitgebracht«, sagte Jan und legte eine Plastiktüte auf den Tisch. »Zwei Stangen, wie vereinbart.«

Liebwerks Grinsen wurde noch breiter. Er spähte in die Tüte und nickte zufrieden.

»Die Vereinbarung war, dass ich die Akte *suche*, nicht wahr? Nun, dann haben wir jetzt beide unseren Teil erfüllt.«

»Wie meinen Sie das?«

Liebwerk ließ die Zigaretten in einer der Schubladen verschwinden. »Die Patientin hieß Alexandra Marenburg, richtig? Das Jahr war 1985?«

»Ja. Und?«

»Ich bin sämtliche Kartons dieses Jahrgangs durchgegangen, aber eine Alexandra Marenburg war nicht dabei.«

Jan schüttelte verwundert den Kopf. »Das kann nicht sein. Sie war 1985 Patientin in dieser Klinik, das weiß ich sicher.«

»Trotzdem gibt es keine Akte«, sagte Liebwerk und griff mit seinen dürren Fingern nach dem Zigarettenpäckchen, das auf dem Tisch lag. »Entweder wurde damals keine Akte angelegt, oder sie hat nie den Weg ins Archiv gefunden. Das heißt ...«, er ließ sein Feuerzeug aufschnappen, »in der langen Zeit kann natürlich mal etwas abhandenkommen.«

Jan stieß einen enttäuschten Seufzer aus. In der Tat konnte es passieren, dass ein Arzt vergaß, eine Akte ins Archiv zu schicken, aber es erschien ihm doch ziemlich seltsam, dass es ausgerechnet Alexandras Akte war, die fehlte.

»Könnte es nicht sein, dass die Akte, nun ja, einfach falsch abgelegt worden ist?« Jan versuchte, es nicht wie einen Vorwurf klingen zu lassen.

Liebwerk legte den Kopf schief. »Hören Sie, junger Mann, es sieht vielleicht nicht danach aus, aber ich habe den Laden hier im Griff. Hier wird nichts *falsch abgelegt.*«

»Nein, so war das nicht gemeint«, wehrte Jan ab. »Aber jeder kann mal Fehler machen.«

Liebwerk sog an seiner Zigarette und sah dabei aus, als wolle er sie mit einem Zug bis zum Filter niederrauchen.

»Man lässt mich hier unten zwar versauern, aber eins wird Ihnen jeder Klinikmitarbeiter bestätigen: Wenn ein

Hieronymus Liebwerk etwas anpackt, dann macht er das gewissenhaft.«

»Falls ich Sie beleidigt haben sollte, tut es mir leid«, sagte Jan und meinte es auch so. »Es erscheint mir nur merkwürdig, dass ausgerechnet diese Akte verschwunden sein soll. Gibt es irgendeine Möglichkeit herauszufinden, was aus der Akte geworden ist?«

»Nein«, entgegnete Liebwerk. »Heutzutage kann ich in meinen schlauen Computer schauen und sehen, ob eine Akte angelegt wurde und wo sie sich befindet, aber diese alten Fälle wurden nie erfasst. Wie gesagt, wenn der Aktenvernichter funktionieren würde, gäbe es den Kartonberg nebenan längst nicht mehr.«

Er brach in einen Hustenanfall aus, ehe er hinzufügte: »Die beiden Stangen werde ich trotzdem behalten. Hat mich fast drei Stunden gekostet, diese staubigen Schachteln durchzusehen. Aber dafür haben Sie etwas bei mir gut.« Wieder brach er in Husten aus.

»Sie sollten das Rauchen aufgeben«, konnte Jan sich nicht verkneifen anzumerken. »Man hört das Rasseln Ihrer Lunge schon ohne Stethoskop.«

»Ach was«, Liebwerk grinste wieder. »Rauchfleisch hält länger. Nicht gewusst?«

Auf dem Rückweg zur Station musste Jan an einen Reim aus seiner Jugend denken.

Siehst du die Leichen unten im Tal?
Das waren die Raucher von Reval.
Siehst du die Leichen am Wegesrand?
Das waren die Raucher von Stuyvesant.
Siehst du die Leiche dort im See …
Die Leiche im See.
Alexandra.

Warum war ausgerechnet ihre Akte nicht mehr vorhanden? War das auch nur so ein merkwürdiger Zufall, so wie die verblüffende Ähnlichkeit zwischen Alexandra und der jungen Frau von der Brücke? Für Jans Gefühl waren das eindeutig ein paar Zufälle zu viel.

18

Von: Nathalie Köppler
An: Carla Weller
Betreff: !!!

Carla! Wo steckst Du???? Ich finde Deine verdammte Handynummer nicht. Melde Dich!!! Ich weiß nicht mehr, was ich tun soll. Es gibt ihn wirklich!!! Es war keine Einbildung! Der Dämon aus meinem Kopf ist real!!! Er ist in mir!!! Ich halt das nicht mehr aus. Mit ihm kann ich nicht darüber reden, er schickt mich sonst zurück. Was soll ich bloß machen???? Carla, meld Dich bitte!!!!!!

Mit ernster Miene studierte Polizeihauptmeister Kröger den Ausdruck der E-Mail. Dabei ließ er sich Zeit, als wolle er jedes einzelne Satzzeichen in Nathalies Nachricht auswendig lernen.

Carla rutschte nervös auf dem unbequemen Besucherstuhl hin und her. Sie fröstelte. Im Fahlenberger Polizeipräsidium schien die Heizung auf Sparflamme zu laufen, und Carla hatte sich noch nicht von den neuseeländischen Sommertemperaturen auf den deutschen Winter umgestellt. Der Jetlag tat ein Übriges. Neben einem Ablagekorb auf dem Schreibtisch sah sie ein Päckchen Zigaretten, das der Polizist unter einer Tupperdose vor den Blicken seiner Besucher zu verbergen versuchte. Carla hatte das Rauchen vor sechs Jahren aufgegeben, aber nun musste sie mit sich ringen, Kröger nicht nach einer Zigarette zu fragen.

Doch bevor sie dieser stressbedingten Suchtattacke nachgeben konnte, legte Kröger das Blatt aus der Hand.

»Sonderbar«, war sein erster Kommentar. »Und Sie haben die E-Mail erst heute gefunden?«

»Gestern Abend. Ich war beruflich im Ausland und habe zwei Tage lang keine E-Mails abgerufen.«

Kröger nickte. »In welchem Verhältnis standen Sie zu der Verstorbenen?«

Natürlich war Nathalie für diesen Kröger nichts anderes als ein Fall von vielen, aber trotzdem tat Carla weh, wie er sie nun mit sachlicher Nüchternheit *die Verstorbene* nannte.

»Nathalie war meine beste Freundin«, sagte Carla. »Wir kennen uns schon lange«, fügte sie hinzu, nur um sogleich den Fehler zu bemerken. »Ich meine, wir *kannten* uns schon lange.« Sie sah zu Boden. »Ich mache mir solche Vorwürfe …«

Der Polizist sah sie mitfühlend an. »Das ist verständlich. Gab es außer Ihnen noch jemanden, an den sich Frau Köppler hätte wenden können?«

Carla schüttelte den Kopf. »Nein, soweit ich weiß nicht.«

»Keine Familie oder Freunde?«

»Jedenfalls niemanden, an den sie sich mit Problemen gewandt hätte.«

Mit einem betretenen Seufzen griff Kröger nach einem Block und machte sich eine Notiz. Carla konnte ihm ansehen, dass ihn dieser Fall berührte. Eine Frage brannte ihr auf den Lippen, seit sie gestern von Nathalies Tod erfahren hatte.

»Was macht Sie so sicher«, begann sie zögernd, »dass Nathalies Tod ein Selbstmord war?«

Kröger sah von seinem Notizblock auf. »Daran gibt es keinen Zweifel, Frau Weller. Einen Unfall können wir ausschließen. Zudem war Ihre Freundin zum Zeitpunkt des Geschehens allein auf der Brücke. Sie ist ohne fremdes Zutun auf die Straße gesprungen. Das wurde uns von zwei unabhängigen Zeugen bestätigt. Außerdem hatte es geschneit, und auf der Brücke konnten nur Frau Köpplers Fußspuren sichergestellt werden. Hinzu kommt, dass Frau Köppler über einen längeren Zeitraum psychische Probleme hatte, wie unsere Nachforschungen ergeben haben. Das dürfte Ihnen nicht unbekannt sein, wo Sie doch so eng befreundet waren.«

»Die Sache hatte sie doch längst überwunden«, stieß Carla hervor und ließ sich gegen die harte Stuhllehne sinken.

»Tja, dem Wortlaut dieser E-Mail nach zu urteilen, scheint sie wohl eine Art Rückfall gehabt zu haben. Nahm sie vielleicht Drogen?«

»Drogen?« Carla stieß ein bitteres Lachen aus. »Wenn Sie Nathalie gekannt hätten, wüssten Sie, wie unpassend diese Frage ist.«

Kröger machte eine abwehrende Geste. »Nun ja, ein wenig seltsam klingt es schon, wenn jemand von einem Dämon schreibt, der in ihm ist, finden Sie nicht?«

Carla schwieg. Nathalie hatte ihr gegenüber mehrmals einen Dämon erwähnt, und Carla wusste, was sie damit meinte. Es war keine Person, sondern vielmehr ein Ereignis in Nathalies Vergangenheit, das ihr keine Ruhe ließ. Aber was meinte sie damit, dass der Dämon nun *in ihr* sei?

»Wen meinte Ihre Freundin, als sie schrieb, sie könne nicht mit *ihm* darüber sprechen?«, holte sie Kröger aus ihren Gedanken zurück.

»Ihren Freund. Die beiden sind noch nicht lange zusammen, und ich vermute, sie hat geglaubt, er würde sie nicht verstehen.«

Kröger schob ihr seinen Notizblock und einen Kugelschreiber zu. »Würde es Ihnen etwas ausmachen, mir Name und Adresse dieses Freundes aufzuschreiben?«

»Nein, natürlich nicht.« Carla notierte die Adresse.

»Was meinen Sie«, Kröger legte den Kopf schief, »was hätte dieser Freund aus Ihrer Sicht denn nicht verstanden? Haben Sie eine Ahnung, was Ihre Freundin zu dieser Verzweiflungstat getrieben haben könnte?«

»Nein, habe ich nicht. Gut, Nathalie hatte psychische Probleme, sie hätte sich deshalb aber nie das Leben genommen.«

Etwas in Krögers Blick verriet, dass er ihr nicht glaubte. »Und was ist mit der Formulierung gemeint: Er schickt mich sonst zurück? Doch wohl: zurück in die Psychiatrie!«

Carla stieß einen tiefen Seufzer aus. »Ja, anscheinend. Aber wie gesagt, es ging ihr wirklich wieder besser. Und es bestand bei ihr nie ein Suizidverdacht. Auch *vor* ihrem Klinikaufenthalt nicht.«

Kröger lehnte sich in seinem Stuhl zurück und faltete die Hände vor seinem stattlichen Bauch. »Sehen Sie, Frau Weller, ich verstehe sehr wohl, dass der Freitod Ihrer Freundin für Sie schwer zu akzeptieren ist. Aber ich wüsste nicht, wie ich Ihnen helfen könnte. So wie ich das sehe, war Frau Köppler zum Zeitpunkt ihres Todes nicht zurechnungsfähig, ganz gleich, was die Gründe dafür gewesen sein mögen. Der Text dieser E-Mail und die Tatsache, dass Frau Köppler kurz zuvor noch in psychiatrischer Behandlung gewesen ist, bestätigen mir diese Annahme. Mehr kann ich Ihnen zu diesem Vorfall leider nicht sagen. Ich kann Ihnen jedoch versichern, dass Ihre Freundin nicht lange leiden musste. Sie ist noch vor dem Eintreffen des Rettungswagens gestorben. Das hat uns Dr. Forstner bestätigt, der zufällig am Unfallort war. Er war gerade auf dem Weg zur Arbeit.«

Carla bekam große Augen. »Forstner? Ist sein Vorname Jan?«

Kröger spähte in die Akte, dann nickte er. »Ja, so heißt er. Dr. Jan Forstner. Bei dem Namen habe ich auch erst gestutzt. Schlimme Sache, was dieser Familie zugestoßen ist. Damals war ich noch ein junger Streifenpolizist.« Er machte eine betretene Geste. »Nun, Dr. Forstner ist erst seit kurzem wieder in Fahlenberg. Kennen Sie ihn?«

Ohne die Frage des Polizeihauptmeisters zu beantworten, erhob sie sich. Sie verabschiedete sich und verließ das Präsidium. Dort stand sie noch eine Weile, den Mantelkragen gegen den eisigen Wind hochgeschlagen, und dachte nach.

19

Es war bereits dunkel, als Jan das Haus von Hubert Amstner erreichte. Er parkte neben dem Bahnübergang und stellte den Motor ab. Eisige Windböen zerrten an seinen Haaren, als er über den schneebedeckten Kiesweg auf das Haus zu stapfte.

Seit seinen Kindertagen war er nicht mehr in dieser Gegend gewesen. Damals hatte das kleine Gebäude noch leer gestanden. Es war das Relikt einer längst vergangenen Zeit; einer Zeit, in der es noch Bahnwärter gegeben hatte, die mit ihren Familien in kleinen Häuschen neben Blockstellen, Abzweigen und Weichen gewohnt hatten, um dort die Arbeit zu tun, die heutzutage von computergesteuerten Stellwerken erledigt wurde.

Der Mittelteil des Hauses hatte gerade einmal Zimmerbreite, links und rechts fanden sich kaum größere Anbauten. In dem rechten, das wusste Jan, befand sich die Weichenstellanlage. Jetzt war das Fenster mit Brettern vernagelt. Der Putz des alten Gemäuers schien inzwischen nur noch vom dichten Efeugeflecht an den Wänden gehalten zu werden.

Etwas abgesetzt stand ein maroder Holzschuppen, der schon zu Jans Kindertagen ausgesehen hatte, als werde er bald in sich zusammenbrechen, und der nun mit letzter Kraft gegen die Schneelast auf seinem Dach ankämpfte.

Die Luft war erfüllt von einem penetranten Brandgeruch. Wie es schien, verheizte der alte Hubert Amstner alles, was in seinen Ofen passte, ganz gleich, ob es legal war oder nicht. Im Haus war es dunkel, aber im Hinterhof, der zum Schuppen zeigte, brannte Licht. Jan durchschritt das knarrende Gartentor und ging den schmalen Weg um das Haus herum.

Kurz bevor er den Hof erreichte, ließ ihn ein Schrei zusammenfahren. Erschrocken blieb Jan stehen. Er lauschte und überlegte, ob er sich getäuscht habe, doch da hörte er wieder einen Schrei. Dann folgte ein langgezogenes Wimmern. Es klang wie die Stimme eines kleinen Kindes, das furchtbare Angst hatte. Jan spürte, wie sich ihm die Härchen auf den Armen aufstellten. Was, zum Teufel, ging da vor sich?

Noch bevor er wusste, was er tun sollte, folgte ein hölzerner Schlag. Die gequälte Kinderstimme verstummte abrupt. Jan schnappte sich den nächstbesten Gegenstand, den er in die Finger bekam – eine rostige Schneeschaufel, die an einer Mülltonne lehnte –, und lief in den Hof. Mit wenigen Schritten war er dort.

Es dauerte eine Weile, bis er begriff, was er sah. Hubert Amstner stand neben einem Hackklotz. In der rechten Hand hielt er eine schwere Holzkeule. Von seiner Linken baumelte ein lebloser Körper.

Ein Stallhase!

Jan erinnerte sich, wie ihm sein Großvater einmal erzählt hatte, dass Hasen wie kleine Kinder schrien, wenn sie Schmerzen oder Todesangst litten. Damals hatte Jan das für ein Ammenmärchen gehalten, aber nun wusste er, dass sein Großvater die Wahrheit gesagt hatte.

Amstner warf seine Keule in den Schnee und sah Jan abschätzend an.

»Kommst du zum Schneeräumen?«

Jan sah auf die Schaufel in seiner Hand, dann stellte er sie an der Hauswand ab. »Ich würde gerne mit Ihnen reden.«

»Du bist der junge Forstner, nicht wahr?«

Jan nickte.

»Dachte mir schon, dass du hier auftauchen wirst«, sagte Amstner und nahm einen Hammer vom Hackklotz.

Im Licht der Hofleuchte sah der hagere Alte mit den Spinnwebhaaren unheimlich aus, fast wie ein Gespenst.

Dieser Eindruck wurde noch von dem verzerrten Schatten verstärkt, den er auf das Tor des Holzschuppens warf. Jan sah auf den Hammer in Amstners Hand und überlegte kurz, ob er sich lieber wieder mit der Schneeschaufel bewaffnen sollte, doch Amstner machte kehrt und ging zum Schuppentor. Dort legte er den toten Hasen im Schnee ab und wühlte ein paar Nägel aus den Hosentaschen, um gleich darauf den Hasen wieder hochzunehmen und mit den Hinterläufen an das Schuppentor zu nageln.

Dann sah er sich zu Jan um. »Das kann nicht warten. Am besten geht das Fell ab, solange der Körper noch warm ist. Also, was willst du?«

»Was haben Sie damit gemeint, Sie haben mit mir gerechnet?«

Amstner zog ein Klappmesser aus der Jackentasche, ließ es aufschnappen und schnitt den Rücken des Tieres in Form eines Y auf. Der tote Körper dampfte in der Winterluft.

»Du willst bestimmt über deinen Bruder sprechen, habe ich Recht?«

Jan stutzte. Es überraschte ihn, dass er Amstner nicht nur mehr oder weniger nüchtern antraf, sondern dass der Alte auch von sich aus auf die Sache zu sprechen kam.

»Nun ja, ich würde gern Ihre Version der Geschichte hören. Bisher weiß ich nur, was allgemein bekannt ist.«

Amstner stieß ein verbittertes Lachen aus und machte sich an dem Hasen zu schaffen. Er schnitt die Hinterläufe bis zu den Pfoten auf, dann hob er das Tier an und durchschnitt das Fell den Bauch entlang zur Kehle. Obwohl die Hände des Alkoholikers leicht zitterten, wirkten seine Bewegungen sicher und routiniert.

»Was allgemein bekannt ist? Du meinst, was die Schandmäuler über mich erzählen.«

»Die Verdächtigungen gegen Sie wurden zurückgenommen.«

Amstner sah sich zu Jan um und verzog das Gesicht zu einer grinsenden Grimasse. Dabei wurden seine eingefallenen Wangen von tiefen Furchen durchzogen, und Jan musste an einen zu groß geratenen Schrumpfkopf denken.

»Von der Polizei, ja. Aber die ehrbaren Fahlenberger haben sich tapfer weiter das Maul über mich zerrissen. Ich will dir mal etwas verraten, junger Mann, ganz gleich, was du über mich gehört hast, es ist nichts weiter als ein Eimer voller Dreck. Und den hat man über mich ausgeschüttet, weil man mich schon lange vorher abgestempelt hatte. Diese bigotten Hinterwäldler haben einen Sündenbock gebraucht, weil das, was deinem Bruder zugestoßen ist, nicht in ihre heile Welt gepasst hat. Sie können es nicht ertragen, dass manchmal Dinge passieren, für die es keine einfachen Erklärungen gibt. Wenn man erst mal einen Schuldigen hat, ist die Welt wieder in Ordnung. Dann kann man so weitermachen wie vorher, und alles hat wieder seinen Platz.«

Amstner wandte sich wieder dem Hasen zu und begann mit der hakenförmigen Klinge seines Taschenmessers das Fell von den Hinterläufen abzulösen. Eine breite Blutspur lief am Scheunentor herab.

»Hören Sie«, sagte Jan, »ich bin nicht gekommen, um Sie mit alten Vorwürfen zu konfrontieren …«

»Weshalb bist du dann hier?«, unterbrach ihn Amstner und sah sich zu Jan um. Dann funkelte es in seinen Augen. »Ah, ich verstehe. Du suchst nach der Wahrheit, oder?«

Jan machte eine ratlose Geste. Der wirkliche Grund für seinen Besuch war nur schwer in Worte zu fassen. Seit er beim Verlassen der Klinik auf die Idee gekommen war, Amstner einen Besuch abzustatten, hatte er nach einer Antwort auf diese unvermeidliche Frage gesucht. Aber alles, was er dabei gefunden hatte, hätte ihn selbst ebenfalls wenig überzeugt.

»Ich kann Ihnen nicht sagen, warum ich hier bin. Nicht, weil ich nicht will, sondern weil ich es selbst nicht so recht weiß. Man könnte sagen, dass ich versuche, hier in Fahlenberg endlich meinen Frieden zu finden. Entweder, indem ich die Wahrheit tatsächlich finde, oder indem ich akzeptiere, dass sie nie zu finden ist.«

Amstner nickte, und Jan las in seinem Blick, dass er ihn sehr gut verstanden hatte.

»Du willst die Wahrheit hören? Na schön, hier ist sie, die gottverdammte Wahrheit. Die, die niemand hören will. Ich weiß nicht, wer deinen Bruder entführt hat, genauso wenig, wie ich weiß, was man ihm angetan hat. Sie haben geglaubt, ich sei's gewesen. Sie haben mich für ein Schwein gehalten, das es auf kleine Jungs abgesehen hat. Ausgerechnet mich! Kannst du dir auch nur für einen Moment vorstellen, wie weh so etwas tut?« Er spuckte neben sich in den blutigen Schnee. »Da führst du seit Jahr und Tag ein anständiges Leben und bist ein guter Christ, und dann kommen sie eines Tages und zeigen mit dem Finger auf dich. Behaupten, du seist ein Perverser, dem man den Schwanz abhacken sollte. Und der liebe Gott, dieser undankbare Scheißkerl, sieht tatenlos dabei zu. Seither kann er mich am Arsch lecken!«

Amstner packte das Fell des Hasen und zog es mit einem heftigen Ruck nach unten. Mit einem Geräusch, das Jan an Paketklebeband erinnerte, wenn man es von der Rolle abzog, rissen die Zwischenhäute am Körper des Tieres, und das Fell glitt von ihm ab wie ein Mantel.

»Was ist damals wirklich geschehen?«, wollte Jan wissen. »Ich meine zwischen Ihnen und Christian? Warum hat man geglaubt, Sie seien zu so etwas fähig?«

»Aha, davon hast du also gehört«, sagte Amstner. Er holte eine Zange aus seiner Jackentasche, löste mit blutigen Händen den Hasen vom Stalltor, ging zum Hackklotz und legte den Hasen darauf ab. Dann wischte er sich mit dem Jackenärmel einen Tropfen Rotz von der Nase und holte einen Flachmann aus seiner Jackentasche. Er nahm einen tiefen Schluck.

»Ich glaube nicht, dass du das noch weißt«, sagte Amstner, »aber ich habe euch beide sehr gemocht, dich und den kleinen Sven. Erinnerst du dich noch an die gelbe Rangierlok im Schaufenster?«

Jan musste nicht lange überlegen. Natürlich erinnerte er sich an die kleine Diesellokomotive, postgelb wie das Auto seines Vaters. Er und Sven hatten ihren Vater monatelang angefleht, sie ihnen zu kaufen.

»Ja, genau. Es war ein Märklin-Modell. Wir wollten sie unbedingt haben.«

»Weißt du auch noch, dass sie kurz vor Weihnachten zum Sonderpreis angeboten wurde?«

Jan nickte. »Ja, das weiß ich noch sehr ...« Er brach mitten im Satz ab. Auf einmal begriff er, worauf Amstner hinauswollte.

»Ich dachte mir, wenn diese Lok an Heiligabend bei irgendjemand ihre Kreise ziehen soll, dann am ehesten bei euch beiden. Hättest eure Gesichter sehen sollen.« Ein flüchtiges Lächeln stahl sich auf Amstners Gesicht, ehe er in ernstem Ton weitersprach. »Alles, was ich dir damit sagen will, ist, dass ich euch sehr gemocht habe. So, wie ich auch Christian gemocht habe. War ebenfalls ein lieber Junge. Ein bisschen zu weich für diese Welt, aber ein verdammt lieber Junge. Und dann traf ich ihn eines Tages am Weiher.

Es war ein verflucht heißer Tag, und in meiner Werkstatt wäre sich selbst der Teufel wie im Backofen vorgekommen. Also nahm ich mir eine Stunde frei und wollte ein paar Bahnen schwimmen gehen. Als ich am Weiher ankam, traf ich Christian. Ich fragte ihn, weshalb er die Schule schwänzte, und da erst sah ich, dass er geheult hatte. Christian war zwar ein sensibles Kerlchen, aber er stammte nicht gerade von einem Schleusenwärter ab, wenn du verstehst, was ich meine.«

Jan verstand sehr wohl. »Hatte er Probleme?«

»Darauf kannst du wetten. Die schlimmsten Probleme, die ein Junge in diesem Alter haben kann, zumindest bevor er den ersten Liebeskummer durchstehen muss. Er fühlte sich von niemandem akzeptiert. Seine Mutter hatte nie Zeit für ihn, weil sie rund um die Uhr arbeiten musste. Sie hatte Christian viel zu früh bekommen. War bei der Geburt ja selbst noch fast ein Kind gewesen. Der Mistkerl von Vater hatte sich aus dem Staub gemacht. Und in der Schule wurde Christian nicht für voll genommen. Er fand keine Freunde.«

»Außer Ihnen.«

Amstner rümpfte die Nase. »Das ist kein Ersatz. Er war ein zierliches Kerlchen, um nicht zu sagen spindeldürr. Er machte sich nichts aus Fußball, wich Raufereien aus und vergrub sich lieber in seinen Abenteuerbüchern. Oder er half mir, die Hasen zu versorgen. Er verstand sich allerdings gut mit den Mädchen – ich meine natürlich auf die platonische Art. Die anderen Jungs machten sich über ihn lustig. Sie veralberten ihn, klauten sein Fahrrad und warfen sein Pausenbrot ins Schulklo. Mehr erzählte er mir nicht, aber ich vermute mal, es war nicht immer nur das Pausenbrot.«

Amstner holte wieder den Flachmann hervor, sah ihn an, steckte ihn dann aber wieder weg, ohne einen Schluck getrunken zu haben. »Na ja, langer Rede kurzer Sinn: Die Schule war für ihn die Hölle auf Erden, und er wollte nie wieder dorthin. Nicht einmal mehr für die letzten paar Tage vor den Ferien. Mir war klar, er meinte es ernst. Also machte ich ihm einen Vorschlag. Ich sagte zu ihm: Wenn du dich jetzt anziehst und wenigstens noch den Rest des Tages in der Schule durchstehst, dann komme ich heute Abend bei dir zu Hause vorbei und rede mit deiner Mutter. Die arme Frau hatte mit ihren drei Putzstellen eine Menge um die Ohren, und vielleicht hätte ihr ein wenig Unterstützung gutgetan, dachte ich. Notfalls hätte ich auch mit Christians Lehrern geredet, ich meine, so von Mann zu Mann. Na ja, es war 1984, und Fahlenberg war in gesellschaftlichen Entwicklungen noch nie ein Musterbeispiel des Fortschritts.«

»War Christian damit einverstanden?«

»O ja, das war er. Er hat sich gefreut, wie du und dein Bruder über diese gelbe Rangierlok. Aber dann kam alles ganz anders.«

»Was ist passiert?«

Wieder spuckte Amstner in den Schnee zu seinen Füßen.

»Es war so ein dummer Zufall, dass man darüber hätte lachen können, wenn es nicht so ein schlimmes Ende genommen hätte. Aber wenn einer tatsächlich darüber lachen konnte, dann nur der Teufel selbst.« Erneut holte er den Flachmann hervor. Diesmal öffnete er mit zitternden Händen den Schraubverschluss. »Christian wollte sich also wieder anziehen, aber dann klemmte der verdammte Reißverschluss …«

Amstner trank, dann starrte er auf seine ausgetretenen Schuhe.

»Der Reißverschluss verhakte sich«, sagte er mit leiser Stimme. »Das Scheißding ging weder vor noch zurück. Christian wollte auf keinen Fall mit offenem Hosenladen in der Schule einlaufen, was ich in seiner Situation nur zu gut verstehen konnte. Also versuchte ich, ihm zu helfen, dieses blöde Ding zuzubekommen. Tja, und das war der gottverdammt größte Fehler meines Lebens.«

»Sie wurden dabei von Karl Lehmann beobachtet.«

Amstner stieß ein bitteres Lachen aus. »Ausgerechnet dieses Klatschmaul. Er hat mich nicht ausstehen können, seit ich ihm während unserer Schulzeit mal das Mädchen ausgespannt hatte. Tja, und das war dann sein großer Moment. Er …«

Amstner hielt inne, runzelte die Stirn und schüttelte dann den Kopf. »Nein, das ist falsch. Ich glaube nicht, dass er mir wirklich eins reinwürgen wollte. Für diesen kurzsichtigen Uhu muss es tatsächlich so ausgesehen haben, als ob ich dem Jungen …« Er machte eine abwehrende Geste, so als könnte er diese hässliche Vorstellung damit vertreiben. »Wie auch immer, eins kam zum anderen. Gerüchte sind erbarmungslos. Sie nisten sich in den Köpfen der Leute ein und machen es sich dort so lange bequem, bis sie für sie zu Wahrheiten werden. Keiner hat mir geglaubt. Nicht ein Einziger. Irgendwann nicht mal mehr meine Rosa. Dafür habe ich sie alle zum Teufel gewünscht.«

Amstner griff nach der Axt, die am Hackklotz lehnte,

holte weit aus und hieb dem Hasen den Kopf ab. Dann legte er den Körper in eine ausgeblichene Plastikwanne und bedeckte ihn mit dem Fell.

»Warum sind Sie nicht von hier fortgegangen? Sie hätten alles verkaufen und irgendwo anders einen Neuanfang machen können.«

Mit einem verbitterten Lächeln wandte sich Amstner zu Jan um.

»Wenn das wirklich so einfach gewesen wäre, hätte ich es getan, das kannst du mir glauben. Aber du bist bestimmt schlau genug, um zu begreifen, dass ich diesen Schwätzern dann erst recht Munition geliefert hätte. Weißt du, ein schlechter Ruf folgt dir überallhin. Den kannst du nicht einfach abstreifen wie einen Hundehaufen, in den du getreten bist.«

Er trat vor Jan, und wieder roch er den modrigen Gestank, den der Alte verströmte. Für einen Moment musste Jan an die alten Spukgeschichten denken, die er in seiner Jugend gelesen hatte. So mochten Wesen riechen, die zu keiner Welt mehr gehörten. Die Lebenden mieden sie, und für den Tod waren sie noch zu lebendig. Und so gehörten sie nirgendwohin und mussten ruhelos über die Erde wandeln.

Amstner tippte mit seinem hageren, blutverschmierten Finger auf Jans Brust, und Jan widerstand nur mühsam dem Drang, vor ihm zurückzuweichen.

»Die Welt ist klein, junger Mann, verdammt klein sogar. Überall findest du jemanden, der jemanden kennt, der deine Geschichte kennt. Und wenn er die falsche Version davon gehört hat, bist du am Arsch. Glaub mir, das ist so.«

Mit diesen Worten machte Hubert Amstner kehrt, nahm die Plastikwanne mit dem Hasen und ging zum

Hintereingang des Hauses, ohne sich noch einmal umzuwenden.

Jan sah Amstner nach, bis er im Haus verschwunden war, dann begab er sich zu seinem Wagen. Er war gerade durch das Gartentor, als er Amstner rufen hörte.

»He, Forstner!« Der Alte sah aus dem hellerleuchteten Fenster an der Frontseite des Hauses. »Damals, in der Nacht, in der dein Bruder verschwand – da habe ich etwas gesehen.«

Jan spürte einen frostigen Schauer, der nicht von dem eisigen Wind herrührte.

»Was haben Sie gesehen?«, rief er und ging zurück durch das Tor in den Vorgarten.

»Einen Wagen.« Amstner zeigte hinter sich. »Hinten durchs Küchenfenster. Rosa hat ihn auch gesehen. Ist mit einem Affenzahn den Feldweg zum Wald entlanggerast. Ich habe es der Polizei gesagt, aber die hat keine Spuren mehr gefunden. Hatte ja auch geschneit wie verrückt.«

»Wissen Sie noch, was für ein Wagen das war?«

Amstner schüttelte den Kopf. »Nein. Ging alles zu schnell. Außerdem war es zappenduster und der Schnee viel zu dicht. Na ja, und ich war ziemlich besoffen. Aber ich war noch nüchtern genug, um zu kapieren, dass er bei dem Sauwetter viel zu schnell gefahren ist.«

20

Begleitet von den dumpfen Schlägen der Fahlenberger Christopherus-Kirche ging Jan auf Marenburgs Haus zu. Halb neun, aber Jan kam es vor, als sei es mitten in der

Nacht. Frostiger Wind fegte durch die Straßen und trieb Eiskristalle vor sich her. Den ganzen Tag hatte es geschneit, und überall türmten sich die Schneehügel an den Straßen. Auch der Bürgersteig vor dem Haus und der Zugang zur Tür waren freigeräumt. Marenburg war fleißig gewesen.

Noch bevor Jan mit klammen Fingern die Haustür aufsperren konnte, wurde ihm geöffnet.

»Da bist du ja«, sagte Marenburg und schloss die Tür hinter ihm. »Ich hab mir schon Sorgen gemacht.«

Im Haus war es wohlig warm. Marenburg hatte den Kachelofen im Wohnzimmer angeheizt, und Jan spürte, wie sein Gesicht zu glühen begann. In Hubert Amstners Hinterhof war es zugig und kalt gewesen, und Jan war trotz seiner warmen Jacke bis auf die Knochen durchgefroren. Er setzte sich auf die Ofenbank.

»Hast du auf mich gewartet?«

Marenburg nahm in einem Sessel Platz und nickte. »In der Klinik haben sie mir gesagt, du seist gleich nach Feierabend losgefahren.«

»Du hast in der Klinik angerufen?« Jans Stimme verriet einen gewissen Unmut. Übertrieb der gute Rudi es nicht ein wenig mit seiner Fürsorge?

Marenburg machte eine abwehrende Geste. »Nimm's mir nicht übel. Es ist nur, dass jemand schon seit über einer Stunde versucht, dich zu erreichen, und es hört sich ziemlich dringend an.«

»Jemand hat für mich angerufen?«

»Ja, schon dreimal.«

Jan runzelte die Stirn. Wer sollte ihn hier zu erreichen versuchen? Die Einzige, die ihm einfiel, war Martina. Aber sie konnte es nicht gewesen sein. Weder wusste sie, dass er jetzt bei Rudolf Marenburg wohnte, noch hätte sie sich bei ihm gemeldet, *selbst wenn* sie es gewusst hätte.

»Wer war es?«

»Keine Ahnung. Ein Mann. Ich hab ihn nach seinem Namen gefragt und ob ich dir eine Nachricht hinterlassen soll, aber er meinte nur, er würde später wieder anrufen. Als du dann nicht kamst, habe ich es auf deiner Station versucht. Der Pfleger meinte, du wärst schon seit einer ganzen Weile weg. Na ja, und weil die Straßen ziemlich eisig sind, hatte ich schon befürchtet, du hättest deine alte Kiste in den Straßengraben gesetzt.«

»Danke, Rudi. Entschuldige, wenn ich …«

»Da gibt es nichts zu entschuldigen«, sagte Marenburg und lächelte verständnisvoll.

»Ich war bei Amstner«, erklärte Jan, wie um etwas gutzumachen.

»Bei Hubert?« Marenburg war sichtlich überrascht.

»Ja, ich wollte mit ihm über Sven reden.«

»Und er hat mit dir gesprochen?«

Jan nickte. »Amstner hat damals etwas gesehen. Einen Wagen, der mit überhöhter Geschwindigkeit in Richtung Wald fuhr. Ich vermute, es war mein Vater, kurz vor dem Unfall. Zeit und Strecke würden passen. Und das macht mich fertig, Rudi. Das ist einer meiner Dämonen, von denen du gesprochen hast. Ich würde wirklich viel geben, wenn ich nur wüsste, wohin Vater in dieser Nacht unterwegs gewesen sein könnte.«

Rudolf Marenburg stieß einen tiefen Seufzer aus und kratzte sich am Kopf. »Tja, darüber habe ich mir auch schon oft den Kopf zermartert. Keine Ahnung, was ihn dazu getrieben hat, mitten in der Nacht und noch dazu bei diesem Schneetreiben in den Wald zu fahren.«

»Es kann doch nur mit Sven zu tun gehabt haben«,

sagte Jan. »Andernfalls wäre er nie aus dem Haus gegangen. Er wäre bei Mutter geblieben und hätte auf eine Meldung der Suchmannschaften gewartet.«

»Sehe ich genauso«, pflichtete Marenburg ihm bei. »Das war ja auch der Grund, weshalb man anfänglich an eine Entführung geglaubt hatte. Zuerst der Anruf und dann Bernhards überstürzter Aufbruch.«

»Weißt du, Rudi, an die Theorie der Entführung konnte ich nie so recht glauben. Wer hätte schon auf die Idee kommen sollen, Sven zu entführen, und vor allem warum? Wir waren doch nicht reich. Klar, es ging uns gut, aber Vater war Alleinverdiener, hatte ein Haus abzuzahlen, und Großvater hatte ihm nicht gerade ein Vermögen hinterlassen. Jeder Kidnapper, der einigermaßen klar im Kopf ist, hätte vorher die Vermögensverhältnisse seines potenziellen Opfers recherchiert und festgestellt, dass es bei uns nicht viel zu holen gab. Aber selbst wenn es tatsächlich eine Entführung gewesen wäre und Vater losgefahren ist, um Sven freizubekommen, hätte er das Lösegeld bei sich haben müssen. Dazu hätte er aber auch warten müssen, bis die Bank öffnet. Und dann gibt es ja auch noch das, was man später von Sven gefunden hat. Seine ...«

Jan brachte das Wort nicht über die Lippen. Stattdessen starrte er betrübt auf den Teppichläufer zu seinen Füßen.

Marenburg schürzte nachdenklich die Lippen. »Ich habe keinen blassen Schimmer, was er dort wollte, Jan. Wenn man die Straße weiterfährt, kommt man irgendwann nach Kössingen. Ich glaube aber kaum, dass Bernhard in dieses Kuhdorf wollte. Warum auch? In Kössingen könnte selbst der Papst noch lernen, was ein strenggläubiger Katholik ist. Da entführt doch keiner einen kleinen Jungen.« Wie um seine Aussage zu bekräftigen, schüttelte er den Kopf. »Ansonsten gibt es auf halber Strecke nur den Waldparkplatz. Und da war nichts zu finden. Die Polizei hatte die ganze Umgebung abgesucht. Weiter drinnen im Fahlenberger Forst gibt es zwar ein paar Jagdhütten, die auch von den Waldarbeitern genutzt werden, aber dort hat man ebenfalls keine Spuren entdeckt. Im Winter ist da so gut wie nie jemand. Ich war damals dabei, als man den Wald durchkämmt hat.

Einige von uns hatten geglaubt, der Entführer hätte deinen Vater zum Parkplatz bestellt, und Bernhard sei auf dem Weg dorthin verunglückt. Hätte ja auch sein können. Bei dem heftigen Schneefall hätte man dort keine verwertbaren Spuren finden können.

Aber selbst wenn, der ganze Parkplatz ist da stets voller Reifenspuren. Ist noch immer ein beliebter Ort bei jungen Pärchen. Böse Zungen behaupten, mindestens die Hälfte aller Fahlenberger sei dort oben gezeugt worden. Wenn du da tagsüber spazieren gehst, findest du mehr Kondome als Pilze. Und wenn die Leidenschaft groß genug ist, ist selbst der kälteste Winter nie zu kalt.

Andererseits sind mir deine Argumente auch schon durch den Kopf gegangen. Nein, ich glaube ebenfalls nicht an eine Entführung. Und was deinen Vater betrifft, nun, da denke ich, was immer Bernhard dort oben wollte, die Antwort darauf hat er mit ins Grab genommen.«

»Ich fürchte, da hast du Recht«, musste Jan eingestehen. Wieder einmal kam er sich vor, als irrte er durch ein Labyrinth, in dem es nur Sackgassen gab.

Das Telefon klingelte. Marenburg machte eine Kopfbewegung zum Apparat. »Wird für dich sein.«

Jan stand auf, ging in den Flur und nahm den Hörer

ab. Am anderen Ende der Leitung meldete sich ein vertrautes Husten, gefolgt von einem »Na endlich«.

Am Telefon klang Hieronymus Liebwerks Stimme wie eine Kaffeemühle, die sehr lange nicht mehr in Betrieb gewesen war. »Dachte schon, Sie kommen heute gar nicht mehr heim.«

»Herr Liebwerk?«, fragte Jan. »Das ist eine Überraschung. Was gibt es denn so Dringendes?«

»Ich muss mit Ihnen reden. Aber nicht am Telefon. Können wir uns heute noch treffen?«

»In der Klinik?«

»Gott bewahre, nein«, kam es aus dem Hörer, gefolgt von einem bellenden Husten. »Kennen Sie das ›Spinnrad‹? Ist eine kleine Kneipe in der Innenstadt.«

Jan verzog das Gesicht zu einer missmutigen Grimasse. Er war müde und brauchte ein warmes Bad.

»Herr Liebwerk, was soll die Geheimniskrämerei? Sagen Sie mir einfach, was Sie auf dem Herzen haben.«

Wieder ein Husten, dann: »Es geht um das, worum Sie mich gebeten haben. Ich glaube, ich habe da etwas entdeckt. Also, was ist? Kommen Sie?«

Hatte er die Akte von Alexandra Marenburg nun doch gefunden? Warum tat er dann so geheimnisvoll?

»He, Doktor«, quäkte die Kaffeemühlenstimme aus dem Hörer. »Sind Sie noch dran?«

»Gut, ich komme.«

Ohne ein weiteres Wort legte Liebwerk auf.

Konsterniert sah Jan den Hörer an. Was sollte das bedeuten?

»Alles in Ordnung?« Marenburg kam mit besorgter Miene in den Flur. »Ist was passiert?«

»Ich weiß nicht recht, Rudi. Hast du Lust auf ein Bier? Ich glaube, das dürfte dich interessieren.«

21

Es war ein unheimliches Gefühl. Vorsichtig schob Carla die Tür hinter sich zu. Ihr war, als würde sie etwas Verbotenes tun. Als das Schloss einschnappte, fuhr sie zusammen.

Mit pochendem Herzen lehnte sie sich gegen die Tür und atmete tief durch. Es gab doch überhaupt keinen Grund, sich wie eine Einbrecherin zu fühlen. Dies war schließlich die Wohnung ihrer besten Freundin, und Nathalie hatte ihr den Zweitschlüssel gleich am ersten Abend in die Hand gedrückt. »Falls ich mal jemanden zum Blumengießen brauche, oder auch sonst«, hatte sie gesagt, während die beiden auf Kartons gesessen und mit einer Flasche Prosecco von der Tankstelle den Umzug in die neue Wohnung gefeiert hatten.

Weshalb also schlich sie sich jetzt herein wie eine Fremde? Sie konnte hier doch ein und aus gehen, wann immer sie wollte, das hatte Nathalie selbst gesagt.

Weil es die Wohnung einer Toten ist, sagte ihr eine innere Stimme – der Teil von ihr, der die Dinge gern auf den Punkt brachte und dabei stets so kalt klang, dass Carla fröstelte. Auch jetzt hatte sie eine Gänsehaut.

Ja, dies war jetzt die Wohnung einer Toten. Nie mehr würde ihre Freundin einen der Schlüssel aus der Tonschale auf dem Garderobentisch nehmen. Nie mehr würde sie die Notizzettel auf der Pinnwand neben dem Flurspiegel lesen, und erst recht würde sie keinen neuen Zettel mehr dorthin heften.

Als sie sich dies vergegenwärtigte, wurde Carla auch klar, weshalb sie sich wie ein Eindringling fühlte. Alles, was sie in dieser Wohnung vorfand, hatte von der ehemaligen Bewohnerin einen endgültigen Platz zugewiesen bekommen. Jeder, der hier etwas berührte, umstellte oder verrückte, würde ein kleines Zeugnis ihrer vergangenen Existenz zunichtemachen.

Carla fasste sich ein Herz und drang weiter in die Wohnung vor. *Nathalie wäre damit einverstanden gewesen,* sagte sie sich. *Sie hat mich wie eine Schwester geliebt, und sie hätte gewollt, dass ich nach einem Hinweis suche.*

»Ich will es verstehen können«, sagte sie leise zu dem Foto an der Pinnwand. Es zeigte Nathalie und sie bei einer Halloween-Party. Beide hatten sie sich mit viel weißem Puder und schwarzem Eyeliner als Morticia Addams zurechtgemacht und trugen eng anliegende schwarze Kleider mit weiten fransigen Ärmeln. Carla hatte eine dunkle Perücke getragen, während Nathalie ihr von Natur aus langes dunkles Haar einfach in der Mitte gescheitelt und mit Haarlack zum Glänzen gebracht hatte.

Carla lächelte traurig. Es war ein toller Abend gewesen, auf den sich die beiden schon Wochen zuvor gefreut hatten. Sie musste daran denken, wie sie auf einem Flohmarkt die Perücke entdeckt hatten und auf die Idee für ihre Kostüme gekommen waren. Fast synchron hatten sie »Morticia Addams« gesagt, um gleich darauf in lautes Gelächter auszubrechen.

Sie nahm das Foto von der Pinnwand und steckte es in ihre Jackentasche. Dann ging sie ins Wohnzimmer. Es war klein und gemütlich und zeugte von der Ordnungsliebe seiner einstigen Bewohnerin. Carla hat sich dort immer wohlgefühlt, auch wenn sie Nathalies Vorliebe für Kitsch nie geteilt hatte. Was das betraf, waren die beiden sehr unterschiedlich gewesen.

Es war, als betrete man das Zimmer einer Zwölfjährigen. Auf der Rückenlehne des Sofas hockten mehrere

Plüschtiere und Puppen, in der Schrankwand standen etliche Ballerinen aus Plastik und Porzellan, die inmitten ihrer Pirouetten für immer erstarrt waren, und im Bücherregal reihte sich eine Sammlung von Liebesromanen und Walt-Disney-DVDs, von denen die meistgesehene sicherlich *Cinderella* war.

Carla sah sich in jeder Ecke des Raumes um. Alles war ordentlich und aufgeräumt wie immer. Nichts deutete darauf hin, dass die Bewohnerin verzweifelt gewesen wäre – so verzweifelt, dass sie sich von der Fußgängerbrücke in den Tod gestürzt hatte.

Die Wohnung wirkte, als könne jeden Moment der Schlüssel im Türschloss zu hören sein. Nathalie würde mit einer Tüte vom Supermarkt oder einer Kleinigkeit vom Schnellimbiss um die Ecke hereinkommen. Sie würde sich an den gläsernen Couchtisch setzen und zum hundertsten Mal *Cinderella* oder *Cap & Capper* oder eine Folge von *Verbotene Liebe* ansehen.

Oder sie würde mit ihrer besten Freundin auf einen Latte macchiato in Pedros Eisdiele gehen. Sie würde Carla ein Loch über ihr Interview in Neuseeland in den Bauch fragen, und Carla würde ihr von dem sympathischen Meeresbiologen mit den tiefblauen Augen erzählen, der von Fahlenberg ans andere Ende der Welt gezogen war, um dort die Kreaturen der Tiefsee zu erforschen. Alles würde wie immer sein.

Nein, nichts wird mehr wie immer sein, dachte Carla und biss sich auf die Unterlippe, um die Tränen zurückzuhalten. Sie konnte und wollte es einfach nicht wahrhaben. Wieder musste sie an die Worte in der E-Mail denken: *Es war keine Einbildung. Der Dämon aus meinem Kopf ist real!!!*

Carla ging in die Küche. Sie war gerade groß genug

für eine Person, trotzdem hatten sie es immer wieder fertiggebracht, zu zweit darin zu kochen. Meist irgendwelche Gemüsevariationen oder Pasta mit selbst gemachtem Pesto und Salat.

Neben dem Wasserkocher machte Carla eine Entdeckung, die sie stutzen ließ. Sie sah Nathalies Lieblingsbecher mit dem Aufdruck KAFFEE – WAS SONST?, daneben lag eine offene Packung Kamillentee. Im Becher befand sich ein eingetrockneter Teebeutel.

Nathalie und Tee? Nathalie hatte Tee nicht ausstehen können, und schon gar nicht Kamillentee.

Carla ging weiter ins Schlafzimmer. Das Bett sah aus, als sei es gerade eben erst verlassen worden. Das Laken war zerknittert, die Bettdecke und der große Plüschelefant, der sonst neben dem Kopfkissen saß, lagen auf dem Boden.

So wäre Nathalie doch nie aus dem Haus gegangen. Nicht die Nathalie, die Carla gekannt hatte. Sie hätte zumindest die Bettdecke zurückgeschlagen und das Betttuch glattgestrichen. Und Dumbo – ihren *Kuschellover*, wie sie den Elefanten Carla gegenüber einmal genannt hatte, worauf sie beide die Vorzüge von Kuscheltieren gegenüber Männern besprochen hatten – hätte nicht den Rest des Tages auf dem Boden verbringen müssen. So etwas hätte es bei der ordnungsliebenden Nathalie nicht gegeben.

Noch während Carla versuchte, sich einen Reim darauf zu machen, bemerkte sie einen scharfen Geruch. Er kam aus dem Bad. Carla öffnete die Tür und knipste das Licht an. Der Gestank stieg aus der Toilettenschüssel auf. Als Carla den Deckel hochklappte, biss ihr scharfer Azetongeruch in die Nase. Sie sah die Unmengen von giftgrünem Toilettenreiniger, der in der weißen Schüssel getrocknet war. Es stank derart penetrant, dass Carla automatisch die Spülung drückte.

Sie ging zurück auf den Flur und atmete durch. Dabei fiel ihr der Notizblock neben dem Telefon auf. Er war vollgekritzelt mit wirren Linien und Symbolen. Einerseits war das typisch Nathalie, dachte sie, und sah im Geiste ihre Freundin vor sich, wie sie beim Telefonieren gedankenverloren auf ihren Block malte. Doch irgendwie waren diese Muster alles andere als typisch für sie. Nathalie hatte sonst Kästchen ausgemalt, Blumen oder Strichmännchen gezeichnet oder Schriftzüge nachgezogen. Doch diese Zickzackmuster zeugten nicht von ausgeglichener Geistesabwesenheit. Sie wirkten wirr und aggressiv.

Einer Eingebung folgend, nahm Carla das Telefon aus der Ladestation und drückte die Taste für die Wahlwiederholung. Piepsend wurde eine Nummer angewählt, dann ertönte das Freizeichen. Nach dreimaligem Tuten meldete sich ein Anrufbeantworter.

»Guten Tag«, sagte eine sanfte Männerstimme. »Sie sind mit der Praxis für Allgemeinmedizin von Dr. Wolfgang Hesse verbunden.«

Die Stimme erklärte, dass Carla außerhalb der Sprechzeiten anrufe, und verwies sie in dringenden Fällen auf die Rufnummer des ärztlichen Notdienstes.

Verwundert legte Carla auf. Der Kamillentee, die Unordnung im Schlafzimmer, die Unmengen Toilettenreiniger und nun ein Anruf bei einem Allgemeinarzt.

Der Dämon aus meinem Kopf …

Auf einmal hielt Carla es nicht mehr aus. Ihr war, als würde ihr eine unsichtbare Hand die Kehle zudrücken. Sie musste sofort hier weg.

Carla schaltete alle Lichter aus und lief aus dem Haus

auf die Straße. Eisige Nachtluft empfing sie, und Carla saugte sie gierig in ihre Lungen. Gleich darauf ging es ihr wieder besser, die Panikattacke ließ nach.

Sie sah zu Nathalies Fenster hinauf. Was war nur mit ihr los gewesen? War sie krank gewesen?

Aber ein Anruf bei einem Allgemeinmediziner erklärte nicht den Satz aus der E-Mail, der Carla nicht mehr aus dem Kopf ging: *Der Dämon aus meinem Kopf, er ist real!!!*

Irgendetwas stimmte hier doch nicht.

22

Als er sie aus dem Haus kommen sah, presste er sich fester in die Rückenlehne, so als wolle er eins mit der Dunkelheit im Wagen werden.

Noch immer hielt er das Lenkrad umklammert, und das Herz schlug ihm bis zum Hals. Wie er sich erschreckt hatte, als er Licht in Nathalie Köpplers Wohnung gesehen hatte. Zuerst hatte er gedacht, Nathalie könne es am Morgen ihres Todes aus Versehen angelassen haben, aber dann hatte er einen Schatten hinter den Gardinen gesehen, und das Herz wäre ihm beinahe stehengeblieben.

Als er nun die junge Frau auf der Straße sah, wie sie zu Nathalies Fenster emporschaute und dann in ihren Wagen stieg, begriff er, dass sie dort oben gewesen sein musste.

Dieses verdammte Miststück hatte ihn zu Tode erschreckt. Dabei war er doch nur hierhergekommen, um in aller Stille um Nathalie zu trauern. Solange sie noch nicht beigesetzt war, war dies der einzige Ort, an dem er sich ihr nahe fühlen konnte.

Er sah die Frau in ihrem Mini davonfahren und atmete auf. Sie hatte ihn nicht bemerkt. Das war gut so.

Sicherheitshalber hatte er sich ihre Autonummer eingeprägt. Besser, er stellte ein paar Erkundigungen über sie an. Vielleicht war sie harmlos, aber es konnte ebenso gut sein, dass sie von der Polizei war oder einen anderen Grund hatte, Nathalies Geheimnis nachzuspüren. Er durfte jetzt kein Risiko mehr eingehen.

O Gott, was hatte er nur getan! Es hätte niemals passieren dürfen. Aber er hatte sich einfach nicht mehr unter Kontrolle gehabt. Für ihn war die Begegnung mit Nathalie ein Zeichen gewesen. Er hatte so gehofft, durch sie endlich Frieden zu finden und von seiner Obsession befreit zu werden. Stattdessen war alles nur noch schlimmer geworden.

Carmen – wo immer sie jetzt sein mochte – hatte sich an ihm gerächt. Sie war in Nathalies Gestalt zu ihm zurückgekehrt, hatte ihn vollkommen durcheinandergebracht und ihn erneut ins Verderben gerissen. So krank ihm dieser Gedanke auch erschien, es war die Wahrheit.

Schuld ist wie eine Krankheit, dachte er. *Sie zerfrisst jede Faser des Körpers wie ein tödliches Geschwür. Und es gibt keine Therapie dagegen.*

Es gibt Taten, die unverzeihlich sind. Das hatte er endgültig begriffen. Nie würde ihm verziehen werden, genauso wenig, wie er sich jemals selbst würde verzeihen können.

Die Wunde, die Carmen ihm geschlagen hatte, würde nie verheilen. Im Gegenteil, sie plagte ihn immer wieder mit einem unerträglichen Juckreiz, und jedes Mal, wenn er sich kratzte, riss sie erneut auf und brachte weiteres Unheil über ihn.

Carmen. Ständig musste er an sie denken. Bis in alle Ewigkeit schien sich ihr Bild in sein Hirn gebrannt zu haben. Ihr Bild in jener Nacht, als sie vor ihm gestanden und ihn aus ihren unergründlichen grünen Augen angesehen hatte. Er konnte sie förmlich riechen und ihre Stimme hören. Und wieder verspürte er den Stich, den ihm ihre Worte versetzt hatten. Wie weißglühender Stahl, der sein Herz durchbohrte.

Er schluckte und krampfte seine Finger um das Lenkrad. Es würde nie aufhören. Carmen würde ihn immer verfolgen. Der einzige Weg, damit klarzukommen, war, das Geheimnis unter allen Umständen zu wahren und in jeder Situation die Kontrolle zu behalten.

Keine weiteren Ausrutscher mehr!

Er sah zu Nathalies dunklem Fenster hinauf und empfand tiefes Mitgefühl und Reue.

»Ich habe das nicht gewollt«, flüsterte er und sah seinen Atem zu einem hellen Fleck auf der Windschutzscheibe werden.

Dann richtete er seinen Blick auf die freie Stelle, an der vor kurzem noch der rote Mini der jungen Frau gestanden hatte.

Jetzt lag alles an ihm. Er musste die Situation wieder unter Kontrolle bekommen. Um jeden Preis.

23

Das »Spinnrad« befand sich in einer kleinen Seitenstraße zum Fahlenberger Marktplatz. Es war die Art von Eckkneipe, die Jan unter anderen Umständen sicherlich nicht betreten hätte. Das hätte schon das Schild am Eingang verhindert: WIR SIND EIN RAUCHERCLUB stand dort zu lesen.

Drinnen war es laut, voll und stickig. Kaum ein Sitzplatz war noch frei. Dicke Rauchschwaden hingen in der Luft, in die sich die Gerüche nach schalem Bier, Holzpolitur und Schweiß mischten. Aus den Lautsprechern über der Theke plärrte Schlagermusik, Spielautomaten tuteten an den Wänden, und aus einem Flachbildfernseher dröhnte lautstark die Übertragung eines Fußballspiels.

Hieronymus Liebwerk erwartete sie an einem Nischentisch. Als er Jan erkannte, winkte er ihm zu und bedeutete den beiden Männern, bei ihm Platz zu nehmen.

Der alte Archivar schien sich in dieser Umgebung wohlzufühlen. Er saß in einem Holzstuhl, vor sich ein Halbliterglas dunkles Bier und einen bereits gut gefüllten Aschenbecher.

»Meine Stammkneipe«, meinte er zur Begrüßung. »Hier sind wir unter uns.«

Jan machte Liebwerk und Marenburg miteinander bekannt.

Liebwerk grinste. »Marenburg«, wiederholte er. »Das ist also das private Interesse an der Akte.«

»Privates Interesse?« Marenburg sah Jan fragend an, aber der ging nicht darauf ein.

»Erst einmal sollte uns Herr Liebwerk sagen, was

denn nun so brisant ist, dass man es nicht am Telefon besprechen kann.«

Noch bevor Liebwerk antworten konnte, erschien ein bulliger Kerl – ganz offensichtlich der Wirt – an ihrem Tisch und fragte nach ihren Bestellungen. Marenburg entschied sich für ein Altbier, und Jan orderte eine Cola, für die er einen mitleidigen Blick vom Wirt erntete.

Er knallte ihnen ein abgegriffenes Notizbuch auf den Tisch und stampfte davon.

»Sie müssen sich eintragen«, erklärte Liebwerk und steckte sich eine neue Zigarette an. »Hier ist Zutritt nur für Mitglieder.«

Jan schlug das Buch auf und las verwundert, wer laut dieser Liste Mitglied im »Spinnrad-Raucherclub« war. Dann schrieb er zwei Namen dazu. Nun zählten nicht nur Oliver Kahn, Dieter Bohlen, Harald Schmidt und Günther Jauch zu den Stammgästen dieser Kneipe, sondern auch Ulla Schmidt und Horst Seehofer.

»Muss sein«, sagte der Wirt, als er ihnen ihre Getränke brachte, und nahm das Buch wieder an sich. »Ich mach die Gesetze ja nicht.«

Die drei Männer erhoben ihre Gläser und tranken, dann wandte Jan sich wieder Hieronymus Liebwerk zu, der mit zitternden Händen das Zellophanpapier von einem neuen Zigarettenpäckchen entfernte.

»Also, kommen wir zur Sache. Was haben Sie denn so Wichtiges entdeckt?«

Liebwerk rückte seinen Stuhl näher an den Tisch und beugte sich zu ihnen vor. »Etwas in meinem Archiv ist nicht ganz koscher, Doktor. Durch Sie bin ich gewissermaßen darauf aufmerksam geworden.«

»Durch mich?«

Liebwerk leckte sich die Lippen und ließ den Blick

durch den Raum schweifen, ehe er weitersprach. Bei ihren bisherigen Begegnungen hatte Jan den Archivar stets selbstsicher und etwas zynisch erlebt, doch nun schien er unruhig und nervös.

»Kurz nachdem Sie heute gegangen waren, bekam ich etwas Neues für die Ablage herein. Ein Polizeiprotokoll, das einer Akte beigelegt werden sollte. Diese Akte befand sich im Stapel mit den Neuzugängen, den ich noch einsortieren musste.«

»Und?«

Liebwerk zog an seiner Zigarette, inhalierte tief, und als er weiterredete, wurde jedes seiner Worte von einer kleinen Rauchwolke begleitet.

»Ich habe etwas sehr Seltsames entdeckt. Wissen Sie, wenn Sie erfolgreich ein Archiv betreiben wollen, brauchen Sie vor allem zwei Dinge: ein gutes Namensgedächtnis und strikte Arbeitsabläufe. Wenn man kein zuverlässiges Ablagesystem entwickelt, kommt man schnell ins Schleudern. Deshalb sortiere ich die eingehenden Akten immer gleich nach Namen vor, ehe ich sie in die Registerkästen packe. Meist warte ich, bis ein kleiner Stapel zusammengekommen ist, dadurch spare ich Zeit und Arbeit, weil ich nicht wegen jeder einzelnen Akte auf der Regalleiter herumturnen muss. Schließlich bin ich nicht mehr der Jüngste.«

»Das ist ja alles hochinteressant«, unterbrach ihn Jan, »aber wir wären Ihnen dankbar, wenn Sie auf den Punkt kommen würden.«

»Gemach, gemach«, sagte Liebwerk und drückte seine Kippe aus. »Das mit dem Stapel müssen Sie wissen, sonst verstehen Sie nicht, was ich mit *seltsam* meine. Als ich nun heute Nachmittag dieses Polizeiprotokoll bekommen habe und es in die Akte legen wollte, fiel mir auf, dass der Stapel durcheinander war. Das Alphabet stimmte nicht mehr. Die Akte, nach der ich suchte, lag ganz zuunterst, dabei hätte sie eigentlich an eine höhere Stelle gehört. Und ich bin mir absolut sicher, dass ich sie richtig einsortiert hatte. Also, wer sollte diesen Stapel durcheinandergebracht haben? Immerhin bekomme ich dort unten so gut wie nie Besuch. Jeder schickt mir sein Zeug nur mit der Hauspost, und nach Feierabend ist das Archiv geschlossen.«

Ein Hustenanfall schüttelte Liebwerk. Er lief tiefrot an. Jan und Marenburg wechselten schon besorgte Blicke, als der Archivar schließlich fortfuhr: »Also habe ich mich ein wenig genauer in meinem Archiv umgesehen. Zunächst fand ich keine weiteren Spuren eines möglichen Eindringlings. Wie auch, das Archiv ist groß. Doch dann entdeckte ich doch noch etwas. Die Tür zum großen Archivkeller war nur *einmal* abgesperrt. Ich drehe den Schlüssel aber immer *zweimal* im Schloss.«

»Und das soll ein Beweis sein?«, fragte Marenburg mit verwunderter Miene.

»Natürlich«, nickte Liebwerk. »Rein rechtlich gesehen muss eine Versicherung nur dann für Diebstahlschäden aufkommen, wenn das Schloss bestmöglich abgeschlossen wird. Wenn man den Schlüssel also zweimal umdrehen kann, muss man das auch tun. Abgesehen davon, dass besagtes Schloss noch aus der Steinzeit stammt. Ein rostiges, altes Mistding. Sparmaßnahmen eben. Aber das ist noch nicht alles.« Liebwerk sah zu Jan. »Ich hab Ihnen doch die Kartonstapel gezeigt. Sind zwar alle für den Aktenvernichter bestimmt, aber dennoch halte ich auch hier akribisch Ordnung. Für alle Fälle. Und als ich jetzt genauer nachsah, ist mir aufgefallen, dass einer der Kartons fehlte. Ein Karton, von dem ich mit Sicherheit weiß, dass er da sein müsste, weil ich ihn am Vortag noch durchsucht hatte. Schätze, Sie werden sich denken können, von welchem Karton ich rede?«

»Ich tippe mal auf den mit den M-Namen aus dem Jahr 1985«, sagte Jan. »Der Karton, in dem sich Alexandra Marenburgs Akte hätte befinden müssen, die aber nicht da war.«

Liebwerk nickte. »Genau der.«

»Moment mal«, meldete sich Marenburg zu Wort. »Ihr habt nach Alexandras Akte gesucht? Davon hast du mir nichts erzählt.«

Jan sah Marenburg schuldbewusst an. »Na ja, als ich gesehen hatte, dass die alten Akten dort noch alle gelagert wurden, wollte ich einen Blick hineinwerfen. Ich dachte, vielleicht finde ich darin einen Hinweis, der dich überzeugt hätte, dass Alexandra ... nun ja, dass sie damals eben sehr durcheinander war. Also hat Herr Liebwerk für mich nach der Akte gesucht. Dabei hat er festgestellt, dass ausgerechnet Alexandras Akte fehlte.«

Jan wandte sich wieder an Liebwerk: »Und jetzt ist der ganze Karton verschwunden? Das ist tatsächlich mehr als nur seltsam. Sind Sie sich denn wirklich sicher?«

»So wahr ich Hieronymus Pankraz Liebwerk heiße.«

»Wer außer Ihnen hat sonst noch Zugang zum Archiv?«

Liebwerk leerte sein Glas und steckte sich eine weitere Zigarette an. »Einige. Der Wachdienst, die Betriebsfeuerwehr, die Chefsekretärin ... ach ja, und dann gibt es noch einen Ersatzschlüssel in der Poststelle. Aber das muss nichts heißen, denn es gibt auch noch *meinen* Zweitschlüssel. Den habe ich in einem Spalt über dem

Türrahmen versteckt, falls ich mal meinen Schlüssel vergesse. Ist zwar noch nie vorgekommen, aber sicher ist sicher.«

»Sie meinen also, jemand könnte von Ihrem Zweitschlüssel gewusst haben und so ins Archiv gelangt sein?«

Liebwerk nickte. »Stimmt genau, Doktor.«

Nachdenklich drehte Jan sein Cola-Glas auf dem Bierdeckel und verwischte die Kondenswasserperlen mit dem Daumen. »Irgendwie werde ich aus dem Ganzen nicht schlau. Warum sollte jemand einen Karton mit alten Akten klauen? Und wenn es dieser Jemand tatsächlich auf alte Akten abgesehen hatte, warum wühlt er dann zuerst in den Neuzugängen?«

»Doktor«, entgegnete Liebwerk energisch, »ich hätte Sie bestimmt nicht angerufen, wenn ich mir nicht hundertprozentig sicher wäre, dass es so gewesen ist. Ich würde meine Katze drauf verwetten, dass ich den Neuzugang richtig abgelegt habe. Und meine Katze bedeutet mir verdammt viel.«

»So war das nicht gemeint«, versicherte ihm Jan. »Ich glaube Ihnen jedes Wort. Nur verstehe ich den Zusammenhang nicht.«

»Was wäre, wenn Alexandras Akte schon länger verschwunden ist?«, sagte Marenburg mit gerunzelter Stirn. »Jemand hat mitbekommen, dass ihr beiden danach gesucht habt, und hat nun den ganzen Karton verschwinden lassen, damit ihr nicht belegen könnt, dass nur diese eine Akte fehlt?«

»Durchaus denkbar«, stimmte Liebwerk zu.

»Aber was hat das mit den aktuellen Akten zu tun?«, warf Jan ein. »Wenn sich diese Person tatsächlich im Archiv auskennt, würde sie da nicht suchen. Außer, sie hätte dafür einen Grund. Herr Liebwerk, wissen Sie zufällig, wessen Akte bei den Neuzugängen falsch einsortiert war?«

»Natürlich weiß ich das.« Liebwerk warf einen kurzen Seitenblick zu Marenburg. »Allerdings nehme ich den Datenschutz ernst, wenn Sie verstehen.«

»Natürlich«, nickte Jan. »Aber da ich selbst Mitarbeiter der Klinik bin und Herr Marenburg eigentlich gar nicht hier ist ... Nicht wahr, Rudi?«

»Ich vertrag Rauch ohnehin nicht«, bestätigte Marenburg und fächelte sich mit einem Bierdeckel vor dem Gesicht.

»Na gut.« Liebwerk stieß den Rauch durch die Nase aus. »Es war die Akte von Nathalie Köppler. Sie wissen schon, die Kleine von der Brücke. In dem Protokoll, das ich zum Einsortieren bekommen habe, stand, es sei Selbstmord gewesen.«

Jan hatte das Gefühl, als habe ihm jemand einen Kübel mit Eiswürfeln in den Hemdkragen geschüttet. »Nathalie Köppler war Patientin der Waldklinik?«

»Ja, bis vor kurzem. Ist vor ein paar Wochen entlassen worden.« Mit einem Ausdruck tiefsten Bedauerns betrachtete Liebwerk die Zigarette zwischen seinen Fingern. »Wirklich schade, war noch ein ganz junges Ding. Sie wäre wohl besser noch eine Weile in der Klinik geblieben.«

Jan sah zu Marenburg. Ihre Blicke trafen sich. Beide schienen dasselbe zu denken. So wie die Dinge standen, gab es zwischen Alexandra und dieser Nathalie Köppler mehr Gemeinsamkeiten als nur die verblüffende physische Ähnlichkeit.

»Was ist, Jan? Glaubst du noch immer an einen Zufall?«

24

Jan mühte sich gerade damit ab, den Kaffeeautomaten in seinem Büro in Betrieb zu nehmen, als es klopfte. Ralf Steffens streckte den Kopf zur Tür herein.

»Dr. Forstner, kann ich Sie kurz sprechen?«

»Natürlich, kommen Sie rein«, sagte Jan, während er vergeblich versuchte, mit den auf Italienisch beschrifteten Schaltern des Geräts zurechtzukommen. Der Automat war ein Abschiedsgeschenk seines Vorgängers gewesen, wie Jan erfahren hatte, und sicherlich hatte das gute Stück eine ordentliche Stange Geld gekostet. Nur leider hatte ihm dieser Dr. Behrendt keine Bedienungsanleitung hinterlassen.

Dabei hätte Jan jetzt dringend einen starken Kaffee vertragen können. Nach dem Treffen mit Liebwerk hatte er in der vergangenen Nacht kaum Schlaf gefunden. Stundenlang hatte er sich im Bett hin und her gewälzt. Jedes Mal, wenn er die Augen geschlossen hatte, waren ihm die Gesichter von Alexandra Marenburg und Nathalie Köppler erschienen. Das eine starrte ihn durch eine Eisdecke an, das andere hingegen war so grausam entstellt, dass man es kaum noch als Gesicht erkennen konnte.

Ständig war ihm die Frage durch den Kopf gegangen, in welchem Zusammenhang der Tod der beiden jungen Frauen stand – ob es überhaupt einen Zusammenhang gab –, und selbst jetzt, wo er sich auf seine Arbeit hätte konzentrieren müssen, ließen ihm diese Gedanken keine Ruhe.

»Ich will Sie nicht lange stören«, sagte Ralf und schloss die Tür hinter sich. »Es ist nur …«

Jan gab den Versuch auf, das Gerät in Gang zu setzen. Er sah zu Ralf, und erst jetzt fiel ihm auf, wie schlecht der junge Mann aussah. Sein Gesicht war verschwollen, und unter den Augen zeichneten sich dunkle Ringe ab.

»Wegen der Sache von vorgestern, Sie wissen schon … Vielen Dank.«

»Oh, keine Ursache.« Jan lächelte. »Solange Sie es nicht zur Gewohnheit werden lassen. Hatten Sie gestern frei?«

Der Blondschopf nickte.

»So wirklich fit sehen Sie allerdings noch nicht aus. Was ist los mit Ihnen?«

»Es ist nicht, wie Sie denken. Ich trinke normalerweise nicht so viel«, entgegnete Ralf und sah auf seine Schuhspitzen.

»Schon gut. Sie brauchen sich nicht zu rechtfertigen. Weshalb wollten Sie mich sprechen?«

Ralf sah auf. »Ich wollte Sie fragen, ob Sie heute Abend nach Dienstschluss Zeit hätten. Ich würde mich gern mit Ihnen unterhalten – ich und noch jemand.«

Jan sah ihn verwundert an. »Worum geht es?«

»Es ist … nun ja … es ist etwas Persönliches.«

»Brauchen Sie einen ärztlichen Rat? Den kann ich Ihnen auch hier geben.«

»Nein, nein.« Ralf steckte die Hände in die Taschen seines Kittels und trat nervös von einem Bein aufs andere. »Es ist wegen … wegen Nathalie Köppler. Sie waren doch bei Ihrem Unfall dabei.«

Jan sah ihn erstaunt an. »Sie haben sie gekannt?«

Ralf presste die Lippen aufeinander und nickte dann. In seinen Augen schimmerten Tränen.

»Sie … war meine Freundin.«

Jan fiel das Foto in Ralfs Geldbeutel wieder ein – Ralf, der eine junge Frau küsste, von der nur der Hinterkopf zu sehen war. Langes dunkles Haar.

In der Blutlache hat es wie schwarzer Seetang in tiefrotem Wasser ausgesehen.

Jan versuchte sein Schaudern zu verbergen. Ralf war sicherlich lange genug in seinem Beruf tätig, um sich ausmalen zu können, wie seine Freundin nach dem Sprung von der Brücke ausgesehen haben musste, aber er wollte ihm diese Vorstellung nicht noch durch seine Reaktion bestätigen.

»Ich fürchte, ich kann Ihnen nicht viel dazu sagen, Ralf. Aber vielleicht ist es Ihnen ein Trost, dass sie nicht lange hat leiden müssen.«

Mit einem unterdrückten Schluchzen wandte Ralf den Kopf ab und atmete tief durch. Dann wischte er sich die Tränen aus dem Gesicht und sah Jan mit fast schon flehendem Blick an.

»Darum geht es nicht. Bitte, ich kann hier nicht darüber sprechen. Können wir uns heute Abend sehen?«

Für einen kurzen Moment überlegte Jan, dann nickte er. »Also gut. Warum kommen Sie nicht bei mir vorbei, sagen wir so um acht?«

Der Pfleger war einverstanden, und Jan notierte ihm die Adresse. Bevor Ralf Steffens wieder aus dem Büro ging, sah er sich noch einmal um.

»Bitte sprechen Sie mit niemandem in der Klinik darüber, ja?«

Jan versprach es. Als er wieder allein im Büro war, ließ er sich in seinen Drehstuhl sinken und schaute nachdenklich aus dem Fenster.

Wo bin ich da nur hineingeraten?

Ihm blieb nicht viel Zeit, sich darüber Gedanken zu machen, da schon nach wenigen Minuten sein erster Patient klopfte. Die Arbeitsroutine lenkte Jan ab. Die Patienten gaben sich die Klinke in die Hand, und erst als einer von Jans ambulanten Patienten anrief und seinen Termin an diesem Vormittag absagte, meldete sich der Gedanke an Nathalie Köppler zurück. Jan beschloss, dem Archiv noch einmal einen Besuch abzustatten.

»Keine gute Idee, hier schon wieder aufzutauchen.«

Der Archivar wirkte alles andere als erfreut, Jan zu sehen. Er zog nervös an einer Zigarette, ehe er merkte, dass er sie noch nicht angesteckt hatte. Jan nahm das Feuerzeug vom Arbeitstisch und reichte es Liebwerk.

»Ich würde gern einen Blick in Nathalie Köpplers Akte werfen, dann verschwinde ich wieder.«

Liebwerk schüttelte energisch den Kopf. »Ich habe bei dieser ganzen Geschichte kein gutes Gefühl, Doktor. Mein Bauch sagt mir, dass es nicht vorteilhaft ist, wenn wir hier zusammen gesehen werden.«

»Hört sich so an, als seien Sie sich sicher, dass der Einbrecher jemand aus der Klinik gewesen ist.«

»Das hört sich nicht nur so an.« Liebwerk schnaubte Rauch durch die Nase und sah dabei aus wie der magerste Stier aller Zeiten. »Hier war jemand, der sich ausgekannt hat, kein Zweifel. Er wusste, wo ich meinen Zweitschlüssel aufbewahre, wann ich Feierabend mache und wo er suchen muss.«

»Ich verstehe nicht«, sagte Jan und deutete auf den Aktenstapel, der sich auf dem Tisch türmte, »warum hat der Einbrecher die Akte von Nathalie Köppler zurück in den Stapel gelegt, aber den Karton mit den alten Akten mitgenommen? Ich meine, warum hat er nicht auch diese eine Akte mitgehen lassen?«

»Das wäre aufgefallen. Spätestens wenn ich den Polizeibericht hätte einsortieren wollen.«

Jan legte den Kopf schief. »Schon möglich, aber die Waldklinik ist ja nicht gerade ein kleines Krankenhaus. Da kann es doch auch mal vorkommen, dass eine Akte abhandenkommt, oder?«

»Früher vielleicht«, sagte Liebwerk und setzte sich an seinen Tisch. Er zeigte auf den Monitor. »Heutzutage werden die Akten elektronisch erfasst, und zwar bevor sie hier bei mir ankommen. Es würde also gar keinen Sinn haben, eine Akte neueren Datums zu stehlen, man müsste sie einfach nur neu ausdrucken.«

Jan nickte. Aber warum hatte sich dann trotzdem jemand an der Akte zu schaffen gemacht? Es gab eigentlich nur eine Erklärung.

Liebwerk sprach aus, was Jan dachte. »Genau genommen braucht man nur eins der Passwörter, mit denen sich die Ärzte in die Patientendatenbank einloggen, um Eintragungen vorzunehmen oder zu verändern. Aber wenn man nicht will, dass das auffällt, muss man auch die Akte in der Ablage ändern. Und ich schätze mal, dass das der Grund für den Einbruch war.«

Der Archivar hatte zuletzt nur noch geflüstert, als befürchte er, belauscht zu werden.

»Ich würde die Akte gern einmal sehen«, bat Jan.

Liebwerk verzog das Gesicht zu einer ängstlichen Grimasse. »Mir wäre es lieber, Sie würden jetzt gehen.«

»Erst wenn ich die Akte gesehen habe«, sagte Jan, und als Liebwerk keinerlei Anstalten machte, ihm die Akte zu geben, fügte er hinzu: »Als Arzt habe ich das Recht zur Einsicht, vergessen Sie das nicht.«

Mit einem resignierten Seufzer erhob sich der Archivar.

»Sie werden schon wissen, was Sie tun«, murrte er, kramte eine braune Mappe hervor und reichte sie Jan.

Der setzte sich damit an den Arbeitstisch, rief an Liebwerks Computer die Patientendatei auf und begann, Nathalie Köpplers Akte mit der Datei zu vergleichen. Liebwerk steckte sich eine neue Zigarette an und blieb neben Jan stehen.

Der Akte zufolge war Nathalie Köppler wegen einer »Angsterkrankung infolge eines traumatischen Kindheitserlebnisses« behandelt worden. Sie war freiwillig in die Klinik gekommen und von Dr. Norbert Rauh auf Station 12 aufgenommen worden. Bei ihm hatte Nathalie an insgesamt fünfzehn Hypnotherapiesitzungen teilgenommen.

Die Akte endete mit Rauhs Vermerk, Nathalie habe gute Fortschritte gemacht und die Therapie sei in jeder Hinsicht erfolgreich gewesen. Bereits nach wenigen Sitzungen sei die Angstsymptomatik kaum noch in Erscheinung getreten, und Nathalie habe sich zunehmend stabilisiert.

Zum Zeitpunkt der Entlassung bezeichnete Rauh seine Patientin als symptomfrei. Er empfahl in seiner Schlussbemerkung eine ambulante psychotherapeutische Anschlussbehandlung nach dem Klinikaufenthalt.

Jan runzelte die Stirn. So hörte sich doch nicht der Bericht einer Patientin an, die drei Wochen später von einer Brücke springt. Wollte man Rauhs Worten glauben, hatte man es hier mit einer Patientin zu tun, die mit sehr gutem Erfolg therapiert worden war – was auch immer ihre durch ein Trauma verursachten Ängste gewesen waren, denn darüber schwieg sich die Akte aus. Das war jedoch nichts Ungewöhnliches. Die meisten von Jans Kollegen fassten sich in ihren Akten derart knapp. Der Zeitdruck, unter dem die meisten Klinikärzte standen, war einfach zu groß.

Jan verglich die Computerdatei Wort für Wort mit dem ausgedruckten Exemplar. Er konnte keinerlei Abweichungen erkennen. Wenn jemand die Datei manipuliert hatte, dann hatte er wohl tatsächlich einen neuen Ausdruck gemacht und die alte und die neue Akte ausgetauscht.

»Das bringt mich leider auch nicht weiter«, sagte er und erhob sich.

»Also gut, Doktor.« Liebwerk trat dicht an ihn heran. Jan konnte seinen säuerlichen Raucheratem riechen. »Dann dürfte ich Sie wohl bitten zu gehen.« Der Archivar schien nervöser denn je zu sein.

Jan sah ihn fragend an. »Wovor haben Sie Angst?«

Liebwerk bleckte seine nikotingelben Zähne zu einem hässlichen Grinsen. »Ich habe keine Angst«, raunte er Jan zu. »Ich bereue nur, dass ich Ihnen überhaupt so viel erzählt habe. In genau siebzehn Monaten und zwei Wochen gehe ich in meinen wohlverdienten Ruhestand, und den will ich genießen können. Ich ahne aber, dass ich einen Haufen Schwierigkeiten bekomme, wenn ich mich nicht ab sofort aus dieser Sache heraushalte. Ich habe die ganze Nacht kein Auge zubekommen deswegen. Haben Sie das verstanden, Doktor?«

Jan wandte sich zum Gehen. »Na schön, ich werde Sie nicht weiter behelligen. Trotzdem danke für Ihre Hilfe.«

»Nicht durch den Haupteingang!«, hörte er Liebwerk rufen. »Nehmen Sie die Seitentür durch die Verwaltung.«

Kopfschüttelnd wandte Jan sich um. »Übertreiben Sie jetzt nicht ein wenig?«

»Ist mir gleich, was Sie denken«, stieß Liebwerk hervor. »Ich will nicht, dass Sie hier gesehen werden. Basta.«

Für einen Moment fragte sich Jan, ob Liebwerks Angst vielleicht doch berechtigt war. Was, wenn sie wirklich in etwas hineingeraten waren, dessen Umfang und Gefährlichkeit sie noch gar nicht abschätzen konnten?

Vielleicht ist das aber auch alles nur ein Riesenhaufen Paranoia, und du hast dich damit angesteckt.

Als Jan durch die Seitentür trat und in dem schmalen Treppenhaus stand, hörte er, wie hinter ihm die Tür abgesperrt wurde.

Das alte Verwaltungsgebäude erinnerte Jan an das Schlosshotel aus einem Abenteuerroman, den er in seiner Jugend gelesen hatte. Auch hier gab es zahlreiche Gänge, Treppen und Nebentrakte, in denen man sich hätte verirren können. Doch im Gegensatz zum Schauplatz des Romans gab es hier nichts Aufregenderes zu entdecken als zahlreiche Büros, einen Kopierraum und mehrere Besprechungszimmer und die Personaltoiletten.

Durch den Seitenaufgang gelangte Jan in die Haupthalle, wo sich beim Ausgang eine Gruppe von Ärzten versammelt hatte. Ein Blick auf die Uhr über der zweiflügligen Tür verriet Jan, dass die tägliche Oberarztkonferenz vor wenigen Minuten geendet hatte.

Schlechtes Timing.

Norbert Rauh löste sich aus der Gruppe und kam auf ihn zu. »Hallo, Jan, haben Sie heute keinen Dienst?«

»Doch, doch«, entgegnete Jan und suchte krampfhaft nach einer Notlüge, um zu erklären, was er hier verloren hatte. »Ich wollte nur kurz wegen einer Unterschrift in die Personalabteilung. Muss mich irgendwie verlaufen haben.«

»Ist ja auch ein ziemliches Labyrinth, der alte Kasten«, sagte Rauh und lächelte.

Er erklärte Jan den Weg, und Jan wollte sich schon verabschieden, als Rauh ihn noch einmal zurückhielt.

»Bleibt es bei unserem Termin morgen, 17 Uhr? Wir haben in der ersten Sitzung bereits viel erreicht, Jan. Je länger wir mit der nächsten warten, umso schwerer fällt es Ihnen, dort wieder anzuknüpfen, wo wir aufgehört haben.«

Jan bemerkte, dass auch Fleischer unter den Ärzten war. Der Professor schaute zu ihm herüber und nickte ihm grüßend zu.

Du kannst Rauh auf keinen Fall absagen, dachte Jan. *Diese Therapie ist Fleischers Bedingung gewesen, dir den Job zu geben. Und vielleicht ist dir dieser Blick in die Vergangenheit wirklich eine Hilfe, auch wenn er dir nicht leichtfällt.*

»Ja, natürlich«, sagte Jan. »Morgen um 17 Uhr.«

Rauh wollte noch etwas sagen, doch sie wurden von Jans Piepser unterbrochen, der ihn zurück auf seine Station rief.

25

Als Jan fünf Jahre alt war und den Fahlenberger Kindergarten besuchte, gab es dort einen Jungen, den alle nur *Spinner* nannten. Alfred Wagner, wie der Spinner mit richtigem Namen hieß, war ein stämmiger Junge, der die anderen Kinder in seiner Gruppe um ein gutes Stück überragte. Sein Gesicht war von Sommersprossen übersät, die auf der bleichen Haut wie bösartiger Ausschlag aussahen, und kein Kamm der Welt schien sein dichtes kupferrotes Haar bändigen zu können.

Am erstaunlichsten aber waren Alfreds Augen. Diese

Augen waren von einem derart blassen Blau, dass man glauben konnte, zwei Wassertropfen hätten sich in die eng zusammenstehenden Augenhöhlen verirrt. Es waren unheimliche Augen, und Jan hatte zuweilen den Eindruck, Alfred könnte mit seinem Blick Löcher in Papier brennen.

Wenn dieser sengende Blick in Alfreds Gesicht trat, schien sich der Junge völlig zu verändern; er schien zu jemand anderem zu werden. Dann gebrauchte er schlimme Schimpfwörter und redete wirre Dinge, die niemand verstand. Deshalb nannten ihn alle den Spinner.

Ein weiterer Grund für diesen Namen war die Tatsache, dass auch Alfreds Vater »nicht ganz recht im Oberstübchen« war. So zumindest drückten es die Erwachsenen in Fahlenberg aus. Es war ein offenes Geheimnis, dass Hartmut Wagner – der vom Alter her Alfreds Großvater hätte sein können – mehrfach in die Waldklinik gebracht worden war. Unter den Fahlenberger Kindern gab es einen Spottvers, mit dem sie Alfred neckten:

Die Klapse macht die Tore auf
und Hartmut kommt im Dauerlauf.
Ihm folgt sein Sohn mit Sommersprossen,
dann wird das Tor wieder geschlossen.

Auch Jan sang den Vers mit – immerhin taten das doch alle. Jans Vater hingegen versuchte seinem Sohn klarzumachen, dass Wagner unter Schizophrenie litt und dass dies eine Krankheit war, die viele Leute hatten. Sie sei aber gar nicht so schlimm, solange die Leute nur ihre Medikamente nahmen und sich regelmäßig von einem Psychiater untersuchen ließen.

Hartmut Wagner schien jedoch nicht viel auf Psychiater und Medikamente zu geben, weshalb er recht häufig

»in die Klapse« musste, wie es dann unter den Kindern hieß.

Einmal wurde er sogar von der Polizei abgeführt, weil er im Supermarkt einen Tobsuchtsanfall bekommen hatte, als ihm eine Verkäuferin erklärte, dass die Dosen mit Schinkenwurst ausgegangen seien und die nächste Lieferung erst in drei Tagen eintreffen würde.

Ein anderes Mal beschwerten sich Passanten, dass Wagner heulend über den Marktplatz laufe und jeden Vorbeikommenden vor den Russen warnte, die in Kürze einmarschieren würden.

Jan hatte irgendwann Mitleid mit Alfred bekommen, auch wenn der Junge mit den seltsamen Augen ihm nach wie vor etwas unheimlich war. Natürlich hätte Jan nie gewagt, das vor seinen Freunden zuzugeben, da er sonst schnell zum *Spinnerfreund* erklärt worden wäre, und das wollte Jan auf keinen Fall.

Alfred hatte keine Freunde. Seine Mutter hatte die Familie verlassen, als der Junge gerade mal drei Jahre alt gewesen war, und so blieb ihm nur sein geisteskranker Vater. Dennoch verhielt sich Jan wie alle anderen Kinder auch und mied den merkwürdigen Jungen. Denn trotz allen Mitleids war Alfred das, was die Erzieherinnen im Kindergarten als »verhaltensauffällig« bezeichneten.

Als Jans Freund Marko einmal mit einem Holzlaster gespielt hatte, war Alfred einfach zu ihm gegangen, hatte seinen Hosenlatz geöffnet und dem am Boden knienden Marko auf den Kopf gepinkelt. Marko hatte sich das nicht gefallen lassen, und es war zu einer heftigen Prügelei gekommen. Bis es den Erzieherinnen gelungen war, die beiden Streithähne zu trennen, hatte Alfred Markos Nasenbein gebrochen und ihm zwei Schneidezähne ausgeschlagen.

Danach wollte keiner mehr neben dem Spinner auch nur sitzen, geschweige denn mit ihm spielen.

Kurze Zeit später sorgte Alfreds Vater für neues Gerede im Ort. In Windeseile hatte sich herumgesprochen, dass Hartmut Wagner in einem weiteren Wahnanfall Unmengen von Konservendosen gekauft und sich bis zum Hals verschuldet hatte. Daraufhin war er wieder in die »Klapse« gebracht worden, wo er nach drei Tagen mit einem abgerissenen Stromkabel im Kleiderschrank des Krankenzimmers seinem Leben ein Ende gesetzt hatte. Alfred war aus dem Kindergarten genommen und in ein Heim gebracht worden. Danach hatte Jan nichts mehr von ihm gehört.

Bis heute.

Jan erkannte Alfred sofort wieder. Auch wenn sie sich zuletzt als Kinder gesehen hatten, waren das sommersprossige Gesicht, der struppige rote Haarschopf und die eng stehenden wasserblauen Augen unverkennbar. Und noch immer hatte er diesen sengenden Blick.

In diesem Moment stand er im Stationszimmer der geschlossenen Abteilung von Station 9, wo er Jans Kollegin Andrea Kunert mit dem linken Arm an sich presste. Mit der rechten Hand hielt er ihr eine Spritze an die Kehle.

»Er hat nach Ihnen verlangt«, keuchte Konni, der mit seinen beiden Kollegen dem Pflegepersonal der geschlossenen Abteilung zur Hilfe geeilt war.

Auf dem Flur drängten sich die Patienten um den gläsernen Vorbau des Stationszimmers und beobachteten das Geschehen hinter den Panzerglasscheiben. Zwar versuchten die Pfleger, die Patienten auf ihre Zimmer zurückzubringen, doch die Neugier trieb sie schnell wieder auf den Flur zurück, kaum dass ihnen die Pfleger den Rücken zugewandt hatten.

»Helfen Sie den anderen, und schicken Sie die Leute in ihre Zimmer«, wies Jan den Pfleger an. »Und rufen Sie den Sicherheitsdienst. Er soll vor dem Eingang warten, falls wir ihn brauchen. Nur für den Notfall, verstanden?«

Konni nickte und holte sein Diensthandy aus der Kitteltasche. Jan ging auf die verschlossene Glastür zu, hob seinen Schlüssel, damit Alfred ihn sehen konnte, und sperrte auf.

Bisher hatte Jan mit Andrea Kunert nicht viele Worte gewechselt. Zwar waren sie sich schon ein paarmal begegnet, aber mehr als einen kurzen Gruß hatte es zwischen ihnen beiden nicht gegeben. Wahrscheinlich lag es daran, dass sie sich »nicht ganz grün« waren, wie Jans Mutter es immer ausgedrückt hatte. Jan mochte die überhebliche Art in Andrea Kunerts Blick nicht, und was immer sie im umgekehrten Fall an ihm nicht leiden konnte, ihre Ablehnung stand ihr deutlich ins Gesicht geschrieben. Doch nun sprach aus ihrem Blick nur noch eines: Todesangst.

Mit schreckgeweiteten Augen starrte sie Jan an. Hinter ihr ragte Alfred wie ein Hüne auf. Die Spitze der Injektionsnadel hatte bereits die Haut über der Halsschlagader aufgeritzt. Ein feines Rinnsal Blut lief am Hals der Ärztin hinab und wurde vom Kragen ihres Kittels aufgesogen.

Die Spritze enthielt eine grellblaue Flüssigkeit. Jan kannte kein Medikament, das eine solche Farbe gehabt hätte. Aber er musste nicht lange raten, worum es sich dabei handelte. Der beißende Geruch des Reinigungsmittels hatte sich längst in dem kleinen Raum ausgebreitet. Wenn Alfred seiner Geisel die hypochlorische Säure in die Halsschlagader spritzte, würde es nur Sekundenbruchteile dauern, ehe sie das Gehirn erreichte.

»Hallo, Alfred.« Jan bemühte sich um einen ruhigen Tonfall. Durch seinen jahrelangen Umgang mit geistesgestörten Straftätern wusste er, dass es jetzt wichtig war, keinerlei Emotionen zu zeigen. Er durfte Alfred nicht das Gefühl geben, allein Herr der Lage zu sein. »Man hat mir gesagt, dass du mich sprechen willst.«

»Allerdings.« Alfred schwitzte mindestens ebenso sehr wie seine Geisel und sah Jan mit seinen durchdringenden Augen an. »Ich weiß alles über dich, Jan. So wie ich alles über alle weiß. Du bist jetzt auch so ein Seelenklempner wie dein Vater einer war.«

»Ja, das bin ich.«

Jan deutete auf seine Kollegin, die ihn mit flehendem Blick anstarrte. Ihre Lippen zitterten, aber sie sagte nichts, wohl wissend, dass Alfred Wagner in seiner momentanen Verfassung einer tickenden Zeitbombe glich.

»Was bezweckst du damit, Alfred? Wenn du mich sprechen willst, hätte es doch genügt, das einfach nur zu sagen.«

»Ach ja?« Mit einem spöttischen Grinsen bleckte Alfred die Zähne. »Dann frag mal die blöde Kuh hier. Komm schon, Frau Doktor, sag ihm das Gleiche, was du zu mir gesagt hast.«

Andrea Kunert presste Mund und Augen zusammen. Tränen rannen ihr über das gerötete Gesicht.

»Du sollst es ihm sagen, verdammt nochmal!«, schrie ihr Alfred ins Ohr.

»Ich ... ich sagte, dass Dr. Forstner nicht für diese

Station zuständig ist.« Ihre Stimme war nicht mehr als ein heiseres Flüstern.

Wütend verzog Alfred das Gesicht und sah wieder zu Jan. »Da hörst du's. Von wegen einfach nur sagen, Alfred. Scheiße, mein Lieber.«

»Aber jetzt bin ich doch hier. Also, warum lässt du sie nicht gehen, und dann reden wir.«

»Weil dann die Pfleger über mich herfallen. Hier traue ich keinem mehr, auch dir nicht. Alles bleibt jetzt erst mal so, wie es ist, und du hörst mir zu, kapiert?«

»Na gut. Sag mir, was du von mir willst.« Jan spielte den Gleichgültigen und zuckte die Schultern.

»Was ich will«, wiederholte Alfred und senkte den Kopf. Als er gleich darauf wieder zu Jan aufsah, war eine Veränderung in seinem Gesicht vor sich gegangen. Es war wie damals im Kindergarten, wenn aus dem Spinner wieder Alfred geworden war.

»Ich will raus aus der Klinik, Jan. Ich hasse es, was sie hier aus mir machen. Ständig muss ich diese gottverdammten Pillen schlucken, und danach fühle ich mich wie ein Zombie. Und wenn ich mich weigere, jagen sie mir Spritzen hinten rein. Danach erkenne ich nicht mal mehr mein Spiegelbild.«

»Niemand will dich hier zum Zombie machen«, versicherte ihm Jan. »Nicht wahr, Frau Dr. Kunert?«

Er musste sie in diese Unterhaltung mit einbeziehen. Solange Alfred bewusst war, dass sie ein denkendes Individuum und nicht nur ein verängstigtes Opfer war, gab es eine Hemmschwelle, die verhinderte, dass er seine Drohung mit der Injektion wahrmachte.

»Nein«, stieß sie hervor, den Blick starr geradeaus gerichtet. »Natürlich wollen wir das nicht.«

»Ach nein?« Alfreds Augen verengten sich zu Schlitzen. »Glaubt ihr etwa, ich falle auf den Scheiß rein? Hast du überhaupt eine Ahnung, wie es ist, dieses Zeug zu nehmen, Jan?«

Jan hielt seinem Blick stand. »Ich weiß, dass die Nebenwirkungen unangenehm sein können, aber diese Medikamente sollen dir helfen, dich wieder zu stabilisieren, Alfred. Es ist nur zu deinem Besten. Und wenn du wirklich unter solchen Nebenwirkungen leidest, müssen wir die Dosierung überprüfen.«

Alfred schien kurz über Jans Vorschlag nachzudenken, dann schüttelte er den Kopf.

»Weißt du, was das Schlimmste an dem Zeug ist, Jan?«

»Sag es mir.«

»Man bekommt keinen mehr hoch.« Verbittert sah Alfred an sich herab. »Die haben mir da irgendetwas untergejubelt und geben es nicht zu.«

Er ließ seine Hand auf eine Brust der Ärztin herabgleiten und drückte sie. Andrea Kunert entwich ein leises Wimmern.

»Fass meinen Schwanz an«, zischte er ihr zu.

»Alfred, hör auf. Was soll das?«

Doch Alfred ging nicht auf Jan ein. Stattdessen brüllte er die Ärztin an. »Ich hab gesagt, du sollst meinen Schwanz anfassen!«

Andrea Kunert schluckte. Das Gesicht zu einer ängstlichen Grimasse verzerrt, tastete die Ärztin hinter sich und berührte Alfred Wagner zwischen den Beinen. Jan sah, wie sie am ganzen Leib zitterte.

»Und?«, fragte Alfred. »Ist er steif?«

Jan tat einen Schritt auf die beiden zu. »Okay, Alfred, es reicht!«

Im gleichen Augenblick reagierte Alfred. Er presste seine Geisel fester an sich, machte einen Schritt rückwärts und hob den Ellenbogen an, als wolle er mit der Spritze zustechen.

»Bleib, wo du bist«, fauchte er. »Ich schwöre dir, ich mach sie kalt, wenn du näher kommst.«

Beschwichtigend hob Jan die Handflächen. »Schon gut, schon gut!«

»Und du sagst uns jetzt endlich, ob mein Schwanz steif ist«, schrie Alfred die Ärztin an.

Zaghaft bewegte sie den Kopf hin und her.

»Los, sag es!«

»Nein«, schluchzte sie.

»Nein, was?«

»Nein, er ist nicht steif!«

»Aber du magst doch lieber steife Schwänze, stimmt's?«

Andrea Kunert biss sich auf die Unterlippe. Tränen flossen ihr übers Gesicht und Rotz lief ihr aus der Nase.

»Komm schon, sag es uns!«, fuhr Alfred sie an.

»Ich mag ... steife Schwänze«, keuchte sie und begann hemmungslos zu weinen.

»Na also.« Mit einem zufriedenen Nicken wandte sich Alfred wieder an Jan und knetete dabei die Brust der Ärztin. »Daran seid ihr schuld! Früher hätte ich von solchen Titten ein Rohr bekommen, mit dem hätte man einen gefrorenen Acker pflügen können. Aber jetzt geht nichts mehr, und das nur wegen eurer Scheißmedikamente!«

»Okay«, sagte Jan. Noch immer hatte er die Handflächen erhoben. »Das hast du uns jetzt eindrucksvoll demonstriert. Aber wenn du ...«

»Ich kann ja nicht einmal mehr klar denken!«

»Hör mir zu, Alfred!«, schrie Jan zurück. »Hör mir genau zu! Willst du mir jetzt bitte zuhören?«

Alfred nickte.

»Gut«, sagte Jan und verfiel wieder in einen normalem Gesprächston. »Du hast gesagt, dass du aus der Klinik rauswillst. Das kann ich gut verstehen. Niemand ist gern hier. Aber wir können dich nur dann gehen lassen, wenn du uns überzeugt hast, dass du ein vernünftiger Mensch bist. Verstehst du das?«

»Natürlich«, brummte Alfred, und für einen Moment glaubte Jan, den kleinen Jungen im Gesicht des Mannes wiederzuerkennen.

»Was deine Medikamente betrifft«, fuhr Jan fort, »so werden wir die Dosierung umgehend prüfen. Manchmal genügt eine kleine Veränderung, um die Nebenwirkungen aufzuheben. Das gilt auch für die Impotenz. Das hat man dir doch sicherlich gesagt, als man dich über deine Medikamente aufgeklärt hat, oder?«

Hinter Alfred Wagners Stirn arbeitete es heftig, das war ihm deutlich anzusehen. Er hatte den Blick gesenkt und rollte dabei mit den Augen hin und her, als könne er seine Gedanken von den Schultern seiner Geisel ablesen. Noch immer hielt er die Brust der Ärztin, die ihrerseits noch immer die Hand an Alfred Wagners Hose hatte und in dieser Haltung erstarrt zu sein schien.

»Komm schon, Alfred«, sagte Jan mit besänftigender Stimme. »Lass sie gehen, und wir reden von Mann zu Mann.«

Er machte einen weiteren Schritt auf die beiden zu. Nun blieben noch etwa drei Meter Anstand zwischen ihnen.

»Reden«, murmelte Alfred wie zu sich selbst. Dann ruckte sein Kopf hoch, und Jan sah, dass der Blick des Spinners zurückgekehrt war.

Noch bevor Jan reagieren konnte, stieß Alfred seine

Geisel von sich. Im nächsten Moment hielt er sich selbst die Spritze an den Hals.

Es ging so schnell, dass Andrea Kunert keine Zeit blieb, sich aus ihrer Angststarre zu lösen. Sie stolperte, verlor das Gleichgewicht und landete auf allen vieren.

»Mach, dass du wegkommst!«, kreischte Alfred. »Du wirst mich sowieso nicht verstehen! Mich hat noch nie jemand verstanden!«

Die Ärztin sprang auf. Ohne nach rechts und nach links zu blicken, hastete sie an Jan vorbei zur Tür, prallte gegen das Panzerglas wie ein verirrter Vogel gegen eine Fensterscheibe, riss die Tür auf und stürmte aus dem Stationszimmer.

»Scheiß Fotze!«, schrie Alfred ihr nach. »Ich hab doch niemand was getan! Ich hab die Schlüpfer doch nur geklaut, um daran zu riechen!«

Nun begriff Jan, wer der Dieb gewesen war, von dem ihm die Schwester auf Station 12 erzählt hatte. »Du warst das also.«

Alfred nickte, wobei er sich die Spritze wie einen Faustkeil an den Hals hielt.

»Ich hab denen nichts tun wollen. Echt nicht. Ich wollte mir nur vorstellen, wie das ist mit einer echten Frau. Einen Irren wie mich will doch sowieso keine ficken. *Du* hast es bestimmt schon mit vielen gemacht, was, Jan?«

Jan wiegte den Kopf.

»Ey, komm, Jan. Sag schon.«

»Na ja, nicht mit vielen.«

»Aber wenigstens hast du es schon einmal gemacht?«

»Ja, habe ich.«

Wieder senkte Alfred den Blick. »Du wirst mich nicht hier rauslassen, stimmt's?«

»Das kann ich nicht«, entgegnete Jan. »Zumindest noch nicht. Aber ich werde mein Bestes tun, dir zu helfen.«

»Helfen? Du willst mir *helfen*? Das sagt ihr doch immer. Als ob ich Hilfe nötig hätte!«

»Ja, ich denke, das hast du, Alfred.«

»Blödsinn! Ihr haltet mich alle für verrückt, aber das stimmt nicht. Ihr seid nur zu gewöhnlich, um zu begreifen, dass ich ein Auserwählter bin. Du hast gar keine Ahnung, was für eine Gabe ich habe.«

»Dann erklär mir deine Gabe.«

In Alfred Wagners Gesicht trat ein nahezu ehrfürchtiger Ausdruck. Die Spitze der Nadel schwebte nur wenige Millimeter neben seinem Hals. Jan musste ihn ablenken und konnte nur hoffen, dass Alfred irgendwann den Arm mit der Spritze sinken ließ.

»Weißt du«, sagte Alfred und blickte seltsam entrückt ins Leere, »keiner hier hat mir jemals richtig zugehört, wenn ich davon erzählt habe. Von ihnen. Dabei sind sie überall. Sie reden zu mir und wollen, dass ich euch ihre Botschaften überbringe.«

»Und wer spricht zu dir?«

»Die Toten, Jan, es sind die Toten. Sie sind unter uns. Es gibt nämlich gar keinen Himmel, weißt du. Deswegen reden sie ja auch zu mir. Weil sie einsam sind.«

»Ich verstehe«, sagte Jan und nickte mit ernsthafter Miene. »Und von wo reden sie mit dir?«

Alfred grinste. »Ja, ja, ich weiß schon, du willst jetzt von mir hören, dass sie in meinem Kopf sind. Und dann willst du mir erzählen, dass ich *doch* verrückt bin, weil ich Stimmen höre. Hat diese blöde Schlampe auch gesagt. Aber das stimmt nicht, Jan. Die Toten sind *nicht* in meinem Kopf.«

»Wo sind sie dann?«

Alfred ließ seinen Blick durch den Raum schweifen. »Na, überall. Sie reden aus dem Kleiderschrank, aus der Waschmaschine oder aus dem Wasserhahn. Sie sind sogar im Radio, man muss nur genau hinhören.« Er stieß ein Kichern aus. »Wenn du wüsstest, wer schon alles zu mir gesprochen hat. Hitler zum Beispiel. Dieser kranke alte Sack redet immer aus dem Spülkasten im Klo. Oder dieser Heilige, Pater Pio. Kennst du den?«

»Nein, ich glaube nicht.«

»Ist ein guter Mann«, sagte Alfred und nickte anerkennend. »Den treffe ich ab und zu im Beichtstuhl in der St.-Christopherus-Kirche. Dann riecht es da nach Rosen. Und kannst du dich noch an den alten Bestler Hans erinnern? Du weißt doch, der den Edeka-Laden gehabt hat.«

»Ja, den kenn ich noch. Hörst du ihn auch?«

Alfred nickte und schmunzelte. »Seine Seele steckt jetzt in dem Zigarettenautomaten neben dem Ladeneingang fest.«

»Wundert mich nicht«, meinte Jan. »Der hat ja auch gequalmt wie ein Schlot.«

Ein Anflug von Vertrautheit kam zwischen den beiden auf. Jan konnte erkennen, wie sich Alfreds Gesichtszüge entspannten. Nicht mehr lange, und er konnte vielleicht versuchen, ihn zu überreden, die Spritze beiseitezulegen.

»Wusste ich's doch, dass du mich verstehst«, sagte Alfred. »Du warst damals schon ganz in Ordnung. Nicht so ein Arschloch wie die anderen.«

»Freut mich, dass du das so siehst.«

Alfred lächelte, aber in seinen Augen lag noch immer der Ausdruck des Jungen, wenn er der Spinner war. Er machte keinerlei Anstalten, die Spritze zu senken. »Ja, ich kann sie alle hören. Ich hab sogar mal deinen toten Bruder gehört.«

Es traf Jan so unvorbereitet, dass er den Schreck nicht verbergen konnte. Er fuhr zusammen, als habe Alfred es sich plötzlich anders überlegt und *ihm* die Spritze in den Hals gerammt.

»Meinen Bruder?«

»Ja, deinen kleinen Bruder. Sven. Ist schon lange her. Er gehört jetzt zu den Unterirdischen.«

Wieder bekam Jan den Eindruck, Alfreds Blick könne ihm die Haut versengen.

Vergiss es!, rief ihm seine innere Stimme zu. *Alfred redet im Wahn, und wenn du jetzt nicht augenblicklich aufhörst, darauf einzugehen, wird das hier noch eskalieren!*

»Schade nur, dass du mir nicht glaubst«, sagte Alfred. »Das sehe ich in deinem Blick.«

»Doch«, versicherte ihm Jan schnell. »Ich glaube dir. Was weißt du über Sven? Wieso ist er ein Unterirdischer?«

Alfred grinste spöttisch. »Denkst du, ich kann eine Lüge nicht erkennen? Vorhin warst du nett, aber jetzt lügst du mich an. Jetzt bis du wieder wie die anderen hier.«

»Nein, Alfred. Wirklich, ich glaube dir. Was hast du damals gehört?«

»Du willst mich doch nur hinhalten, bis Verstärkung kommt. Wahrscheinlich sind sie schon längst da und kommen jeden Moment hereingestürmt«, sagte Alfred, und diesmal grinste er, als sei der letzte Funke Verstand aus ihm gewichen. »Aber weißt du was? Ihr könnt mich alle mal!«

Damit stach er zu. Noch bevor Jan ihn daran hindern

konnte, trieb sich Alfred Wagner die Injektionsnadel in den Hals und drückte dabei den Kolben nieder.

Jan schrie auf und sprang nach vorn. Er packte Alfreds Arm und riss ihn vom Hals weg, dann gingen sie zu Boden. Die Spritze fiel neben sie. Bis auf einen kleinen Rest Flüssigkeit war sie leer.

Alfred begann zu zucken. Seine Augen verdrehten sich nach oben, bis nur noch das Weiß der Augäpfel zu erkennen war. Jan packte die Spritze und schob sie ihm quer zwischen die Zähne. Alfred krampfte und zuckte am ganzen Körper. Jan lag auf ihm und versuchte ihn davon abzuhalten, mit dem Hinterkopf auf den Fußboden zu schlagen, während Alfreds krampfender Körper ihn immer wieder hochwarf wie einen Reiter beim Rodeo.

Jan konnte sich kaum auf ihm halten. Blutiger Schaum quoll aus Alfreds Mund, vorbei an der quer liegenden Plastikspritze und Jans Fingern, begleitet von einem gutturalen Schrei unsäglicher Schmerzen.

Pfleger stürmten in den Raum. Sie packten Alfred Wagners Arme und Beine. Konni rief, das Notarztteam sei bereits unterwegs. Jan blieb auf Alfreds Brust und versuchte noch immer, den auf und ab zuckenden Kopf zu halten. Ein weißer Schatten huschte an ihm vorbei. Jemand schob eine Wolldecke unter Alfreds Kopf. Jan sah, dass es Andrea Kunert war.

Gleich darauf bäumte sich Alfreds Körper wieder auf – stärker als zuvor – und verharrte kurz in dieser Position. Jan begriff, was gleich geschehen würde, und ließ von ihm ab. Alfred stieß einen gurgelnden Laut aus und sackte wieder zu Boden. Er erschlaffte.

»Herzstillstand!«

Im Nachhinein hätte Jan nicht sagen können, wer dieses Wort gerufen hatte. Er glaubte, es sei Andrea Kunert gewesen, aber er hätte nicht darauf schwören wollen.

Er erinnerte sich noch an die Reanimierungsversuche und daran, dass ihm Andrea Kunert dabei half. Er erinnerte sich an den säuerlichen Atem aus ihrem Mund, und ihm war der Gedanke gekommen, dass sie sich wahrscheinlich übergeben hatte, nachdem sie aus dem Stationszimmer gerannt war.

Als zwei endlose Minuten später der Notarzt eingetroffen war, war es Jan und seiner Kollegin gelungen, Alfred Wagner in die Welt der Lebenden zurückzuholen. Zumindest galt das für seinen Körper. Sein Herz hatte wieder zu schlagen begonnen, und auch die Atmung hatte wieder eingesetzt.

Nachdem man Alfred abtransportiert hatte, ließ sich Jan in einen der Drehstühle des Stationszimmers sinken. Sein Herz raste, und der durchgeschwitzte Pullover klebte ihm am Leib. Konni und Ralf erkundigten sich, ob sie etwas für ihn tun könnten. Als Jan ohne ein Wort abwinkte, gingen sie hinaus und ließen ihn mit Andrea Kunert allein.

Schweigend saßen sie sich gegenüber. Dann erhob sich die Ärztin und zog sich mit einer unsicheren Geste den Kittel zurecht.

»Danke«, sagte sie. »Das war sehr mutig von Ihnen.«

Jan nickte erschöpft, und Andrea Kunert verließ den Raum ohne ein weiteres Wort.

26

Jan war kaum zu Hause angekommen, als ihn ein derartiger Heißhunger überfiel, dass er am liebsten in Winterjacke und Schuhen zum Kühlschrank gelaufen wäre. Marenburg war nicht da und hatte auch keinen Zettel auf dem Tisch hinterlassen, wie er es sonst zu tun pflegte.

Ohne sich weiter darüber Gedanken zu machen, räumte Jan den Inhalt des Kühlschranks auf den Küchentisch, schnitt sich einige Scheiben von einem Laib Graubrot ab und begann zu essen.

Während er Wurst, Käse und Gewürzgurken in sich hineinstopfte, fühlte sich sein Kopf wie leergefegt an. Das war gut so. Wie es schien, hatte Jans Gehirn zum ersten Mal seit Ewigkeiten ein Einsehen mit ihm. Es hatte auf Sendepause geschaltet und es dem Rest des Körpers überlassen, seine Bedürfnisse zu befriedigen.

Nachdem die Fressattacke vorüber war und Jan den dezimierten Vorrat an Essbarem in den Kühlschrank zurückgeräumt hatte, ging er ins Badezimmer im ersten Stock. Er ließ Wasser in die Wanne ein, legte sich hinein und starrte mit leerem Blick auf die cremefarbene Kachelwand.

Diese Fliesen müssen in den späten Sechzigern der letzte Schrei gewesen sein, war das Einzige, woran er in der nächsten halben Stunde dachte.

Nach dem Bad fühlte er sich besser. Er setzte sich mit einem Bier in die Küche und legte das Diktiergerät aus seiner Jacke vor sich auf den Tisch. Im Licht der Küchenleuchte wirkte das abgegriffene Metallgehäuse stumpf. In den Vertiefungen der Tasten, wo sich die einstmals weißen Symbole für Start, Aufnahme, Vor- und Rücklauf befunden hatten, hatten sich graue Schmutzspuren angesammelt. Start- und Rücklaufsymbol waren gänzlich abgerieben.

Jan drückte die Starttaste und schaltete sofort wieder aus.

Ich hab sogar mal deinen toten Bruder gehört.

Das war die Stimme von Alfred Wagner. Jan hörte sie so klar und deutlich wie ein Echo in seinem Kopf.

Er gehört jetzt zu den Unterirdischen.

»Ein Wahnkonstrukt, weiter nichts«, murmelte Jan dem Gerät zu.

Alfred musste sich das zusammengesponnen haben. Selbstverständlich hatte er von Svens Verschwinden gewusst. Jeder, der damals in Fahlenberg gelebt hatte, wusste davon. Wahrscheinlich hatte er sich nun wieder daran erinnert, als sie sich begegnet waren. Vielleicht hatte er es auch nie vergessen.

Andererseits ...

Unterirdischer?

Was, zum Teufel, konnte er nur damit gemeint haben? War Sven damals von seinem Mörder verscharrt worden? Hatte der verrückte Kerl womöglich etwas beobachtet? Oder war er es am Ende selbst gewesen?

Alfred war genauso alt wie Jan, also war er damals zwölf gewesen. Und in starkem Maße »verhaltensauffällig«. Einem Jungen, der anderen Kindern auf den Kopf pinkelte, ihnen die Nase brach und die Zähne ausschlug, und das nur wegen eines Spielzeugs, wäre es zuzutrauen gewesen, dass er einen Sechsjährigen entführte. Was immer ihn dazu getrieben haben konnte – denkbar wäre es durchaus.

Vielleicht hatte es Alfred dann mit der Angst zu tun bekommen, oder die beiden hatten gestritten – Sven hatte sich die Entführung bestimmt nicht so einfach gefallen lassen – und dann …

Alfred war schon als Kind kräftig gewesen. Was, wenn er Sven danach verscharrt hatte, zu tief, als dass ihn die Hunde der Suchmannschaften hätten finden können? Die Gegend um Fahlenberg war ländlich und weitläufig genug, dass auch das wachsamste Auge einen frischen Erdhaufen am Rande eines Feldes oder in den zahlreichen Waldstücken um den Ort übersehen konnte. Zwar hatte man schließlich sogar mit Methansonden gesucht – nachdem man endgültig überzeugt gewesen war, dass Sven tot sein musste –, doch außer ein paar Haustieren, die illegalerweise in Schrebergärten begraben worden waren, hatte man keine Leichenreste gefunden.

Aber was besagte das schon?

Von Alfred würde Jan keine Antwort mehr bekommen. Kurz vor Dienstschluss hatte Jan auf der Intensivstation angerufen und sich nach Alfreds Zustand erkundigt.

Ob er der Kollege sei, der Herrn Wagner reanimiert habe, hatte der behandelnde Arzt von ihm wissen wollen. Nachdem Jan diese Frage bejaht hatte, hatte der Arzt hinzugefügt: »Einen Gefallen haben Sie ihm damit nicht getan.«

Alfred lag mit schwersten Hirnschädigungen im Koma. Und da er ansonsten über eine robuste körperliche Konstitution verfügte, würde sich an diesem Zustand wohl so schnell nichts ändern.

»Beten Sie, dass er nicht mehr zu sich kommt«, hatte der Arzt am Telefon hinzugefügt. »Bei dem bisschen, was wir von seinem Hirn retten konnten, wäre ihm das nicht zu wünschen.«

Dann hatte er aufgelegt.

Wieder drückte Jan die Starttaste des Diktiergeräts. Er hatte die Rückseite der Kassette eingelegt, den Teil mit der Aufnahme, als Sven verschwunden war.

In der Küche war es still. Nur das abgehackte Ticken der Küchenuhr war zu hören. Es vermischte sich mit dem Rauschen auf dem Band. Mehr hörte Jan nicht. Wie immer.

Damals war das Band von Experten untersucht worden. In einem Tonstudio hatte man jedes noch so kleine Geräusch herausgefiltert, von den übrigen getrennt und verstärkt. Doch nichts davon erwies sich als brauchbar.

Was man hören konnte, war das Knirschen von Schritten im Schnee, die mit größter Wahrscheinlichkeit von Jan oder Sven selbst stammten, das Heulen des Nachtwindes und ein kurzer, sehr hoher Ton unmittelbar vor Ende der Aufnahme.

Vor allem dieser Laut, der sich wie *Fiep!* anhörte, hatte die Tontechniker interessiert. Wieder und wieder hatte man den Teil der Aufnahme verstärkt, die Ablaufgeschwindigkeit reduziert und mit allen technischen Mitteln untersucht.

Das Resultat erwies sich dennoch als äußerst dürftig. Möglich, dass es tatsächlich Svens Stimme war, hieß es seitens der Experten – die hohe Stimme eines Sechsjährigen, der von seinem Entführer überrascht wurde. Vielleicht von jemandem, der von hinten an ihn herangeschlichen war und ihm die Hand auf den Mund gepresst hatte. Es war aber ebenso möglich, dass dieser hohe kurze Laut von einem Kleintier stammte, das in der Nähe gewesen war – vielleicht ein Eichhörnchen, das in seiner Winterruhe gestört wurde, oder ein Marder. Mehr könne man wirklich nicht sagen, hatte es geheißen.

Jan behielt das Zählwerk im Auge. Kurz bevor die

Stelle mit dem hohen Ton zu hören war, schaltete er das Gerät wieder ab.

925. Bis dahin und nicht weiter!

Wieder rief sich Jan die Worte seines Vaters in Erinnerung: *Manchmal stellt uns das Leben Fragen, auf die es keine Antworten gibt.*

Jan dachte, dass uns das Leben auch manchmal völlig unvorbereitet mit Vergangenem konfrontiert. Als er beim Anziehen frische Unterwäsche aus dem Schrank genommen hatte, hatte er die Erinnerung noch abwehren können, doch nun war sie wieder da.

Er hatte an Alfred gedacht, der die Slips der Patientinnen geklaut hatte. Von dort war es nur ein kleiner Schritt zu Peter Laszinski, dem Kinderschänder, der Jans Nervenzusammenbruch ausgelöst hatte.

Jan sah sich wieder mit Laszinski in dem Besucherraum sitzen. Nur sie beide. Die beiden Wachmänner warteten vor der Tür.

»Ein getragenes Höschen Ihrer Frau für meine einsamen Nächte«, hörte er Laszinski wieder sagen, »und ich werde meine Beziehungen spielen lassen wegen Ihres Bruders. Dann hätten Sie Gewissheit, ob er wirklich einem wie mir in die Hände gefallen ist. Was halten Sie davon?«

Jan hatte mit seiner Antwort gezögert. Nur einen winzigen Augenblick, aber doch lange genug, um Laszinski ein diabolisches Grinsen zu entlocken. In diesem winzigen Augenblick hatte Laszinski Macht über ihn gehabt. Er hatte die offene Wunde in Jans Seele gefunden, und mit seinem Grinsen hatte er genüsslich Salz in diese Wunde gestreut.

Deswegen hatte Jan zugeschlagen. Nicht aus Wut auf einen Perversen, der den Tod eines kleinen Mädchens und die schweren seelischen Schäden ihrer Schwester zu verantworten hatte – nein, es war die Wut auf sich selbst gewesen. Auf seine Suche nach der Wahrheit, die zu einer Obsession ausgeartet war, und auf seine Unfähigkeit, davon loszukommen.

In Laszinskis Grinsen hatte Jan seine eigene Besessenheit widergespiegelt gesehen. Seine verzweifelte Hoffnung, jemand könne ihm erklären, was aus Sven geworden war – eine Hoffnung, die einer schweren Sucht gleichkam.

Für Sekundenbruchteile hatte Jan Laszinski glauben wollen. Ja, er wäre bereit gewesen, ihm eines von Martinas Höschen in die Zelle zu schmuggeln. Genauso wie er Alfred hatte glauben wollen, als dieser ihm von den Unterirdischen erzählt hatte.

Du bist ein naiver Idiot, der nach jedem Köder schnappt.

Das Klingeln der Türglocke riss ihn aus seinen Gedanken. Jan trank noch einen Schluck Bier und ging dann auf den Flur. Er steckte das Diktiergerät in seine Jacke zurück und machte die Tür auf.

Ralf Steffens stand draußen, bleich wie immer, zusammen mit einer Frau, deren Gesicht im Schatten der Kapuze nicht zu erkennen war.

»Guten Abend, Dr. Forstner. Ich weiß, Sie hatten heute einen schweren Tag, aber können wir trotzdem reden?«

Jan fiel erst jetzt die Verabredung wieder ein. Ihm war nicht im Geringsten nach einem Gespräch mit dem Pfleger zumute, aber versprochen war versprochen.

»Kommen Sie herein«, sagte er und trat zurück.

Die Frau streifte sich die Kapuze ihres Anoraks vom

Kopf und sah Jan im Vorbeigehen auf merkwürdig vertraute Weise an.

»Hallo, Jan.«

Jan schloss die Tür und musterte die Frau. Sie kam ihm bekannt vor, und doch auch wieder nicht.

»Kennen wir uns?«

Sie strich sich die Lockenmähne zurück, die ihr die Kapuze verstrubbelt hatte. »Ich bin Carla Weller.«

Jan runzelte die Stirn. »Carla Weller, hm. Ehrlich gesagt kann ich mich nicht erinnern.«

Lächelnd betrachtete sie den hölzernen Nachtwächter auf Marenburgs Garderobentisch und fuhr mit der Fingerspitze über den leicht verstaubten Kopf der Statue.

»Hätte mich auch gewundert. Aber vielleicht sagt dir ›Steigbügel‹ noch etwas?«

»Steigbügel?«

»Ja, ist schon 'ne Weile her. Ich geb dir noch zwei Stichworte: Gymnasium, Schulhof.«

Augenblicklich lief Jan rot an. Herrgott ja, das sagte ihm sehr wohl etwas. Ihm fiel das Mädchen wieder ein, das am Zaun zum Pausenhof des Gymnasiums gestanden und Jan und seine Freunde beobachtet hatte. Sie konnte kaum älter als zehn und Jan musste damals zwölf gewesen sein.

Es war der Sommer vor Svens Verschwinden gewesen. In fast jeder Vormittagspause hatte die Kleine am Zaun gestanden und Jan nicht aus den Augen gelassen. Sie war alles andere als eine Schönheit gewesen. Die dunklen, lockigen Haare trug sie zu einer unförmigen Frisur zusammengebunden. Sie erinnerten Jan an die Stahlwolle, mit der seine Mutter Angebranntes aus Töpfen schrubbte.

Außerdem war sie viel zu mager. Und sie trug eine

Zahnspange mit einem metallenen Außenbügel, der mit Gummiringen an einer Nackenhalterung befestigt war. Diese Zahnspange hatte Jan gemeint, als er eines Tages zu ihr gegangen war – genervt von der ständigen Beobachtung, über die seine Freunde schon Witze rissen – und sie ansprach.

»Was willst du eigentlich von mir, Steigbügel?«

Daraufhin hatte das Mädchen »Arschloch!« gezischt und war weggelaufen.

»Na, ist der Groschen gefallen?«

Carla musterte ihn eingehend.

»Ähm, ja«, sagte Jan und räusperte sich. »Denke schon. Muss dich ja damals schwer beschäftigt haben, wenn du dich heute noch daran erinnerst.«

»Ja, das hat es. Aber es beruhigt mich, dass du dich auch noch daran erinnerst.«

»Gilt es noch, wenn ich mich jetzt dafür entschuldige?«

»Klar.« Carla nickte zufrieden. »Schwamm drüber. Wo können wir reden?«

Noch ganz perplex, zeigte Jan auf die Küchentür.

Die beiden setzten sich an den Küchentisch, und Jan bot ihnen etwas zu trinken an. Carla entschied sich für ein Mineralwasser, und Ralf bat um das Gleiche. Mit einem kurzen Seitenblick auf Jans Bier meinte er: »So schnell nicht wieder.«

»Also«, sagte Jan, als er sich zu ihnen setzte, »worüber wollt ihr mit mir reden?«

»Es geht um Nathalie Köppler«, sagte Carla.

»Ja, das hat mir Ralf bereits angekündigt.«

Carla holte ein gefaltetes Blatt Papier aus ihrer Gesäßtasche, öffnete es und strich es auf der Tischfläche glatt.

»Wir versuchen den Grund herauszubekommen, weshalb sie sich umgebracht hat. Weder Ralf noch ich haben eine Erklärung dafür. Nathalie war niemand, der plötzlich auf die Idee kommt, von einer Brücke zu springen. Und das hier ist ebenfalls sehr seltsam.«

Sie schob Jan das Blatt hin. Es war der Ausdruck einer E-Mail. Jan las das Datum. Die E-Mail war kurz vor Nathalies Tod an Carla abgeschickt worden. Wenige Stunden bevor Jan sich über Nathalie gebeugt und ihre Hand ergriffen hatte.

Jan lehnte sich in seinem Stuhl zurück und las. Dies war die Nachricht einer völlig verwirrten, panischen Person. Jemand, der vor Angst völlig enthemmt war und sich keine Gedanken mehr über die Formulierung seiner Worte machte.

Zu diesem Zeitpunkt hatte Nathalie einfach geschrieben, was sie dachte. Deshalb war jedes Wort von Bedeutung, und Jan las jeden Satz mehrmals. Bei *Der Dämon aus meinem Kopf ist real!!!* blieb er hängen.

Wieder sah er das zerquetschte Gesicht der jungen Frau vor sich. Schneeflocken auf blutiger Haut. Ein einzelnes Auge, das zuckend seine Umgebung zu erfassen versuchte. Eine röchelnde Stimme.

Gäoh!

Jan spürte einen säuerlichen Geschmack im Mund. Dieser Laut, dieses *Gäoh* …

Der Dämon aus meinem Kopf ist real!!!

Wie würde es sich wohl anhören, wenn jemand mit gebrochenem Kiefer versuchte, das Wort »Dämon« auszusprechen?

Carla schien seine Reaktion bemerkt zu haben. »Was ist?«

»Nichts«, log Jan und sah kurz zu Ralf, der sich wie

ein Häufchen Elend an seinem Wasserglas festklammerte. »Ich dachte nur gerade, dass sich diese E-Mail wie die Nachricht einer Person liest, die unter einer starken Paranoia leidet. Dieser Dämon, den sie erwähnt … Klingt wie eine Wahnvorstellung.«

»Nathalie war nicht verrückt!«, fuhr Ralf ihn scharf an. Dann schlug er die Augen nieder. »Entschuldigung … Es ist nur so, dass wir uns das selbst nicht erklären können. Nathalie ging es vor ihrem Klinikaufenthalt nicht gut, das stimmt schon. Sie hatte … nun ja, Ängste eben. Aber sie hatte keine Wahnvorstellungen. Und als sie wieder zu Hause war, ging es ihr sehr viel besser. Wenn Sie sie gesehen hätten, wüssten Sie, was wir meinen.«

»Schon gut«, sagte Jan. »Ich glaube Ihnen ja. Ich verstehe nur nicht ganz, was ihr beide von mir wollt.«

»Du bist Psychiater«, sagte Carla, »und du bist …«

»Wir wollen Ihre Meinung dazu wissen«, unterbrach sie Ralf. Er warf Carla einen kurzen Blick zu und trank dann hastig aus seinem Glas.

Jan sah die beiden an. Er vermutete, sie wussten mehr, als sie ihm bisher gesagt hatten. Vielleicht weil sie sich noch nicht vollkommen sicher waren, ob sie ihm trauen konnten.

»Warum kommt ihr damit zu mir? Warum sprecht ihr nicht mit dem Arzt, der Nathalie behandelt hat?«

»Weil wir zuerst eine neutrale Meinung hören wollen«, erklärte Carla.

»Und weil wir glauben, dass Sie jemand sind, der uns nicht mit irgendwelchen Floskeln abspeist«, fügte Ralf hinzu. »Sie wissen doch selbst, wie es ist, wenn man jemanden verliert und nicht weiß, warum.«

Jan sah ihn verwundert an. Ralf war noch zu jung, um

von Sven wissen zu können. »Woher wissen Sie von meinem Bruder?«

Ralf machte eine verlegene Geste. »Ach, wissen Sie, das war so ziemlich das Erste, was ich über Sie gehört habe.«

»Von wem?«

»Nun komm schon, Jan.« Carla sah ihn an, als habe er gerade etwas sehr Dummes gefragt. »Orte wie Fahlenberg haben ein langes Gedächtnis.«

»Länger, als einem manchmal lieb ist«, entgegnete Jan. »Und jetzt lasst uns die Karten auf den Tisch legen. Ihr seid hier, weil ihr euch schon woanders erkundigt habt und man euch keine zufriedenstellende Antwort gegeben hat. Liege ich da richtig?«

»Für die Polizei war es Selbstmord«, sagte Carla. »Es liegt kein Verbrechen vor, also wurde die Akte geschlossen.«

»Und was hat der behandelnde Arzt gesagt?«

»Dr. Rauh?« Carla verzog abfällig das Gesicht. »Nichts.«

»Nichts?«

»Er hat sich auf seine Schweigepflicht berufen und wieder aufgelegt.«

»Und ich habe ihn nicht gefragt«, ergänzte Ralf. »Niemand in der Klinik weiß, dass ich mit Nathalie zusammen bin ... ich meine, zusammen war.« Er zupfte an seinem Bärtchen. »Scheiße, ich kann's immer noch nicht glauben.«

»Warum haben Sie nicht mit Dr. Rauh gesprochen?«, wollte Jan wissen.

Ralf schüttelte den Kopf. »Wenn ich Rauh oder sonst jemandem erzählt hätte, dass Nathalie meine Freundin ist, hätte es Gerede gegeben. Am Schluss hätte es noch geheißen, ich mache mit Patientinnen rum oder so. Dass sie schon vorher meine Freundin war, hätte niemand interessiert. Verstehen Sie?«

Jan nickte. »Durchaus. Krankenhaustratsch kann übel sein.«

»Ich hab mich aber umgehört«, fuhr Ralf fort. »Laut Rauh ist es ›Suizid infolge einer unvorhersehbaren Panikattacke‹ gewesen. Tja, und das war's dann eben.«

»Aber ihr beiden, glaubt das nicht?«

»In gewisser Weise schon«, sagte Ralf, »aber wir verstehen den Grund nicht. Weshalb bekommt Nathalie wie aus heiterem Himmel eine Panikattacke? So etwas habe ich noch nie gehört, und ich arbeite ja auch schon 'ne Zeit lang in der Psychiatrie.«

»Na schön.« Jan rieb sich die Schläfen. »Ihr wollt also meine Meinung hören. Dann sollte ich zunächst einmal mehr über Nathalie wissen. Was für Ängste hatte sie, dass sie deshalb in die Klinik ging?«

Wieder wechselten Ralf und Carla Blicke miteinander. Ralf nickte, und Carla schien dies als Aufforderung zu verstehen.

»Nathalie war ein liebes und wirklich hübsches Mädchen«, sagte sie. »Wenn wir zusammen weggegangen sind, hat es nie lange gedauert, bis sich irgendein Typ für sie interessiert hat. Sie hatte so etwas, was die Männer anzog.«

»Hat sie mit diesen Männern geflirtet?«

»Nein, absolut nicht«, sagte Carla. »Keine Ahnung, wie ich das beschreiben soll, vielleicht weckte sie bei denen so eine Art Beschützerinstinkt. Aber sie hat sich nie auf eine Beziehung einlassen können. So lange ich sie kannte, hatte sie nie einen Freund. Bis sie Ralf kennengelernt hat.«

»Warum nicht früher?«

Ralf räusperte sich. »Sie ... also sie ... sie hatte Angst vor körperlicher Nähe. Körperlicher Nähe von Männern.«

»Sie meinen, sie hatte Angst vor Sex?«

Ralf nickte. »Ja, aber nicht nur das. Es dauerte 'ne ganze Weile, ehe ich sie zum ersten Mal in den Arm nehmen konnte, ohne dass sie steif wie ein Brett wurde.«

»Aber das hat Sie nicht davon abgehalten, weiterhin mit ihr ...«

»Dr. Forstner, ich hab sie *geliebt*!«, fuhr Ralf auf. Er stellte sein Glas so heftig ab, dass Wasser überschwappte. »Ich weiß, das klingt vielleicht reichlich naiv, aber es war so. Nathalie war jemand ganz Besonderes für mich. Ich war bei ihr nicht nur auf Sex aus. Sie wollte, dass ich ihr damit Zeit lasse, und das hab ich akzeptiert.«

»Tut mir leid«, sagte Jan. »So war das nicht gemeint. Ich versuche nur, das alles zu verstehen. Und was den Dr. Forstner betrifft, so schlage ich vor, dass wir uns duzen. Ich bin Jan.«

Ralf nickte. »Alles klar, Jan.«

»Hat Nathalie jemals mit einem von euch darüber gesprochen? Ich meine, darüber, warum sie solche Angst vor Nähe hatte?«

»Ja, mit mir«, sagte Carla. »Später auch mit Ralf, aber mir hat sie zuerst davon erzählt. Es hatte mit ihrer Kindheit zu tun.«

»Ist sie missbraucht worden?«

»Nein«, Carla strich sich eine Locke aus dem Gesicht. »Aber es war trotzdem sehr schlimm für sie.«

Carla begann zu erzählen, und das, was Jan zu hören bekam, war tatsächlich schlimm genug, um ein kleines Mädchen zu traumatisieren.

Nathalie war ohne Vater aufgewachsen. Sie hatte ihn nie kennengelernt. Ihre Mutter hatte ständig wechselnde Beziehungen und hätte beim besten Willen nicht sagen können, wer von ihren zahllosen Liebhabern überhaupt als Vater infrage gekommen wäre. Das hatte sie zumindest zu Nathalie gesagt, und Nathalie hatte eingesehen, dass es sinnlos war, weiter nach ihm zu fragen. Sie hatte keinen Vater. Damit musste sie leben. Punktum.

Als Nathalie acht gewesen war, kam sie eines Tages früher vom Unterricht nach Hause. An ihrer Schule kursierte eine Grippewelle, die auch vor den Lehrkräften nicht Halt machte, und da keine Vertretung mehr verfügbar gewesen war, hatte man die Kinder heimgeschickt.

Im Gegensatz zu vielen ihrer Mitschüler hatte sich Nathalie jedoch nicht sehr darüber gefreut. Ihre Mutter war in letzter Zeit häufig übellaunig, vor allem, wenn Nathalie Ferien oder schulfreie Tage hatte, und wahrscheinlich würde sie sie auch an diesem Tag wieder zum Spielen schicken. Zu einer Freundin oder auch einfach nur auf die Straße – Hauptsache, sie hatte Ruhe vor ihr.

Natürlich liebte ihre Mutter sie. Natalie war ihr ein und alles – jedenfalls, wenn sie sie »meine kleine Prinzessin« nannte. Aber es gab auch Tage, an denen die kleine Prinzessin nur ein »Plagegeist« war, und in letzter Zeit waren diese Tage immer häufiger geworden.

Als sie ihre Mutter fragte, was mit ihr sei, hatte sie zur Antwort bekommen: »Das verstehst du nicht«, und sie hatte begriffen, dass es besser war, nicht mehr danach zu fragen. Es gab einfach Dinge, die sie nichts angingen, und Nathalie hatte keine Lust, wieder einen Abend mit einer brennenden Wange im Bett zu verbringen.

Als sie an jenem Tag nach Hause kam, zog sie leise die Tür hinter sich ins Schloss und versuchte, beim Ablegen ihrer Jacke keine lauten Geräusche zu machen. Manchmal legte sich ihre Mutter am Vormittag noch einmal ins Bett – vor allem dann, wenn es nachts wieder spät bei ihr geworden war.

Gerade als Nathalie in ihr Zimmer gehen wollte, hörte sie einen Schrei und dann noch einen. Die Schreie kamen aus dem Schlafzimmer ihrer Mutter. Erschrocken lief Nathalie ans Ende des Flurs und riss die Tür auf.

Carla rieb sich die Stirn und seufzte. »Tja, und was sich in diesem Raum abspielte, hat den Verstand der Achtjährigen einfach überfordert. Als sie es mir erzählt hat, konnte ich es ja nicht einmal als Erwachsene nachvollziehen.«

»Was hat sie gesehen?«, fragte Jan.

Carla nahm einen Schluck von ihrem Wasser und erzählte weiter.

Nathalie sah ihre Mutter. Sie kniete vor dem Heizkörper unter dem Fenster, und Nathalie sah, dass sie mit Handschellen daran gefesselt war. Bis auf die zerrissene Strumpfhose war ihre Mutter nackt, und man konnte zahlreiche Striemen und blaue Flecke auf ihrem Rücken erkennen.

Das alles war schon grässlich anzusehen, aber am meisten erschrak Nathalie vor den beiden Männern, die bei ihrer Mutter waren. Auch sie waren nackt. Nur ihre Gesichter waren durch Ledermasken verborgen.

Im ersten Augenblick war Nathalie vor Schreck wie starr. Sie sah noch, wie einer der Männer ihrer Mutter ins

Gesicht schlug, während der andere hinter ihr auf dem Boden kniete und durch seine Maske keuchte. Dann bemerkte der Schläger das Kind.

Für den Bruchteil einer Sekunde herrschte Grabesstille, ehe Nathalie ein leises »Mama?« zustande brachte.

Der Schläger schrie sie an, sie solle verschwinden, und der zweite Mann glotzte sie nur stumm an.

Noch immer vor Schreck wie gelähmt, sah Nathalie in das Gesicht ihrer Mutter. Sie hatte sich zu ihrer Tochter umgesehen, und Nathalie fiel ein dünnes rotes Rinnsal auf, das ihr aus dem Mundwinkel lief.

Nathalie wollte irgendetwas tun. Schreien. Zu ihrer Mutter laufen. Sie vor diesen Monstern beschützen. Oder aus dem Zimmer rennen. Aber sie konnte nicht. Alles, was sie konnte, war dazustehen und auf das Unbegreifliche zu starren.

Und dann lächelte ihre Mutter ihr zu. Sie musste Schmerzen haben, aber dennoch lächelte sie. Es war dieses ganz besondere Lächeln, das aus tiefstem Herzen zu kommen schien und das sagte: *Alles ist in Ordnung.*

»Sei brav, Prinzessin, und geh draußen spielen«, sagte sie schließlich, und ihre Stimme klang so weich und sanft wie schon lange nicht mehr.

»Unglaublich!«

Jan lehnte sich in seinem Stuhl zurück und sah zur Decke.

»Ihre Mutter hat später mit ihr darüber gesprochen«, sagte Carla. »Sie muss versucht haben, ihr zu erklären, dass es ihr gefällt, sich verprügeln und vergewaltigen zu lassen. Aber erklär mal einer Achtjährigen, was nicht einmal einem normal denkenden Erwachsenen einleuchten will.«

»Deshalb also ihre Angst vor Männern«, sagte Jan. »Sie muss als Kind geglaubt haben, das sei die normale Art von Geschlechtsverkehr, und ist innerlich nicht mehr von dieser Vorstellung losgekommen.«

»Natürlich hat sie später gewusst, dass nicht alle Kerle so drauf sind«, sagte Carla, »aber sie hat sich einfach nicht getraut, sich auf eine sexuelle Beziehung einzulassen. Die Angst hing an ihr fest wie eine Klette, und ich habe wirklich alles versucht, um ihr zu helfen, Jan. Sie ist dem Thema ausgewichen, sobald man es nur ansprach. Manchmal hat da schon ein zweideutiger Witz ausgereicht.«

»Sie nannte diese Angst ihren ›Dämon‹«, fügte Ralf hinzu. In seinen Augen schimmerten Tränen. »Irgendwann hat sie es mir erzählt. Sie wolle mich nicht verlieren, hat sie gesagt, aber sie konnte einfach nicht mit mir schlafen.«

»Und wie bist du damit umgegangen?«

»Ich ... ich habe ihr gesagt, dass ich immer zu ihr stehen werde und dass ich warten kann, bis sie es auch will. Wenn's hätte sein müssen, hätte ich mein ganzes Leben drauf gewartet. Ich hab sie doch geliebt.« Er begann zu weinen.

»Dann ist sie also dir zuliebe in die Therapie gegangen?«, fragte Jan.

Ralf schniefte, zog ein zerknäultes Papiertaschentuch aus der Hosentasche und putzte sich geräuschvoll die Nase.

»Ich hab sie dazu überredet«, erklärte er, noch immer schluchzend.

»Und danach ging es ihr besser?«

Schulterzuckend stopfte Ralf das Taschentuch in seine Jeans zurück. »Wir hatten keinen Sex, wenn du das meinst. Aber ich konnte sie zum ersten Mal richtig in den Arm nehmen, ohne dass sie sich verkrampfte. Im Gegenteil, sie hat sogar von sich aus meine Nähe gesucht.«

»Erzähl ihm von dem Abend«, forderte ihn Carla auf.

Jan sah sie fragend an. »Welcher Abend?«

»Der Abend bevor sie es getan hat«, sagte Ralf, der sich wieder fasste. »Da ist etwas Seltsames passiert, und ich Trottel war zu dumm, es zu merken.«

»Was war es?«

»Ich war mit Nathalie fürs Kino verabredet, aber als ich sie abholen wollte, hat sie nicht aufgemacht. Also hab ich es auf ihrem Handy versucht. Ich stand noch im Treppenhaus und hab das Handy in ihrer Wohnung klingeln gehört, aber sie schien nicht da zu sein. Dann hab ich eine Weile gewartet, weil ich gedacht hab, sie sei kurz weggegangen.« Ralf starrte auf das Tischtuch, dann lächelte er versonnen. »Manchmal bekam sie urplötzlich Lust auf den vegetarischen Döner von Ahmet. Der hat seinen Stand gleich bei ihr um die Ecke.«

»Aber da war sie nicht?«, fragte Jan.

Das versonnene Lächeln verschwand so plötzlich, als habe man es abgeschaltet. »Nein. Ahmet meinte, er habe sie schon seit Tagen nicht mehr gesehen. Ihr Polo stand auf dem Parkplatz im Hinterhof, sie muss also doch daheim gewesen sein.« Ralf tauchte einen Zeigefinger in die kleine Wasserpfütze auf dem Wachstuch, dann betrachtete er den Tropfen auf der Fingerkuppe, als habe er so etwas noch nie gesehen.

»Ich hab mir nichts Schlimmes dabei gedacht«, sagte er leise. »Ich dachte, sie hätte wieder einen ihrer Schlafanfälle.«

»Schlafanfälle?«

»Ja.« Ralf schnippte den Tropfen auf den Boden. »Seit sie aus der Klinik zurück war, hatte sie das öfter mal. Wahrscheinlich von ihren Medikamenten.«

»Was hatte man ihr verschrieben?«

»Trimipramin.«

»Ja, das kann müde machen«, bestätigte Jan. »Und was ist dann passiert?«

»Nichts.« Ralf hob ratlos die Hände. »Ich bin wieder heimgefahren. Später hab ich dann noch zweimal versucht, sie anzurufen, aber sie ging nicht ran. Danach habe ich sie in Ruhe gelassen, weil ich dachte, sie schläft. Erst als ich sie am nächsten Morgen von der Arbeit aus angerufen habe und sie sich noch immer nicht gemeldet hatte, hab ich mir Sorgen gemacht. Und dann ... dann hat Carla angerufen und mir gesagt, was passiert ist.«

Nun war Jan auch klar, weshalb Ralf bei ihrer ersten Begegnung so ernst gewesen war. Der Junge tat ihm entsetzlich leid.

»O Mann!« Ralf schlug mit der flachen Hand auf das Tischtuch, und die Wasserpfütze spritzte nach allen Seiten davon. »Ich bin so ein Idiot! Ich hätte merken müssen, dass da was nicht gestimmt hat.«

»Nein, Ralf«, sagte Carla und legte ihre Hand auf die seine. »Selbstvorwürfe bringen jetzt gar nichts.«

»Das sagst du so einfach.« Er sah sie an, und um seinen Mund zuckte es. Dann brach er erneut in Tränen aus. »Wie konnte sie bloß glauben, dass ich sie wieder in die Klinik zurückschicke? Warum hat sie denn nicht wenigstens versucht, mit mir zu reden? Ich war doch immer für sie da. Vielleicht ist sie an dem Abend ja zu Hause gewesen und hat nur nicht reagiert, weil sie Angst gehabt hat. Vor mir!«

Noch bevor Carla oder Jan etwas sagen konnten, sprang Ralf auf und lief aus der Küche. Man hörte, wie er auf dem Gang heftig schluchzte.

»Lassen wir ihn einen Moment allein«, schlug Jan vor, als Carla zu ihm gehen wollte.

»Ja, ist vielleicht besser.«

Sie setzte sich wieder und begann nachdenklich an einer Locke zu zupfen. »Was glaubst du, warum hat sie das getan?«

»Ich kann nur raten.« Jan machte eine bedauernde Geste. »Nach dieser E-Mail zu schließen, muss es etwas mit ihrem Trauma zu tun gehabt haben. Ein Ereignis, das so unvermittelt eintrat, dass sie sich im Affekt von dieser Brücke gestürzt hat. Aber das ist natürlich nur eine vage Vermutung. Was kann sie damit gemeint haben, der Dämon aus ihrem Kopf sei real?«

»Keine Ahnung«, seufzte Carla, dann sah sie Jan in die Augen. »Bei der Polizei hörte ich, dass du sie als Letzter lebend gesehen hast.«

»Das ist richtig.«

»Hat sie noch irgendetwas gesagt?«

»Nein, es war sehr schnell vorbei.«

Jan brachte es nicht über sich, Carla in aller Ausführlichkeit von Nathalies Todeskampf zu erzählen. Und in diesem Moment war er sich nicht einmal sicher, ob der unartikulierte Laut, den die sterbende junge Frau ausgestoßen hatte, wirklich etwas zu bedeuten hatte.

»Tut mir leid, Carla, aber ich fürchte, ich bin euch keine große Hilfe gewesen.«

»Schon gut. Um eins würde ich dich aber gern noch bitten.«

»Und das wäre?«

»In Nathalies Wohnung habe ich die Telefonnummer eines Arztes entdeckt. Ich habe ihn angerufen, aber er durfte mir natürlich keine Auskunft geben.«

»Aha«, machte Jan. »Und jetzt willst du, dass ich als Arzt mit ihm spreche?«

»Du schuldest mir noch was für den Steigbügel, schon vergessen?«

27

Diesmal hatte er ihr ein Kleid mitgebracht. Dunja nahm es aus der Schachtel und betrachtete es prüfend. Es war ein nachtblaues Abendkleid aus sommerlichem Stoff, der ein wenig wie Samt schimmerte.

Stangenware, dachte sie, *bestimmt nicht teuer, aber trotzdem elegant.*

Ein Kleid wie dieses hätte man zu einem romantischen Abendessen ebenso gut wie auf einem Familienfest tragen können. Das Dekolleté war dezent gehalten, der Rücken nicht zu tief ausgeschnitten. Dennoch würde Dunja in so einem Kleid verführerisch wirken, da es in seiner Schlichtheit nicht von der Schönheit der Trägerin ablenkte.

Dunja mochte das Kleid. Vor allem die Farbe gefiel ihr. Ein wundervolles kräftiges Blau. Es machte ihr nichts aus, dass das Kleid schon älter zu sein schien und womöglich aus einem Secondhandladen stammte.

Es war das erste Mal, dass er ihr ein Geschenk dieser Art machte. Sonst war es nur das Beutelchen Koks, das er stillschweigend neben sein Geld auf den Nachttisch legte. Ein Kleid, das er für sie ausgesucht hatte, war sehr viel persönlicher.

»Das ist sehr hübsch. Für mich?«

»Nein«, sagte er, den Blick aus dem Fenster gerichtet. »Ich will, dass du es für mich anziehst.«

»Na gut.« Dunja versuchte sich ihre Enttäuschung nicht anmerken zu lassen. »Willst du mir dabei zusehen?«

»Zieh es einfach an.«

Er sah sie nicht an. Stattdessen hielt er weiterhin den roten Samtvorhang zur Seite und starrte aus dem Fenster, als gäbe es dort unten etwas Wichtigeres zu sehen. Dabei war dort nur der Friedhof.

Dunja mochte diesen Ausblick nicht, er machte ihr irgendwie Angst, aber sie hatte auf die Zuweisung der Zimmer leider keinen Einfluss gehabt.

»Soll ich dazu wieder einen Text sprechen?«

Ohne sich umzusehen schüttelte er den Kopf. »Zieh es einfach nur an. Bitte.«

Wieder spürte Dunja die traurige Kälte, die von ihm ausging. Sie war sich sicher, dass ihm irgendwann einmal etwas genommen worden war, das eine große dunkle Leere hinterlassen hatte. Seither mussten sich alle Gefühle, die man ihm entgegenbrachte, in diesem schwarzen Nichts verirren – sie wurden davon aufgesogen und verschwanden, ohne dass er sich dessen bewusst war. Auch jetzt schien er sie gar nicht wahrzunehmen, sondern irgendwo in einer anderen Welt zu sein.

Der große Unbekannte war so ganz anders als die anderen Männer, die zu ihr kamen. Ihm ging es nicht um eine schnelle Nummer oder darum, dass sie etwas mit ihm tat, wozu seine Frau nicht bereit war. Dunja vermutete, dass er überhaupt keine Frau oder Freundin hatte.

Das, was er suchte, musste sich irgendwo tief in seiner Erinnerung befinden, und es war an ihr, es für ihn wieder lebendig zu machen. Und sei es nur für die Dauer einer Stunde.

Als er das Kleid später in die Schachtel zurücklegte und dabei so behutsam vorging, als sei es aus hauchdünnem Glas, war es an der Vorderseite völlig durchnässt. Fast eine halbe Stunde hatte er vor ihr gekniet, die Arme eng um sie geschlungen, und in den blauen Stoff geweint.

Dunja hatte seinen Kopf gestreichelt und ihn mit leisem Zureden zu trösten versucht, während ihr seine schluchzenden Bitten um Vergebung das Herz schwergemacht hatten.

Als er dann gegangen war, ohne sich zu verabschieden, legte sie sich aufs Bett und betrachtete sich in dem großen Spiegel an der Decke. Sie griff in ihr Haar und drapierte es über den Satinbezug, so wie er es sonst immer tat.

»Wer bist du, *Carmen*?«, flüsterte sie ihrem nackten Spiegelbild zu. »Und was sollst du ihm verzeihen?«

28

Jan saß in Marenburgs Fernsehsessel und starrte auf den Bildschirm. Es war bereits nach ein Uhr morgens, aber nicht einmal eine Diskussionsrunde über den Werteverfall der Gesellschaft vermochte es, ihn zu ermüden. Er war noch immer in Gedanken bei dem, was Carla und Ralf ihm über Nathalie Köppler berichtet hatten.

Er konnte gut nachvollziehen, dass die beiden verstehen wollten, warum Nathalie sich auf so tragische Weise das Leben genommen hatte. So etwas war, wenn überhaupt, nur schwer zu begreifen.

Ralf und Carla suchten nach Antworten, genau wie er. Sie hofften, dadurch leichter mit ihrer Trauer umgehen zu können. Aber das Leben würde vermutlich auch ihnen die Antwort schuldig bleiben.

Ein Lichtkegel fiel durchs Fenster, und gleich darauf hielt ein Wagen vor dem Haus.

Rudi, der Spätheimkehrer, dachte Jan. Wo mochte der sich so lange herumgetrieben haben? Im nächsten Moment klingelte es an der Tür. Wahrscheinlich hatte Marenburg den Schlüssel vergessen. Jan stemmte sich aus dem Sessel und beendete die Wertediskussion mit einem Knopfdruck auf die Fernbedienung.

Als er in den Flur hinausging, läutete es wieder. Diesmal ein hektisches Klingelkonzert.

»Lass gut sein, Rudi! Ich bin noch wach.«

Jan öffnete die Tür. Verdutzt starrte er eine vertraute hagere Gestalt an.

»Herr Liebwerk?«

Mit wütender Miene zeigte der Archivar auf sein Auto. »Helfen Sie mir mal, Ihren Kumpel aus meinem Wagen zu bekommen.«

Erschrocken sah Jan zu dem klapprigen Mercedes, auf den Liebwerk wies. Marenburg saß vornübergebeugt auf dem Beifahrersitz, den Kopf gegen das Armaturenbrett gelehnt.

»Ist etwas passiert?«

»Passiert?« Liebwerk stieß ein verärgertes Schnauben aus. »Sturzbesoffen ist er. Kommt mitten in der Nacht ins ›Spinnrad‹ und will mir unbedingt etwas spendieren. Wenn ich gewusst hätte, dass er sich dann volllaufen lässt, bis er die eigene Mutter nicht mehr erkennt, hätte ich ihn rechtzeitig zum Teufel gejagt.«

Der Archivar stapfte zurück zum Auto und öffnete die Beifahrertür. »Also, was ist? Helfen Sie mir jetzt, oder soll ich hier festfrieren?«

Jan schlüpfte in seine Schuhe und lief zu Liebwerk. Gemeinsam zerrten sie den Betrunkenen aus dem Wagen. Marenburg konnte kaum noch auf eigenen Beinen stehen. Er stützte sich mit dem ganzen Gewicht auf Jan, der Mühe hatte, nicht zu Boden zu gehen.

Liebwerk knallte die Beifahrertür zu, ging um den Wagen herum und setzte sich ans Steuer.

»Wenn Ihr Freund wieder ansprechbar ist, richten Sie ihm von mir aus, dass ich mich nicht unter Druck setzen lasse. Ich werde nicht zu dieser Akte aussagen, und damit basta. Ist das klar?«

Noch ehe Jan etwas entgegnen konnte, hatte Liebwerk die Fahrertür geschlossen und den Motor gestartet. Mit dem torkelnden Marenburg im Arm, sah er, wie der Mercedes mit röhrendem Auspuff davonfuhr.

»Mensch, Rudi«, seufzte Jan, »da hast du wohl jemanden ziemlich auf die Palme gebracht.«

Er bugsierte seinen Freund ins Haus und wollte schon die Tür schließen, als ihm die Lichter eines Autos auffielen, das in dieselbe Richtung wie Liebwerk davonfuhr. Ungewöhnlich, dass um diese Zeit noch jemand in dieser abgelegenen Wohngegend unterwegs war.

Doch bevor er sich noch weitere Gedanken darüber machen konnte, lallte Marenburg ihm ins Ohr: »Jan, mein Junge, isch glaub, isch muss mal reihern.«

29

Der Stimme am Telefon nach zu urteilen, musste Dr. Wolfgang Hesse bereits in fortgeschrittenem Alter sein. Nachdem sich die Sprechstundenhilfe durch einen Rückruf davon überzeugt hatte, dass Jan tatsächlich ärztlicher Mitarbeiter der Waldklinik war, stellte sie ihn zu Dr. Hesse durch, und der Allgemeinarzt meldete sich mit rauem Bariton.

»Tut mir leid, aber ich habe nicht viel Zeit«, begann er, als Jan den Grund seines Anrufs genannt hatte. »Mein Wartezimmer quillt über. Ist jedes Jahr dasselbe, die Grippewelle ist da, und natürlich hat sich keiner impfen lassen. Wie auch immer, was möchten Sie über Frau Köppler wissen?«

»Ich habe erfahren, dass Frau Köppler kurz vor ihrem Tod bei Ihnen in Behandlung war«, sagte Jan. »Mich würde interessieren, mit welchen Beschwerden.«

»Wieso ist das für Sie noch wichtig? Ich meine, die Frau ist tot. Schlimme Geschichte übrigens, hat mich wirklich schockiert.«

»Ich sitze gerade über dem Zusatzformular für den Abschlussbericht, dafür müsste ich das wissen«, erklärte Jan und fragte sich, ob diese Lüge überzeugend genug klang.

»Ein Zusatz zum Abschlussbericht? Bei einem Todesfall? Das ist ja was ganz Neues.«

»Tja, die Bürokratie.« Jan seufzte theatralisch.

»Wem sagen Sie das«, sagte Dr. Hesse und seufzte ebenfalls. »Wird von Jahr zu Jahr schlimmer. Das unsinnige Abholzen der Wälder könnte man leicht verhindern, indem man einfach die Hälfte unserer Formulare abschafft. Aber zu Ihrer Frage: Ja, Frau Köppler war vor kurzem in meiner Sprechstunde. Zweimal. Wegen Magenbeschwerden.«

»Magenbeschwerden?«

»Ja. Sie klagte über Übelkeit und Magendruck. Daraufhin habe ich ihr homöopathische Tropfen und Kamillentee empfohlen. Man muss ja nicht immer gleich in den Chemiekasten greifen«, sagte der Arzt, und vor Jans geistigem Auge erschien nun das Bild eines grauhaarigen Wollpulliträgers mit Pferdeschwanz. »Sie sollte sich wieder bei mir melden, falls es nicht besser würde. Das hat sie dann auch getan. Daraufhin habe ich sie eingehend untersucht. Da sie nun auch über erhöhten Harndrang, Kreislaufprobleme und ein Spannungsgefühl in den Brüsten geklagt hat, hatte ich einen gewissen Verdacht.«

»Was für einen Verdacht?«

»Moment«, sagte Dr. Hesse, und im Hintergrund war die Stimme einer Frau zu hören, wahrscheinlich eine Arzthelferin. Hesse sprach kurz mit ihr, dann meldete er sich wieder zurück. »Hören Sie, Herr Kollege, ich muss jetzt aufhören. Deshalb in aller Kürze: Nathalie Köppler befand sich in der fünften Woche.«

»Sie war schwanger?« Jan glaubte sich verhört zu haben. »Aber das kann doch gar nicht sein.«

»Tja, das behauptete sie auch«, entgegnete Hesse, »aber das Testergebnis war ohne Zweifel positiv. Und nun entschuldigen Sie …«

»Eine Frage noch!«

»Na gut, aber machen Sie's kurz.«

»Wie hat Frau Köppler darauf reagiert?«

»Das kann ich nicht genau sagen.«

»Und warum nicht?«

Hesse räusperte sich. »Sehen Sie, als Frau Köppler zur

zweiten Untersuchung bei mir war, habe ich eine Reihe von Tests gemacht. Stuhl, Blut, Urin, das Übliche eben. Ich wollte sichergehen, dass ihre Beschwerden nicht vielleicht doch durch einen Virus oder etwas Ähnliches verursacht wurden. Das Ergebnis habe ich ihr telefonisch mitgeteilt. *Sie* rief mich an. Und als ich ihr sagte, sie sei schwanger und dass es daran keinen Zweifel gäbe, hat sie einfach aufgelegt. Habe ich damit Ihre Fragen beantwortet? Meine Patienten warten.«

Jan bedankte sich für die Auskunft, doch Dr. Hesse hatte bereits aufgelegt.

Mit gerunzelter Stirn lehnte Jan sich in seinem Bürostuhl zurück und betrachtete das Telefon. Womöglich hatte er den Grund für Nathalie Köpplers Panik gefunden. Sie hatte sich das Leben genommen, weil sie schwanger war.

Damit stellte sich aber eine neue Frage. Wenn Ralf nicht gelogen hatte und es keinen Sex zwischen ihm und Nathalie gegeben hatte, wer war dann der Vater?

30

Lange Jahre hatte sich die Waldklinik durch den eigenen Anbau von Salat und Gemüse nahezu selbst versorgt, doch im Zuge allgegenwärtiger Sparmaßnahmen hatte ein Großteil der Gärtnerei aufgegeben werden müssen. Nun standen sechs der neun Gewächshäuser leer und blieben dem Verfall überlassen. Die übrigen drei dienten während des Frühjahrs und der Sommermonate arbeitstherapeutischen Zwecken. Und jetzt im November war dies der beste Ort für ein diskretes Treffen während der Therapiepause.

Als Jan am vereinbarten Treffpunkt ankam, saß Carla auf einem Klappstuhl, nagte lustlos an einem Müsliriegel und betrachtete geistesabwesend die leeren Beete. Ralf hockte neben ihr auf einem der Tische, an dem in Kürze wieder Patienten mit dem Binden von Weihnachtsgestecken beginnen würden. Sobald die beiden Jan sahen, standen sie auf.

»Und? Hast du diesen Hesse erreicht?«, fragte Carla und warf den Rest ihres Riegels in eine rostige Mülltonne.

»Ja, habe ich.«

Jan bedachte Ralf mit einem prüfenden Blick. Er sah etwas erholter aus, auch wenn ihm die Trauer noch immer ins Gesicht geschrieben stand.

»Nun sag schon«, drängte Carla, »was hat er gesagt?«

»Sie war krank, nicht wahr?«, sagte Ralf mit steinernem Gesicht. »Krebs oder so etwas. Deshalb hat sie es getan.«

Jan schüttelte den Kopf. »Nein, Ralf, Nathalie war nicht krank.« Er wechselte einen schnellen Blick mit Carla, die ihn fragend ansah. »Es tut mir leid, Ralf, aber die Wahrheit ist sehr schmerzlich.«

»Nun sag schon, schlimmer kann's für mich nicht mehr werden.«

»Ich fürchte schon.« Jan seufzte. »Sie war schwanger.«

Ralf sah ihn fassungslos an. »Schwanger?«

»Ja.«

»Das ist nicht dein Ernst?«

»Leider doch.«

Ralf wurde so weiß wie der Plastiksack mit Blumenerde, der neben ihm am Boden lag.

»Aber …« Carla schaute ratlos zwischen den beiden hin und her. »Du hast doch gesagt, ihr habt nicht miteinander …«

»Haben wir auch nicht!«, schrie Ralf. Mit geballten Fäusten starrte er Jan an. »Sie *kann* nicht schwanger gewesen sein. Das ist absoluter Schwachsinn!«

»Durchaus nicht«, sagte Jan ruhig. »Sämtliche Tests sind positiv ausgefallen.«

Mit einem Aufschrei trat Ralf gegen den Plastiksack. Die Hülle platzte, und dunkle Erde verteilte sich über den Steinboden.

»Ruhig, ganz ruhig.« Jan packte Ralf am Arm und drehte ihn zu sich herum, so dass sie sich in die Augen sehen konnten. »Du musst dich zusammenreißen, hörst du?«

»Ich glaub das einfach nicht«, schluchzte Ralf und befreite sich aus Jans Griff. »Es kann nicht sein, versteht ihr? Nathalie und ich haben nie miteinander geschlafen. Sie war einfach noch nicht so weit …«

Carla sah Jan an, als erhoffte sie sich von ihm eine Auflösung des Rätsels.

Eine Weile herrschte beklemmendes Schweigen in dem Gewächshaus. Nur der eisige Wind war zu hören, der durch die zersprungenen Scheiben in der Decke pfiff. Als Jan die Stille nicht mehr ertragen konnte, sprach er aus, was sie alle zu denken schienen.

»Ralf, wenn das Kind nicht von dir war, von wem könnte es dann gewesen sein?«

Ralf wandte sich ab, ging auf den Tisch zu und hieb mit der Faust darauf. In dem hohen Glasraum klang es wie ein Pistolenschuss.

»Woher soll ich das wissen? Ich kann's ja noch nicht mal glauben.«

»Schwanger«, stieß Carla vor und schloss die Augen. »Wieso hat sie mir nichts davon erzählt?«

»Weil sie es bis zuletzt für Magenbeschwerden gehalten hat«, sagte Jan. »Und als sie dann die Wahrheit erfahren hat, muss sie einen heftigen Schock erlitten haben.«

Jan trat neben Ralf, der zornig auf die gesprungene Glasscheibe vor sich stierte, als sei sie an seinem Unglück schuld.

»Ich kann verstehen, dass das schmerzt, Ralf.«

»Klar. Ganz bestimmt kannst du das.«

Jan überging diese Bemerkung. »Gab es außer dir noch jemanden, dem Nathalie vertraut hat? Jemand, der dieses Vertrauen möglicherweise ausgenutzt hat?«

Ralf schüttelte den Kopf und stieß den Atem aus. »Nicht dass ich wüsste.«

»Nein«, bestätigte auch Carla. »Hey, ich war ihre beste Freundin. Wenn Nathalie etwas mit einem anderen Mann gehabt hätte, wäre sie bestimmt zu mir gekommen. Immerhin reden wir hier nicht von irgendeinem weiteren Bekannten. Überlegt doch mal, was das für sie bedeutet hätte.«

Ratlos zuckte Jan die Schultern. »Ich glaube nun einmal nicht an eine jungfräuliche Empfängnis …«

»Vielleicht hat sich dieser Hesse mit seinem Test getäuscht«, sagte Ralf und wandte sich ihnen wieder zu. In seinem Blick funkelte die verzweifelte Hoffnung, es möge so sein.

»Nein, Ralf«, sagte Jan. »Kein Arzt würde seiner Patientin sagen, sie sei schwanger, wenn er sich nicht absolut sicher wäre. Nathalie war in der fünften Woche, und zu diesem Zeitpunkt sind solche Tests zu neunundneunzig Prozent zuverlässig. Außerdem wurde nicht nur ihr Urin getestet. Hätte es bei den Ergebnissen Diskrepanzen gegeben, hätte der Kollege sicherlich einen zweiten Test vorgeschlagen.«

Nachdenklich sah Carla ihn an. »Sie war in der fünften Woche, sagst du?«

»Ja, warum?«

»Vor fünf Wochen war Nathalie noch hier in der Klinik.«

Ralf sah sie vorwurfsvoll an. »Du meinst, sie hat hier etwas mit einem Patienten gehabt?«

»Denkbar wäre es, oder?«

»Sie war auf einer reinen Frauenstation.« In Ralfs Stimme schwang Wut mit.

Carla zuckte die Schultern. »Vielleicht war es jemand vom Personal, ein Pfleger oder ein Arzt?«

»Scheiße«, zischte Ralf. »Wenn ich mir vorstelle, dass sie mit einem von diesen Weißkitteln …« Er spuckte wütend auf den Boden.

»Nein«, sagte Jan und schüttelte den Kopf. »Das kann ich mir nicht denken. Überlegt doch mal! Das wäre ein Vergehen an Schutzbefohlenen. Wenn man dich dabei erwischt, Ralf, bekommst du beruflich nie wieder einen Fuß auf den Boden, ganz zu schweigen von den ganzen juristischen Schwierigkeiten, die du dir damit aufhalsen würdest.«

»Ach komm«, Ralf machte eine abfällige Handbewegung, »ich kenne genügend Kollegen, die nur mit dem Schwanz denken.«

»Und? Haben sie deswegen schon was mit ihren Patientinnen gehabt?«

Ralf sah zu Boden. »Nein, das nicht.«

»Na also.«

Ralf schob die Hände in die Hosentaschen und trat

nach der am Boden verstreuten Blumenerde. »Trotzdem muss es hier in der Klinik passiert sein.«

»Und wenn sie vergewaltigt wurde?«, gab Carla zu bedenken. »Vielleicht von einem dieser Psychos hier.«

»Höchst unwahrscheinlich«, winkte Jan ab. »Es ging ihr nach ihrem Aufenthalt deutlich besser. Stellt euch nur mal vor, wie sich eine Vergewaltigung auf jemanden mit ihrem Trauma ausgewirkt hätte. Sie wäre niemals in der Lage gewesen, das zu verschweigen, und schon gar nicht, so etwas zu verdrängen.«

»Aber sie *war* schwanger«, flüsterte Ralf, und sein Gesicht glänzte vor Tränen.

»Also, wenn ihr meine fachliche Meinung hören wollt«, sagte Jan, »nun, also, Nathalie litt unter der traumatischen Vorstellung, Sex und Gewalt seien unabdingbar miteinander verflochten. Durch ihre Therapie konnte sie dieses Trauma überwinden. Es ging ihr gut. Wahrscheinlich hatte sie in der Folge mit irgendjemandem einvernehmlichen Geschlechtsverkehr, wie man es juristisch nennen würde.«

»Aber man bringt sich doch nicht gleich um, nur weil man schwanger ist«, fuhr Ralf ihn an. »Und wie erklärst du dir die Sache mit dem Dämon, hm? *Der Dämon ist real* – das waren ihre Worte!«

»Der Dämon«, sagte Jan und machte eine beschwichtigende Geste, »der Dämon war ein Symbol. Ein Symbol für ihre Ängste, aber auch für ihre Schuldgefühle. Er kam immer dann zu ihr, wenn sie sich nach etwas sehnte, vor dem sie sich andererseits fürchtete. Ich bin mir sicher, dass sie mit dem Dämon ihre Schuldgefühle gemeint hat. Dir und vor allem sich selbst gegenüber. Die Nachricht von der Schwangerschaft muss ein Schock für sie gewesen sein. Sie hatte etwas getan, das bis vor kurzem noch das Schlimmste überhaupt für sie gewesen war, und nun würde das auch noch Folgen haben. Das hat sie nicht verkraftet. Und der Umstand, dass sie nicht mit dir, sondern nur mit Carla darüber reden wollte, scheint mir Recht zu geben. Sie hatte ein schlechtes Gewissen, Ralf.«

Carla war anzusehen, wie es hinter ihrer Stirn arbeitete. Die unabwendbare Tatsache, dass es nur so und nicht anders gewesen sein konnte, machte ihr sichtlich zu schaffen. Aber es schien die einzig logische Erklärung zu sein.

Ralf hatte eine Hand vors Gesicht geschlagen und rang mühsam um Fassung. Jan trat zu ihm.

»Ich glaube nicht, dass Nathalie dich betrügen wollte«, sagte er leise. »Wahrscheinlich war es nur eine einmalige Sache.«

»Nathalie hätte niemals einfach so herumgevögelt!«, schrie Ralf ihn an.

»Natürlich nicht«, entgegnete Jan ruhig. »Dennoch bleibt es dabei: Nathalie hatte Sex mit einem Mann. Sie ist davon schwanger geworden. Das sind die Fakten.«

»Verdammt, Jan, sie hat sich umgebracht!« Wieder trat Ralf mit Wucht in den Erdhaufen.

»Aber du kannst es nicht mehr rückgängig machen, Ralf. Nathalie hat die Folgen ihres Handelns nicht verkraftet.«

Carla rieb sich nachdenklich die Stirn. »Es wäre aber auch etwas anderes denkbar.«

Jan und Ralf sahen sie fragend an.

»Angenommen, Nathalie hatte Sex mit einem der Patienten«, sagte Carla. »Für sie war es nur eine einmalige Geschichte. Aber für diesen Typen war es mehr. Er stellt ihr nach und belästigt sie. Vielleicht gerade zu dem Zeitpunkt, als sie von Hesse erfährt, dass sie schwanger ist.

Dann wäre der Dämon tatsächlich eine reale Person.« Sie sah die beiden mit großen Augen an. »Vielleicht hat er sie zu Hause oder am Telefon belästigt, und deshalb hat sie nicht aufgemacht.«

»Jemand, der ihr Angst gemacht und sie in den Tod getrieben hat«, setzte Ralf Carlas Gedankengang fort.

Jan schüttelte den Kopf. »Ich fürchte, ihr versteigt euch da in etwas.«

Ralf rümpfte verächtlich die Nase. »Du willst uns also nicht helfen, diesen Typen ausfindig zu machen?«

»Offen gesagt bin ich nicht davon überzeugt, dass Nathalie von diesem Typen verfolgt wurde, nur weil sie mit ihm geschlafen hat.«

»Aber die Möglichkeit besteht«, beharrte Carla. »Und wenn es so gewesen ist, dann ist Nathalie nicht allein für ihren Tod verantwortlich.«

»Und wenn du dich irrst?«, konterte Jan. »Ihr sucht jemanden, dem ihr die Schuld an Nathalies Tod geben könnt. Das ist verständlich, macht Nathalie aber nicht wieder lebendig. Ich denke, es ist besser, ihr lasst es dabei bewenden. Eure Trauer in allen Ehren, aber ihr solltet euch mit den Tatsachen abfinden.«

Carla sah ihn spöttisch an. »Ach ja? Und das erzählst uns ausgerechnet du?«

Jans Miene verfinsterte sich. »Ich glaube, ich gehe jetzt besser«, sagte er leise. »Ich habe noch Termine.«

Ohne sich noch einmal umzusehen, verließ er das Gewächshaus.

31

Der menschliche Körper ist wie ein Uhrwerk. Diese Feststellung hatte Hieronymus Liebwerk bereits vor vielen Jahren gemacht und war immer wieder darin bestätigt worden. Jeden Morgen, pünktlich um fünf, erwachte der Archivar – ohne dass er einen Wecker hätte stellen müssen –, pünktlich um zwölf bekam er Hunger, und unmittelbar nach den *Tagesthemen* wurde er müde.

Dasselbe traf auf seine Blase zu, die sich zuverlässig dreimal am Tag meldete: kurz nach Dienstbeginn, während der Mittagspause und schließlich ein paar Minuten vor Feierabend. Deshalb musste der Archivar nicht einmal auf die Uhr schauen, um zu wissen, dass es kurz vor halb fünf war, als er die letzte Mappe in den Karton mit aussortierten Akten steckte.

Er trug den Karton in den großen Archivraum, wo die Akten seit Jahrzehnten auf ihr Ende im Schredder warteten, und stellte ihn an den entsprechenden Platz. Dann machte er sich auf den Weg durchs Treppenhaus ins Verwaltungsgebäude, wo sich die Personaltoiletten befanden.

Als er wenige Minuten später zurück zum Archiv kam, stutzte er. Die äußere Stahltür stand einen Spaltbreit offen.

Liebwerk kratzte sich verwundert am Kopf. Gut, man musste das alte Ding kräftig zuziehen, damit das Schloss auch wirklich einrastete, aber mittlerweile war ihm dieser kleine Kraftakt doch längst in Fleisch und Blut übergegangen.

Er betrat das Archiv und sah sich um. Niemand zu sehen.

»Hallo? Ist da jemand?«

Keine Antwort.

Liebwerk schüttelte den Kopf. Er musste vorhin die Tür tatsächlich nicht richtig hinter sich zugezogen haben. Allmählich schien er wirklich alt zu werden …

Und doch war es merkwürdig. Nach dem auf mysteriöse Weise verschwundenen Karton und dem durcheinandergeratenen Aktenstapel war es ihm in diesen Kellerwänden nicht mehr ganz geheuer. Und auch jetzt beschlich ihn das Gefühl, dass er möglicherweise doch nicht allein war.

Jemand versteckte sich hier vor ihm, sagte ihm eine innere Stimme. Irgendwo zwischen den dunklen Regalen oder vielleicht im großen Archivraum.

Wer weiß, vielleicht fange ich einfach an zu spinnen, dachte Liebwerk und leckte sich die spröden Lippen. *Bestimmt habe ich zu viel in diesen Akten gelesen und werde nun auch paranoid.*

Er brauchte jetzt eine Zigarette. Dringend. Himmel, er glaubte sterben zu müssen, wenn er jetzt nicht gleich einen Zug nehmen konnte.

Misstrauisch um sich schauend, ging Liebwerk zu seinem Tisch, schnappte sich die Schachtel und fingerte zitternd eine Zigarette hervor. Mit einer automatischen Handbewegung griff er nach seinem Feuerzeug, doch es lag nicht an seinem Platz.

Ratlos rieb er sich den Nacken. Er hätte schwören können, dass er das Feuerzeug genau hier neben seiner Zigarettenschachtel abgelegt hatte. So wie immer. Aber da lag es nicht, ganz gleich, wie oft er auch hinsah.

Wieder ließ Liebwerk den Blick durchs Archiv schweifen.

»Ist da jemand?«, fragte er erneut und versuchte, möglichst energisch zu klingen.

Stille.

Wahrscheinlich hatte er das Feuerzeug vorhin eingesteckt, schlug ihm die Stimme in seinem Kopf vor. Er tastete seine Taschen ab und fand tatsächlich ein Feuerzeug, allerdings nicht das, das er heute tagsüber benutzt hatte.

Er zündete die Zigarette an. Das Reibegeräusch des Feuersteins klang erschreckend laut. Liebwerk nahm einen tiefen Zug, spürte das vertraute Kratzen im Hals und fühlte sich gleich ein wenig besser. Er stieß den Rauch durch die Nase aus und lauschte.

Nichts. Nur das Summen des Computerlüfters war zu hören.

Da ist niemand.

Oder doch?

Ist da nicht ein leises Atmen?

Nein, doch nicht.

Das habe ich mir nur eingebildet.

In der Hoffnung, er würde auf seine alten Tage nicht noch zum Insassen bei seinem Brötchengeber werden, legte er nach einem weiteren tiefen Zug die Zigarette im Aschenbecher ab und schlurfte zur Tür des großen Archivraums. Liebwerk wollte dort gerade das Licht ausschalten und die Tür schließen, als ihm ein kleiner roter Gegenstand auffiel. Er lag etwa fünf Meter von ihm entfernt vor den Aktenkartons am Boden.

Liebwerk atmete auf. Na also, er war doch nicht senil. Das Feuerzeug musste ihm vorhin aus der Tasche gerutscht sein, als er den Karton zu den anderen gestellt hatte.

»Alter Sack«, sagte er zu sich selbst und kicherte nervös. »Verrückter alter Sack.«

Er ging in den großen Archivraum, hob das Plastikfeuerzeug vom Boden auf und hielt es gegen das Licht an der Decke. Es war noch halbvoll. Wäre schade drum gewesen …

In diesem Moment ging das Licht aus, und noch bevor Liebwerk recht begriff, wie ihm geschah, fiel die Tür zu.

Wamm!

Augenblicklich war es stockfinster.

»He!«

Erschrocken lief Liebwerk zur Tür und tastete nach der Klinke.

Für diesen Raum gab es nur einen Lichtschalter, und der befand sich außerhalb auf dem Flur – wer auch immer das geplant hatte, musste entweder einen schlechten Tag gehabt haben oder nicht ganz klar bei Verstand gewesen sein.

Endlich fand er die Klinke, doch als er sie niederdrücken wollte, hielt er sie auf einmal lose in der Hand. Für eine Schrecksekunde war er völlig verdutzt, dann packte ihn der Zorn.

»Altes Mistding!«, fluchte er und schlug gegen die Tür. »He! Hilfe! Ich bin noch hier drin!«

Im anderen Raum konnte er Schritte hören, die sich von der Tür entfernten und plötzlich innehielten.

»Hallo, Paul, bist du das?«

Liebwerk horchte. Der Hausmeister hatte wohl angenommen, dass er bereits gegangen war. Aber warum antwortete Paul nicht? Wollte er ihm einen Streich spielen? Wäre nicht das erste Mal, dachte Liebwerk und erinnerte sich an die Schokoladenzigaretten, die ihm Paul vor einiger Zeit in seine Schachtel geschmuggelt hatte.

»Sehr komisch, wirklich sehr komisch, ha ha.«

Zornig stocherte er mit der Klinke am Türblatt herum und versuchte, sie zurück ins Schloss zu schieben. Doch im Dunkeln war das alles andere als einfach, und gleich darauf fiel das Gegenstück im Vorraum scheppernd zu Boden.

»Paul, nun lass endlich den Unsinn und hilf mir! Die verdammte Klinke ist kaputt.«

Wieder hörte er die Schritte. Nein, das war nicht Paul Wisniewski. Spätestens jetzt hätte er geantwortet – und wenn auch nur mit einem Lachen.

»Wer ist denn da?«

Die Schritte entfernten sich noch ein Stück, ehe sie wieder verharrten. Papier raschelte.

»Aufmachen!«

Auf der anderen Seite der Tür blieb es still.

»Lassen Sie mich hier heraus«, wimmerte Liebwerk. »Ich kann Dunkelheit nicht ertragen. Bitte!«

Als er gleich darauf hörte, wie die Stahltür zum Gang geöffnet wurde, geriet der Archivar in Panik und schlug mit aller Kraft gegen die Tür.

»He! Jetzt reicht's mir aber! Das ist kein Spaß mehr!«

Die Stahltür donnerte ins Schloss. Mit lautem Klicken rastete der Schnappmechanismus ein. Wer immer auch da draußen war, er hatte die Tür ordnungsgemäß zugezogen.

Verzweifelt hämmerte Liebwerk wieder gegen die Tür, wobei er die nutzlose Klinke zu Hilfe nahm. Er schrie, bis ihm die Stimme versagte, doch niemand kam. Keuchend tastete er nach einem Karton und ließ sich erschöpft darauf nieder.

Hier unten würde ihn niemand hören. Schon gar nicht nach Feierabend. Jetzt war das Verwaltungsgebäude leer. Er saß hier mutterseelenallein. Im Dunkeln. Und er hatte nicht einmal etwas zu rauchen.

32

Es war kurz nach 17 Uhr. Jan stand im Schwesternzimmer, trank eine Tasse Kaffee, die ihm eine Lehrschwester angeboten hatte, und wartete auf Dr. Norbert Rauh.

Auf dem Flur der Station 12 waren die Schwestern mit der Essensausgabe beschäftigt. Sie holten zwei schwere Metallwagen aus dem Aufzug, in denen das Abendessen durch die Versorgungstunnels der Klinik angeliefert worden war. Gleich darauf konnte Jan das helle Klappern von Besteck hören, das auf Plastiktabletts verteilt wurde.

Weiter entfernt vernahm er die Stimme einer Patientin, die sich darüber erboste, dass es schon wieder Wurst und Käse gab.

»Dafür müssen Tiere leiden«, hörte er sie schimpfen. »Das habe ich euch doch schon tausendmal gesagt. Doch siehe, spricht der Herr, es werden sich die Sklaven von ihrem Joch befreien und über uns herfallen. Dann werden sie *uns* fressen, so wie wir sie jetzt fressen! Sie werden sich an unseren Leibern gütlich …«

»Alles klar, Sibylle«, unterbrach sie die Stimme einer Schwester, »du willst also lieber Gemüsesuppe, richtig?«

»Ja. Ja, lieber Gemüsesuppe.«

Jan ging im Schwesternzimmer auf und ab und trank von seinem Kaffee. Er überlegte, ob er wieder gehen sollte. Er könnte Rauhs Verspätung zum Anlass nehmen, den Termin für ihre zweite Sitzung zu verschieben. Doch dann entschied er sich, zu bleiben.

Carlas spöttische Bemerkung im Gewächshaus hatte ihn getroffen. Doch wenn er ehrlich war, dann hatte sie Recht. Er hatte ihnen vorgeworfen, sie würden den Tatsachen nicht ins Auge blicken. Aber blickte er ihnen denn selbst ins Auge? Er wusste es nicht. Alles, was er wollte, war endlich Gewissheit zu haben und seine Ruhe zu finden. Nicht mehr als das.

Oder doch?

Ich weiß es nicht.

Wenn es wirklich einen Weg gab, sich über seine Gefühle klarzuwerden, dann war es durch Rauhs Therapie. Auch wenn es ihm immer wieder schwerfiel, sich mit diesem Gedanken anzufreunden.

Jan betrachtete die große Pinnwand, die über dem Schreibtisch thronte. Sie war mit Notizzetteln, dem Dienstplan, Postkarten und Fotos derart übersät, dass man den Korkuntergrund allenfalls noch erahnen konnte.

Die meisten der Fotos waren Schnappschüsse von Feiern und dergleichen. Eines zeigte die Schwestern und Patientinnen beim Grillen im Atrium der Station. Ein anderes war bei einer Faschingsfeier im Aufenthaltsraum aufgenommen worden. Auf dem dritten Bild hielt eine Frau – wahrscheinlich eine Patientin – freudestrahlend ein junges Kätzchen in Richtung der Kamera.

Etwas weiter unterhalb entdeckte Jan ein Gruppenfoto. Es zeigte einen lachenden Norbert Rauh, der vor der Glasfront der Personalkantine stand und einen Blumenstrauß im Arm hielt. Um ihn herum standen mehrere Frauen, die scherzhaft mit dem Finger auf den sichtlich stolzen Arzt zeigten. Jan erkannte unter den Frauen zwei der Schwestern wieder, die er hier auf Station 12 kennengelernt hatte.

Eine Frau fiel ihm besonders ins Auge, und das nicht nur, weil sie eine ausgesprochene Schönheit war. Sie war die Einzige auf dem Bild, die keinen weißen Kittel trug.

Auch stand sie sehr dicht bei Rauh, und obwohl sie ein wenig von einer stämmigen älteren Schwester verdeckt war, glaubte Jan, dass diese Frau ihren Arm um Rauhs Hüfte gelegt hatte.

Sie musste deutlich jünger als Rauh sein, so dass Jan vermutete, die schlanke Person mit den dunklen langen Haaren könnte vielleicht seine Tochter sein. Keinesfalls war sie nur eine junge Kollegin, dafür war die Art, mit der sie Rauh ansah, etwas zu kess.

»Das war zu seinem Dienstantritt«, sagte jemand neben ihm.

Jan fuhr erschrocken herum. Es war die stämmige Schwester von dem Foto, die so plötzlich neben ihm stand, als sei sie gerade eben aus dem Boden gewachsen.

»Oh, ich habe Sie gar nicht hereinkommen hören«, stammelte Jan.

»Noch Kaffee?«

»Nein danke.«

Sie zupfte sich ihr graues Haar zurecht, dass sie zu einem altmodischen Dutt zusammengesteckt trug. »Tut mir leid, dass Sie warten müssen, Dr. Forstner. Ich weiß nicht, wo der Herr Doktor wieder steckt. Vorhin hat er gesagt, er sei gleich zurück. Das ist jetzt schon eine gute halbe Stunde her.«

»Das macht nichts, ich habe Zeit«, sagte Jan und deutete auf das Foto. »Ist das seine Tochter?«

»Wer? Die? Nein.« Die Schwester grinste schelmisch. »Seine Frau. Genauer gesagt seine Exfrau. Hat sich von ihm getrennt, kurz nachdem der Doktor bei uns angefangen hat. Sie sollten ihn aber besser nicht darauf ansprechen.«

»Ich werd's mir merken.«

Die Schwester schob die Hände in ihre Kitteltaschen

und stieß einen versonnenen Seufzer aus. »Sie war so ein hübsches junges Ding. Er war ganz vernarrt in sie.«

»Wissen Sie, warum sich die beiden getrennt haben?«

»Nein, keine Ahnung. Geht mich ja auch nichts an. Ich schätze mal, dass ihr der Altersunterschied irgendwann doch zu groß gewesen ist. Ich habe sie zwar nur einmal gesehen – bei dieser Feier, als das Foto gemacht wurde –, aber ich hielt sie für ziemlich lebenshungrig, wenn Sie verstehen, was ich meine.«

Die Schwester zwinkerte ihm verschwörerisch zu, und Jan zwinkerte zurück.

»Der Doktor ist immer noch ein sehr attraktiver Mann«, sagte sie, und Jan glaubte so etwas wie Bewunderung in ihrer Stimme zu hören. »Ganz unter uns, er hat eine Schwäche für die jungen Dinger.«

»Ach ja?«

»Na, und ob. Und was man so mitbekommt, nicht ganz ohne Erfolg. Aber ihr war er wohl auf die Dauer doch nicht gewachsen.«

»Waren die beiden lange verheiratet?«

Sie hob die Schultern. »Da fragen Sie mich zu viel. Wie gesagt, der Doktor redet nicht darüber, und das ist sein gutes Recht, wie ich finde.«

»Ja, natürlich.« Jan nickte beipflichtend.

»Ich habe das von Alfred Wagner gehört«, wechselte die Schwester das Thema. »Schlimme Sache.«

»Ja, wirklich schlimm.«

»Wissen Sie, Dr. Forstner, seit ich davon erfahren habe, plagt mich ein schlechtes Gewissen.«

Jan stellte seine leere Tasse neben der Kaffeemaschine ab und sah sie fragend an. »Warum das?«

»Nun ja, ich weiß, es hört sich dumm an, aber man kann schließlich nicht aus seiner Haut heraus.« Sie schaute verlegen zu Boden. »Ich habe den armen Kerl ziemlich angeschrien. Neulich, als wir ihn hier beim Einbruch erwischt haben. Na ja, und ich habe auch seinen Stationsarzt informiert, der ihn dann auf Station 9 hat verlegen lassen.«

»Trotzdem trifft Sie keine Schuld an dem, was dort passiert ist.«

Sie nickte. »Sicher, das weiß ich. So etwas kommt ja immer wieder mal vor. Ich wage gar nicht darüber nachzudenken, wie viele Patienten sich das Leben genommen haben, seit ich hier arbeite. Aber trotzdem mache ich mir jetzt Vorwürfe. Verstehen Sie das?«

Noch bevor Jan etwas entgegnen konnte, platzte Norbert Rauh ins Zimmer. Er hatte hektische rote Flecken im Gesicht, offensichtlich war er gelaufen.

»Vorwürfe?«, fragte er keuchend. »Wer macht sich Vorwürfe? Der Einzige, der sich hier Vorwürfe machen muss, bin ich, dass ich Sie so lange habe warten lassen.«

Er begrüßte Jan mit einem kräftigen Händedruck. Seine Hände waren verschwitzt, obwohl er gerade aus der Kälte kommen musste.

»Kommen Sie, Jan, gehen wir nach unten in mein Büro. Ich mache uns einen schönen heißen Tee.«

»Klingt gut.«

Jan folgte ihm über den Flur zum Treppenhaus. Als sie am Aufenthaltsraum vorbeikamen, wo die Patienten noch beim Essen saßen, sah er Sibylle. Die Patientin schaute zu ihnen heraus. Ihr entstelltes Gesicht war zu einem hässlichen Grinsen verzogen. Sie nickte Jan zu und fuhr sich dann mit dem Zeigefinger über die Kehle.

Jetzt geht es dir an den Kragen.

33

Dreiundzwanzig Jahre später hatte Jan längst vergessen, wie heiß es an jenem Freitag, den 19. Juli 1985, gewesen war. Er hatte vergessen, dass er eine Jeans, Turnschuhe und ein senffarbenes T-Shirt getragen hatte. Ebenso wie er sich nicht mehr an den schweren Rucksack mit Schmutzwäsche erinnert hatte, die er alle zwei Wochen zum Waschen mit nach Hause brachte. Doch Rauhs Hypnose holte all diese Details wieder in Jans Bewusstsein zurück.

Wieder sah sich Jan am Fahlenberger Bahnhof stehen. Flirrende Spätnachmittagshitze hing in der Luft, und Jan hatte entsetzlichen Durst. Da der Unterricht an diesem Tag ein wenig länger als üblich gedauert hatte, war ihm keine Zeit mehr geblieben, sich in der Internatskantine mit Proviant zu versorgen, wie er es sonst immer tat.

Und da die Zugverbindung von Karlsruhe nach Fahlenberg keine längeren Wartezeiten mit sich brachte, in denen er dieses Versäumnis hätte nachholen können, hatte sich Jans Zunge während der dreistündigen Bahnfahrt nach und nach in ein Stück trockenes Schleifpapier verwandelt.

Als Jan in Fahlenberg ankam, hatte der kleine Kiosk neben dem Bahnhofsgebäude bereits geschlossen. Jan blieb nichts anderes übrig, als auch noch die knapp eineinhalb Kilometer Fußweg durchzuhalten und sich auf ein kühles Glas Limonade zu Hause zu freuen.

Besser eine ganze Flasche, oder zwei, dachte er und machte sich auf den Weg.

Kaum jemand war auf den Straßen unterwegs. Mit den heruntergelassenen Rollläden und Jalousien und den von Markisen verborgenen Schaufenstern schien ganz

Fahlenberg unter einer Dunstglocke drückender Hitze vor sich hin zu dämmern. Schwitzend quälte sich Jan die Steigung der Bahnhofsstraße empor, ging durch eine Seitenstraße, vorbei am Kino, wo er einen Blick auf das Riesenplakat von Roger Moore und Grace Jones warf, die für den neuen Bond-Streifen warben, und gelangte durch ein schmales Gässchen in den Stadtpark.

Wie immer hielt er sich auf dem äußersten Weg am Rand des Parks, um nicht an der Bank am Ufer des Weihers vorbeizukommen. Auch wenn dort nun nichts mehr an jene eisige Nacht von vor sechs Monaten erinnerte und man von weitem schon das Lachen und Kreischen der badenden Kinder hören konnte, war es für Jan einfach unerträglich, die Stelle wiederzusehen, an der Sven verschwunden war.

Schließlich kam er an Marenburgs Haus vorbei, sah, wie dieser gerade zwei Gießkannen zu seinen Gemüsebeeten trug, und winkte ihm grüßend zu. Dann ging er zum Gartenzaun seines Elternhauses und blieb seufzend stehen.

Noch im vergangenen Jahr war dieser Garten eine wahre Pracht gewesen. Die Blumenrondelle hatten auf dem kurzgeschnittenen Rasen wie bunte Inseln in einem grünen Ozean ausgesehen. An der Ostseite des Hauses hatte es einen kleinen Goldfischteich gegeben, den raschelndes Schilfgras umgab, und etwas weiter hinten hatte Jans Mutter Salat, Gemüse und Beerensträucher angepflanzt.

Seine Mutter liebte die Gartenarbeit, und es gab keinen Winkel, den sie nicht liebevoll bepflanzt und gestaltet hätte. Einmal hatte sie sogar den ersten Preis bei der alljährlichen Ausschreibung für *Fahlenbergs schönste Gärten* erhalten.

In diesem Jahr jedoch erinnerte nichts mehr an die einstige Pracht. Traurig betrachtete Jan das eingeknickte Spalier mit den verkümmerten Kletterrosen neben dem Eingang und den Rasen, der inzwischen so hoch stand, dass die brachliegenden Anpflanzungsinseln kaum mehr zu erkennen waren.

Seit nur noch Jan und seine Mutter übrig waren, hatte sich viel verändert. Nein, nicht nur *viel*, dachte Jan. *Alles* hatte sich verändert. Die verzweifelte Trauer hatte sie beide zu anderen Menschen werden lassen. Seine Mutter war nicht mehr dieselbe Person. Sie lachte nicht mehr, vernachlässigte ihr Äußeres, das Haus und den Garten.

Sie leide an einer schweren Depression, hatte ihm Raimund Fleischer erklärt. Er und Jans Vater waren nicht nur Kollegen, sondern auch enge Freunde gewesen. Fleischer hatte sich nach den tragischen Ereignissen um Jans Mutter gekümmert, mit ihr gesprochen, hatte ihr Tabletten verschrieben.

Zu Anfang war Jan noch mit den Depressionen seiner Mutter klargekommen. Er hatte ihr bei der Hausarbeit unter die Arme gegriffen und manchmal sogar für sie beide gekocht, wenn er von der Schule nach Hause kam. Er war abends bei ihr im Wohnzimmer geblieben, was er früher nur selten getan hatte, weil er sich lieber in seinem Zimmer in eines seiner Bücher vertieft hatte. Stattdessen hatte er sich nun mit ihr ihre Lieblingsserie angesehen: *Die Schwarzwaldklinik*. Doch auch die heile Welt des Dr. Brinkmann hatte sie nicht aus ihren düsteren Grübeleien holen können.

So sehr sich Jan auch bemüht hatte, er fand zu seiner Mutter keinen Zugang mehr. Nichts konnte sie aufheitern. Eine Kleinigkeit genügte, um sie in Tobsuchtsanfälle ausbrechen zu lassen.

Der tiefste Punkt war erreicht, als sich Jan eines Tages in Svens Zimmer geschlichen hatte, um sich eine Hörspielkassette zurückzuholen, die er seinem kleinen Bruder wenige Tage vor dessen Verschwinden ausgeliehen hatte. Seine Mutter hatte ihn dabei überrascht und war ausgerastet. Sie hatte auf Jan eingeschlagen, ihn angebrüllt, er solle sich »nie nie nie wieder« in diesem Zimmer blicken lassen.

Jan hatte solche Angst vor ihr bekommen, dass er aus dem Haus gelaufen war und sich erst spätnachts wieder heimgetraut hatte.

Im März hatten Jans schulische Leistungen dann so stark nachgelassen, dass sein Klassenlehrer, Herr Kaiser, Jans Mutter aufsuchte. Er sprach lange mit ihr, und am Ende der Unterhaltung hatten sie sich auf Jans Versetzung in ein Internat geeinigt. Der Lehrer hatte sich persönlich darum gekümmert, doch da es mitten im Schuljahr gewesen war, hatte er nur noch im weit entfernten Karlsruhe einen freien Platz für Jan gefunden.

Anfänglich war Jan alles andere als begeistert davon gewesen, doch Herr Kaiser hatte ihn davon überzeugen können, dass dies nur vorübergehend sei – nur so lange, bis es seiner Mutter wieder besser ging. Jan werde dort neue Freunde kennenlernen, hatte er versprochen, und der Abstand zu Fahlenberg werde ihm sicherlich guttun.

»Weißt du, Jan«, hatte Herr Kaiser gesagt und ihn sorgenvoll angesehen, »ich glaube, du brauchst diesen Abstand sogar sehr dringend. Du kümmerst dich aufopferungsvoll um deine Mutter, und das finde ich bewundernswert. Aber auf der anderen Seite denke ich, dass du damit auch versuchst, vor deinen eigenen Gefühlen davonzulaufen. Das ist nicht gut, Junge, denn irgendwann werden dich diese Gefühle einholen, ganz gleich, wie sehr du sie jetzt leugnest.«

Und so besuchte Jan nun das Internat und kam jedes zweite Wochenende nach Fahlenberg. Er hatte in Karlsruhe tatsächlich Freunde gefunden, und es tat ihm gut, nicht mehr an sieben Tagen in der Woche mit den Auswirkungen der schlimmen Ereignisse zu Hause konfrontiert zu sein. Auch seine schulischen Leistungen hatten sich sehr gebessert. Jan gehörte jetzt wieder zu den Klassenbesten. Alles war so gekommen, wie es Herr Kaiser vorhergesagt hatte.

Nur bei Jans Mutter zeichnete sich keine Besserung ab. Daher wunderte sich Jan nicht über den randvollen Briefkasten, als er jetzt durch das Gartentürchen zum Haus ging. Er zog den Stapel Post heraus, ging den verwilderten Zugang zum Haus entlang und sperrte die Tür auf.

Von den steinernen Bodenfliesen im Hausgang ging eine angenehme Kühle aus. Es roch nach etwas Süßlichem, und Jan dachte zunächst, dass seine Mutter ihm vielleicht einen Rhabarberkuchen gebacken hatte – das wäre in der Tat ein gutes Zeichen gewesen. Doch als Jan in die Küche ging, um sich ein kaltes Getränk aus dem Kühlschrank zu holen, platzte diese Hoffnung wie eine Seifenblase.

Der süßliche Geruch, der ihn zunächst an Rhabarberkuchen erinnert hatte, stammte von einem Stapel schmutzigen Geschirrs, der neben dem Spülbecken stand. Jan sah einen Teller mit eingetrockneten Spaghetti, über die sich eine grünlich graue Schimmelschicht gelegt hatte, und erschrak. Bei seinem letzten Besuch hatte es Spaghetti gegeben. Mit Hackfleischsoße. Er hatte sie für sie beide gekocht. Wie immer hatte seine Mutter kaum

Appetit gehabt. Ihr Teller war noch halb voll gewesen, als er ihn in die Küche zurückgebracht hatte. Und da stand er noch immer. Neben den beiden Töpfen, in denen ebenfalls der Schimmel wucherte.

Jan seufzte. Sie hatte sich in den letzten beiden Wochen also wieder zu nichts aufraffen können. Nicht einmal zu so kleinen Aufgaben wie Abwaschen, obwohl sie es ihm versprochen hatte. Und wahrscheinlich hatte sie sich in der Zeit danach von Konserven ernährt oder gar nichts gegessen. Innerhalb des letzten halben Jahres war sie klapperdürr geworden, und das, obwohl ihr Dr. Fleischer neben Antidepressiva auch Kapseln verschrieben hatte, die den Appetit anregen sollten.

Jan trank zwei Gläser Leitungswasser – Limonade war keine im Haus –, dann trug er den Rucksack mit seiner Schmutzwäsche in den Keller und stopfte sie in die Waschmaschine.

Im Haus war es totenstill. Sicherlich lag seine Mutter im Bett, wie meistens die Decke über den Kopf gezogen. Das Bett war ihr Rückzugsort, und wehe, man störte sie dort.

Jan ging in sein Zimmer. Er packte seine Schulbücher aus, warf ihnen einen missmutigen Blick zu und dachte an den Englischtest, der ihn am Montagmorgen erwartete. Dann nahm er sich ein T-Shirt und eine kurze Hose aus dem Kleiderschrank und ging damit so leise wie möglich am Elternschlafzimmer vorbei zum Bad. Er musste unbedingt duschen nach der schweißtreibenden Bahnfahrt.

Behutsam drückte er die Klinke der Badtür und …

»Nein! Nein, ich will nicht!«

»Doch, Jan, du willst! Du willst es erzählen. Lass es

heraus. Lass es endlich aus dir heraus. Nur so kannst du dich davon befreien.«

»Nein. Ich kann das nicht.«

»Doch, Jan, du kannst. Vergiss nicht, dass alles längst geschehen ist. Es ist die Vergangenheit, Jan. Sie kann dir nichts mehr anhaben.«

»Aber … es … tut so … so weh!«

»Was hast du im Bad gesehen, Jan? Sag es mir. Ich bin bei dir. Nichts wird passieren. Ich bin hier bei dir.«

»Wirklich?«

»Ja, ich halte deine Hand. Du musst nicht allein hineingehen. Also, sag mir, was du siehst.«

»Ich … ich sehe …«

Das Bad war voller Kerzen. Die meisten waren bis auf einen Stummel abgebrannt. Es sah aus wie in einer bunten Tropfsteinhöhle. Lange Wachstropfen hingen vom Waschbecken herab, vom Toilettendeckel, dem kleinen Tischchen neben der Wanne und vom Wannenrand.

Manche Kerzen hatten dunkle Rußspuren auf den blauen Wandkacheln hinterlassen, andere schienen frühzeitig erloschen zu sein. Das musste am gekippten Fenster gelegen haben, durch das der Wind hereingeweht war.

Angelika Forstner lag in der Wanne und starrte ihren Sohn aus leeren Augen an. Sie sah aus wie eines der Monster aus Jans Comic-Heften. Kopf, Hals und Schultern, die aus dem Wasser ragten, hatten eine merkwürdig gelbliche Färbung angenommen. Die Haut glich einem verschrumpelten Kinderballon, aus dem die Luft entwichen war. Über die Pupillen hatten sich milchige Schleier gelegt, als trage sie weiße Kontaktlinsen.

Fliegen tummelten sich auf ihrem Gesicht. Sie krochen

ihr aus dem weit offen stehenden Mund, in die Nasenlöcher und in die Ohren oder schlüpften in das Gewirr ihres Haares. Es wirkte wie graues Stroh und hatte keinerlei Ähnlichkeit mehr mit den Steckfrisuren, die sie früher getragen hatte.

Das Wasser in der Wanne glich purpurnem Glas, durch das Angelika Forstners aufgequollener Körper mit den durchtrennten Handgelenken zu erkennen war. Immer wieder stiegen übelriechende Fäulnisbläschen zur Oberfläche, und Jan glaubte ein kaum wahrnehmbares Blubbern zu hören.

Er stand einfach nur da und starrte seine tote Mutter an. Er konnte nicht glauben, was er sah. Sein Kopf war leer, zu keinem Gedanken fähig.

Keine Gefühle. Nur Leere. Und Stille. Unerträgliche Stille.

Er sah das kleine Tischchen neben der Wanne. Sonst lagen zwei Handtücher und ein Buch darauf, daneben eine Tasse Tee. Doch nun standen dort Kerzen, und daneben lag das Küchenmesser, mit dem sie ihrem Leben ein Ende gesetzt hatte. Das Blut auf der Klinge war längst getrocknet.

Das Messer löste eine Reaktion bei Jan aus. Es war das Messer, mit dem er am Sonntag vor zwei Wochen noch Zwiebeln für die Spaghettisoße und Gurkenstückchen für den Salat geschnitten hatte.

Bestimmt hast du es vorher nicht einmal abgewischt, sagte eine Stimme in ihm, die sich so ganz und gar nicht nach seiner eigenen anhörte. Sie klang so … so wütend.

»Was macht dich wütend, Jan? Ist es das Messer? Liegt es daran, dass sie ausgerechnet dieses Messer dafür genommen hat?«

»Nein, nicht das Messer.«

»Was ist dann der Grund?«

Schweigen.

»Bist du wütend auf sie, weil sie sich umgebracht hat? Weil sie dich *alleingelassen* hat?«

»Ja, auch. Aber das ist nicht der eigentliche Grund.«

»Was ist es dann?«

»Es sind die Bilder.«

»Welche Bilder?«

Auf dem Tischchen neben der Wanne standen zwei gerahmte Bilder. Seine Mutter hatte sie so ausgerichtet, dass sie sie in ihrer zurückgelehnten Position gut betrachten konnte.

Jan ging darauf zu, obwohl er die Rahmen längst erkannt hatte. Er wusste, was sich auf den Bildern befand. Sie hatten bei seinem letzten Besuch noch unten im Wohnzimmer im Regal gestanden. Diese beiden Bilder und noch eines, das jetzt fehlte.

Jan rannen Tränen übers Gesicht, als er die beiden Bilder ansah. Das größere war das Hochzeitsfoto von Bernhard und Angelika Forstner. Das Brautpaar stand in verliebter Innigkeit inmitten eines herbstlichen Parks, und das weiße Kleid seiner Mutter leuchtete, als wolle es Jan blenden.

Auf dem zweiten Bild lachte ihm Sven entgegen. Es war an seinem fünften Geburtstag aufgenommen worden, gleich nachdem er die Kerzen auf seiner Torte ausgepustet hatte. Von Svens Bild ging eine Lebendigkeit aus, die Jan unheimlich war. Noch unheimlicher als die Leiche seiner Mutter in der blutgefärbten Wanne. Sven schien ihn auszulachen.

Jan war, als würde ihm sein vermisster kleiner Bruder

etwas zurufen – etwas, das ihm unsägliche Schmerzen bereitete.

Ein Bild fehlt!, schien er zu rufen. *Ja, großer Bruder, ein Bild fehlt.* Dein *Bild!*

»Sie hat mir die Schuld gegeben«, sagte Jan, als er sich von den Auswirkungen der Hypnose erholt hatte.

Er und Rauh saßen sich gegenüber und tranken Früchtetee. Rauh hatte geschwiegen und ihm Zeit gelassen, wieder in die Gegenwart zurückzufinden. Nun schüttelte der Therapeut den Kopf und sah Jan mit einem Blick an, in dem Mitleid, Ärger und Verständnis zugleich erkennbar waren.

»Keiner von Ihnen hatte Schuld, Jan. Weder Sie noch Ihre Mutter. Es war eine Verkettung tragischer Umstände, auf die keiner von Ihnen Einfluss hatte. Ihre Mutter hat Ihnen nur deshalb die Schuld gegeben, weil sie einen Verantwortlichen gebraucht hat. Sie hatte versucht, mit ihrem Schmerz umzugehen, und ist daran zerbrochen.« Er nippte an seiner Teetasse und stellte sie ab, ehe er weitersprach. »Sie haben sich die Schuld zuweisen lassen, Jan. Ist Ihnen das bewusst?«

»Wie kommen Sie darauf?«

»Nun ja, Sie haben sich jedenfalls nicht dagegen zur Wehr gesetzt.«

»Nein«, sagte Jan und nickte. »Nein, das habe ich tatsächlich nicht.«

»Darf ich Ihnen eine Frage stellen?«

»Natürlich.«

»Gestern«, sagte Rauh und räusperte sich. »Gestern, bei dem Vorfall mit Alfred Wagner, haben Sie Ihr Möglichstes getan, um ihn von seinem Suizid abzuhalten. Was ist dabei in Ihnen vorgegangen?«

»Ich bin meiner ärztlichen Pflicht nachgekommen«, sagte Jan nach kurzem Überlegen.

Rauh bedachte ihn mit einem dünnen Lächeln. »War das wirklich alles?«

»Auf was wollen Sie hinaus?«

»Haben Sie nicht vielleicht auch eine Parallele zum Suizid Ihrer Mutter gespürt? Ich meine, wieder wollte sich jemand das Leben nehmen, nur dass sich Ihnen diesmal die Gelegenheit bot, es zu verhindern. Bei Ihrer Mutter waren Sie zu spät, aber bei Herrn Wagner war noch alles möglich.«

Wieder musste Jan überlegen. Dann nickte er. »Ja, so gesehen haben Sie Recht.«

»Und was haben Sie Herrn Wagner gegenüber empfunden? Was wäre es für ein Wort, das Sie diesem Gefühl zuordnen würden?«

Jan stellte seine Tasse vor sich ab. »Verantwortung.«

Mit einem zufriedenen Nicken lehnte sich Rauh in seinem Stuhl zurück. »Und jetzt die alles entscheidende Frage, Jan: Kann es sein, dass Sie die Schuldzuweisung Ihrer Mutter mit Verantwortung verwechseln?«

»Sie meinen, dass ich mich für alles, was damals geschehen ist, verantwortlich fühle?«

Rauh nickte.

»Ja, kann schon sein.«

»Ich denke, es kann nicht nur sein, Jan, es *ist* so. Sie denken, weil Sie damals Ihren Bruder mit in den Park genommen haben, tragen Sie auch die Verantwortung für sein Verschwinden und alles Unheil, das dadurch ausgelöst wurde. Ihre Mutter hat Sie in diesem Denken noch bestärkt, indem sie sich das Leben nahm und dafür Sorge trug, dass Sie sie als Erster finden würden. Und dass Sie sofort das fehlende Bild entdecken würden. Das Bild des – aus der Sicht Ihrer Mutter – Schuldigen.«

Rauh ließ seine Worte auf Jan wirken. Jan starrte auf die Teetasse. Auf einmal wurde ihm die Ähnlichkeit der roten Flüssigkeit in dem weißen Gefäß mit blutigem Wasser in einer Badewanne deutlich. Angewidert wandte er sich ab.

»Ja, ich fühle mich verantwortlich. Wenn ich Sven nicht mitgenommen hätte, wäre ihm nichts passiert.«

»Wirklich?« Rauh sah ihn mit einer gehobenen Braue an. »Vielleicht wäre Ihrem Bruder in dieser Nacht nichts passiert, aber vielleicht am nächsten Tag. Oder am übernächsten. Woher wollen Sie das wissen? Vor allem aber: Sven ist Ihnen aus freien Stücken gefolgt. Nicht, weil Sie ihn dazu eingeladen haben.« Er lehnte sich zu Jan vor. »Niemand kann einem Zwölfjährigen die Schuld an einem solchen Vorfall geben, Jan. Nicht Ihre Mutter und erst recht nicht Sie selbst. Ihre Mutter war krank, Jan, und das wissen Sie. Sind Sie nicht deshalb Psychiater geworden? Sie wollten andere heilen, weil Sie es bei Ihrer Mutter nicht geschafft haben, und Sie wollten andere verstehen, weil Sie den Täter nicht verstehen konnten, der all das Unheil über Sie und Ihre Familie gebracht hat.«

Rauh machte eine kurze Pause, dann legte er seine Hand auf Jans Schulter. »Lernen Sie endlich, zu Ihrer Wut zu stehen, Jan. Sie sind wütend auf Ihre Mutter, das haben Sie mir vorhin selbst gesagt. Doch da sie Ihre letzte Bezugsperson war und Sie sie nun ebenfalls verloren hatten, haben Sie Ihre Wut auf sie nicht zulassen können. Stattdessen leiteten Sie diese Wut auf sich selbst um. Dass Ihre Mutter aus der Blindheit ihrer Trauer heraus und vor lauter Verzweiflung gehandelt hat, konnten Sie nicht mehr erkennen. Ihr Verlust war die größte Strafe, die man Ihnen hatte auferlegen können, und Sie waren zu stark davon betroffen – und auch zu jung –, um sich dagegen zur Wehr setzen zu können. Also glaubten Sie der Anschuldigung und verinnerlichten sie.«

Jan spürte, wie er am ganzen Leib zu zittern begann. Rauh hatte hinter den Vorhang seiner Besessenheit gesehen, und zeigte ihm nun, was er sich selbst nie anzusehen gewagt hatte. Rauh hatte Recht, aber noch wehrte sich alles in Jan gegen diese Erkenntnis.

»Aber ich …«

»Nein, kein Aber, Jan! Erkennen Sie endlich, wem die Wut tatsächlich gilt, die Sie seit mehr als zwanzig Jahren mit sich herumtragen. Sie gilt Ihrer Mutter!«

34

Wieder und wieder hatte Hieronymus Liebwerk um Hilfe gerufen und gegen die Tür geklopft. Vergeblich. Irgendwann hatte er sich schließlich damit abgefunden, die Nacht im dunklen Archivraum zubringen zu müssen. Spätestens wenn am nächsten Morgen der Mitarbeiter von der Poststelle vorbeikam, würde man ihn aus seiner misslichen Lage befreien. Glücklicherweise kam der am Samstag immer schon frühmorgens, um schnellstmöglich ins Wochenende gehen zu können.

Liebwerk ballte die Faust. Und dann gnade Gott demjenigen, der ihn hier eingeschlossen hatte.

Also hatte sich der Archivar eine einigermaßen bequeme Haltung auf zwei Kartons gesucht, sich noch eine

Weile seinen Rachegedanken hingegeben und war dann eingenickt.

Er träumte von dem Supermarkt, der sich nur wenige Gehminuten von seinem Haus entfernt befand, und von einer Großpackung Zigaretten, die ihm die dralle Blondine an der Kasse überreichte. Gleich darauf sah er sich vor dem Laden stehen und begierig einen der Glimmstängel anstecken.

Ein herrlicher Traum. Alles war so realistisch, dass Liebwerk glaubte, wirklich zu inhalieren. Aber dann …

Liebwerk grunzte. Diese Zigarette schmeckte ihm überhaupt nicht. Im Gegenteil, sie stank entsetzlich. Wie ein brennender Mülleimer.

Hustend erwachte er, den qualmigen Gestank noch immer in der Nase. Er fluchte lautstark in die Dunkelheit, als ihm schlagartig bewusst wurde, dass er den Qualm nicht geträumt hatte. Dieser beißende Gestank war echt. Keuchend fuhr er hoch und starrte entsetzt auf das flackernde Licht unter dem Türspalt.

»Feuer!«

35

Es dauerte bis in die frühen Morgenstunden, ehe die Feuerwehr den Brand vollständig gelöscht hatte. Nur wenige Minuten nachdem der Alarm ausgelöst worden war, traf der Werkschutz der Waldklinik ein und erhielt kurz darauf Unterstützung von der Fahlenberger Freiwilligen Feuerwehr.

Die Männer hatten Mühe, den Brand unter Kontrolle

zu bekommen. Der Altbau des Verwaltungsgebäudes war zwar aus dickem Stein errichtet worden, aber die zahlreichen Holztäfelungen, Regale, Akten und Papierberge im Untergeschoss hatten den Flammen reichlich Nahrung geboten.

Als man am Samstagmorgen den Schaden begutachtete, stellte man fest, dass tatsächlich nur das Archiv in Mitleidenschaft gezogen worden war. Der eigentliche Verwaltungstrakt war nicht betroffen, und der Betrieb konnte aufrechterhalten werden.

An diesem Tag, um fünf Uhr morgens, machte der Hausmeister beim Schneeräumen eine Entdeckung. Paul Wisniewski sah den alten Mercedes auf dem Personalparkplatz. Er sah Aschereste und verkohlte Papierstückchen auf dem Auto liegen, die vom Qualm über weite Teile des Klinikgeländes getragen worden waren. Daraus schloss er, dass das Auto während der Nacht nicht bewegt worden war.

Etwa zur gleichen Zeit fand man die verkohlte Leiche eines Mannes im großen Archivraum. Der Mann, bei dem es sich mit großer Wahrscheinlichkeit um Hieronymus Liebwerk handelte, musste versucht haben, sich hinter einem hohen Kartonstapel in Sicherheit zu bringen. Als die Flammen schließlich durch den Türspalt in den großen Raum gelangt waren, musste Liebwerk schon tot gewesen sein. Er war in dem fensterlosen Raum erstickt, lange bevor das Feuer über seinen Körper hergefallen war.

Als Brandherd wurde Liebwerks Schreibtisch ausgemacht. Man vermutete, dass eine schwelende Zigarettenkippe einen Aktenstapel entzündet und so das Feuer verursacht hatte. Da der Weg zum Ausgang durch die Flammen versperrt gewesen war, musste der Archivar in den großen Raum gelaufen sein. Dort hatte er in seiner

Panik die Tür so heftig zugezogen, dass die veraltete Türklinke aus dem Schloss gerutscht war.

Das war sein Todesurteil gewesen.

36

An diesem Morgen hatten sich zahlreiche Klinikmitarbeiter vor dem Eingang zum Archiv versammelt. Die Fassade war bis in die oberen Stockwerke verrußt.

»Wirklich schlimm«, sagte Dr. Raimund Fleischer, der sich an einigen Mitarbeitern vorbei zu Jan vorgedrängt hatte.

Jan nickte, und beide sahen sie zu dem Türbogen, an dem dicke Eiszapfen hingen – Überreste des Löschwassers, die wie die messerscharfen Zähne im geöffneten Maul eines prähistorischen Ungetüms wirkten.

Bei ihrer letzten Begegnung im Archiv hatte Liebwerk darauf bestanden, dass Jan nicht durch diesen Ausgang gehen sollte. Er hatte befürchtet, der mysteriöse Aktendieb könnte bemerken, dass sie ihm auf die Schliche gekommen waren.

Nun war Liebwerk tot. Polizei und Feuerwehr gingen von einem Unfall aus, verursacht durch Liebwerks fahrlässiges Verhalten. Wieder einer dieser Zufälle, an die Jan nicht recht glauben wollte. Aber außer der Erinnerung an die Furcht des Archivars hatte er nichts in der Hand, was die Unfalltheorie widerlegte.

»Hundertmal habe ich dem alten Trottel gesagt, dass er zum Rauchen ins Freie gehen soll«, sagte Fleischer wohl mehr zu sich selbst als zu Jan. »Wahrscheinlich hätte ich ebenso gut von einer gehörlosen Kuh einen Handstand verlangen können.«

Er stieß einen Seufzer aus, und sein Atem stieg in einer dicken Wolke vor seinem Gesicht auf. Dann wandte er sich Jan zu, der ihn nur ratlos ansah. Der Professor schien sein Schweigen für Zustimmung zu halten.

»Das wird noch einigen Ärger mit sich bringen«, meinte er kopfschüttelnd. »Aber wenn ich Sie schon gerade sehe, Jan, sagen Sie, haben Sie morgen Abend schon etwas vor? Ich würde Sie gern zu uns zum Essen einladen, wenn es bei Ihnen passt.«

»Zum Essen?« Jan hatte kaum hingehört. »Ja, gern.« Er hatte Mühe, die nötige Begeisterung in seine Stimme zu legen. Liebwerks Tod beschäftigte ihn zu sehr.

»Schön. Sagen wir so gegen sieben?«

»Sieben würde mir passen.«

Mit einem breiten Lächeln klopfte ihm Fleischer auf die Schulter. »Ich habe womöglich gute Neuigkeiten für Sie. Es geht um Ihren Arbeitsvertrag. Ich glaube, ich kann beim Personalrat Ihre unbefristete Anstellung durchdrücken.«

Erstaunt klappte Jan der Mund auf. »Eine unbefristete … Aber ich dachte … die Probezeit …«

»Ja, ja, ja«, sagte Fleischer und machte eine abwehrende Geste. »Es ist noch nicht hundertprozentig in trockenen Tüchern. Ich brauche noch das schriftliche Einverständnis des Verwaltungsleiters. Aber es sieht gut aus. Eigentlich nur noch eine Formalität. Wir brauchen ehrgeizige junge Mediziner wie Sie. Sind nicht leicht zu bekommen. Und, ganz unter uns, der Verwaltungsleiter und ich sind alte Freunde.«

»Ich … nun ja, ich weiß nicht, was ich sagen soll«, stammelte Jan.

»Sagen Sie vorläufig gar nichts«, winkte der Professor ab. »Kommen Sie einfach morgen Abend zu uns, alles Weitere besprechen wir dann.«

Jan versicherte ihm, dass er kommen würde. Fleischer klopfte ihm nochmals zufrieden auf die Schulter und machte sich dann in Richtung Verwaltung davon.

37

»Es war vielleicht doch keine gute Idee, herzukommen«, sagte Ralf und schloss eine kleine Box mit Fotos, die er in Nathalies Schreibtisch gefunden hatte. »Ich komme mir irgendwie schäbig vor, hier herumzuschnüffeln. Und das am Tag ihrer Beerdigung.«

Carla, die neben ihm am Boden kniete und die Schubladen des Wohnzimmerschranks durchsah, schaute zu ihm auf. »Du wolltest doch, schon vergessen?«

»Du doch auch«, sagte Ralf und klopfte nervös mit den Fingerspitzen auf die Plastiklehne des Bürostuhls.

»Klar, sonst wäre ich jetzt nicht hier.« Carla schob die Schublade zu und stand auf. Ihre Knie gaben ein leises Knacken von sich. »Denk einfach daran, dass wir es für sie tun.«

Ralf stieß einen tiefen Seufzer aus und schüttelte den Kopf. »Ich bin mir gar nicht mehr so sicher, ob ich wirklich die Wahrheit herausfinden will.«

»Dass sie etwas mit einem anderen gehabt hat?«

Ralf senkte den Kopf. »Das hätte sie mir doch niemals angetan.« Seine großen blauen Augen schimmerten feucht.

»Sieh es doch ein. So etwas geschieht nun mal, und wenn du sie wirklich geliebt hast, dann solltest du das respektieren.«

Er nickte nur stumm.

»Na also«, sagte Carla. »Komm, lass uns weitermachen.«

Sie betrat das Schlafzimmer und sah sich um. Wo sollte sie hier noch suchen? Sie hatte bereits alles durchgesehen, aber nirgends einen Hinweis auf einen Verehrer gefunden. Falls Nathalie wirklich etwas vor Ralf verborgen haben sollte, hatte sie es sehr geschickt versteckt.

Ralf folgte ihr ins Schlafzimmer. Er holte tief Luft. »Was ist, wenn sie doch vergewaltigt worden ist?«

»Nein, Ralf.« Carla sagte es sanft, aber bestimmt. »Jan hat das ausgeschlossen, und ich glaube das auch nicht. Sie hätte sich sonst ganz anders verhalten. Erinnerst du dich an den Tag ihrer Entlassung aus der Klinik, als wir Pizza essen waren? Wie ausgelassen Nathalie an dem Abend war?«

Ralf nickte und ließ den Kopf hängen.

»Siehst du. So glücklich und unbeschwert hatte ich sie bis dahin noch nie erlebt. Sie hat gesagt, es sei ihr, als wäre alles nur ein böser Traum gewesen, erinnerst du dich?«

»Ja, ich erinnere mich.« Ralf flüsterte nur.

Für ein paar Sekunden blieb diese Erinnerung wie ein freundlicher Geist zwischen ihnen im Raum stehen. Sie dachten beide an Nathalie, die am Ecktisch neben dem Aquarium in Sergios Pizzeria gesessen und ihnen mit einer Proseccoflöte zugeprostet hatte.

Auf die schönen Träume, hatte sie gesagt und gekichert, wie sie es immer getan hatte, wenn sie beschwipst gewesen war.

Und auf die bösen Träume, dachte Carla, *die du jetzt nicht mehr träumen musst.*

»Könnte es nicht sein …«, begann Ralf von neuem. Er zögerte. »Ja, könnte es nicht sein … dass sie gar nichts davon mitbekommen hat?«

»Nichts mitbekommen?« Carla sah ihn verwundert an.

»Ja. Dass es passiert ist, ohne dass sie etwas davon wusste.«

»Wie meinst du das?«

»Weiß nicht. Vielleicht die Medikamente?«

»Ich wüsste nicht, dass man sie mit Medikamenten ruhiggestellt hat. Hat sie zu dir etwas gesagt?«

Wieder ließ Ralf den Kopf sinken. »Nein, hat sie nicht. Kann ja eigentlich auch nicht sein. Ich hab ihre Medikamentenliste durchgesehen. Offiziell hat sie nichts bekommen, was sie dermaßen hätte ausknocken können. Und wenn sie tatsächlich zu viel davon genommen hätte, dann wäre es wohl aufgefallen. Die Nachwirkungen wären wie ein schlimmer Kater gewesen …«

Er setzte sich neben Carla aufs Bett und rieb sich die Schläfen.

»Akzeptier es einfach«, sagte Carla und legte ihm tröstend einen Arm um die Schultern. »Ich weiß, dass die Wahrheit wehtut, aber es ist nun eben einmal so.«

»Ja, sie tut weh.« Ralf seufzte ganz erbärmlich. Dann versetzte er dem Bettvorleger einen Stoß mit den Hacken, so dass er wie eine pelzige Flunder über den Laminatboden rutschte. »Sie tut sogar verdammt weh!«

Überrascht sah Carla auf die schwarze Pappschachtel, die mit dem Vorleger unter dem Bett hervorgerutscht war.

»He, was ist das?«

»Was?«

»Na, das da!« Carla stand auf und kniete sich vor den Karton, auf dem das goldfarbene Logo einer italienischen Firma prangte.

»Ein Schuhkarton. Na und?«

»So kann wirklich nur ein Mann fragen.« Carla verdrehte die Augen. »Was siehst du als Erstes, wenn du in diese Wohnung kommst?«

»Wie? Na, den Garderobenspiegel.«

Seufzend schüttelte Carla den Kopf. »Und was steht darunter, groß und unübersehbar?«

»Das Schuhkästchen.«

»Eben drum. Frauen bewahren ihre Schuhe nicht in Kartons auf. Sie wollen sie im Regal sehen können. Erst recht bei so einer teuren Marke. Deshalb hat deine Freundin auch nicht Schuh-, sondern Schatzkästchen dazu gesagt.«

Neugierig nahm Carla den Deckel von der Schachtel. Der Schuhkarton war voller Briefe und Postkarten.

Die meisten der Ansichtskarten waren Carla vertraut. Sie hatte sie an Nathalie geschickt, wenn sie für einen neuen Artikel auf Reisen gewesen war oder Tagungen besucht hatte. Ein paar der älteren Karten stammten noch aus Carlas Zeit mit Jörg. Mit ihm war sie viel verreist, und hätte Jörg nicht so sehr auf traute Zweisamkeit bestanden, hätte sie Nathalie gerne mit in den Urlaub genommen. Ein paar Tage in der Sonne, ein schönes Hotel am Strand, leckere Cocktails und exotisches Nachtleben, all das hätte Nathalie gutgetan, dachte Carla. Nicht nur ihre dämlichen Postkarten von Palmenstränden und surfenden Beachboys.

Sie hätte Nathalie mitnehmen und Jörg schon viel früher zum Teufel schicken sollen. Vielleicht hätte Nathalie dann eine nette Bekanntschaft gemacht, und vielleicht hätte ihr diese Bekanntschaft die größte ihrer Ängste genommen.

Vielleicht, vielleicht, vielleicht. Sie konnte es nicht mehr rückgängig machen, also brachte es auch nichts, sich deswegen weiter Vorwürfe zu machen.

Denk an die älteste aller Journalistenregeln und halt dich an die Fakten, sagte sie sich. Sie war hier, um nach dem Mann zu suchen, der Nathalie geschwängert hatte. Dem Mann, der ihren Tod zu verantworten hatte – ob nun vorsätzlich oder nicht.

Sie nahm einen Stapel Briefe aus der Schachtel und sah ihn durch. »Hey, die meisten sind ja von dir.«

Ralf räusperte sich. »Ja, sie mochte Gedichte so gern.«

»Wie romantisch.«

»Hör auf damit.« Mit einer hastigen Bewegung nahm er ihr die Briefe aus der Hand. »Die gehen dich nichts an.«

»Ich lese die Briefe ja nicht. Ich schau nur, von wem sie sind.«

Carla nahm einen weiteren Umschlag aus dem Karton, in dem sich mehrere Postkarten befanden. Sie hatten alle dasselbe Motiv. Eine gelbe Rose, die auf einem gerafften Samtuntergrund voller grüner Blätter lag. Ein furchtbar kitschiges Motiv, fand Carla. Manche der Karten wirkten älter und verblichener als die anderen.

Ralf sah die Karten skeptisch an. »Das ist eigentlich nicht ihr Stil.«

»Nein, sieht eher nach einem Fehlkauf aus.«

»Warum bewahrt sie sie dann auf? So etwas bekommt man doch in jedem Supermarkt nachgeworfen.«

Erschrocken fuhr Carla zusammen. »Mist!«

»Was ist?«

»Der Rosenkavalier!«

»Wer?«

»Der Rosenkavalier«, wiederholte sie und schlug sich an die Stirn. »So hat Nathalie ihn genannt. Hatte ich total vergessen.«

»Wer ist das?«

»Keine Ahnung. Nathalie wusste es auch nicht. Irgendein Spinner. Er hat ihr jedes Jahr eine von diesen Karten in den Briefkasten gesteckt. Immer Anfang Januar, wenn ich mich richtig erinnere. Ohne Kommentar.«

Ralf sah sie an, als habe sie ihm eine Ohrfeige verpasst. »Und das erzählst du mir erst jetzt?«

»Ich hatte den völlig verdrängt. Nathalie und ich haben ihn keine Sekunde ernst genommen.«

Jetzt fiel ihr alles wieder ein. Nathalie und sie im Treppenhaus. Nathalie, die den Postkasten öffnet und sich über die vielen Prospekte ärgert, die man trotz Hinweisschild bei ihr eingeworfen hat. Die Postkarte, die aus dem Prospektstapel rutscht und auf den Boden fällt. Nathalie, die sich danach bückt und den Kopf schüttelt.

Schon wieder, hört sie Nathalie sagen.

Ein heimlicher Verehrer? Komm, gib's zu!

Nathalie, die verschmitzt lächelt. *Keine Ahnung. Er schreibt ja nie etwas drauf. Das geht schon so, seit ich hier wohne. Immer diese gelbe Rose. Fünf Karten hab ich schon.*

Und du weißt nicht, von wem?

Ich weiß nur, dass mein Rosenkavalier auf Schnapszahlen stehen muss.

Schnapszahlen?

Ja. Jedes Jahr am 11. 1. bekomme ich eine neue Karte.

Nachdenklich wiegte Carla die Postkarten in der Hand. Nun waren es sechs.

»Irgendwie kann ich mir nicht vorstellen, dass Nathalies Rosenkavalier unser Mann ist«, sagte sie. »Solche Typen sind meistens total schüchtern und verklemmt. Mir hat mal einer jeden Tag eine Tulpe unter den Scheibenwischer geklemmt, und als ich ihn dann zufällig dabei überrascht habe, ist er weggelaufen, und ich hab nie wieder was von ihm gesehen oder gehört.« Nachdenklich zupfte sie sich am Ohrläppchen. »Andererseits …«

Ralf nahm ihr die Karten aus der Hand und betrachtete sie von allen Seiten. Dann sah er Carla an.

»Was?«

»Na ja, ich frage mich, wieso er ihr keine *richtigen* Rosen schenkt. Wieso nur ein Bild? Und wieso ausgerechnet gelbe Rosen?«

38

Die Mittagssonne kämpfte kraftlos und blass gegen die grauen Wolkenschleier an, die den Himmel über dem Fahlenberger Friedhof verdeckten. Obwohl Jan einen dicken Pullover unter seinem schwarzen Mantel trug, fror er erbärmlich. In der Kirche war er sich wie in einer Gefriertruhe vorgekommen. Ein grauhaariger, dunkelhäutiger Pfarrer, der vermutlich aus Indien stammte und mit nahezu unverständlichem Akzent sprach, hatte sich sehr viel Zeit mit der Predigt gelassen.

Als sich die kleine Trauergemeinde dann endlich auf den Weg zu Nathalies Begräbnisstätte begeben hatte, war Jan nicht der Einzige gewesen, der die Arme um den Leib geschlungen hatte, um die Eiseskälte zu vertreiben.

Rudolf Marenburg ging neben Jan. Die Kälte hatte das Gesicht des Alten gerötet, und von seiner Nase hing ein zitternder Tropfen, den Marenburg jedoch nicht zu bemerken schien. Jan hatte sich gefragt, weshalb Rudi zu dieser Beerdigung gekommen war – immerhin hatte er Nathalie Köppler doch gar nicht gekannt –, aber dann war ihm Rudis Reaktion auf den Zeitungsartikel wieder in den Sinn gekommen. Vielleicht, so mutmaßte Jan, versuchte Rudi auf diese Weise, Nathalies Ähnlichkeit mit Alexandra zu verarbeiten.

Oder es lag ganz einfach daran, dass sie auf demselben Amt gearbeitet hatte wie einst Marenburg selbst.

Den ganzen Weg über den Friedhof sprach Rudi kein einziges Wort, sondern starrte nur auf den Sarg, der auf einem rollbaren Gestell über den Kiesweg vom Leichenhaus zu Nathalies letzter Ruhestätte geschoben wurde.

Jan hingegen musste immer wieder zu der Wohnsiedlung hinübersehen, die hinter dem Friedhof aufragte. Er sah die erloschenen Neonleuchten des *Love Palace.* Dass das Eros-Center ausgerechnet hier errichtet worden war, erschien ihm wie ein grotesker Witz. Dennoch war es für ihn eine willkommene Ablenkung, über den Sinn oder Unsinn eines Bordells in unmittelbarer Nachbarschaft zum Friedhof nachzudenken. Jan hasste Beerdigungen. Hasste das Ritual, dem etwas Unwirkliches anhaftete.

Dieses Unwirkliche war ihm zum ersten Mal bei den Begräbnissen seiner Eltern bewusst geworden, und bei jeder weiteren Beisetzung hatte sich der Eindruck verstärkt. Und auch jetzt, als er mit Marenburg ein wenig abseits neben einem Grabstein stand und zusah, wie Carla und Ralf von Nathalie Abschied nahmen, überkam Jan dieses Gefühl.

Vor allem war es der Sarg, der Jan abschreckte. Ganz gleich, wie sehr man ihn auch mit Beschlägen, Gravuren, Blumen und Kränzen schmückte, ein Sarg war im Prinzip nur eine primitive Holzkiste. Es spielte keine Rolle, wie lebhaft und rege dieser Mensch vorher noch im Leben gestanden haben mochte, das letzte Bild, das man von ihm in Erinnerung behielt, war das eben jener Holzkiste. Man sieht, wie sie auf ein kleines Gerüst gehievt wird, kann sich vorstellen, wie der leblose Kopf dieser Person auf dem Seidenkissen hin und her kippt, und dann wird die Kiste rumpelnd in ein Erdloch hinabgelassen. Das ist das letzte Bild, das von uns bleibt.

Im Fall von Nathalie Köppler war dies vielleicht sogar besser, dachte Jan, denn das einzige Bild, das er von der lebenden Nathalie in Erinnerung behalten hatte, war weitaus schlimmer, als es eine leblose Holzkiste je sein konnte.

Jan sah sich um. Die Zahl der Trauernden war überschaubar. Es mussten etwa fünfundzwanzig Personen sein. Bekannte, Nachbarn, vielleicht Kollegen. Keiner unter ihnen war in Nathalies Alter. Außer Carla und Ralf schien sie keine gleichaltrigen Freunde gehabt zu haben.

Jan ertappte sich dabei, wie er die umstehenden Männer musterte, ob nicht einer von ihnen der mögliche Vater des ungeborenen Kindes war. Doch aus Jans Sicht kam keiner der männlichen Trauergäste infrage; es sei denn, Nathalie hatte eine Schwäche für kahlköpfige und schmerbäuchige Herren älteren Semesters gehabt.

Etwas weiter entfernt sah Jan jemanden, den er an diesem Tag und an diesem Ort am wenigsten erwartet hätte. Fast schon glaubte er sich zu täuschen, aber es war tatsächlich Hubert Amstner, der dort zwischen den Gräbern stand. Im trüben Licht des Wintertags sah er aus wie ein Geist, grau gekleidet und wie immer mit wirr vom Kopf abstehenden Spinnwebhaaren.

Amstner nickte ihm zu, und Jan erwiderte den Gruß.

Carla hielt sich tapfer, fand Jan, auch wenn sie mit dem Rücken zu ihm stand. Zwar verriet das Zucken ihrer Schultern, dass sie weinte, aber ihre Haltung war dennoch aufrecht. Ralf hingegen sah aus, als hätten sich sämtliche Muskeln aus seinem Körper verflüchtigt. Der Pfleger konnte sich kaum auf den Beinen halten und wäre auf dem Kiesweg zum Grab mehrmals beinahe hingefallen, wenn Carla ihn nicht gestützt hätte. Schluchzend klammerte er sich an sie – ein Bild des Jammers.

Als sich alle um das ausgehobene Grab versammelt hatten, begann der indische Pfarrer mit der Grabrede. Als seine Worte in einen Singsang übergingen, glaubte Jan, das Vaterunser zu erkennen. Doch gegen den dröhnenden Verkehr auf der nah am Friedhof vorbeiführenden Schnellstraße ging es völlig unter. Dort draußen ging das Leben weiter, so wie es immer weitergeht, auch wenn wir nicht mehr daran teilnehmen.

Begleitet vom Läuten der Friedhofsglocke wurde der Sarg in die Grube hinabgelassen. Nachdem der Pfarrer die Segnung gesprochen hatte, stellte der Ministrant eine tragbare Stereoanlage an. Ozzy Osbournes »Dreamer« schepperte durch die trostlose Szenerie.

Wahrscheinlich Nathalies Lieblingslied, dachte Jan. *Sicherlich eine Idee von Ralf.*

Ralf begab sich als Erster ans Grab, um eine Schaufel voll Erde auf den Sarg zu werfen. Als er sich umdrehte, blieb er stehen und schien zum ersten Mal die Trauergemeinde zu registrieren. Niemand wagte, ans Grab zu treten. Ralf funkelte die Leute wütend an.

»Was glotzt ihr so?«

Carla überwand sich und trat zu ihm. Sie versuchte ihn zu beruhigen und griff ihn am Arm, doch er schüttelte sie mit einer zornigen Bewegung ab.

»Lass das!«, schrie er, und seine Stimme überschlug sich. »Du bist doch auch nicht besser! Ihr verdammten Heuchler, ihr!«

Ozzy Osbourne verkündete gerade, es sei ihm gleich, ob Gott oder Jesus Christus eine höhere Macht seien, als der Ministrant die Musik abschaltete.

»Und du …«, Ralf trat einen Schritt auf Jan zu und zeigte auf ihn, »du bist der größte Heuchler von allen! Für dich war Nathalie doch nichts als eine billige Nutte, die sich vom Nächstbesten schwängern lässt. Ihr habt sie alle überhaupt nicht gekannt! Euch war sie doch völlig gleichgültig!«

Marenburg sah betreten zu Jan, doch der sagte nichts. Ralf wusste vor Trauer und Verzweiflung nicht, was er sagte, und wenn es ihm jetzt Erleichterung verschaffte, seine hilflose Wut auf Jan zu lenken, dann war das für Jan in Ordnung.

»Euch hat es doch einen Scheißdreck interessiert, wie es Nathalie ging«, kreischte Ralf und hob die geballten Fäuste. Sein Kopf war krebsrot angelaufen. »Keiner war je für sie da. Nur ich … nur ich. Und jetzt ist sie tot. Meine Nathalie, *tot*, versteht ihr?«

Wieder unternahm Carla den Versuch, Ralf zu beruhigen. Doch als sie ihn jetzt berührte, stieß er sie von sich.

Carla verlor das Gleichgewicht und fiel rücklings auf einen der mit Kunstrasen bedeckten Erdhügel. Der grüne Plastikstreifen rutschte weg. Carla war kurz davor, in das Grab stürzen, doch Jan und Marenburg waren rechtzeitig bei ihr und konnten sie am Mantel packen. Sie halfen ihr wieder auf die Beine.

»Alles in Ordnung«, murmelte Carla und klopfte sich Schmutz und Schnee vom Mantel. »Und jetzt komm, Ralf, wir … Ralf?«

Doch Ralf war weg. Während alle durch Carlas Sturz abgelenkt gewesen waren, musste er fortgelaufen sein. Jan blickte sich um. Auch Hubert Amstner schien sich in Luft aufgelöst zu haben.

In diesem Moment kreischten Bremsen. Augenblicklich rissen die Trauergäste die Köpfe herum und starrten über die niedrige Friedhofsmauer zur Schnellstraße. Sie sahen den Sattelschlepper, der in voller Fahrt zu bremsen versuchte. Dabei senkte sich das gefederte Führerhaus wie der Kopf eines Stiers, der zum Angriff übergeht. Mehrere nachfolgende und entgegenkommende Fahrzeuge hupten, während der Anhänger des Lastwagens mit einer schwänzelnden Bewegung zur Seite rutschte.

Ralf stand mitten auf der Straße. Er hielt die Arme ausgebreitet wie eine Christusstatue. Trotz der Entfernung konnte Jan erkennen, dass er die Augen geschlossen hatte. Seine Lippen bewegten sich rasch, und weiße Atemwölkchen stiegen auf.

Jan gab ein fassungsloses Röcheln von sich. Hinter ihm schrie eine Frau, und im selben Moment erfolgte der Aufprall, kurz und hart. Es hörte sich an, als ob man mit der flachen Hand auf eine Blechtonne schlug. Wie eine große Puppe, die man in die Luft geworfen hatte, wurde Ralfs Körper in den Gegenverkehr geschleudert. Zwei Pkws, die die Situation zu spät erkannten, überrollten ihn und fuhren ineinander. Ein dritter rutschte an den beiden anderen vorbei und krachte in den quer stehenden Anhänger des Lastzugs. Ein Kleinbus konnte ebenfalls nicht rechtzeitig bremsen. Er durchbrach die Leitplanke und kam mit eingedrückter Motorhaube auf dem asphaltierten Radweg zum Stehen. Binnen weniger Sekunden herrschte Chaos auf der Schnellstraße.

Mit schreckgeweiteten Augen ging Carla auf die Friedhofsmauer zu. Kurz davor blieb sie stehen und starrte auf die Stelle, an der Ralfs Körper unter einem der Autos hervorragte. Sie schrie Ralfs Namen. Ein Kreischen, das in der eisigen Luft zu klirren schien.

39

Während seines Studiums hatte einer von Jans Professoren Jean-Jacques Rousseau zitiert. Das Leben sei ein Kampfplatz, so habe der Philosoph einmal behauptet. Ein Kampfplatz, den wir bei unserer Geburt betreten und mit unserem Tod wieder verlassen.

Jetzt, wo Jan neben der Parkbank stand und auf die schneebedeckte Eisfläche des Fahlenberger Weihers hinausschaute, kam ihm dieses Zitat wieder in den Sinn.

Die Vorlesung, in der dieses Zitat gefallen war, hatte das Thema »Suizid« behandelt – ein Thema, mit dem die jungen Mediziner im Lauf ihres Berufslebens häufiger konfrontiert werden würden, als ihnen lieb war, hatte der Professor hinzugefügt. Denn nicht alle Patienten hätten den Mut, die Kraft oder den Willen, den Kampf bis zum Ende durchzustehen.

»Es steht uns nicht an, denjenigen zu verurteilen, der aus freien Stücken vorzeitig das Schlachtfeld verlässt, auch wenn die großen Religionen etwas anderes lehren«, hatte der Professor gesagt. »Doch es gehört sehr wohl zu unseren Aufgaben, die Menschen davon zu überzeugen, dass es etwas gibt, für das es sich zu kämpfen lohnt. Denn wir haben nur diesen einen Kampfplatz. Aus naturwissenschaftlicher Sicht gibt es jedenfalls keinen überzeugenden Beweis für eine zweite Chance.«

Ralf hatte keinen Ausweg mehr gesehen. An Nathalies Grab musste er endgültig begriffen haben, dass es nichts gab, das sie wieder zu ihm zurückbringen würde. Also hatte er den Kampf aufgegeben.

Drei Menschen, die sich seit Jans Rückkehr nach Fahlenberg das Leben genommen hatten. Vor seinen Augen. Es war, als zöge er das Unheil an.

Und er hatte gehofft, er könnte hier endlich ein normales Leben führen! Einmal mehr wurde ihm klar, dass das eine Illusion war.

Das Leben ist ein Kampfplatz, und wir können ihn nicht nach unseren Wünschen einrichten. Unser einziger Gestaltungsspielraum liegt in der Haltung, die wir in unserem Kampf einnehmen.

Rauh hatte Jans Haltung als *Obsession* bezeichnet, und sicherlich hatte er damit Recht. Jan sei ein Gefangener, hatte die Patientin mit dem Feuermal gesagt, und auch das stimmte. Doch was, zum Teufel, sollte er dagegen tun?

Jan ging auf die Tanne zu, hinter der er vor vielen Jahren gepinkelt hatte. Hätte er es nicht getan, wäre sein Bruder vielleicht nicht für immer verschwunden.

Er trat gegen den Stamm. Einmal. Dann noch einmal. Und noch einmal.

Schnee fiel von den Ästen auf ihn herab, doch er bemerkte es kaum. Mit jedem Tritt, den er dem Baum versetzte, löste sich ein kleiner Teil seiner wütenden Anspannung und fand schließlich den Weg nach draußen in Form von unartikulierten Schreien.

Jan schrie, trat zu und schrie wieder. Und es tat gut zu schreien!

Erst als er hinter sich ein dunkles Knurren hörte, kam er wieder zu sich und sah sich um. Hinter ihm stand ein zottiger Golden Retriever. Er trug kein Halsband, und sein Fell war ungepflegt. In seinen Augen funkelte etwas Drohendes, und als Jan die gebleckten Zähne sah, erstarrte er vor Angst.

Das Fell, das einst von rötlicher Farbe gewesen sein musste, war schlammverkrustet und wirkte beinahe schwarz. Für einen Moment glaubte Jan, den Hund wiederzuerkennen.

»Rufus?«

Der Hund hörte auf zu bellen.

»Bist du das, alter Junge?«

Es konnte unmöglich Rufus sein. Kein Hund wurde so alt. Außerdem hatte er den Hund an den Bekannten eines Freundes abgegeben, kurz bevor er aufs Internat gegangen war, und dieser Bekannte hatte gut dreißig Kilometer von Fahlenberg entfernt gewohnt. Aber die Erwähnung des Namens hatte immerhin bewirkt, dass das Tier zu bellen aufgehört hatte.

Für ein oder zwei Minuten standen sich Jan und der Hund reglos gegenüber. Um sie herum war nur die eisige Stille des Parks. Dann legte der Hund den Kopf schief, wandte sich von Jan ab und trottete auf eine Gruppe verschneiter Büsche zu, hinter der er kurz danach verschwand.

Ernüchtert kehrte Jan zum Haus zurück. Die Dämmerung setzte bereits ein. Jan hatte keine Ahnung, wie viel Zeit er an der verlassenen Parkbank verbracht hatte.

Schon von weitem sah er Marenburg, der seinen Wagen vor dem Haus parkte und schwerfällig ausstieg.

»Wie geht es Carla?«, fragte Jan, als er bei ihm angekommen war.

»Sie hat sich in den Schlaf geweint.«

»Hat sie noch etwas gesagt?«

»Nicht viel«, sagte Marenburg knapp und ging an Jan vorbei zum Heck des Wagens.

»Warum wollte sie nicht, dass ich mit hochkomme?«

Marenburg sah Jan nur kurz an, zuckte stumm mit den Schultern und öffnete dann den Kofferraum.

»Sie gibt mir die Schuld, nicht wahr?«, sagte Jan. »Sie denkt, wenn ich ihnen versprochen hätte, bei der Suche nach dem Vater des Kindes zu helfen, hätte Ralf etwas gehabt, wofür es sich gelohnt hätte, weiterzuleben.«

Mit einer ruckartigen Bewegung holte Marenburg eine Bierkiste aus dem Kofferraum und schlug den Deckel zu.

»Denkst du auch so, Rudi? Glaubst du, es ist meine Schuld, dass sich der Junge auf die Straße gestellt hat?«

»Ich denke gar nichts mehr, Jan«, sagte Marenburg leise. »Und damit das so bleibt, werde ich mich jetzt besaufen.«

Jan spürte, wie sich alles in ihm verkrampfte.

»Das hätte nichts geändert, Rudi. Überhaupt nichts! Verstehst du?«

Doch Marenburg sah sich nicht mehr nach ihm um. Er stapfte zum Eingang und verschwand mit seiner Bierkiste im Haus.

40

Irgendwann war Rudolf Marenburg gegangen, das hatte Carla noch mitbekommen. Sie hatte gehört, wie er leise aus dem Zimmer geschlichen war, die Haustür hinter sich ins Schloss gezogen hatte, und hatte noch gedacht, wie nett er doch war und dass er sie mit seiner Fürsorglichkeit ein wenig an ihren Vater erinnerte. Dann war sie wieder in den Schlaf gesunken.

Doch es war kein erholsamer Schlaf gewesen, eher eine Art erschöpfter Ohnmacht. Und als sie schließlich wieder zu sich gekommen war, allein im Dunkel ihrer Wohnung, verschlungen in die blaue Wolldecke auf der Wohnzimmercouch, ging ihr noch lange das Bild nach, das sie während des Schlafs heimgesucht hatte.

Ralf, der seinen Oberkörper aus der Wohnzimmerdecke geschoben hatte, als würde er sich aus einer Wasserfläche erheben. Sein Gesicht war zerschürft und durch den Unfall entstellt, und auf seiner zerquetschten Brust hatte Carla die Reifenabdrucke der Autos erkennen können, die ihn überrollt hatten.

Ralf hatte einen Arm nach ihr ausgestreckt, von der Zimmerdecke zu ihr herabgesehen und mit einem gebrochenen Zeigefinger auf sie gedeutet.

»Ihr habt sie im Stich gelassen«, hatte er gesagt und sich wie ein Ankläger im Gerichtssaal angehört. *»Auch du, Carla. Vor allem du!«*

Dann war sie aus dem Schlaf hochgeschreckt, hatte zunächst nicht gewusst, wo sie sich befand, und panisch nach dem Lichtschalter getastet. Als sie dann zur Decke emporgesehen hatte, war sie sich sicher gewesen, dass sie dort oben noch immer Ralf und seinen anklagend auf sie gerichteten Finger sah. Doch da war nichts. Nur Ralfs

Worte hallten im Raum nach, um sie weiterhin auf Schritt und Tritt zu verfolgen.

Nun war es spät in der Nacht. Stunden mussten seit dem Alptraum vergangen sein.

Carla stand im Badezimmer, die Hände auf den Rand des Waschbeckens gestützt. Sie starrte auf die abgeschnittenen Haare vor sich. Ihre Locken sahen aus wie ein pelziges Wesen, das sich auf dem weißen Email zusammengerollt hatte und eine Schere auf dem Rücken trug.

Carla hob den kahlen Kopf und betrachtete sich im Spiegel.

»Hallo, Sinéad«, sagte sie mit schwerer Zunge, dann griff sie sich die Weinflasche vom Beckenrand und nahm einen weiteren kräftigen Schluck. Sie sah zu dem Foto aus Nathalies Wohnung, das sie seitlich am Spiegel befestigt hatte.

Nathalie und sie.

Arm in Arm.

Beide lachend.

Beide im gleichen Kostüm.

Wie Schwestern.

Tränen schossen ihr in die Augen. Als sie sie mit dem Handrücken abwischen wollte, rutschte ihr die Weinflasche aus der Hand. Der dicke Vorleger verhinderte, dass die Flasche zu Bruch ging.

Mit regloser Miene sah sie zu, wie der Wein aus der Flasche auf den Fliesenboden gluckerte und durch die Fugen kroch.

Merlot, dachte sie. *Ganz wie in alten Zeiten.*

Sie wandte sich wieder dem Spiegel zu, besah noch einmal ihr nun fremdartiges Ebenbild und öffnete dann das kleine Schränkchen daneben.

Hinter Lippenstiften, Aspirinpäckchen und einem Fläschchen Mundwasser fand sie, was sie suchte. Jörg hatte sich stets nass rasiert – das sei gründlicher als mit einem Elektrogerät, hatte er ihr einmal erklärt –, und als sie ihre Beziehung beendet hatte, war das Rasiermesser eines von drei Dingen, die ihr Exfreund ihr hinterlassen hatte.

Das zweite war ein Album voller Urlaubsbilder gewesen, das dritte eine tiefe Narbe in ihrem Herzen, verursacht von einem blonden Miststück namens Linda.

Oder hatte sie Lisa geheißen?

Vielleicht auch Lydia?

»Scheißegal«, lallte sie ihrem Spiegelbild zu, das ihr nickend beipflichtete.

Wichtig war, dass von Jörg doch noch etwas Positives zurückgeblieben war. Nämlich das Rasiermesser.

Sie klappte es auf und sah es eine Weile an, als habe sie es noch nie zuvor gesehen. Der dünne Stahl leuchtete bläulich im Licht der Badezimmerlampe. Carla las den Schriftzug des Herstellers mit den beiden gekreuzten Schwertern und dachte darüber nach, ob das, was sie mit der Klinge vorhatte, richtig war oder falsch.

»Ich hab Angst, Süße«, flüsterte sie dem Foto zu.

Die Worte kamen ihr nur schwer über die Lippen. Teils weil sie betrunken war, vor allem aber, weil sie wusste, dass sie die Sache nur größer machen würde, wenn sie es aussprach. Dann war es nicht mehr bloß ein flüchtiger Gedanke, den man wegwischen konnte. Worte hatten immer etwas Endgültiges. Was gesagt war, war gesagt. Auch wenn man es nur zu sich selbst sagte.

Nathalie lachte ihr weiterhin vom Foto zu. Nathalie als Morticia aus der *Addams Family*, die nun nie wieder ihr wunderschönes Haar scheiteln und das schwarze eng anliegende Kleid anziehen würde. Nathalie, die sich aus Verzweiflung das Leben genommen hatte. Aus Furcht vor etwas, das sie als den »Dämon« bezeichnet hatte. *Oder aus Furcht vor jemandem.*

Er ist real!!!

Carla ließ die Klinge zwischen den Fingern im Licht wippen. »Aber wahrscheinlich hab ich jetzt nicht annähernd so viel Angst, wie du gehabt haben musst.«

Sie sah zu der Weinflasche und der roten Lache am Boden hinab und bedauerte nun doch, die Flasche nicht rechtzeitig aufgehoben zu haben. Ein weiterer Schluck hätte ihr jetzt gutgetan.

Andererseits wäre es nur eine Verzögerung gewesen. Sie wusste, was sie jetzt zu tun hatte. Es würde ihren ganzen Mut erfordern.

Doch was man begonnen hat, soll man auch zu Ende bringen.

41

Gleich nachdem Jan das Haus verlassen hatte und zum Dienst gefahren war, stand Rudolf Marenburg auf. Schwerfällig kletterte er aus dem Bett, schlurfte zum Fenster und zog die Vorhänge auseinander. Das kalte, graue Licht des frühen Morgens schmerzte in seinen Augen, und in seinem Schädel begann es noch heftiger zu pochen. Er hatte einen gotterbärmlichen Kater.

Soweit er sich erinnern konnte, musste er sich mindestens die halbe Kiste Fahlenberger Schlossquellbier hinter die Binde gekippt haben. In jungen Jahren hätte er das leicht weggesteckt, aber er war nun einmal keine zwanzig mehr.

Trotzdem würde ihn kein Kopfschmerz der Welt von seinem sonntäglichen Ritual abhalten können. Auf wackeligen Beinen stieg er die Treppe zur Küche hinunter und fand auf dem Küchentisch eine Thermoskanne vor. Als er den Deckel abschraubte, dampfte ihm kräftiger Kaffeegeruch entgegen.

»Guter Junge«, murmelte er und lächelte.

Er goss sich eine große Tasse ein, spülte mit dem ersten Schluck zwei Aspirintabletten hinunter und las dann die kleine Notiz, die Jan neben der Kanne hinterlassen hatte.

Gehe nach Dienstende auf Wohnungssuche.
Warte nicht mit dem Essen auf mich.

Ja, dachte er, *vielleicht ist das wirklich die beste Lösung. Für uns beide.*

Seufzend schob Marenburg den Zettel in die Tasche seines Morgenmantels, ging ins Bad und nahm eine kalte Dusche. Danach ging es ihm besser – gut genug jedenfalls, um zum Friedhof gehen. Der halbstündige Spaziergang würde seine Lebensgeister wieder auf Trab bringen. Er bewegte sich ohnehin viel zu wenig. Außerdem war der kleine Fußmarsch Teil des Rituals. Während er lief, hatte er genügend Zeit, sich innerlich darauf vorzubereiten, vor Alexandras Grab zu treten.

Tatsächlich halfen der Spaziergang und die Kälte gegen Marenburgs Kopfschmerzen. Als er wenig später die Tankstelle betrat und seinen üblichen Sonntagskauf tätigte, war ihm nicht viel mehr als ein Pochen in den Schläfen geblieben. Damit ließ sich leben, dachte er, klemmte sich die gelbe Rose in der Zellophanumhüllung unter den Arm und setzte seinen Weg fort.

Am Friedhof angekommen, ging er diesmal durch den kleinen Nebeneingang, auch wenn das einen Umweg durch die östlichen Parzellen bedeutete. Auf keinen Fall wollte er an Nathalie Köpplers Grab vorbeikommen. Dafür war der Schreck vom gestrigen Vormittag noch zu präsent.

Er passierte die Reihen mit den Kindergräbern, kam an den Gedenktafeln für die Gefallenen und Opfer der beiden Weltkriege vorbei und schwenkte dann in die Reihe ein, in der sich das Grab befand.

Im Oktober vor einundvierzig Jahren hatte Marenburg einen idealen Platz als letzte Ruhestätte für seine Frau ausgewählt. Flora hatte Bäume geliebt, und als er den freien Platz unter der Trauerweide gesehen hatte, hatte er keinen Augenblick daran gezweifelt, dass Flora an diesem Ort hätte begraben werden wollen.

Er erinnerte sich noch gut an den sonnigen Tag im Altweibersommer. Er hatte den schwarzen Anzug getragen, in dem er mit Flora vor den Traualtar getreten war. Den Anzug, den ihm Flora vorsichtig ausgezogen und säuberlich gefaltet auf den Stuhl neben dem Bett gelegt hatte, ehe sie das getan hatten, was frischgebackene Eheleute tun, wenn sie endlich unter sich sind.

Bei Floras Begräbnis hatte er nicht geweint. Er hatte nicht gewollt, dass seine nicht einmal einjährige Tochter die tiefe Verzweiflung ihres Vaters spürte. Sie sollte ein schönes Leben haben, in dem es keine Traurigkeit gab, eine Kindheit voller Freude und Unbeschwertheit, und er hatte sich geschworen, dass er alles tun würde, damit Alexandra auch ohne ihre Mutter eine solch glückliche Kindheit erleben durfte.

»Ich werde immer für dich da sein«, hatte er seiner Tochter zugeflüstert, und sie hatte ihn aus großen Babyaugen angesehen und ihm ein zahnloses Lächeln geschenkt, während um sie herum die Trauergäste von Flora Marenburg Abschied nahmen.

Achtzehn Jahre später war Alexandra ihrer Mutter in den Tod gefolgt. Nun lag sie bei ihr in einer düsteren Erdgrube, bedeckt von Blumen und kleinen Gewächsen, die Rudolf Marenburg fürsorglich pflegte.

Er wickelte die Rose aus dem Zellophan, schob die zerknüllte Folie in die Jackentasche und stellte die Rose in eine schmale Vase neben dem Grabstein.

So wie ihre Mutter die Bäume hatte Alexandra Rosen geliebt. Vor allem die gelben. *Sie sehen wie gefaltete Sonnen aus,* hatte sie gesagt, als sie vier gewesen war. Seither hatte er ihr jeden Sonntag eine gelbe Rose geschenkt. Es war für sie beide der Tag der gefalteten Sonnen. Vierzehn Jahre auf dem Frühstückstisch, und seit dreiundzwanzig Jahren auf Alexandras Grab.

Behutsam wischte Marenburg das Schneehäubchen vom kleinen Gefäß am Fuß des Grabes, öffnete es und sprenkelte ein wenig Weihwasser auf die beiden Namenszüge, zu denen sich irgendwann auch sein eigener gesellen würde. Dann stand er eine Weile da, sah sich den glattpolierten Grabstein an und erzählte im Geiste von den Ereignissen der Woche. Und wie immer hatte er das Gefühl, Flora und Alexandra seien bei ihm.

»Ich vermisse euch«, sagte er leise. So verabschiedete er sich jeden Sonntag von den beiden. Dann ging er noch einmal in die Knie, rückte die Rose vorsichtig in der Vase zurecht und murmelte: »Ich habe nicht aufgegeben, Liebes. Ich werde herausfinden, warum du in den Park gelaufen bist. Das verspreche ich dir.«

Als er den Friedhof verließ, nahm er nicht den gewohnten Nachhauseweg, sondern ging in Richtung der Neubausiedlung. Gegenüber des *Love Palace* befand sich eine Bushaltestelle. Er fuhr mit dem Finger den Fahrplan ab, fand nach einigem Suchen den richtigen Straßennamen und die Nummer der zugehörigen Buslinie und stellte sich unter die Plastiküberdachung.

Dort wartete er in der eisigen Morgenstille. Nur hin und wieder kam ein Auto vorbei. Dann hörte er das Klacken von Absätzen auf dem Asphalt und gleich darauf stellte sich Dunja neben ihn.

»Hallo«, sagte sie und lächelte ihn an. Er konnte ihr schweres Parfüm riechen. »So früh auf den Beinen?«, fragte sie und kramte eine Monatskarte aus ihrer Handtasche. »Endlich Feierabend. Ich brauch jetzt dringend ein Bett. Eins zum Schlafen.« Sie kicherte.

Marenburg schlug die Augen nieder und betrachtete die Salzränder auf seinen Lederschuhen.

»Bist heute wohl nicht zum Sprechen aufgelegt, was?«, fuhr sie fort, und ihr ukrainischer Akzent trat stärker zum Vorschein. »Schon in Ordnung. Es muss dir nicht peinlich sein, dass wir hier zusammenstehen. Ich steige nachher hinten ein, ja?«

Er nickte, ohne sie anzusehen. »Bitte lass mich in Ruhe.«

»Du Armer. Du siehst wieder so traurig aus. Komm mal wieder bei mir vorbei. Ich kann dich aufmuntern. Das weißt du doch.«

Marenburg war kurz davor, sie anzufahren, sie solle ihn endlich in Ruhe lassen, doch in diesem Moment kam der Bus.

Wie versprochen setzte sich Dunja ans hintere Ende, ohne ihn noch einmal anzusehen. Marenburg nahm in der vordersten Reihe Platz. Er hatte die Hände noch immer zu Fäusten geballt.

42

Das Foto zeigte Ralf Steffens. Er saß vor einer Eisdiele auf dem Fahlenberger Marktplatz, hatte die Augen wegen der Sonne ein wenig zusammengekniffen und grinste den Fotografen über einen großen Früchtebecher hinweg an. Das Foto musste vor nicht allzu langer Zeit aufgenommen worden sein, wahrscheinlich diesen Sommer.

Konrad Fuhrmann und Lutz Bissinger hatten das Bild ihres Kollegen in einen kleinen Aufstellrahmen aus hellem Holz gesteckt und auf einem Beistelltisch im Stationszimmer platziert. Um die rechte Ecke des Rahmens hatten sie ein schwarzes Trauerband gelegt. Daneben, an der Stelle, an der normalerweise die Kaffeemaschine ihren Platz hatte, brannte eine Kerze in einem rotlackierten Glasgefäß.

Während der morgendlichen Übergabe herrschte gedrückte Stimmung im Stationszimmer. Mit monotoner Stimme berichtete Konni von den Ereignissen der letzten Nacht.

Nur das Übliche. Zwei Patienten hatten wegen Schlaflosigkeit von ihrem zusätzlichen Medikamentenbedarf Gebrauch gemacht, sonst war alles ruhig gewesen.

Lutz saß mit geistesabwesendem Blick daneben und kaute Kaugummi. Als Konni seinen Bericht abgeschlossen hatte und schon aufgestanden war, um in den Feierabend zu gehen, meldete sich Lutz zu Wort.

»Ach ja, hätten wir fast vergessen«, sagte er und hielt Jan eine Aktenmappe entgegen. »Eine Neuaufnahme. Heute Morgen, so gegen vier. Sollten Sie sich ansehen, Doktor. Hat bis jetzt noch nicht viel gesprochen.«

Dann stand auch er auf und folgte Konni auf den Flur, um abzustempeln, während sich die Kollegen der Frühschicht um das Frühstück der Patienten kümmerten.

Auch Jan erhob sich, schenkte Ralfs Bild einen schnellen Blick im Vorbeigehen und machte sich auf den Weg in sein Büro.

Jan kämpfte gegen seine Niedergeschlagenheit an. Er wünschte sich insgeheim in den Park zu der Tanne, gegen die er gestern getreten hatte, bis der Hund aufgetaucht war. Ihm war sehr danach, der Tanne weitere Tritte zu verpassen – einfach so, zur Erleichterung – und dabei wie am Spieß zu schreien. Aber wahrscheinlich wäre er dann über kurz oder lang hier in der Waldklinik gelandet. Ohne Arztkittel.

Jan schüttelte den Gedanken ab und widmete sich der Akte. Er überflog die Personalien. Wenige Schritte vor seiner Bürotür blieb er abrupt stehen. Er sah sich zu Lutz um, der gerade hinter Konni die Station verlassen wollte.

»Moment noch!«, rief er ihm nach.

Der klapperdürre Pfleger sah sich um. »Was denn?«

»Auf welchem Zimmer ist sie?«

»Nummer acht«, entgegnete Lutz.

»Danke.« Jan sah noch einmal auf den Namen, der in Konnis krakeliger Handschrift in der Akte stand, und schüttelte den Kopf.

Nummer acht war ein Doppelzimmer, das momentan jedoch nur mit einer Patientin belegt war. Spätestens in vier Wochen würde sich das jedoch ändern. Um Weihnachten würde es hier kein freies Bett mehr geben.

Jan klopfte an, und als er von drinnen ein leises »Ja« hörte, trat er ein.

»Hallo, Carla«, begann er, doch als er die junge Frau mit den langen dunklen Haaren sah, die mit dem Rücken zu ihm auf dem unbenutzt aussehenden Bett saß und aus dem Fenster starrte, hielt er inne.

»Oh«, sagte er, »guten Morgen. Tut mir leid, ich hatte Sie mit jemand …«

Wieder stutzte er, denn nun wandte ihm die Frau auf dem Bett das Gesicht zu. Es war in der Tat Carla Weller, auch wenn er sie zuerst nicht wiedererkannt hatte. Ihre Perücke sah täuschend echt aus, und ihr Gesicht wirkte wie verändert.

Es waren ihre Augen, die sie verrieten.

»Was, zum Kuckuck …«, keuchte Jan und starrte auf ihre bandagierten Handgelenke.

»Hallo, Jan«, sagte Carla und nickte ihm zu.

Jan ließ die Tür hinter sich zufallen. »Was hat das zu bedeuten?«

»Was soll was bedeuten?«, gab sie zurück und sah ihn herausfordernd an.

»Na, die Haare und … was hast du denn nur getan?«

»Ich habe mir heute Nacht die Pulsadern aufgeschnitten«, sagte sie in einem Tonfall, als ginge sie das alles nichts an.

»Ich weiß.« Jan schwenkte die Aktenmappe in seiner Hand. »Und du hast quer geschnitten.«

»Na und?«

Er schürzte die Lippen. »Du hattest nicht vor, dir das Leben zu nehmen. Andernfalls hättest du längs geschnitten.«

Sie schwieg und schlug die Augen nieder.

Jan schüttelte den Kopf. »Carla, Carla, warum machst du das? Und was hat die Perücke zu bedeuten?«

Sie strich mit der Hand über das glatte Laken und hob den Blick. »Du weißt doch genau, warum ich das getan habe.«

Jan schwieg betreten. Carla legte den Kopf zur Seite und fuhr sich durch das falsche Haar. »Erinnere ich dich an jemanden?«

Ja, wollte er sagen, *du siehst aus wie Alexandra, so wie sie ausgesehen hätte, wenn sie nicht vor dreiundzwanzig Jahren in einen zugefrorenen See eingebrochen und ertrunken wäre.*

Er verkniff sich diesen Kommentar, zog einen Stuhl heran und ließ sich darauf nieder.

»Carla, was soll das alles? Du wolltest dir doch nicht ernsthaft das Leben nehmen? Sonst hättest du nicht die Polizei gerufen.«

Carla sah ihn wieder mit ihrem herausfordernden Blick an. »Ich bin hier, weil ich herausfinden will, was man mit Nathalie gemacht hat.«

»Was man mit ihr *gemacht* hat?«

»Ja.« Sie stand vom Bett auf, ging zu Jan und setzte sich ebenfalls auf einen Stuhl. »Bis gestern habe ich es nicht wirklich glauben wollen, aber dann ...« Sie machte eine hilflose Geste. »Ich meine, die Sache mit Ralf ... Er war so sehr davon überzeugt, Jan. Er glaubte nicht, dass Nathalie zu einem Seitensprung fähig gewesen wäre. Ich habe ihm gesagt, dass das die einzig mögliche Erklärung sei. Aber inzwischen glaube ich das nicht mehr.«

»Ralf hat sich in etwas verrannt ...«

»Nein«, unterbrach sie ihn. »Er hatte Recht. Nathalie ist einfach nicht der Typ dafür gewesen. Und es tut mir so unendlich leid, dass ich seinen Verdacht nicht ernst genommen habe.«

Jan seufzte. »Deswegen schneidest du dir in die Handgelenke?«

»So konnte ich mir wenigstens sicher sein, dass man mich hier aufnehmen und nicht nur mit ein paar Pillen abspeisen würde.«

Abermals schüttelte Jan den Kopf.

»Jan, verstehst du denn nicht? Wenn man Nathalie in dieser Klinik wirklich etwas angetan haben sollte, wenn man sie gegen ihren Willen und vielleicht sogar ohne ihr Wissen zu etwas gezwungen hat, was sie sonst nie getan hätte, dann ist das der einzige Weg, es herauszufinden. Mit mir als Köder.«

Sie sprach hastig, so als fürchtete sie, Jan würde ihr ins Wort fahren und alles, was sie sagte, als Unsinn abstempeln.

Doch Jan ließ sie weiterreden, auch wenn ihm ihre Worte eine Gänsehaut bereiteten. *Obsessives Verhalten infolge eines nicht verarbeiteten Traumas,* dachte er. *Diese Diagnose kommt dir doch bekannt vor, nicht wahr?*

»Bitte, Jan.« Carla griff mit beiden Händen nach seiner Hand auf der Tischplatte. »Ich muss die Wahrheit herausfinden. Vielleicht irre ich mich. Vielleicht hat sich auch Ralf geirrt. Aber ich werde es nur herausfinden, wenn ich denselben Weg gehe, den Nathalie gegangen ist.«

»Was macht dich da so sicher?«, fragte Jan und sah auf ihre Hände, die ihn festhielten, als würde er sonst aufstehen und davonlaufen.

»Sagen wir einfach, es ist mein journalistischer Instinkt. Eine Art Recherche vor Ort. Undercover. Wenn es hier tatsächlich jemanden geben sollte, der ihr etwas angetan hat, dann dürfte es ihn wohl ziemlich überraschen, wenn er plötzlich auf Nathalies Doppelgängerin trifft.«

Sie sah ihm tief in die Augen, und Jan erkannte die Entschlossenheit in ihrem Blick. Aber er erkannte auch noch etwas anderes – sie sagte ihm nicht die ganze Wahrheit. Und auf einmal begriff er.

»Was hat Rudi mit der ganzen Sache zu tun?«

Sie ließ von ihm ab und wich zurück. »Welcher Rudi?«

»Tu nicht so, du weißt genau, wen ich meine.«

»Marenburg? Wie kommst du darauf, dass er …«

»Er war gestern mehrere Stunden bei dir.« Er tippte sich an die Schläfe. »Allmählich beginne ich, das alles zu durchschauen. Deshalb war er so darauf aus, dich nach Hause zu bringen. Ihr habt über diesen Verdacht gesprochen, nicht wahr? Er hat dir von Alexandra erzählt. Von *seinem* Verdacht, dass man auch ihr damals etwas in der Klinik angetan haben könnte. Etwas, das sie in den Wahnsinn getrieben hat.«

»Er hat mir von ihrem Tod erzählt, ja. Und davon, dass es keine plausible Erklärung dafür gegeben hat. So wie bei Nathalie.«

»Und ich gehe jede Wette ein, dass er auch die erstaunliche Ähnlichkeit erwähnt hat. Deshalb deine Perücke.«

Carla lehnte sich in ihrem Stuhl zurück. Sie presste die Lippen aufeinander.

Jan sah sie anklagend an. »Ihr beide benutzt mich nur.«

Sie schüttelte energisch den Kopf. »Nein, Jan. Wir *benutzen* dich nicht, wir *brauchen* dich.« Wieder griff sie nach seiner Hand. »Ich hatte gehofft, dass du mich verstehen würdest. Du weißt doch selbst am besten, wie sehr es einen zerfressen kann, wenn man die Wahrheit nicht kennt.«

Er zog seine Hand zurück. »Das ist etwas völlig anderes.«

»Ach ja? Nathalie war der einzige Mensch, der mir wirklich nahegestanden hat. Sie war die wichtigste Person in meinem Leben. Wo ist da der Unterschied zu dir und deinem Bruder?«

Jan wich ihrem Blick aus. Natürlich hatte sie Recht. Der einzige Unterschied mochte vielleicht darin bestehen, dass sie mit Sicherheit wusste, dass Nathalie tot war, wohingegen er sich immer wieder gegen die Versuchung zur Wehr setzen musste, zu glauben, dass Sven vielleicht überlebt haben könnte – dass es ihn noch irgendwo gab. Vielleicht war die zerrissene Unterwäsche, die man am Tatort gefunden hatte, nur eine falsche Fährte gewesen – die man bewusst gelegt hatte, um alle Welt glauben zu machen, Sven sei einem Sexualverbrechen zum Opfer gefallen.

Jan starrte vor sich auf den Tisch, auf dem Carlas Akte lag. So wie er nach einer Antwort auf diese Fragen suchte, wollte Carla den Grund für Nathalies Selbstmord wissen. Und genauso suchte Marenburg nach einem Grund für das, was mit Alexandra geschehen war. Sie waren alle drei besessen.

Jan sah zu Carla auf. »Wie habt ihr euch kennengelernt, du und Nathalie?«

Carla senkte den Kopf und betrachtete ihre Handgelenke. »Es war in einer Zeit, in der ich sonst niemanden hatte.«

»Erzähl mir davon.«

Sie biss sich auf die Unterlippe, als wollten ihr die Tränen kommen. Doch sie weinte nicht.

»Das ist jetzt fünf Jahre her«, sagte sie mit leiser, belegter Stimme. »Es war gerade ein halbes Jahr vergangen, seit ich von zu Hause ausgezogen war. Ich habe gerne zu Hause gewohnt, weißt du. Mit meinen Eltern und meinem jüngeren Bruder habe ich mich immer gut verstanden. Aber ich wollte eben auf eigenen Beinen stehen. Na ja, und dann …« Sie schluckte, holte tief Luft und sprach weiter. »Hin und wieder traf ich mich mit meiner Familie zu einem gemeinsamen Einkaufsbummel. Das war eine der Ideen meines Vaters, dem es immer wichtig war, dass die Familie öfter mal etwas Gemeinsames unternahm. Manchmal einen Ausflug, oder wir trafen uns zum Essen, oder eben das Einkaufen. Dann gingen wir in die Stadt, stöberten in den Geschäften, meistens Philipp zusammen mit Vater und ich mit Mutter. Das war immer sehr lustig, vor allem, wenn die Männer sich selbst ihre Klamotten kauften, die ihnen dann entweder eine Nummer zu klein oder zu groß waren.«

Sie lachte traurig. »Und dann, es war an einem Dienstag Anfang Juni, rief mich meine Mutter an und wollte wissen, ob ich am nächsten Samstag Zeit hätte. Ich konnte aber nicht, weil ich bis zum Hals in Arbeit steckte. Damals hatte ich gerade beim *Fahlenberger Boten* angefangen und schob Überstunden wie verrückt, um nach der Probezeit übernommen zu werden. Also sagte ich ab. *Nicht schlimm,* sagte Mama. Ich höre sie noch wie heute. *Nicht schlimm, dann kommst du halt beim nächsten Mal wieder mit,* und ich habe gesagt: *Klar, beim nächsten Mal bin ich bestimmt wieder dabei.* Aber es gab kein nächstes Mal.«

Sie presste die Augen zusammen, um die Tränen zurückzuhalten. Doch es war zu spät. Mehrere dicke Tropfen kullerten ihr über die Wangen und zogen schwärzliche Kajalspuren mit sich.

Jan ließ ihr Zeit und schwieg.

»Da war dieser Mann. Sein Name war Peschke. Eduard Peschke. Zweiundsiebzig Jahre alt. Er fuhr mit seinem Mercedes die Seitenstraße entlang, in der mein Vater immer parkte, wenn wir zum Einkaufen gingen. Da hinten, wo es zum Finanzamt geht. Weißt du, wo ich meine?«

Jan nickte. »Ja, ich kenne die Straße. Kann man da noch immer frei parken?«

»Man muss nur früh genug dort sein. Vater meinte immer, das Geld fürs Parkhaus investiert er lieber in einen Kaffee vor der Heimfahrt. Und die paar Meter bis zur Fußgängerzone könne man auch zu Fuß gehen. Das war typisch für ihn. Wenn er geahnt hätte, dass …« Sie musste wieder schlucken. »Dieser Peschke, er hatte einen Schlaganfall. Es passierte genau in dem Moment, als Philipp und meine Eltern ausgestiegen waren. Der alte Mann muss so etwas wie einen Krampf bekommen haben. Auf einmal trat er das Gaspedal durch und raste in die parkenden Autos. Meine Eltern … sie waren sofort tot. Philipp kam auf die Intensivstation. Er lag im Koma, ist aber nicht mehr zu sich gekommen. Er starb zwei Wochen später.« Sie wischte sich mit einer ihrer Bandagen die Tränen aus dem Gesicht. »Ich hatte niemand mehr, Jan. Meine ganze Familie war plötzlich weg. Nur weil ein alter Mann ausgerechnet in diesem einen Moment einen Schlaganfall bekommen hat. In dieser Zeit war Nathalie für mich da. Sie hat sich um mich gekümmert. Wir kannten uns bis dahin eher flüchtig, aber das änderte sich jetzt. Wir wurden wie

Schwestern. Verstehst du jetzt, weshalb ich das für sie mache?«

Jan atmete tief durch und lehnte sich in seinem Stuhl zurück. »Ja, das verstehe ich.«

Sie sah ihn fragend an. »Und, wirst du mir helfen?«

»Carla, hör mir zu. Ich werde dich auf Station 12 überweisen. Der Arzt dort ist Dr. Norbert Rauh. Er hat auch Nathalie behandelt.«

»Dann denkst du also auch, dass dort etwas nicht stimmt?«

»Nein, tue ich nicht. Ich denke, dass du sehr unter Nathalies Verlust leidest. So sehr, dass du alles daransetzt, den Grund für ihren Tod zu begreifen. Rauh kann dir helfen, da bin ich mir sicher.«

»Du glaubst also nicht, dass Nathalies Tod mit der Klinik zu tun hat?« Die Enttäuschung in Carlas Stimme war nicht zu überhören.

»Ich weiß nicht mehr, was ich glauben soll, Carla. Tu mir nur einen Gefallen. Wenn du schon Detektiv spielen musst, lass Rudi dabei aus dem Spiel. Hörst du?«

»Warum sollte ich das?«

»Rudi ist sowieso überzeugt, dass die Klinik an allem schuld ist. Du solltest ihm nichts erzählen, was ihn noch unnötig aufstachelt. Wenn du mit jemanden reden musst, dann komm bitte als Erstes zu mir.« Er lächelte sie an. »Mich kannst du allerdings nur mit handfesten Beweisen überzeugen. Und weil wir schon beim Thema sind, was macht Rudi eigentlich gerade? Was ist seine Rolle bei eurem Plan?«

43

Die meisten der Einfamilienhäuser in der Schlesischen Straße waren unmittelbar nach dem Krieg entstanden, als sich Vertriebene aus dem Sudetenland in Fahlenberg angesiedelt hatten. Die Bausubstanz war nach wie vor von guter Qualität, trotz der Eile, in der die »Flüchtlingssiedlung« entstanden war, wie sie unter den Fahlenbergern noch lange Zeit genannt wurde.

Die Häuserreihe, die Rudolf Marenburg nun entlang ging, wirkte auch äußerlich recht gepflegt. Je nach finanzieller Situation des Eigentümers waren die alten Holzrahmen durch isolierte Kunststofffenster ersetzt, Haustüren erneuert und Außenwände frisch verputzt worden.

Eines der kleinen Häuschen hatte einen rötlichen Anstrich erhalten, der sich zwischen den übrigen weiß gestrichenen Häusern recht gewagt hervortat.

Hieronymus Liebwerks Heim folgte unmittelbar nach dem rötlichen Haus. Die Häuser standen dicht aneinandergereiht, so dass sie nur ein schmaler Streifen Grün umgab. Der Platz reichte gerade aus, um zwei Mülltonnen nebeneinanderzustellen. Jetzt im Winter mochte das ganz praktisch sein, dachte Marenburg, als er sich das Haus besah. Immerhin gab es kaum Fläche zum Schneeräumen.

Liebwerks Haus machte einen nicht ganz so gepflegten Eindruck wie das seines Nachbarn. Auf dem Holzblatt der Haustür waren deutliche Altersspuren erkennbar, die Fassade hätte längst einen neuen Anstrich vertragen können, und in der Steinstufe zum Eingang prangte ein breiter Riss, der mit einer betonartigen Masse notdürftig ausgeputzt worden war.

Marenburg betrachtete die kleine Klappe in der Haustür, nickte zufrieden und ging dann zum Nachbarhaus.

Nach dem zweiten Klingeln öffnete eine ältere Dame mit Lockenwicklern in den Haaren.

»Ja bitte?«, sagte sie und sah Marenburg argwöhnisch an. Sie war ganz offensichtlich nicht an einem Zeitschriftenabonnement, einem Staubsauger oder einem Gespräch über den bevorstehenden Jüngsten Tag interessiert.

»Guten Tag«, sagte Marenburg. »Ich komme wegen der Katze. Meine Frau hat bei Ihnen angerufen.«

»Katze?«

»Ja, die Katze von Herrn Liebwerk nebenan.«

»Oh«, sagte sie. »Davon wusste ich gar nichts. Wird mir mein Mann mal wieder nicht ausgerichtet haben. Da bin ich aber froh, dass sich jemand meldet. Ich hätte die Luzi ja gerne zu uns geholt, aber es ging leider nicht. Mein Mann und seine Allergie, wissen Sie. War Herr Liebwerk mit Ihnen verwandt?«

»Cousins«, log Marenburg und trat von einem Bein aufs andere. »Könnten Sie mir bitte den Schlüssel geben? Es ist ziemlich kalt heute.«

»Na ja, ich weiß nicht so recht«, sagte die Nachbarin mit ratlosem Blick. »Ich kenne Sie ja gar nicht. Wie war doch gleich der werte Name?«

»Oh, verzeihen Sie. Marenburg, Rudolf Marenburg.«

Sie legte den Kopf ein wenig schief und musterte Marenburg von oben bis unten. »Herr Liebwerk hatte Sie nie erwähnt.«

»Nun ja, wir hatten nicht gerade das, was man ein enges Verhältnis nennt«, sagte Marenburg. »Aber ich denke, er wäre froh, wenn er seine Luzi bei mir wüsste. Jetzt, da er nicht mehr unter uns weilt.«

»Eine schlimme Geschichte«, sagte die Nachbarin. »Ich bin noch immer ganz schockiert.«

»Ja, so geht es uns allen«, erwiderte Marenburg mit derselben Betroffenheit in seinen Worten. »Wirklich schlimm. Könnte ich jetzt vielleicht schnell rüberhuschen?«

Die Frau überlegte noch eine Weile, dann verschwand sie im Haus und kam mit dem Zweitschlüssel zurück. »Falls Luzi nicht da sein sollte …«

»Dann werde ich später noch einmal wiederkommen«, unterbrach sie Marenburg und nahm den Schlüssel an sich.

»Sie versteckt sich manchmal«, rief ihm die Nachbarin nach.

Marenburg versprach, überall gründlich nachzusehen, und betrat kurz darauf Hieronymus Liebwerks Haus.

Schon auf dem Flur schlug ihm der Geruch nach kaltem Zigarettenrauch entgegen. Hier würde man gründlich lüften müssen, ehe man das Haus einem Kaufinteressenten zeigte.

Wirkte das Haus von außen nur klein, so erschien es im Inneren winzig. Das Erdgeschoss beherbergte ein kleines Wohnzimmer und die Küche, im Obergeschoss befanden sich Schlafzimmer und Bad.

In den Räumen herrsche pedantische Ordnung, doch bei genauerem Hinsehen konnte man auf allen Möbelstücken eine Staubschicht erkennen. Liebwerk schien es mit dem Putzen nicht sehr genau genommen zu haben.

Der Katzenkorb neben dem wurmstichigen Sekretär war leer, worüber Marenburg zutiefst dankbar war. Egal, wo sich die Mieze jetzt auch befinden mochte, er hatte nun ein gutes Argument, genauer nachzusehen.

An jenem Abend im »Spinnrad« hatte er mehr getrunken als beabsichtigt und konnte sich nur noch ungenau daran erinnern, was Liebwerk über die Akte gesagt hatte. Sicher war er sich nur, dass der Archivar erwähnt hatte, er habe die Unterlagen mit nach Hause genommen. Aber wohin mochte er sie gelegt haben?

Marenburg sah sich um und ging dann zum Sekretär hinüber. Das Möbelstück musste von einem Flohmarkt stammen. Vielleicht war es aber auch ein Erbstück. Er machte sich an der Klappe zu schaffen. Obwohl sie abgesperrt war, ließ sie sich recht leicht mit ein wenig Druck gegen die Seite öffnen. Auch hier herrschte die Ordnungsliebe eines Mannes, der von Berufs wegen gewohnt war, alles an einem bestimmten Platz aufzubewahren. Es dauerte nicht lange, da fand Marenburg in einem Ablagefach, wonach er gesucht hatte.

Ihr Freund war der Meinung, mit der Akte sei etwas nicht in Ordnung, hörte er Liebwerks Reibeisenstimme wieder. *Aber ich habe sie mir etliche Male durchgesehen, ja ich habe mir sogar eine Kopie gemacht und zu Hause noch einmal alles überprüft, aber ich konnte nichts Außergewöhnliches darin finden. Also geben Sie endlich Ruhe!*

Marenburg schob die Akte in seine Jacke, zog den Reißverschluss hoch und wandte sich zum Gehen. Erschrocken sah er ins Gesicht der Nachbarin, die in der Tür stand und ihn beobachtete.

»Was machen Sie denn da?«

»Ich habe nur nachgesehen, ob es irgendwelche Impfunterlagen für das Tier gibt.«

»Impfunterlagen?«

»Ja, aber gefunden habe ich nichts.«

»Es gibt bestimmt welche«, versicherte die Nachbarin

und trat in den Raum. »Er hat Luzi sogar so eine Nummer ins Ohr tätowieren lassen, für den Fall, dass sie mal verlorengeht.«

Mit gespielter Beiläufigkeit sah Marenburg auf seine Armbanduhr. »Tja, ich muss dann wieder los. Meine Frau erwartet mich zum Essen. Wie gesagt, ich komme später noch einmal wieder. Die Katze ist nicht im Haus, soweit ich das sehen konnte.«

»Wissen Sie, das ist doch schon sonderbar«, fing die Nachbarin nun an.

»Ja? Was denn?«

»Gerade eben hat noch ein Herr wegen Luzi angerufen.«

Marenburg sah sie verwundert an. »Wegen der Katze?«

Die Frau zuckte mit den Schultern. »Na ja, er sagte, er rufe wegen Herrn Liebwerk an, worauf ich meinte, falls er wegen der Katze anruft, es sei schon jemand da, der sie abholt. Daraufhin sagte er, dass er tatsächlich wegen der Katze anrufen würde.«

»Hat er seinen Namen genannt?«

»Nein.« Sie schüttelte den Kopf. »Wir haben nur kurz gesprochen. Er meinte, er würde gleich vorbeikommen, um mit Ihnen zu reden.«

»Mit mir? Haben Sie ihm denn gesagt, wer ich bin?«

»Ja«, nickte die Nachbarin, »und er meinte, er kenne Sie.«

Marenburg bekam ein seltsames Gefühl in der Magengrube. »Das … wird wohl mein Schwager gewesen sein«, sagte er. »Meine Nichte wünscht sich schon lange eine Katze.«

Die Nachbarin hob nun an, einen Vortrag über die Wichtigkeit von Haustieren für kleine Kinder zu halten, aber Marenburg schob sich an ihr vorbei und verließ das Haus.

»Aber was ist denn mit Ihrem Schwager?«, rief ihm die Frau nach.

Marenburg entgegnete, er habe wirklich keine Zeit, auf ihn zu warten. Dann sah er zu, dass er verschwand. Er hatte, wonach er gesucht hatte, und irgendein Instinkt sagte ihm, es sei besser, diesem unbekannten Anrufer nicht zu begegnen. Nicht bevor er wusste, was es mit der Akte auf sich hatte. Doch während er zur Bushaltestelle zurückeilte, wurde er das Gefühl nicht los, dass ihn jemand beobachtete.

44

Eine jüngere blassgesichtige Pflegerin, deren Namensschild sie als *Schwester Sabine* auswies, führte Carla durch das Treppenhaus ins Untergeschoss von Station 12.

Sie betraten einen Raum, der Carla in Erstaunen versetzte. Die Wände waren gänzlich in Rot gehalten, und auf dem ebenso roten Fußboden hörten sich ihre Schritte an, als liefen sie auf Samt.

»Dr. Rauh wird gleich bei Ihnen sein«, sagte die Schwester und zeigte auf die drei Sitzmöglichkeiten, die dieser Raum bot – eine Liege, einen Lehnsessel und einen einfachen Holzstuhl.

»Bitte, nehmen Sie doch schon einmal Platz.«

Carla setzte sich auf den Stuhl.

Sabine lächelte ihr zu, legte den von Jan ausgefüllten Verordnungsbogen auf dem niedrigen Holztisch ab und verschwand ohne ein weiteres Wort aus dem seltsamen Zimmer.

Der Raum weckte ein klaustrophobisches Gefühl bei Carla. Obwohl das Zimmer recht groß und spartanisch eingerichtet war, hatte sie das Gefühl, als könne sie hier kaum atmen.

Vielleicht lag es ja an diesem Rot, das sie an etwas Organisches erinnerte. An einen Schlund, der sie zu verschlingen drohte.

Ob Nathalie sich hier auch so unbehaglich gefühlt hatte? Normalerweise hatte Nathalie satte Wandfarben gemocht, und die Wände in ihrer Wohnung waren in kräftigem Apricot gehalten. Das Rot dieses Zimmers hatte ihr jedoch sicherlich auch nicht gefallen. Was mochte dieser Dr. Rauh mit einem solchen Raum bezwecken?

So stelle ich mir ein Zimmer in einem Bordell vor, dachte Carla und musste sich ein nervöses Kichern verkneifen. *Fehlt nur noch die dämmrige Beleuchtung und der Moschusgeruch.*

Zwar gab es auch hier einen Geruch – einen Geruch, der in ihr das Bild einer Obstschale hervorrief –, aber er war kaum wahrnehmbar. Überhaupt schien hier alles, was man wahrnahm, eher auf unterschwellige Art ins Bewusstsein zu gelangen.

Wahrscheinlich war ihr dieser Raum deshalb auch so unangenehm. Dieser Raum war irgendwie ... nun ja, *nicht ehrlich* zu ihr. So als wolle er ihr auf hinterlistige Weise ihre Geheimnisse entlocken.

Ob Nathalie hier von *ihren* Geheimnissen erzählt hatte? Sie hatte nie von diesem Raum gesprochen. Sie hatte überhaupt nur wenig von dem erzählt, was man in der Klinik mit ihr gemacht hatte.

Für Carla war es nur schwer vorstellbar, dass Nathalie in dieser Atmosphäre und noch dazu einem Mann gegenüber über das gesprochen hatte, was sie ihr nur im Schutz der Zweisamkeit unter Freundinnen anvertraut hatte. Aber vielleicht täuschte sie sich. Wenn man sich auf diesen Raum einließ, war es vielleicht so, als würde man sich auf ein intimes Verhältnis einlassen, das danach selbst zum Geheimnis wurde, weil man mit niemand anderem darüber sprechen wollte. Ein intimes Verhältnis auf seelischer Ebene.

War es das, was Nathalie mit dem »Dämon« gemeint hatte? Etwas, das Carlas Boulevardkollegen vielleicht als »Seelenfick« bezeichnet hätten?

Aber davon wäre sie nicht schwanger geworden.

In diesem Moment klopfte es leise, und ein Mann trat ein. Er musste weit über fünfzig sein, aber für sein Alter sah er noch sehr gut aus. Durchtrainierter Körper, gepflegtes Äußeres und Kleidung, die man nur in ausgewählten Herrenboutiquen bekam.

Die Frauen müssen eine Schwäche für ihn haben, dachte Carla, denn auch wenn er ein wenig eitel auf sie wirkte, schien er nicht der Aufreißertyp zu sein, der sein superteures Cabrio unmittelbar vor dem Lokal parkte.

Als der Mann sie sah, stutzte er. Carla hätte schwören können, dass er eine Spur bleicher geworden war. Dann aber schien er sich wieder zu fangen. Er nahm den Verordnungsbogen zur Hand.

»Frau Weller? Meine Name ist Rauh«, begrüßte er sie. Er hatte eine angenehme, fast schon betörende Stimme. Ein sanftes, warmes Timbre.

Sie stand auf und schüttelte ihm die Hand. Er hatte einen festen Händedruck, nur waren seine Hände ein wenig feucht.

»Aber bitte, setzen Sie sich doch«, sagte er nachdenklich.

Sie ließen sich nieder, Rauh im Lehnsessel, Carla auf dem Stuhl. Sie hatte den Eindruck, dass ihm das nicht ganz recht zu sein schien. Rauh sah in den Verordnungsbogen und studierte ihn gründlich. Als er ihn wieder auf die Tischplatte zurücklegte, lächelte er Carla an.

»Wie ich sehe, hat Sie Kollege Forstner zu mir überwiesen.«

»Er meinte, ich sei bei Ihnen in den besten Händen.«

»Das ehrt mich.« Noch immer lächelte Rauh, aber Carla konnte dennoch spüren, wie er sie dabei taxierte. »Weshalb will er Sie nicht selbst behandeln?«

»Das fragen Sie Ihren Kollegen am besten selbst.«

»Das werde ich. Aber vielleicht erzählen Sie mir zuerst einmal, weshalb Sie hier sind.«

»Meine beste Freundin ist tot«, sagte Carla und behielt dabei jede seiner Reaktionen im Auge.

Rauh nickte und sah sie mitfühlend an. »Und Ihnen fällt es schwer, damit zurechtzukommen?«

»Ja.«

»Deshalb auch der Versuch, ihr zu folgen?«

Carla sah auf ihre Bandagen und nickte. »Ja.«

»Nein«, Rauh machte eine kurze Kopfbewegung zu ihren Handgelenken, »damit meine ich nicht Ihren angedeuteten Suizidversuch. Ich meine Ihr Auftreten.«

Carla spürte, wie ihr das Blut in den Kopf schoss.

»Sie wollten sehen, wie ich auf Ihre Ähnlichkeit reagiere«, setzte Rauh mit ruhiger Stimme hinzu. »Und Sie sind hier, weil Sie glauben, ich wüsste, warum Frau Köppler sich so überraschend das Leben genommen hat, nicht wahr?«

Touché, ging es Carla durch den Kopf. *Du hast ihn überrumpelt, jetzt versucht er dasselbe mit dir.*

»Wissen Sie es denn?«

Abermals lächelte Rauh, doch diesmal schien es ihr noch unechter als zuvor.

»Entscheidender ist doch, was *Sie* darüber zu wissen glauben. *Darüber* sollten wir sprechen.«

»Nun, ich glaube, dass Sie den Grund für Nathalies Selbstmord kennen«, sagte Carla und imitierte seinen ruhigen Tonfall.

»Aha«, machte Rauh. Sein Lächeln verschwand.

»Und ich glaube, dass dieser Grund irgendetwas mit dieser Klinik zu tun hat.«

Hinter der Stirn des Arztes schien etwas vor sich zu gehen. Es konnte Unsicherheit sein, ebenso gut aber auch Verärgerung über ihre Anschuldigung.

»Sie suchen also nach einem Schuldigen?«

Carla zuckte mit den Schultern. »Wenn Sie so wollen, ja.«

»Und ich bin Ihr Hauptverdächtiger?«

»Wer weiß«, entgegnete sie und registrierte ein verärgertes Funkeln in seinem Blick.

»Wohin soll diese Unterhaltung führen, Frau Weller?«

»Zur Wahrheit?« Carla sah den Arzt unverwandt an.

»Zu einer Wahrheit, die *Sie* gerne hören wollen.« Rauhs Stimme wurde lauter. »Denn ich fürchte, eine andere werden Sie nicht akzeptieren.«

»Das käme auf einen Versuch an.«

»Na gut«, seufzte Rauh und machte eine ungeduldige Handbewegung. »Die Wahrheit ist, dass sich eine ehemalige Patientin, die unter einer schweren Angststörung litt, vor einigen Tagen das Leben genommen hat. Eine weitere Wahrheit ist, dass mich ihre Freundin nun verdächtigt, dafür verantwortlich zu sein. Sie ist sogar so sehr davon überzeugt, dass sie sich die Arme ritzt, um auch sicher in dieser Klinik zur Behandlung aufgenommen zu werden. Sie verkleidet sich als Doppelgängerin und beschwatzt einen anderen Klinikarzt, sie zu mir zu verlegen, in der Hoffnung, ich werde ihr genau dasselbe *antun*, was ich ihrer Freundin *angetan* habe. Was immer Sie sich auch ausgemalt haben, was das gewesen sein könnte. *Das*, liebe Frau Weller, dürfte die Wahrheit sein, die Sie gern hören wollen.«

»Nun, was haben Sie Nathalie denn *angetan*?«, fragte Carla.

Rauh reckte den Hals, atmete durch und sah sie dann wieder an. »Ich habe mich mit ihr unterhalten. So wie ich mich jetzt mit Ihnen unterhalte. Ich habe mir ihre Ängste angehört.«

»Sie hätte Ihnen nie von ihren Ängsten erzählt.«

Rauh lächelte auf die überhebliche Weise, die Carla so abstieß.

»Höre ich da Eifersucht heraus? Wie kommen Sie darauf, dass es nicht so gewesen sein soll?«

»Weil ich Nathalie gekannt habe«, sagte sie, schärfer als beabsichtigt. »Besser als jeder andere.«

»Ach ja?« Rauh hob eine Braue. Er schien belustigt. »Dann hätten Sie auch ahnen müssen, dass sich Frau Köppler bei unserer ersten Begegnung *nicht* auf den Stuhl gesetzt hat.«

»Den Stuhl? Was hat das schon zu bedeuten?«

»Mehr als Sie denken, Frau Weller.«

In einer geschmeidigen Bewegung stand Rauh aus dem Ledersessel auf. Er trat zur Tür und öffnete sie.

»Sie gehen jetzt besser«, sagte er wieder mit der ruhigen Stimme, mit der er sie begrüßt hatte.

»Sie werfen mich raus?«

»Ich halte es für besser, wenn wir unsere Sitzung für heute beenden. Kommen Sie wieder, wenn Sie ernsthaft an einer Therapie interessiert sind. Und dazu möchte ich Ihnen dringend raten. Andernfalls sollten Sie Ihren Klinikaufenthalt überdenken.«

Carla erhob sich. »Sie haben mir noch keine klare Antwort gegeben.«

»Zu Frau Köppler werde ich Ihnen auch keine weiteren Informationen geben«, sagte Rauh unwirsch. »Das verbietet meine Schweigepflicht. Und die gilt auch über den Tod meiner Patientin hinaus. Ach, Frau Weller, und eine Frage hätte ich noch an *Sie*.«

»Ja?«

»Kennen Sie einen Rudolf Marenburg?«

Carla war über diese Frage viel zu verdutzt, als dass sie sofort antworten konnte.

Rauh nickte nur kurz, dann schloss er die Tür.

45

Das Wohnhaus des Klinikleiters befand sich am südlichen Rand der Waldklinik. Wie die meisten Gebäude auf dem Krankenhausgelände war es bereits in den Gründungsjahren errichtet worden – zu einer Zeit, in der die Leiter solcher Institutionen noch wie Fürsten behandelt wurden und ebenso gelebt hatten.

Als Jan das hohe Vestibül mit den riesigen Fenstern und dem blankpolierten Parkettboden betrat, hatte er den Eindruck, er sei zu einer Schlossbesichtigung eingeladen worden und nicht nur zu einem Abendessen mit der Familie seines Chefs.

»Unter uns gesagt, haben wir uns hier noch nie sonderlich wohlgefühlt«, bekannte Fleischer später beim Essen, von Jan auf die pompöse Ausstattung angesprochen. »Ich trage mich immer noch mit dem Gedanken, hier eine Station für Kinder- und Jugendpsychiatrie zu eröffnen und mit Hannah in ein kleineres Haus zu ziehen. Jetzt, wo uns die Mädchen nur noch selten besuchen.«

»Papa, du bist ungerecht«, empörte sich Annabelle. Fleischers jüngere Tochter war eine bildschöne Blondine, ein Ebenbild ihrer Mutter. »Wir besuchen euch doch ständig.« Sie fuhr zärtlich über die Rundung ihres Bauchs. »Und vielleicht werdet ihr in drei Monaten über jede ruhige Minute froh sein. Der kleine Derwisch strampelt schon wieder wie ein Wilder.«

»Ihr werdet uns sicherlich nie zu viel«, versicherte Frau Fleischer. »Auch wenn wir einmal in einem kleineren Haus leben sollten, wird sich daran nichts ändern.«

»Während des Studiums habe ich in einer Bude gehaust, die kleiner war als unser jetziges Badezimmer«, sagte Fleischer und reichte Jan eine Schüssel mit Kartoffeln. Jan lehnte dankend ab.

»Die Wohnung danach war auch kaum größer.« Hannah Fleischer zwinkerte ihrem Mann zu. »Aber sie hatte etwas Kuscheliges, nicht wahr, Raimund?«

Fleischer lächelte versonnen seine Frau an. »Vor allem mussten wir uns noch keine Putzfrau leisten.«

»Ach, du alter Chauvinist«, lachte Frau Fleischer und schenkte Jan Wein nach.

»Liebste Hannah, das *alt* nimmst du sofort zurück.«

»Ich bin mir hier immer vorgekommen wie dieses

Mädchen in *Plötzlich Prinzessin*«, sagte Annabelle. »Kennen Sie den Film?«

»Ich glaube nicht«, meinte Jan.

»Ein Mädchen, das von heute auf morgen in ein Schloss zieht«, sagte sie und betupfte mit der Serviette einen Preiselbeerfleck auf ihrem Pullover. »Nur dass sich vor dem Schloss nicht lauter Geisteskranke getummelt haben.«

»Annabelle, bitte«, sagte Hannah Fleischer mit vornehmer Entrüstung. »Sie müssen ihr das nachsehen, Doktor Forstner, Annabelle hatte noch nie viel für den Beruf ihres Vaters übrig.«

»Deshalb habe ich auch einen Biologen geheiratet«, sagte Annabelle und erhob sich. Sie ging um den Tisch und umarmte ihren Vater. »Aber das ändert natürlich nichts an der Tatsache, dass mein Paps der beste von allen ist, versteht sich.«

Sie drückte ihrem Vater einen Kuss auf die Wange und ging dann in die Küche.

»Da sehen Sie es, Jan«, sagte Fleischer und sah voller Stolz seiner schwangeren Tochter nach. »Ich bin immer noch ein umschwärmter Mann.« Er rückte seine große schwarze Brille zurecht, und wieder musste Jan denken, dass Dr. Raimund Fleischer entschieden etwas von Gregory Peck hatte.

»Haben Sie Familie, Jan?«, fragte Frau Fleischer.

»Nein, ich bin«, Jan hüstelte, »geschieden.«

»Oh, das tut mir leid. Haben Sie Kinder?«

»Nein.«

Hannah Fleischer nickte und schien zu verstehen. Dann zeigte sie auf die Platte mit dem Fleisch. »Möchten Sie noch etwas von dem Rehrücken, Jan?«

»Nein danke, ich bin pappsatt.«

Jan spürte die Röte auf seinen Wangen. Ihm gefielen diese Gespräche nicht, die sich um Ehe und Kinder drehten. Er kam sich dabei stets so vor, als stünde ihm seine Verlustangst auf die Stirn geschrieben – der Grund für seine Kinderlosigkeit. Immerhin hatte es nie an seinen Partnerinnen gelegen.

»Ein dickes Kompliment an die Köchin«, sagte er rasch und schenkte der Gastgeberin ein Lächeln. »Es war köstlich.«

»Das freut mich. Raimund hat guten Kontakt zu einem Jäger aus der Gegend. Herrn ... Wie heißt er doch gleich?«

»Hesse«, sagte Fleischer. »Hermann Hesse, genau wie der Schriftsteller. Sein Sohn ist ein Kollege hier am Ort. Allgemeinmediziner. Netter Kerl, sehr fähig.«

»Ja«, stimmte Jan zu. »Ich hatte bereits mit ihm zu tun.«

Fleischer war erstaunt. »Ach ja? Na, die Welt ist klein. Aber wegen dem Reh – eigentlich haben wir es Norbert Rauh zu verdanken. Er hat den sehr viel engeren Kontakt zum alten Hesse. Die kennen sich schon aus Zeiten, als Norbert noch ein Dreikäsehoch war. Tja, und seit Norbert wieder hier ist, haben wir immer ein gutes Stück Kössinger Wild in der Kühltruhe.«

»Kössingen«, wiederholte Jan. Das Wort versetzte ihm einen Stich. Er sah die einsame Waldstraße vor sich. Schnee. Einen gelben VW Passat an einem Baum ...

Er bemerkte den Blick seiner Gastgeber und lächelte verlegen.

»Tja«, Hannah Fleischer erhob sich und stellte die Teller zusammen, »dann werde ich mal zu Annabelle in die Küche schauen. Wollen die Herren einen Kaffee oder etwas Süßes?«

»Kaffee wäre großartig«, sagte Jan, und Fleischer fügte hinzu: »Den trinken wir in meinem Arbeitszimmer. Das müssen Sie gesehen haben, Junge. Dagegen ist mein Büro in der Verwaltung die reinste Telefonzelle.«

»Beeindruckend«, entfuhr es Jan, als sie Raimund Fleischers Arbeitszimmer betraten. Es war kein Zimmer, sondern ein Saal, in dem man leicht einen Ball hätte veranstalten können.

»Noch beeindruckender sind unsere Heizkosten«, lachte Fleischer. »Wenn wir dieses Haus tatsächlich eines Tages in eine Station umbauen, werden wir einen schönen Batzen Geld in die Wärmedämmung investieren müssen.«

Als Hannah Fleischer ihnen den Kaffee gebracht hatte, nahmen die beiden Männer in einer kleinen Sitzecke neben einem voluminösen Bücherschrank Platz.

»Sie haben vorhin an Ihren Vater gedacht, als ich Kössingen erwähnt habe, nicht wahr?« Fleischer schaufelte zwei Löffel Zucker in seine Tasse, nahm sie hoch und begann bedächtig umzurühren.

Jan nickte. »Was glauben Sie, wohin er damals unterwegs gewesen sein könnte?«

»Ich weiß es beim besten Willen nicht.« Der Professor nippte an seinem Kaffee und stellte die Tasse auf dem kleinen Beistelltisch ab. Er lehnte sich in seinem Sessel zurück, und das Leder knarrte leise unter seinem Gewicht. »Hören Sie, Jan, ich will ehrlich sein. Ich mache mir Sorgen um Sie.«

»Sorgen?« Jan sah ihn überrascht an. »Um mich?«

»Ja. Ich habe gestern mit Norbert Rauh gesprochen. Keine Angst, er hat nicht aus dem Nähkästchen geplaudert, ich wollte nur ganz allgemein wissen, wie sich Ihre Therapie anlässt.«

Jan stellte ebenfalls seine Tasse ab. Er spürte, wie seine Handflächen feucht wurden. »Wie war seine Meinung?«

»Er hat gesagt, Sie seien schon ein gutes Stück vorangekommen, aber er denkt, dass Sie sich noch immer versperren.«

»Rauh hat mich erst zweimal gesehen. Wie kann er sich da schon ein Urteil bilden?«

Fleischer schlug die Beine übereinander und formte mit seinen Fingern ein Dreieck vor der Brust. »Diese Klinik hat viele Augen und Ohren, Jan. Ich höre, Sie stellen Nachforschungen an. Sie beschäftigen sich mit alten Fällen. Es heißt, Sie waren mehrere Male bei Liebwerk im Archiv. Stimmt das?«

Jan zuckte mit den Schultern. »Ja, das stimmt.«

»Freut mich, dass wir offen miteinander reden.« Fleischer nickte zufrieden. »Nichts anderes habe ich von Ihnen erwartet, Jan.«

»Ich habe niemandem mit meinen Fragen geschadet«, verteidigte sich Jan.

»Sie schaden sich selbst damit«, sagte Fleischer ruhig. »Ich gebe Ihnen hier eine zweite Chance, weil ich Ihnen helfen will, endlich mit Ihrer Vergangenheit abzuschließen. Aber das geht nur, wenn Sie den Blick nach vorn richten. Ich weiß, das fällt Ihnen nicht leicht. Dies ist immerhin der Ort, an dem alles begonnen hat. Aber Sie sollten sich immer vor Augen halten, dass dies Ihre einzige Möglichkeit ist, beruflich wieder Fuß zu fassen. Erst recht nach dem Tod von Laszinski.«

Jan setzte sich kerzengerade auf. »Laszinski ist tot?«

»Ja, er wurde von zwei Mitgefangenen vergewaltigt und erschlagen.«

Jan sackte in sich zusammen. »Wenn das bekannt

wird, werden auch die ganzen alten Geschichten wieder hochkommen.«

»Das steht zu befürchten«, sagte Fleischer. »Noch ist die Nachricht inoffiziell, und solange die Ermittlungen laufen, wird man sich bedeckt halten. Aber wenn die Presse erst einmal Wind davon bekommt, wird viel Staub aufgewirbelt werden.«

Jan sah die Schlagzeilen wieder vor sich: PSYCHOPATHEN IM WEISSEN KITTEL und WENN TÄTER ZU OPFERN WERDEN waren noch die harmloseren gewesen.

Zwar war der Vorfall mit Laszinski nur für wenige Tage durch die Medien gegeistert, aber wenn der Mann jetzt in der Haft umgebracht worden war, bot dies eine willkommene Gelegenheit für neue Spekulationen über die Wertigkeit dieser Tätergruppe im Maßregelvollzug. Der Fall des Dr. Jan Forstner, der seinen Patienten krankenhausreif geprügelt hatte, während sich die Aufseher mit ihrem Einschreiten Zeit gelassen hatten, würde nun noch mehr Gewicht bekommen.

»Deshalb«, fuhr Fleischer fort, »ist es wichtig, dass Sie mein Angebot hier nutzen. Wie gesagt, Ihrem unbefristeten Vertrag steht so gut wie nichts mehr im Weg. Jetzt ist es an Ihnen, denen da draußen zu zeigen, was für ein großartiger Arzt Sie sind.«

Geistesabwesend sah Jan aus dem großen Doppelfenster. Die Bäume des Parks waren im schwachen Licht der Wegbeleuchtung nur zu erahnen.

Ein goldener Käfig, dachte Jan. *Fleischer bietet mir Schutz in einem goldenen Käfig. Aber ein Gefangener bin ich trotzdem.*

»Wollen Sie die Chance noch nutzen?«, fragte Fleischer.

»Ja. Ja, ich denke, das werde ich.«

»Gut so«, bestätigte ihn der Professor. »Und da ist noch etwas, das Sie wissen sollten. Sie hatten Norbert nach Alexandra Marenburg gefragt.«

»Ja, das habe ich.« Jan machte eine entschuldigende Geste. »Ich weiß, die alten Geschichten sollte man endlich ruhen lassen, aber …«

»Hören Sie, Jan«, unterbrach ihn Fleischer. »Die junge Frau litt unter einer schizophreniformen Störung. Sie war nicht nur depressiv, wie Herr Marenburg das gerne betont. Sie hatte Wahnvorstellungen. Wenn sie die bekam, wurde sie unberechenbar. Jan, Ihr Vater hatte sich sehr um sie bemüht, aber ihre Medikamente wirkten nur bedingt zuverlässig. Deshalb die häufigen Klinikaufenthalte. Es ging nicht anders.« Er machte eine kurze Pause, ehe er weitersprach. »In der Nacht ihres Suizids ging es ihr wieder schlecht. Wir hatten einen personellen Engpass. Ein einzelner Pfleger musste sich um beide Stationen kümmern. Als er auf seinem Rundgang war, passierte es. Die junge Frau lief schreiend auf den Gang. Dann …«, er seufzte, »dann stürzte sie durch eines der Fenster ins Freie und lief davon. Der Pfleger alarmierte sofort die Polizei. Den Rest der Geschichte kennen Sie ja.«

»O ja«, sagte Jan und dachte an das Diktiergerät in seiner Jackentasche. Auf einmal erschien ihm seine jugendliche Dummheit, die Stimme eines Geistes darauf bannen zu wollen, derart befremdlich, dass er am liebsten laut darüber gelacht hätte.

»Ich will mich nicht in Ihre Privatangelegenheiten mischen«, sagte Fleischer und beugte sich zu Jan vor, »aber ich möchten Ihnen einen Rat geben: Nehmen Sie sich vor Rudolf Marenburg in Acht. Er ist von dem Gedanken besessen, dass wir seine Tochter auf dem Gewissen haben. Es ist eine schon fast krankhafte Obsession. Wenn Sie wüssten, wie oft er bei mir oder bei Norbert Rauh angerufen hat. Mitten in der Nacht und sturzbetrunken. Er gibt uns die Schuld. Dabei war Norbert nicht einmal ihr behandelnder Arzt. Hypnose kommt bei schizophren Erkrankten ohnehin nicht infrage.«

Es ärgerte Jan, dass Fleischer schlecht über seinen Freund sprach, aber Jan wusste doch, dass der Professor Recht hatte: Rudi war ein schlechter Ratgeber in dieser Angelegenheit. Das hatte Jan ja auch Carla begreiflich zu machen versucht.

Eine andere Sache brannte ihm auf den Nägeln, und er beschloss, Fleischer danach zu fragen. »Als Herr Liebwerk vor einigen Tagen das Archiv nach Alexandra Marenburgs Akte durchsuchte, konnte er sie nicht finden. Wie erklären Sie sich das? Ein Zufall?«

Fleischer griff nach seinem Kaffee, trank einen Schluck und sah Jan über den Tassenrand hinweg an. »Nun, das ist wohl kein Zufall, Jan. Und wenn Sie etwas nachdenken, werden Sie selbst darauf kommen, was mit der Akte geschehen ist.«

Jan sah den Klinikleiter konsterniert an. »Ich? Wie das?«

»Ihr Vater hatte die Akte«, sagte Fleischer. »Alexandra war seine Patientin, und Bernhard nahm regelmäßig Akten mit nach Hause, um dort seine Berichte zu schreiben. Wenn die Akte nicht im Archiv war, wie Sie sagen, dann vermute ich, dass sie Ihr Vater hatte. Wäre durchaus denkbar, dass sie im Zuge der tragischen Ereignisse verlorengegangen ist. Wie Sie sich vorstellen können, ging es hier nach den beiden Unglücksfällen drunter und drüber.«

Jan umklammerte die Lehnen seines Sessels. Fleischer hatte Recht. Jan hätte es wissen müssen. Vielleicht hatte er es insgeheim auch gewusst und nur verdrängt.

Habe ich die ganze Zeit an der falschen Stelle nach Antworten gesucht?

»Noch Kaffee?«, fragte Fleischer und deutete auf die beiden leeren Tassen.

»Nein danke«, murmelte Jan.

Für heute hatte er genug.

46

Noch vor einer halben Stunde hätte Dunja nicht im Traum daran gedacht, dass dies der glücklichste Tag ihres Lebens werden sollte. Aber nun saß sie neben ihm auf dem Beifahrersitz einer Luxuslimousine, trank Champagner und konnte ihr Glück noch gar nicht fassen.

Zunächst hatte sie gedacht, sie sei in einen ganz normalen Mittelklassewagen eingestiegen und in dem Glas in ihrer Hand befinde sich gewöhnlicher Prosecco aus dem Kühlregal irgendeiner Tankstelle. Doch nun war ihr klar, dass sie sich gewaltig geirrt hatte.

»So kann man sich täuschen«, hatte er gesagt, als sie ihrer Verwunderung Ausdruck gegeben hatte.

Und damit lag er vollkommen richtig. Schließlich hatte sie sich ja auch in ihm getäuscht. Wie oft hatte er schon von ihr verlangt, sich eine Pappmaske vors Gesicht zu halten und vorgegebene Texte aufzusagen, während er sie vögelte, doch nie war ihr aufgegangen, dass dies alles nur ein Test ihres schauspielerischen Talents sein könnte. Sie hatte ja nicht einmal durchschaut, wer der große Unbekannte in Wirklichkeit war.

Doch nun hatte er sich ihr zu erkennen gegeben, und es war unfassbar. Ihr größter Traum war Wirklichkeit geworden. Sie saß neben Robert De Niro.

Sie hatte es schon immer gewusst, auch wenn sie manchmal befürchtet hatte, es wäre nicht mehr als nur ein Traum: Eines Tages würde er kommen und sie aus dem Sumpf, in dem sie steckte, herausholen. Weg von den dunklen Gestalten, weg von all den verschrobenen, manchmal hässlichen und ziemlich häufig fetten Typen, die nur auf einen schnellen Fick aus waren. Weg von all diesen menschlichen Abgründen.

Jetzt endlich war das alles vorbei. Jetzt saß sie neben ihm und fuhr durch die Nacht, und jedes Mal, wenn sie zu ihm hinübersah, machte ihr Herz einen Sprung vor Freude und Glückseligkeit.

Er sah genauso aus, wie sie ihn von der Leinwand kannte. Bei diesem Prachtstück von einem Mann war jeder Visagist oder Make-up-Experte überflüssig. In seinem Smoking sah De Niro aus wie seinerzeit als Don Vito Corleone, dabei dürfte er während der Aufnahmen nicht viel älter als dreißig gewesen sein. Doch das Alter konnte einem Leinwandgott nichts anhaben, selbst wenn er die Sechzig überschritten hatte – dafür war Robert De Niro ohne Zweifel der lebende Beweis.

»Sie sehen so verdammt gut aus«, wagte sie schließlich zu äußern, und De Niro schenkte ihr sein unvergleichliches Lächeln, das ein wenig nach Louis Cyphre aus *Angel Heart* und sehr nach Pater Bobby aus *Sleepers* aussah.

Wie sie dieses Muttermal auf seiner rechten Wange doch liebte. Allein um dieses Muttermal berühren oder küssen zu dürfen, hätte sie ihre gesamten Ersparnisse für die Schauspielschule hergegeben.

Vergessen war die Müdigkeit von vorhin, als sie aus dem *Love Palace* gekommen war und nur noch nach Hause in ihre Badewanne gewollt hatte. Deswegen wäre sie auch fast nicht zu ihm in den Wagen gestiegen, hatte aber schließlich doch noch seinem Drängen nachgegeben, weil er sie neugierig gemacht hatte. Er hatte so gut gelaunt gewirkt, ihr Sekt – der jetzt Champagner war – angeboten und ihr versprochen, ihr etwas Großartiges zu zeigen. Und jetzt, nachdem sie begriffen hatte, wer er wirklich war ... ja, jetzt war es wirklich *großartig*!

»Bin ich denn auch passend angezogen?«, fragte sie unsicher.

»Aber klar, Baby«, sagte De Niro und lächelte wieder sein göttliches Lächeln. »Sie dich doch nur mal an. Bei dir wird jedes Kleid zur geladenen Waffe, Darling.«

Sie sah an sich herab. Trug sie wirklich dieses weinrote Abendkleid mit dem tiefen Dekolleté? Sie konnte sich nicht erinnern, es angezogen zu haben. Das musste bestimmt am Champagner liegen. Herrje, sie musste achtgeben, dass sie keinen Schwips bekam. Das wäre an diesem außergewöhnlichsten aller Abende nicht nur peinlich, sondern fatal für ihre Karriere.

»Unsinn, Baby«, sagte De Niro und legte ihr eine Hand auf den Schenkel. »Trink noch einen Schluck. Mach dich locker für die Show. Das tun wir doch alle.«

O Gott, allein seine Hand zu spüren ließ sie feucht werden. Sie musste sich jetzt zusammennehmen, also trank sie ihr Glas hastig leer. Der Champagner kribbelte in ihrem Bauch, und sie musste ein leises Rülpsen unterdrücken.

Hoffentlich hat er es nicht mitbekommen. Ich beneh-me mich ja wie ein Bauerntrampel.

Doch De Niro lachte nur, und sie fiel in sein Lachen ein. Gleich darauf hielt er an.

»O Bob«, sagte sie. Er hatte sie gebeten, ihn *Bob* zu nennen – alle guten Freunde nannten ihn *Bob* –, und sie hoffte insgeheim, ihm in dieser Nacht noch oft »O Bob« ins Ohr hauchen zu dürfen. »Warum ist es hier so dunkel?«

»Wir sind hinter der Bühne, Baby«, sagte Bob und zwinkerte ihr zu. »Gleich wird der Vorhang aufgehen, und dann wird es verdammt hell, pass nur auf.«

Sie folgte ihm eine Treppe hinauf und betrat den blankgebohnerten Boden. Zwar konnte sie diese Bühne noch nicht sehen, dafür war es viel zu dunkel, doch Bob führte sie an der Hand und erklärte ihr, wo sie sich befanden. Bob kannte sich aus.

Ihre hohen Absätze klackten auf dem Boden, als sie ihm zur Mitte der Bühne folgte. Der Vorhang war geschlossen, aber sie glaubte, leises Raunen von der anderen Seite zu hören. Gespanntes Gemurmel, das nur ihr allein galt.

»Bist du bereit, Schätzchen?«

Sie brachte nur ein Nicken zustande. Am liebsten wäre sie jetzt davongelaufen. Nie hätte sie geglaubt, dass Lampenfieber so schlimm sein konnte.

Aber he, das ist dein großer Moment, also sei tapfer!

Sie wollte Bob fragen, ob ihr Make-up nicht verschmiert sei, ob ihm ihr Lippenstift nicht ein wenig zu dick aufgetragen erschien und ob der Ausschnitt ihres Kleides nicht vielleicht doch ein wenig zu tief war. Himmel, man sah ja fast das Piercing in ihrem Bauchnabel.

Zukünftige Filmstars waren doch nicht gepierct, wie hatte sie das nur vergessen können?

»Pssst«, machte Bob und streichelte ihre nackte Schulter. Wieder konnte sie spüren, wie sie ein wohliger Schauer durchlief.

»Ganz cool bleiben, Süße. So geht es uns allen am Anfang. Du darfst es sie nur nicht merken lassen.« Er zwinkerte, und das Muttermal auf seiner Wange machte einen kleinen Satz. »Das macht den Profi aus. Also, können wir?«

Dunja atmete tief durch, nickte und brachte ein festes und selbstsicheres »Ja« zustande.

Gut so, dachte sie. *Du bist jetzt ein Profi.*

Robert De Niro – Bob – lächelte zufrieden und verschwand auf der anderen Seite des Vorhangs. Applaus brauste auf, und dann hörte sie ihn rufen.

»Danke, Ladies and Gentlemen, vielen Dank! Doch nicht mir gilt der heutige Applaus. Heißen Sie mit mir die Newcomerin des Jahres willkommen. Wenn es je eine Schauspielerin verdient hat, den Oscar entgegenzunehmen, dann ist es die junge Dame, die nun gleich die Bühne betreten wird.«

Er machte eine dramatische Pause, und das gespannte Murmeln war nun noch lauter geworden.

»Ladies and Gentlemen, Applaus für die großartige, unvergleichliche, hinreißende ... Dunjaaaa Koslowskiiii!«

Er zog ihren Namen in die Länge und untermalte damit das Öffnen des Vorhangs. Dicker roter Samt glitt auseinander und gab den Blick auf das Publikum frei. Jeder einzelne Platz des riesigen Theaters war belegt, und selbst im Mittelgang und zu beiden Seiten drängten sich Menschen – Männer in Frack oder Smoking und

Frauen in Abendkleidern. Manche der Kleider waren klassisch-elegant, andere gewagt wie das von Dunja, oder funkelten in schrillen Farben und waren mit blitzenden Pailletten besetzt. Und während nun die Fanfare der 20th Century Fox ertönte, brandete der Applaus auf.

»Das ist für dich, Baby«, hörte sie De Niro ihr zurufen, doch im grellen Licht der Scheinwerfer konnte sie ihn nirgends ausmachen. Sie erkannte jedoch, wer in den ersten Reihen des Theaters saß und ihr zuklatschte, und vor Aufregung blieb ihr beinahe das Herz stehen.

Da waren sie, die Größten der Großen, die Göttinnen und Götter des Films. Dunja sah Bette Davis, Jane Russell, Liz Taylor, Marilyn Monroe … und da! … war das nicht die Bergman? Ja, sie war es! O mein Gott, sie war es! Sie stand neben James Dean, Clark Gable und Cary Grant. Bei ihr war ihre Tochter, Isabella Rossellini. Die beiden Diven erhoben sich von ihren Plätzen und gaben Dunja stehende Ovationen. Gleich darauf taten es ihnen die anderen nach.

Ich bin im Himmel, o mein Gott, ja, dies ist der Himmel!

Dunja wusste, dass es nun an ihr lag, etwas zu sagen oder zu tun. Doch der tosende Applaus war viel zu laut, als dass sie mit Worten zu ihrem großartigen Publikum hätte durchdringen können. Also breitete sie die Arme aus, warf mit einer vollendeten Divengeste den Kopf zurück und präsentierte sich im immer greller werdenden Scheinwerferlicht.

»Dies sind deine fünf Minuten Ruhm«, hörte sie De Niro sagen, und er hatte ja so Recht.

Dies war *ihr* großer Moment! Dies war …

Der ICE traf sie mit einer ungebremsten Geschwindigkeit von 270 Stundenkilometern. Es passierte so abrupt, dass Dunja Koslowski nicht einmal mehr spürte, wie sie vom Luftsog unter die Räder gerissen und zermalmt wurde.

47

Gegen zwei Uhr morgens hielt Norbert Rauh vor der Fahlenberger Tankstelle. Er stieg aus seinem Wagen, streckte sich und sog die kalte Nachtluft ein.

Der Winterhimmel über ihm war sternenklar und versprach einen weiteren frostigen Tag. Rauh rieb sich die Augen. Eigentlich sollte er längst im Bett sein, aber er war viel zu aufgewühlt, um auch nur an Schlaf zu denken.

Er ging zum Nachtschalter. Ein junges Mädchen mit grün gefärbten Haaren saß kaugummikauend hinter der Panzerglasscheibe und blätterte gelangweilt in einem Musikmagazin. Als sie Rauh auf sich zukommen sah, beugte sie sich zur Gegensprechanlage.

»Ja?«, quäkte ihre Stimme aus dem Lautsprecher.

»Guten Abend«, sagte Rauh und musterte durch die Scheibe den Inhalt des Zigarettenregals hinter ihr.

Nachdenklich rieb er sich das Kinn. Er kam sich vor, als wolle er etwas Verbotenes tun.

»Was soll's sein?«, fragte das Mädchen gelangweilt. »Alkohol gibt's um die Zeit nicht, okay?«

Als Rauh sich für eine Schachtel Marlboro entschied, schien sie irgendwie erleichtert. Wahrscheinlich war sie zu dieser nächtlichen Stunde ganz andere Kundenwünsche gewöhnt. Rauh legte ihr das abgezählte Geld in die Durchgabe, bedankte sich und ging zurück zu seinem Wagen.

Es war totenstill. Nur ab und zu hörte man ein vereinzeltes Auto auf der Schnellstraße. Dann trat wieder Stille ein. Fahlenberg lag in tiefem Schlaf.

Rauh setzte sich hinter das Lenkrad, schloss die Tür und öffnete das Päckchen. Dann holte er ein silbernes Feuerzeug aus dem Handschuhfach. Er betrachtete es nachdenklich, fuhr mit dem Finger über das eingravierte C und steckte sich schließlich eine Zigarette an. Es war seine erste Zigarette seit mehr als sieben Jahren. Zuvor hatte er gequalmt wie ein Schlot – er hatte schon mit fünfzehn angefangen zu rauchen –, und als er es dann geschafft hatte, aufzuhören, hatte er sich fest geschworen, sich nie wieder eine Zigarette zwischen die Lippen zu stecken. Doch nun war es ihm egal.

Rauh musste husten, seine Augen tränten und ihm wurde schwindlig, aber er zog wieder daran, inhalierte erneut und hustete noch heftiger. Dann ließ er die Seitenscheibe herunter, warf die Kippe hinaus und schmiss das ganze Päckchen hinterher.

Er startete den Motor und fuhr nach Hause. Zeit, ein paar Stunden zu schlafen – oder es zumindest zu versuchen. Immerhin musste er am Morgen fit genug sein, um sich endlich um das zu kümmern, was er schon längst hätte in Ordnung bringen sollen. Er hatte viel zu lange damit gewartet. Jetzt war es Zeit.

48

Carla hob den Deckel von ihrem Frühstückstablett. Zwei winzige Brötchen, ein Plastikdöschen mit Butter, eins mit Diätmargarine, dazu einmal Erdbeermarmelade und einmal Landleberwurst. Alles andere als appetitanregend.

Sie schob das Tablett zur Seite und nippte an ihrem Kaffee, der so dünn war, dass sie ihn im ersten Moment für Tee hielt.

Carla hatte bewusst einen kleinen Tisch an der Fensterfront gewählt, von dem aus sie den Raum überblicken konnte. Die meisten der Frauen trugen Trainingsanzüge oder Leggins und bequeme Pullover. Einige unterhielten sich, andere saßen nur stumm da und kauten auf ihrem Brötchen.

Eine dicke Frau mit Sumo-Ringer-Armen sah vom Nebentisch zu Carla herüber und deutete auf ihr Tablett.

»Isst du das noch?«

»Nein.« Carla schüttelte freundlich lächelnd den Kopf. »Ich habe heute Morgen keinen Hunger.«

»Dann kannst du's mir geben«, sagte die Frau, ohne den Blick von Carlas Frühstück abzuwenden.

Carla reichte ihr das Tablett, und die dicke Frau machte sich ohne ein Wort des Dankes darüber her.

Wie Nathalie sich hier wohl gefühlt haben musste? Bei den meisten dieser Frauen war nicht schwer zu erkennen, dass sie unter psychischen Problemen litten. Es war, als stünde ihnen ihre Krankheit ins Gesicht geschrieben. Man sah ängstliche oder entrückte Blicke, manche lachten ohne ersichtlichen Grund oder lauschten in den Raum hinein, als gäbe es einen unsichtbaren Jemand hinter ihnen, der ihnen wichtige Botschaften zuflüsterte.

Es war eine eigene Welt, die sich von der Welt da draußen völlig unterschied. Nathalie musste sich genauso fremd vorgekommen sein, wie sich auch Carla jetzt fühlte.

Nun verstand sie auch, weshalb sich Nathalie nie mit ihr auf dieser Station hatte treffen wollen. Sie hatten sich in der Cafeteria nahe des Haupteingangs oder zu einem kleinen Spaziergang durch den Klinikpark getroffen, aber nie auf Station 12. Nathalie musste sich geschämt haben. Trotzdem war sie hiergeblieben, in der Hoffnung, dass man ihr helfen würde, ihre tief verwurzelten Ängste zu überwinden.

Carla empfand tiefe Bewunderung für ihre Freundin, die all dies hier auf sich genommen hatte, um endlich ein normales Leben führen zu können. Ein Leben zusammen mit Ralf, den sie wirklich geliebt hatte.

Eine Frau betrat den Raum. Sie hielt ihr Tablett wie eine Kostbarkeit vor sich und sah sich nach einem freien Platz um. Carla erschrak, als sie das von einer seltsamen Geschwulst befallene Gesicht der Frau sah. Doch noch mehr erschrak die Frau, als sie Carla entdeckte. Sie zuckte zusammen, stellte – ohne den Blick von Carla abzuwenden – das Tablett auf einem Tisch ab und kam dann direkt auf sie zu.

»Du bist wieder da«, sagte sie leise, als sie bei Carla angekommen war. »Ich wusste, dass du wiederkommen würdest.«

Carla brachte kein Wort heraus. Bei jeder Bewegung bebte und zitterte die Geschwulst, als befände sich Götterspeise unter der violett verfärbten Haut.

»Oh, du bist es ja gar nicht«, sagte die Frau und betrachtete Carla aus größter Nähe. Carla spürte, wie sie eine Gänsehaut bekam. »Aber du bist wie sie.«

»Ich heiße Carla.« Carla hielt ihr die Hand entgegen,

doch die Frau beachtete sie nicht. Stattdessen zog sie einen Stuhl zu Carlas Tisch heran und setzte sich.

»Du siehst ihr sehr ähnlich. Nathalie hieß sie.«

»Ja, ich weiß. Nathalie war eine gute Freundin von mir. Und wer sind Sie?«

»Man nennt mich Sibylle. Weißt du, was dieser Name bedeutet?«

»Nein.«

»Die Seherin«, sagte Sibylle mit ehrfurchtgebietendem Tonfall. Wie sie vor Carla saß, starr und aufrecht, machte sie den Eindruck einer Puppe, deren Wachsgesicht zu nahe an eine große Kerze geraten ist. »Manchmal kann ich Dinge sehen, die andere nicht sehen. Aber das glauben mir nur die wenigsten von denen da draußen.« Sie deutete auf die Fensterfront neben sich. »Deine Freundin hat mir geglaubt. Sie gehörte zwar nicht hierher, aber sie war dennoch eine von uns. Bei dir ist es genau andersherum. Du bist wie wir, aber gehörst nicht hierher.«

Natürlich war die Frau verrückt, daran ließen ihre Worte keinen Zweifel, aber irgendetwas sagte Carla, dass diese Sibylle ihre erste heiße Spur war. Sie hatte Nathalie gekannt – und ganz offensichtlich hatte es eine Verbindung zwischen den beiden gegeben, die über das gewöhnliche Verhältnis zwischen Mitpatientinnen hinausgegangen war.

»Hat Nathalie Ihnen von ihren ... Problemen erzählt?«

Sibylle lächelte, und ihr entstelltes Gesicht verzog sich zu einer neuartigen Fratze. »Du meinst den Dämon?«

Carla zuckte zusammen. »Hat sie mit Ihnen darüber gesprochen?«

»O ja, das hat sie«, sagte Sibylle und nickte heftig.

»Was hat sie Ihnen erzählt?«

Sibylle sah sich nach allen Seiten um. Dann wandte sie sich wieder Carla zu. Sie senkte die Stimme. »Er hat sie einige Male besucht. In ihren Träumen. Träume, die keine gewesen sind.«

Carla fühlte ein Schaudern. »Wie ... wie meinen Sie das?«

»Hast du auch so einen Dämon?«, fragte Sibylle, fast ängstlich. »Einen Quälgeist, der dich in deinen Träumen heimsucht?«

»Nein«, entgegnete Carla. »Ich glaube nicht.«

Sibylle nickte energisch. »O doch, du hast einen. Jeder von uns hat einen Dämon. Ich habe einen, du hast einen und auch deine Freundin. Ich kenne hier einen jungen Doktor, der hat sogar mehrere. Und wir alle sollten uns vor der Müdigkeit hüten.«

Vor der Müdigkeit, dachte Carla. Nathalies Schlafanfälle. Meinte sie das?

»Aber Nathalies Dämon – er ist real, nicht wahr?«

»Das sind sie alle.« Mit einem tiefen Seufzer schob Sibylle den Stuhl zurück und erhob sich. Wieder sah sie Carla mit ihrem eindringlichen Blick an. »Nimm dich in Acht vor dem Doktor im roten Zimmer.«

»Dr. Rauh?«

Sibylle nickte. »So nennt er sich wohl.«

»Was ist mit ihm?«, wollte Carla wissen.

Erneut sah sich Sibylle um, als hätte sie Angst, belauscht zu werden. Dann flüsterte sie: »Er holt die Dämonen aus dem Schattenreich.«

49

Manche Wunden heilen nie. Man glaubt, unter der Schorfschicht habe sich neue, junge Haut gebildet, aber sobald man sich dort kratzt, fängt die Wunde wieder an zu bluten.

Nicht anders verhielt es sich mit seelischen Wunden, dachte Rudolf Marenburg. Obwohl nun schon so viele Jahre vergangen waren und er sich an den Schmerz gewöhnt zu haben glaubte, den ihm die Erinnerung an Alexandra verursachte, war ihm dennoch, als risse er eine alte Narbe wieder auf.

Je länger er sich mit Nathalie Köpplers Akte beschäftigte, desto mehr wurde er an Alexandra erinnert. Nathalie und Alexandra hatten in der Tat mehr gemeinsam als nur ihr Aussehen. Sie hatten beide unter Ängsten gelitten. Beide hatten Probleme damit, Menschen an sich heranzulassen. Der Unterschied war, dass Nathalies Ängste auf eine reale Begebenheit zurückzuführen waren, während Alexandra sich vor Dingen gefürchtet hatte, die allein ihrer Fantasie entsprungen waren.

Aber beide waren Patientinnen in der Waldklinik gewesen, und beide waren schließlich, vor Angst wie von Sinnen, in den Tod gerannt. Und in beiden Fällen hatte es keinerlei Vorzeichen gegeben.

Marenburg hatte die Akte nach möglichen Hinweisen oder Ungereimtheiten durchsucht. Er hatte Zeile für Zeile gelesen, aber nichts gefunden.

Resigniert legte er die Akte auf den Wohnzimmertisch. Dann erhob er sich und ging in den Flur zum Telefon, neben dem der Zettel mit Carlas Handynummer lag. Er hätte sie zu gern angerufen, doch sie hatten etwas anderes vereinbart. Sie würde sich bei ihm melden, sobald sie etwas Neues erfuhr. Er musste sich also gedulden, auch wenn es schwerfiel.

Seufzend rieb er sich die Schläfen. Er ging zurück ins Wohnzimmer und nahm den letzten Schluck kalten Kaffees aus seiner Tasse. Alexandras Tasse, dachte er und betrachtete wehmütig das Konterfei von David Bowie. Für einen kurzen Moment beschäftigte ihn die Frage, ob der junge Mann, den ihm seine Tochter eines Tages vielleicht vorgestellt hätte, wohl auch so ein dürrer, schlaksiger Kerl wie dieser Popsänger gewesen wäre. Eine weitere Frage, auf die er nie eine Antwort erhalten würde.

Marenburg ging mit der leeren Tasse in die Küche, wo er sich den Rest Kaffee aus der Kanne eingoss. Damit spülte er eine weitere Aspirin herunter, gegen die Kopfschmerzen, die ihn schon den ganzen Morgen quälten.

Als es an der Tür klingelte, sah er auf die Uhr. Halb neun. Zu früh für den Postboten. Wer konnte das um diese Uhrzeit sein?

Marenburg unterdrückte ein Gähnen und schlurfte zurück in den Flur. Vielleicht wäre es besser, wenn er sich ein oder zwei Stunden Schlaf gönnte und sich dann noch einmal die Akte vornahm. Manchmal half ein wenig Distanz, um auf andere Gedanken zu kommen. Vielleicht würde ihm dann etwas auffallen, das er bisher übersehen hatte.

Als er die Tür öffnete, glaubte er seinen Augen nicht zu trauen.

»Hol mich der Teufel!«

»Hallo, Rudi«, sagte Norbert Rauh.

»Was willst du?«

Rauh sah sich nach allen Seiten um, ehe er antwortete. »Kann ich reinkommen?«

50

Jan saß in einem der drei Besucherstühle und blätterte in einer Werbebroschüre über das Therapieangebot der Waldklinik. Er wartete jetzt seit einer halben Stunde. Seufzend legte er die Broschüre beiseite und warf erneut einen Blick auf die Uhr an der Wand.

Carolin Neuhaus, die Sekretärin von Professor Dr. Fleischer, saß hinter ihrem Schreibtisch und tippte mit rasanter Geschwindigkeit ein Diktat in die Computertastatur. Als sie Jans Blick sah, hielt sie inne, nahm die Ohrhörer des Diktiergeräts ab und sah ihn mitleidig an.

»Tut mir wirklich leid«, sagte sie. »Ich kann mir einfach nicht erklären, wo er steckt. Er wollte gleich wiederkommen.«

Dasselbe hatte sie schon vor einer Viertelstunde gesagt, nur dass sie ihm diesmal keinen Kaffee anbot.

Jan musste zu seinen Patienten zurück. Vielleicht war es besser, ein andermal wiederzukommen. Er wollte sich gerade erheben, als Schritte auf dem Gang zu hören waren. Mit gehetztem Gesichtsausdruck stürzte der Professor ins Vorzimmer. Noch im Gehen streifte er seinen Mantel ab.

»Jan«, sagte er außer Atem. »Entschuldigen Sie die Verspätung. Ich war schon kurz davor, den Kerl von der Brandschutzversicherung zu ermorden. Liebwerks Qualmerei bringt uns noch in Teufels Küche. Und dann noch diese vermaledeite Türklinke …«

»Ist schon in Ordnung«, entgegnete Jan und folgte Fleischer in sein Büro. »Ich hätte auch später wiederkommen können.«

»Nein, nein«, wehrte Fleischer ab und bot ihm einen

Platz an. »Das hier ist viel zu wichtig. Immerhin habe ich es Ihnen versprochen.«

Er suchte eine Aktenmappe aus dem Stapel Unterlagen, die sich vor ihm auf dem riesigen Schreibtisch türmten. Mit einer triumphierenden Geste reichte er Jan die Mappe. »Voilà, Herr Dr. Forstner. Ein unbefristeter Arbeitsvertrag. Fehlt nur noch Ihre Unterschrift.«

Jan schlug die Mappe auf und überflog die Unterlagen, während Fleischer sich mit einem Taschentuch den Schweiß von der Stirn tupfte.

»Und? Zufrieden?«, fragte Fleischer.

»Schon«, versicherte Jan.

»Aber?«

»Kein aber. Ich möchte nur nicht, dass Sie meinetwegen Ärger bekommen.«

»Ach was«, wehrte Fleischer ab. »Kein Grund zur Sorge. Es ist vielleicht nicht den üblichen Dienstweg gegangen, aber der Personalrat hat geschluckt, dass ich die Neubesetzung der Stelle zur Chefsache erklärt habe. Eine neue Festanstellung war fällig, und wem ich dabei den Vorzug gebe, obliegt allein meiner Zuständigkeit. Um ehrlich zu sein, Jan, ich habe das Gefühl, dass ich es Ihrem Vater schuldig bin. Aber das nur unter uns.«

Er griff in die Innentasche seines Sakkos und reichte Jan einen Füllfederhalter.

»Also gut«, sagte Jan und setzte seine Unterschrift unter den Vertrag. »Ich bin sehr froh, diese Chance zu bekommen.«

»Sie haben sie verdient, mein lieber Jan«, versicherte ihm Fleischer und nahm die Mappe wieder an sich. »Ergreifen Sie sie. Blicken Sie in die Zukunft und schließen Sie endlich mit der Vergangenheit ab.«

Jan spürte, wie ihm mulmig wurde. Unsicher schaute

er auf die Mappe in den Händen des Professors. »Ist das Ihre Bedingung für unseren Vertrag?«

Fleischer sah ihn eine Weile an. Dann schüttelte er den Kopf. »Nein, natürlich nicht. Ich sage das nur in Ihrem eigenen Interesse. Hören Sie auf den alten Freund Ihres Vaters.«

Jan nickte. »Das werde ich.«

Mit dem Blick eines kleinen Jungen, der gerade einen Streich ausheckt, legte Fleischer die Mappe mit dem Vertrag vor sich ab und öffnete eine Schublade seines Schreibtischs. »Ich weiß, es ist noch früh am Tag, und Alkohol im Dienst ist untersagt, aber ich denke, wir sollten dieses besondere …«

Weiter kam er nicht. Ohne anzuklopfen platzte Carolin Neuhaus in das Büro.

»Dr. Forstner«, stieß sie hervor. »Sie müssen sofort nach Hause kommen!«

Jan schnellte aus seinem Stuhl hoch. »Was ist passiert?«

»Ein Notfall.«

Der Blick der Sekretärin ließ ihn erschauern.

51

»Wo ist Dr. Rauh?«

Mit zornigem Gesicht stand die dicke Frau mit den Sumo-Ringer-Armen vor dem Schwesternzimmer. Sie hatte die Hände auf die ausladenden Hüften gelegt, so dass es aussah, als würde sie einen Schwimmring an sich drücken.

»Tut mir leid, Frau Lippert, wir wissen es nicht«, sagte Schwester Sabine und versuchte vergeblich, an ihr vorbei auf den Flur zu gelangen.

Carla, die ihnen vom Aufenthaltsraum aus zusah, musste an einen Aal denken, der von einem Walfisch gestoppt wurde.

»Was heißt das, Sie wissen es nicht?«, polterte die dicke Frau. »Ich warte jetzt schon seit über einer halben Stunde auf mein Gespräch.«

»Es heißt, was es heißt«, erwiderte die Schwester gereizt und schob sich nun mit aller Kraft an ihr vorbei. »Ich weiß es nicht.«

»Das ist ungeheuerlich«, schnaubte die Dicke und stampfte über den Gang zu ihrem Zimmer. »Hier wird man behandelt, als habe man sie nicht alle beisammen.«

Als die Luft rein war, huschte Carla zu der Tür, die zum Treppenhaus führte. Sie sah sich um, und als sie sich sicher war, dass niemand sie beobachtete, eilte sie die Treppe zum Untergeschoss hinab.

Der Lichtschalter zu Rauhs Therapieraum befand sich hinter einer Grünpflanze neben der Tür. Sie machte Licht, trat ein und schloss die Tür so leise wie möglich.

Augenblicklich befiel sie wieder das Gefühl von Enge, das ihr das Atmen erschwerte. Es war, als sei die Luft in diesem Raum von dickerer Konsistenz als anderswo.

Carla atmete mehrmals tief durch und spürte, wie sich der leichte Anfall von Klaustrophobie allmählich löste. Ihre Arbeit als Journalistin hatte es schon einige Male mit sich gebracht, dass sie sich auf verbotenes Terrain begeben musste. Manche ihrer Kollegen behaupteten, das sei der Reiz ihres Berufs, das Salz in der Suppe, doch Carla konnte sich dieser Meinung nicht anschließen. Nach wie vor fiel es ihr nicht leicht, Verbotenes zu tun, Intimsphären zu verletzen oder gar Tabus zu brechen.

Was sie antrieb, war die Überzeugung, dass eine Wahrheit ans Licht gebracht werden musste, die andernfalls im Dunkeln bleiben würde. Sie war felsenfest überzeugt, dass Rauh etwas zu verbergen hatte.

Der Therapieraum war schnell durchsucht. In den Schubladen der dunklen Kommode befand sich nicht viel. Die oberste enthielt ein breites Sortiment unterschiedlicher Teesorten in schmucken Blechdosen und zwei Päckchen Kandiszucker, in der zweiten fand sie mehrere Klangschalen vor, und in der untersten Lade entdeckte sie eine kleine Ansammlung von Puppen und Stofftieren unterschiedlicher Größe. Nichts Verdächtiges.

Auch der kleine Tisch, an dem sie am Tag zuvor mit Rauh gesessen war, hatte eine Schublade. Als Carla einen Blick hineinwarf, fand sie dort nur ein Notizbuch, in dem eine Sammlung von Mantras und Sinnsprüchen aufgelistet war.

Carla sah zur zweiten Tür hinüber. Wahrscheinlich befand sich dahinter Rauhs eigentliches Büro. Sie lauschte kurz auf den Gang hinaus. Stille. Dann betrat sie den Raum.

Auch das zweite Zimmer war indirekt beleuchtet, allerdings waren die Wände hier in einem saftigen Grünton gehalten, den Carla mit Gras auf einer Frühlingswiese in Verbindung brachte. Sofort schien ihr die Luft wieder atembarer.

Das quadratische Büro war genauso groß wie der Therapieraum. Hier aber befanden sich an den Wänden Regale und Bilderrahmen, wodurch der Raum sonderbarerweise geräumiger wirkte.

Carla ging zu dem Schreibtisch, auf dem sich Aktenmappen und allerlei Unterlagen um ein Notebook herum türmten. Sie schaltete es ein. Wie erwartet verlangte der Computer ein Passwort, und Carla fuhr ihn wieder herunter.

Dann entdeckte sie einen in weinrotes Leder gebundenen Terminkalender. Carla schlug die eingemerkte Seite auf und las ihren eigenen Namen.

Rauh hatte ihren gestrigen Termin eingetragen und daneben die Buchstaben EG vermerkt. Carla überlegte kurz, dann fiel ihr ein, was Schwester Sabine gesagt hatte, ehe sie sie in den Therapieraum geführt hatte: Dr. Rauh erwarte sie zum *Erstgespräch*.

Carla blätterte zurück, bis sie schließlich Nathalies Namen fand. Ihr Herz begann zu pochen. Laut Rauhs Eintragungen war Nathalie bis zum Tag ihrer Entlassung neunmal bei ihm gewesen, das Erstgespräch eingeschlossen. Die meisten von Nathalies Terminen hatten nachmittags stattgefunden, und viermal war Nathalies Name der letzte in der Reihe.

Diese vier Termine weckten Carlas Aufmerksamkeit. Hinter jeder dieser Eintragungen war der Buchstabe R vermerkt. Was hatte dieses R zu bedeuten?

EG steht für Erstgespräch. Und R …

Carla schreckte zusammen, als sie auf einmal Stimmen auf dem Gang hörte. Die lautere der beiden stammte von der Frau mit den Sumo-Ringer-Armen. Die zweite Stimme gehörte Norbert Rauh.

Hastig legte Carla den Kalender an seinen Platz zurück, eilte zur Bürotür und schaltete das Licht aus. Dann sah sie, wie sich die Klinke zum Therapieraum senkte.

52

Schon von weitem konnte Jan das blinkende Blaulicht erkennen. Das Herz schlug ihm bis zum Hals. Etwa fünfzig Meter vor Marenburgs Haus hatte die Polizei die Straße gesperrt. Jan sah sich nach einer Parkmöglichkeit um, fand keine, und stellte seinen Wagen in der Halteverbotszone am Rand des Stadtparks ab. Dann rannte er die Straße entlang auf das Haus zu.

Vor der Absperrung hatte sich eine dichte Menschenmenge versammelt. Neugierig verfolgte sie, wie Männer in weißen Overalls im Haus verschwanden oder den Garten absuchten. Während Jan sich durch die Menge schob, hielt er Ausschau nach einem Rettungswagen. Nichts zu sehen.

»Voll krass«, hörte er einen Jungen neben sich sagen. »Alles voller Blut.«

Jan spürte, wie ihm schwindelig wurde, während er sich weiter vordrängelte. Endlich hatte er das Absperrband erreicht.

»Zurückbleiben!«, herrschte ihn ein Polizist an. »Bleiben Sie doch zurück, Mann!«

»Ich wohne hier!«, rief ihm Jan zu.

Der Polizist sagte kein Wort, drehte sich um und ging in den Vorgarten des Hauses. Kurz darauf kam Polizeihauptmeister Kröger hinter der schneebedeckten Hecke hervor und winkte Jan zu sich. »Kommen Sie!«

Neben Kröger stand ein hagerer Mann mit dicker Lederjacke und scharf geschnittenem Gesicht. Als Jan bei Kröger angekommen war, sah ihn der Polizeihauptmeister betrübt an. »Dr. Forstner, tut mir leid, dass wir uns stets bei unangenehmen Anlässen begegnen. Sie wohnen hier?«

»Ja«, stieß Jan atemlos hervor. »Vorübergehend. Was ist passiert?«

»Es tut mir sehr leid, Dr. Forstner«, wiederholte sich Kröger mit ernster Miene. »Auf Herrn Marenburg ist ein Mordanschlag verübt worden.«

»Ist er …?«

»Nein, er lebt«, sagte Kröger, »aber seine Chancen stehen nicht gut.«

»Sind Sie ein Verwandter?«, fragte der Hagere in der Lederjacke.

»Ein Freund«, erwiderte Jan.

»Hauptkommissar Eberts, Kriminalpolizei«, stellte sich der Hagere jetzt vor.

»Was ist hier passiert?«, fragte Jan.

»Wie es aussieht, hat Ihr Bekannter unerwünschten Besuch erhalten, ein Einbruch ist jedenfalls auszuschließen«, sagte Eberts mit monotoner Stimme. »Der- oder diejenige hat ihn im Hausflur mit einem stumpfen Gegenstand niedergeschlagen und ist dann geflüchtet. Später ist einer Passantin die offene Haustür aufgefallen. Sie hat nachgesehen und uns verständigt.«

Jan fiel ein Beamter der Spurensicherung auf, der gerade aus dem Haus kam. Von seiner behandschuhten Faust hing ein transparenter Plastikbeutel herab, und Jan konnte die hölzerne Nachtwächterfigur erkennen, die heute Morgen noch auf dem Schuhregal im Flur gestanden hatte. Sie war voller Blut.

Eberts sagte etwas, doch seine Worte drangen nicht zu Jan durch. Jan schüttelte sich. »Verzeihung, was sagten Sie?«

Eberts verzog keine Miene. »Wo waren Sie heute Vormittag zwischen acht und halb elf?«

»In der Klinik«, antwortete Jan mechanisch.

»Gibt es dafür Zeugen?«

»Natürlich.« Jan wandte sich an Kröger. »Wo ist Herr Marenburg jetzt?«

»Er wurde in die Stadtklinik gebracht.« Kröger pustete sich in die Fäuste. »Verdammt, ist das kalt heute.«

»Sie halten sich bitte zu unserer Verfügung, falls wir weitere Fragen haben«, sagte Eberts, dann wandte er sich zum Gehen. »Kommen Sie, Herr Kollege?«

Kröger schüttelte den Kopf und sah Jan an. »Was ist nur mit diesem Ort los. Zwei Fälle an einem Morgen. Das hat es früher nicht gegeben.«

»Noch ein Fall?«, fragte Jan.

Der dicke Polizist rieb sich die klammen Hände und nickte. »Wir suchen seit heute Nacht den Kopf einer Frau, die sich vor den Zug geworfen hat. Furchtbar, wirklich furchtbar. Dr. Forstner, ich sagen Ihnen, seit sich das junge Ding von der Brücke gestürzt hat, scheint ganz Fahlenberg den Verstand verloren zu haben.«

53

Fast eine Stunde hatte Carla im Dunklen gestanden und dem Gespräch im Nebenraum zugehört. Nun wusste sie, dass die dicke Frau Claudia Lippert hieß, unter einer schweren Essstörung litt, dass sie sich heimlich mit Süßigkeiten vollstopfte, keine engeren Beziehungen eingehen konnte und aus einem Elternhaus stammte, in dem beruflicher Erfolg, Ansehen und hohes Einkommen von größter Bedeutung waren. Die letzten zehn Minuten der Sitzung hatte die dicke Frau fast nur geweint.

Rauh war mehrere Male sehr dicht an der Tür zu seinem Büro vorbeigekommen. Dort hatte er Papiertaschentücher und Tee für seine Patientin von der Kommode geholt. Jedes Mal, wenn sie ihn in nächster Nähe gehört hatte, war Carlas Herz fast stehengeblieben.

Als Rauh schließlich seine Patientin verabschiedete und sich anbot, sie zurück auf die Station zu begleiten, fiel Carla ein ganzer Felsbrocken vom Herzen. Erleichtert stieß sie den Atem aus und wartete, bis sich die Tür nebenan geschlossen hatte. Die Stimmen auf dem Gang entfernten sich.

Carla tastete sich durch den dunklen Therapieraum, stieß mit dem Fuß gegen ein Stuhlbein, fluchte leise und erreichte die Tür. Geschafft!

Vorsichtig öffnete sie. Sie trat gerade auf den Gang hinaus, als Rauh ihr entgegenkam. Der Arzt blieb wie angewurzelt stehen.

»Frau Weller, was haben Sie dort zu suchen?«

»Oh … da … da sind Sie ja«, stammelte Carla. »Ich habe Sie bereits gesucht. Wegen eines Termins. Wie Sie vorgeschlagen hatten.«

»Verkaufen Sie mich nicht für dumm.« Rauh rang sichtlich um Fassung. »Sie haben sich widerrechtlich Zutritt zu meinem Büro verschafft.«

»Es war nicht abgesperrt.«

An Rauhs Schläfen trat ein feines Adergeflecht hervor, und sein solariumgebräunter Teint wechselte ins Rötliche. »Das war auch nicht nötig, da hier bislang noch keine Presseleute rumgeschnüffelt haben.«

»Und was werden Sie jetzt tun?«, fragte Carla und lächelte finster. »Eine Patientin, die sich die Pulsadern aufgeschlitzt hat, vor die Tür setzen? Ihr die Behandlung verweigern? Würde bestimmt eine gute Schlagzeile abgeben.«

Rauh kam auf sie zu, blieb knapp vor ihr stehen und sah ihr tief in die Augen. Im Gang war es totenstill. Nur ihr Atmen und das leise Neonsirren der Deckenbeleuchtung waren zu hören.

»Sie brauchen wirklich Hilfe«, sagte Rauh mit bedrohlich leiser Stimme.

»Was bedeutet *R*?«, fragte Carla.

»R?«

»Das *R*, das Sie hinter Nathalies Namen vermerkt haben.«

Carla glaubte Rauhs heißen Atem auf der Haut zu spüren. Seine zorngeweiteten Pupillen hatten das tiefe Blau der schmalen Iris fast verdrängt, doch Carla konnte dennoch die hellen Faserstrukturen darin erkennen, die aussahen wie elektrische Blitze in einer Plasmakugel.

»Sie machen einen großen Fehler.«

Wieder sprach er leise und gepresst, so als müsse er alle Selbstbeherrschung aufbringen, um Carla nicht anzuschreien. Dann wandte er sich von ihr ab, ging um sie herum zum Therapieraum und schlug die Tür hinter sich zu.

54

Wie paralysiert stand Jan am Ende des Ganges der Intensivstation und starrte aus dem Fenster. Neben ihm brummte die Kühlung eines Getränkeautomaten, und etwas weiter entfernt war leise Musik zu hören, die das

Transistorradio im Stationszimmer von sich gab. Irgendein Klavierkonzert, wahrscheinlich Edvard Grieg. Draußen senkte sich der Abend auf die Klinik herab.

Seit Beginn der Notoperation mussten Stunden vergangen sein. Vier, fünf Stunden. Jan hatte jegliches Zeitgefühl verloren. Er sah wieder die hölzerne Statue vor sich, die der Mann von der Spurensicherung in der blutverschmierten Tüte getragen hatte – den abgebrochenen Arm, der eine geschnitzte Laterne hochgehalten hatte.

Wer tat so etwas?

Wer schlug auf einen alten Mann ein, um ihn dann sterbend in seinem eigenen Blut liegenzulassen?

Warum?

»Herr Kollege?«

Jan schrak zusammen. Benommen sah er sich um. Ein kleiner, dicklicher Mann mit südasiatischem Aussehen musterte ihn besorgt durch eine runde Brille. Er hatte die Hände in den Taschen seines Arztkittels vergraben und sah erschöpft aus.

»Mein Name ist Sikandar Mehra. Ich habe Herrn Marenburg operiert.«

»Wie geht es ihm?« Jan kam seine eigene Stimme fremd vor. Rissig, belegt und leise.

»Wir mussten ihn ins künstliche Koma versetzen«, sagte Dr. Mehra. »Er hat eine schwere Schädelfraktur erlitten. Inwieweit das Gehirn in Mitleidenschaft gezogen wurde, können wir noch nicht genau sagen. Wir werden einige neurologische Tests durchführen müssen. Aber damit will ich noch warten.«

»Heißt das, er kommt durch?«

Der Arzt schürzte die Lippen. »Das hängt davon ab, ob er diese Nacht übersteht. Herr Marenburg hat sehr viel Blut verloren. Wie wir festgestellt haben, muss er vor dem Vorfall eine größere Menge blutverdünnender Schmerzmittel auf Acetylsalicylsäurebasis eingenommen haben. Aspirin, schätze ich. Wir haben ihm eine Transfusion verabreicht und seinen Kreislauf stabilisieren können. Jetzt heißt es beten, dass der Organismus nicht zusammenbricht.«

Noch immer hatte Jan einen Kloß im Hals. Es war die Angst, die ihn seit seiner Jugend beherrschte – die Angst, wieder einen nahestehenden Menschen zu verlieren.

»Wie stehen seine Chancen?«

»Wissen Sie«, Dr. Mehra lächelte Jan an, wobei eine Reihe blendend weißer Zähne zum Vorschein kam, »ich glaube an die Macht der positiven Lebenseinstellung. Wenn wir in Harmonie mit unserem Leben stehen, dann meint es das Schicksal gut mit uns. Deshalb ziehe ich es vor, der guten körperlichen Konstitution Ihres Freundes zu vertrauen. Versprechen kann und will ich nichts, aber wenn er heute Nacht den Kampf gewinnt, hat er eine Chance.«

Jan hätte das Lächeln des Arztes gern erwidert, aber es ging nicht. Glauben, noch dazu an das Positive, fiel verdammt schwer, wenn man sich ständig auf der dunklen Seite des Lebens wiederfand. Trotzdem spürte er eine Art wohltuender Wärme in den Worten des Arztes, und dafür war er dankbar.

»Ihr Freund hatte im Übrigen Glück im Unglück, wenn ich das so sagen darf«, fuhr Dr. Mehra fort. »Der Gegenstand, mit dem man ihn niedergeschlagen hat, muss eine Spitze, einen länglichen Fortsatz gehabt haben …«

Jan nickte. »Ja, der Arm einer Holzstatue.«

»Das dachte ich mir«, sagte Sikandar Mehra. »Dieser Arm hat sein Ziel buchstäblich um Haaresbreite verfehlt und ist stattdessen seitlich am Schädel vorbeigestreift. Dadurch wurde Herrn Marenburg zwar die Kopfschwarte durchtrennt und das rechte Ohr fast abgerissen, aber wir haben das wieder hinbekommen. Ihm werden nicht mehr als ein paar Narben davon bleiben.«

Jan fröstelte, als würde man ihm Eiswasser über den Rücken gießen. »Kann ich zu ihm?«

»Ihr Freund braucht jetzt vor allem Ruhe.« Dr. Mehra griff nach Jans Handgelenk und drückte es freundschaftlich. »Und Sie auch, wie es aussieht. Kommen Sie morgen wieder. Bis dahin sollten Sie auf die Macht des positiven Denkens vertrauen. Es kann mehr bewegen, als Sie ihm zugestehen würden, glauben Sie mir.«

Er ließ Jans Hand los und wandte sich zum Gehen. Beim Aufzug angekommen, sah er sich noch einmal zu Jan um. »Sagen Sie, Herr Kollege, mag Herr Marenburg klassische Musik?«

»Ich weiß nicht«, sagte Jan erstaunt. »Schätze schon. Warum fragen Sie?«

»Ich werde ihm etwas Mozart vorspielen lassen. Wussten Sie, dass Mozarts Musik eine heilende Wirkung hat?«

»Ich habe davon gehört.«

»Es gibt Studien, die das belegen. Versuchen Sie es einmal bei Ihren eigenen Patienten.«

Jan zuckte mit den Schultern. »Werde ich vielleicht ausprobieren.«

Wieder kamen Mehras strahlende Zähne zum Vorschein, und in seinen Mundwinkeln bildeten sich zwei tiefe Grübchen. »Gut. Man sollte nichts unversucht lassen.«

Dann verschwand er im Aufzug.

Jan nahm den Weg durch das Treppenhaus. Er folgte

der Beschilderung zum Ausgang der Stadtklinik, die ihn durch einen Glasgang entlang des T-förmigen Gebäudes führte.

Als er an der neurologischen Intensivabteilung vorbeikam, blieb er überrascht stehen. Er sah noch einmal durch die Glastür, um sicherzugehen, dass er sich nicht getäuscht hatte.

Es war tatsächlich Hubert Amstner. Er kam aus einem der Krankenzimmer und schloss vorsichtig die Tür hinter sich, ehe er die Station auf der gegenüberliegenden Seite verließ.

Jan sah ihm verdutzt nach. Bei wem machte der menschenscheue Amstner einen Krankenbesuch? Neugierig betrat Jan die Station und ging zu der Tür, aus der Amstner gekommen war. Erstaunt las er den Namen auf dem Türschild: WAGNER, ALFRED.

Was hatte Amstner mit Alfred zu tun?

Jan folgte ihm durch den gegenüberliegenden Ausgang und hatte ihn im Eingangsbereich der Klinik eingeholt. Amstner stand am Kiosk und verstaute gerade zwei Flachmänner in seinen Manteltaschen, als er Jan sah.

»Ah, der junge Forstner«, sagte Amstner. »Ich dachte, du bist Seelenklempner?«

»Und ich dachte, Sie meiden die Öffentlichkeit.«

»Meistens tue ich das auch.«

»Können wir reden?«

»Sicher.« Amstner nickte gleichgültig. »Aber draußen. Hier drin ist mir zu viel los.«

Jan folgte ihm vor das Gebäude. Amstner ging zu dem Fahrradunterstand, der sich neben dem Eingang befand. Die Plastikwände schirmten den eisigen Wind ein wenig ab. Dafür kam nun der Körpergeruch des Alten deutlicher zur Geltung.

»Auch einen?« Amstner hielt Jan eine kleine Flasche Weinbrand entgegen.

Jan schüttelte den Kopf. »Was haben Sie mit Alfred Wagner zu tun?«

»Dasselbe wie du, Junge«, sagte Amstner und leerte mit einem Schluck die Hälfte der kleinen Flasche. »Ich kenne ihn seit seiner Kindheit.« Er schraubte die Flasche zu, bevor er weitersprach. »Ist 'ne Schande, dass die den armen Jungen nicht einfach sterben lassen. In dem Zustand ist das doch kein Leben mehr.« Er hob den Kopf und sah Jan aus geröteten Augen an. »Ist ein guter Junge, der Alfred. Er kann ja nichts dafür, dass er verrückt ist. Das hat er von seinem Vater. Der alte Hartmut hat gesponnen, so lange ich denken kann. Soll ein hundertfünfzigprozentiger Nazi gewesen sein, hat es geheißen. Dann, als der Krieg verloren war, haben ihn die Russen kassiert. Hartmut war jahrelang in irgendeinem Arbeitslager. Als er dann zurückkam, war er vollends durch den Wind. Hatte ständig Angst, dass die Russen kommen und ihn zurückholen würden. Ich seh ihn noch im Supermarkt stehen – damals gab es hier nur einen –, wie er vom Jüngsten Gericht gepredigt hat. Ständig war er im Irrenhaus, und der arme Alfred war ganz auf sich allein gestellt.«

»Und Sie haben sich um ihn gekümmert?«

Amstner zuckte mit den Schultern. »Hat ja sonst keiner getan. Als Hartmut sein gesamtes Geld für diese blödsinnigen Konserven verpulvert hatte, hat sich der ganze Ort darüber das Maul zerrissen. Ausgelacht hat man den alten Spinner. Aber an seinen Sohn hat keiner gedacht. Auf dem haben alle nur rumgehackt.« Er öffnete wieder die Flasche und trank sie leer. »Und dann, als Hartmut sich aufgeknüpft hatte, haben sie den Jungen ins Heim geschickt. Das hat seiner Seele dann den Rest gegeben.«

»Hatten Sie später wieder Kontakt?«

Amstner nickte und schob die leere Flasche in seine Manteltasche. »Irgendwann stand er wieder vor meiner Tür. Völlig pleite, keine Bleibe, keine Arbeit. Hat mir mit den Hasen geholfen. Mit Tieren konnte er gut umgehen. Manchmal hat er für uns Kartoffeln vom Feld geklaut oder Tannenzapfen und Holz aus dem Wald geholt, damit wir heizen konnten. Der Wald war seine Heimat. Da hat er sich oft tagelang rumgetrieben. Manchmal wochenlang. Bis er dann irgendwann wieder vor meiner Tür stand. So ging das über all die Jahre. Tja, und jetzt ...«

Amstner holte die zweite Flasche heraus, besah sie eine Weile und schob sie dann wieder in die Manteltasche.

»Alfred hat mir von Sven erzählt«, sagte Jan. »Er behauptete, Sven sei jetzt ein ... Unterirdischer. Was kann er damit gemeint haben?«

Grinsend schüttelte Amstner den Kopf. »So gern ich den Jungen auch habe, aber er hat in seinem kurzen Leben eine Riesenmenge Unsinn verzapft. Mir hat er hinter die Hasenställe gekackt, nur weil er geglaubt hat, Hitler wohne in meinem Spülkasten. Und das war noch eine harmlose Sache. Das Geschwätz von einem Verrückten eben.«

»Er hat Ihnen gegenüber also nie die Unterirdischen erwähnt?«

Amstner stieß ein heißeres Lachen aus. Seine Atem stieg in einer dicken weißen Wolke vor ihm auf. »Und ob er das hat. Die Unterirdischen, die Außerirdischen, Pater Pio, die Madonna mit den Klauenhänden, die hat er alle irgendwo gesehen oder gehört. Ganz ohne Grund war er ja nicht ständig bei euch in der Klapsmühle.«

Er wühlte einen Schlüsselbund aus seiner abgewetzten Hose und sperrte das dicke Schloss an seinem Fahrrad auf.

»Das ist das Erbe der Väter«, sagte er spöttisch und schob sein Fahrrad auf den Gehweg. »Die einen werden zum Seelenklempner, und die anderen landen in der Klapse.«

»Nicht alles, was ein psychisch Kranker sagt, muss wahnhaft sein«, widersprach ihm Jan. »Manchmal findet sich in den Wahnvorstellungen auch ein Quäntchen Wahrheit.«

»Wenn du meinst.« Schwerfällig stieg der Alte auf den Sattel. »Aber pass auf, dass du das richtige Quäntchen erwischst. Sonst kannst du dich bald selbst bei deinen Verrückten einsperren und den Schlüssel wegwerfen.«

Keuchend trat Hubert Amstner in die Pedale. Jan sah ihm nach, wie er mit wehendem Mantel in der Dunkelheit verschwand.

55

Die Nacht kam, und mit der Nacht kamen die Träume. Anfangs waren Carlas Träume noch wirr und zusammenhanglos, doch dann wurden sie immer klarer und deutlicher. Nach einer wilden Achterbahnfahrt, bei der sie mit gewaltiger Geschwindigkeit durch Szenerien raste, die aus Dantes Inferno zu stammen schienen, fand sie sich irgendwann kniend auf dem blauen Vorleger in ihrem Badezimmer wieder.

Neben ihr lag die Weinflasche, die sie hatte fallen lassen, doch nun war sie auf den Bodenfliesen zersprungen. Grüne Scherben unterschiedlichster Größe schimmerten ihr aus der Pfütze entgegen, und der Wein, der sich auf den Fliesen und in den Fugen gesammelt hatte, schien auf einmal dickflüssiger zu sein. Wie Sirup oder …

Blut!

»Hallo, Carla.«

Eine seltsam fremde und gleichzeitig vertraute Stimme hinter ihr. Noch immer benommen von ihrer rasanten Fahrt durch die Abgründe der Hölle, sah sich Carla nach der Stimme um. Vor Freude machte ihr Herz einen Satz.

»Nathalie!«

Nathalie stand in der Tür, die Arme nach ihr ausgestreckt und lächelte. »Komm zu mir.«

So schnell es ihre zitternden Knie erlaubten, sprang Carla auf, und sie fielen sich in die Arme.

»O Nathalie, du hast mir so gefehlt!«, schluchzte sie und vergrub ihr Gesicht in Nathalies Haaren. Sie rochen feucht und ein wenig holzig, so wie der Nebel riechen musste, der draußen vor dem Badezimmerfenster aufgestiegen war. Oder wie Schnee, der sich auf Kleider gelegt hat und in warmer Luft schmilzt.

Sie spürte Nathalies Umarmung. Herzlich und innig, auch wenn es ein wenig seltsam war, dass Nathalies Stimme tiefer klang und ihre Statur größer war als früher. Vielleicht waren dies aber nur trügerische Erinnerungen. Wie schnell vergaß man doch den wahren Klang der Stimme eines Verstorbenen oder wie es sich angefühlt hatte, als man diesen Mensch zum letzten Mal im Arm gehalten hatte.

»Was machst du hier?«, fragte Carla, ihre Wange noch immer fest an die Schulter ihrer Freundin gepresst. »Du bist doch tot.«

»In deinem Herzen lebe ich noch«, sagte Nathalie mit ihrer tiefen Stimme. »Und das ist es doch, was zählt, oder?«

»Bleib hier«, flüsterte Carla und presste sie noch fester an sich. »Geh nicht wieder weg, ja?«

»Das kann ich nicht«, sagte Nathalie und löste sich aus ihrer Umarmung.

Sie schob Carla ein Stück von sich und sah sie lächelnd an. Carla liebte die beiden Grübchen, die sich in ihren Wangen bildeten, wenn sie lächelte. »Aber du kannst mit mir kommen, wenn du willst. Willst du?«

Und ob Carla das wollte. »Du bist doch der einzige Mensch, der mir geblieben ist«, flüsterte sie und nickte. »Wenn ich dich jetzt gehen lasse, bin ich wieder allein.«

Nathalie nahm Carlas Hände. »Sie haben dich angelogen«, sagte sie und begann, Carlas Bandagen von den Handgelenken zu lösen. »Sie haben dir erzählt, ich sei verzweifelt gewesen. Sie haben gesagt, ich sei verrückt gewesen.«

Nathalie ließ die Mullbinden zu Boden fallen und sah Carla tief in die Augen. »Das war gelogen. Ich bin nur an einen viel schöneren Ort gegangen. Dorthin, wo all die Menschen auf mich gewartet haben, die ich geliebt habe.«

Carla spürte den Druck von Nathalies Daumen auf ihren Unterarmen. »Komm mit mir, Carla, dann sind wir alle wieder zusammen.«

»Ja«, sagte Carla, und ihre Stimme klang, als käme sie aus weiter Ferne. »Was muss ich dafür tun?«

Sie spürte, wie Nathalie ihr etwas in die Hand legte.

Es fühlte sich glatt an. Sie senkte den Blick und sah eine Glasscherbe in ihrer Hand.

»Diesmal machen wir es richtig«, flüsterte ihr Nathalie zu und führte ihre Hand mit der Scherbe zu der Vene, die unter dem Druck ihres Daumens angeschwollen war.

»Ich habe Angst«, sagte Carla.

»Das musst du nicht.«

Die Spitze der Scherbe drang ein kleines Stück über Carlas vernarbter Wunde in die Vene ein. Carla fühlte keinen Schmerz, sie spürte nur ein sanftes Vibrieren wie von einem hohen Ton. Nathalie führte ihre Hand, und Carla ließ die Scherbe durch ihren Arm nach oben gleiten, langsam und stetig bis zur Armbeuge.

Dunkles Blut quoll aus der aufklaffenden Wunde. Carla spürte die Wärme ihres Blutes und sah zu Nathalie auf.

»Du willst so sein wie ich«, flüsterte Nathalie. »Aber du bist nicht wie ich. Du bist auch nicht wie Alexandra und erst recht nicht wie Carmen.«

»Von wem redest du?«

»Pssst!«, zischte ihr Nathalie zu.

Carla sah gebannt in ihre Augen, in denen es geheimnisvoll funkelte und glitzerte, als wären es Edelsteine, in denen sich das Licht brach.

Was passiert mit mir?, meldete sich eine träge Stimme in ihrem Kopf. *Was tue ich da? Das ist nicht mein Badezimmer. Es ist ein anderes Zimmer. Ich kenne es. Von irgendwoher kenne ich es.*

»Ich … will nicht«, brachte Carla hervor.

Irgendetwas stimmte nicht, das spürte sie. Die Gefühle, die sie empfand, schienen nicht ihre eigenen zu sein. Etwas in ihr sagte, dass das, was sie tat, nicht richtig war, aber sie verstand nicht, was die Stimme in ihr damit meinte. Es war so unsagbar schwer, darüber nachzudenken. Jeder einzelne Gedanke kam so zäh hervor, als ob er versuchte, sich durch Gelatine zu zwängen.

»Keine von euch war je wie Carmen«, sagte Nathalie, dann packte sie Carlas Kopf und riss ihr die Perücke herunter.

»Lass ... mich.« Die beiden Worte kamen ihr mühsam über die Lippen. Dennoch hörten sie sich klarer an als alles, was Carla zuvor in diesem Traum gesagt hatte. Es war, als hätte sie zuvor überhaupt nicht gesprochen.

Das ist kein Traum, schrie ihr die innere Stimme zu. *Das ist auch nicht Nathalie!*

»Ja, so ist es gut«, flüsterte ihr die tiefe Stimme zu, und als sie sich nach ihr umsah, blickte sie wieder in das Lächeln der Nathalie, die nicht Nathalie war.

Wehr dich! O mein Gott, wehr dich!

Verzweifelt wandte sich Carla der Tür zu, streckte ihre blutigen Arme danach aus, doch Nathalie hielt sie zurück.

Alles um sie herum verschwamm, der Raum begann sich zu drehen. Carla taumelte, versuchte sich irgendwo festzuhalten, fand keinen Halt und fiel.

Dann verlor sie das Bewusstsein.

56

Jan hatte kaum geschlafen. Da Marenburgs Haus als Tatort galt und von der Polizei versiegelt worden war, hatte er sich ein Zimmer im Hotelgasthof Jordan genommen. In diesem Zimmer war er stundenlang auf und ab getigert – vier Schritte bis zur Tür, von dort sechs Schritte bis zum kleinen Badezimmer, und dann wieder fünf Schritte bis zum Bett –, während das Radio gelaufen war, um die unerträgliche Stille zu übertönen.

Am nächsten Morgen hatte er sofort im Stadtklinikum angerufen. Rudi lebte noch, aber die diensthabende Schwester konnte oder wollte ihm keine weitere Auskunft geben. Jan sagte, dass er später noch einmal anrufen würde.

Als er wenig später in der Waldklinik eintraf, herrschte im Stationszimmer betretenes Schweigen. Jan schwante nichts Gutes.

»Ist etwas passiert?«, fragte er in die Runde.

»Die Patientin, die Sie auf Station 12 verlegt haben.« Lutz Bissinger machte eine traurige Geste.

Erschrocken sah Jan ihn an. »Frau Weller? Was ist mit ihr?«

»Sie hat wieder versucht, sich die Pulsadern aufzuschneiden, und …«

»Ist sie tot?«, fiel Jan ihm ins Wort.

»Nein. Wie ich gehört habe, hat sie die Nachtschwester im letzten Moment gefunden. Frau Weller liegt jetzt in der Stadtklinik. Ein Dr. Mehra ist der zuständige …«

Jan wartete nicht ab, bis der Pfleger seine Ausführungen beendet hatte. Er lief in sein Büro, griff zum Telefon und wählte die Nummer, die er heute schon einmal gewählt hatte.

»Geben Sie mir Dr. Mehra!«, wies er die Schwester am anderen Ende der Leitung an.

Nach einer Weile meldete sich die vertraute Stimme. »Dr. Forstner, ich grüße Sie. Sie rufen an wegen Herrn Marenburg?«

»Nun, ja und nein.«

»Ich verstehe nicht.«

»Natürlich, ja. Wie geht es ihm? Ich höre, er hat die Nacht gut überstanden?«

»In der Tat«, sagte Mehra, »und sein Zustand ist nach wie vor stabil.«

Jan schloss die Augen und schluckte. Er war nie besonders religiös gewesen, aber falls es doch so etwas wie ein höheres Wesen gab, dankte er ihm im Geiste von ganzem Herzen. »Ist er schon wieder bei Bewusstsein?«

»Nein. Wir werden ihn noch für eine Weile im künstlichen Koma halten. Die Schmerzen wären sonst zu stark. Deshalb kann ich auch noch nicht sagen, inwieweit Herrn Marenburgs Gehirn durch den Schlag geschädigt wurde.«

»Ich verstehe«, sagte Jan und musste abermals schlucken. »Ich rufe aber noch aus einem anderen Grund an – wie geht es Carla ... ich meine Frau Weller?«

Der Arzt zögerte. Dann fragte er: »Kennen Sie sich?«

»Wir ... wir kennen uns aus der Kindheit«, sagte Jan etwas unsicher.

»Ah ja.« Mehra zögerte wieder. »Frau Weller geht es den Umständen entsprechend gut.«

»Was ist denn genau geschehen?«

»Nun«, seufzte Mehra, »ich bedauere sehr, Ihnen das sagen zu müssen, aber Ihre Bekannte hat heute Nacht versucht, sich mit den Scherben eines Trinkglases die Pulsadern aufzuschneiden. Sie wurde rechtzeitig gefunden, hat aber sehr viel Blut verloren, und beim Sturz auf die Fliesen im Bad hat sie sich eine Gehirnerschütterung zugezogen.«

»Hat sie gesagt, warum sie es getan hat?«

»Tja«, abermals seufzte Mehra in den Hörer, »ich weiß zwar, dass Frau Weller wegen Depressionen in Ihrer

Klinik behandelt wird, aber wie mir scheint, ist auch ihr Verhältnis zur Realität etwas getrübt.«

»Wie meinen Sie das?«

»Sie streitet ab, es getan zu haben. Als ich vorhin mit ihr sprach, behauptete sie, es sei eine gewisse Nathalie gewesen, die versucht habe, sie umzubringen.«

»Nathalie?« Jan glaubte sich verhört zu haben.

»Kennen Sie sie?«

»Die Frau, von der sie spricht, ist tot.«

»Sehen Sie«, sagte Mehra. »Und da ist noch etwas. Etwas, das ich mir nicht erklären kann.«

»Und das wäre?«

»Den Unterlagen Ihrer Klinik nach wurde Frau Weller nicht medikamentös therapiert, ist das korrekt?«

»Ja, das stimmt. Warum fragen Sie?«

»Weil wir in ihrem Blut Spuren eines starken Narkotikums gefunden haben«, sagte Mehra. »Und ich will doch hoffen, dass Ihre Patienten keinen Zugang zu solchen Medikamenten haben.«

57

Carla lag in einem fensterlosen Einzelzimmer. Neben ihrem Bett, das von einem Metallrahmen umgeben war, piepten Kontrollgeräte. Hinter dem Infusionsständer hing ein gerahmtes Poster an der Wand, auf dem ein Frühlingsmorgen im Wald zu sehen war. In der nüchternen Klinikatmosphäre und dem allgegenwärtigen Geruch nach Desinfektionsmittel konnte es seine beruhigende Wirkung aber nicht recht entfalten.

Jan trat zu ihr ans Bett. Die junge Frau lag da wie tot. Ihr kahlrasierter Kopf war an einigen Stellen mit Pflastern versehen. Ihre Arme waren von den Handgelenken bis zu den Ellenbogen bandagiert. Sie schien zu schlafen.

Jan fuhr ihr sanft mit dem Handrücken über die Wange. Im selben Moment riss Carla die Augen auf, als sei sie aus einem Alptraum erwacht. Für einen Augenblick schien sie nicht zu wissen, wo sie sich befand, und sah sich panisch um. Dann erkannte sie Jan, und ihr Blick entspannte sich.

»Jan«, murmelte sie.

»Schon gut«, flüsterte Jan und sah sie sorgenvoll an. »Ich bin ja da.«

»Ich …« Sie schluckte und verzog vor Schmerz das Gesicht.

»Du sollst jetzt nicht reden«, sagte Jan, doch Carla setzte bereits zu einem zweiten Versuch an.

»Ich hab das … nicht getan. Es … war … der Dämon.« Tränen rannen ihr übers Gesicht.

Jan fröstelte. *Der Dämon.*

Gäoh!

Carla hustete und biss sich vor Schmerz auf die Unterlippe. Dann flüsterte sie ein weiteres Wort. Jan musste näher zu ihr heran, um es verstehen zu können.

»Rauh.«

Er hob die Brauen. »Rauh? Ist er der Dämon?«

»Sein Terminplaner«, flüsterte sie. »Nathalies Termine. Hinter manchen steht ein R.«

»Ein R«, wiederholte Jan. »Weißt du, wofür es steht?«

Wie in Zeitlupe bewegte sie den Kopf hin und her. »Er war ganz außer sich … als ich ihn darauf angesprochen habe.«

»Du meinst, Rauh hat dich dazu gebracht, dir die Pulsadern aufzuschneiden?«

Ein schwaches Nicken.

»Gefahr«, hauchte sie.

Der Monitor zeigte an, dass ihre Pulsfrequenz gestiegen war. In Carlas Augen stand die blanke Angst.

58

Als Jan wieder in der Waldklinik eintraf, hörte er jemand in der Eingangshalle seinen Namen rufen. Es war Norbert Rauh, der eilig auf ihn zukam.

»Jan! Da sind Sie ja. Ich muss mit Ihnen sprechen.«

»Ach ja? Das trifft sich gut.«

»Ich habe vom Suizidversuch Ihrer Bekannten gehört«, fuhr Rauh mit gesenkter Stimme fort. »Wie geht es ihr jetzt?«

Jan ballte unwillkürlich die Hände zu Fäusten. »Wenn Sie glauben, dass Sie damit durchkommen, Rauh, dann täuschen Sie sich.« Er packte den Arzt mit eisernem Griff am Arm.

»He, was soll das?«

»Was das soll?«, fuhr Jan ihn an. »Sie fragen mich, was das soll?«

Eine Schwester ging an ihnen vorbei und bedachte Jan mit einem anklagenden Blick. Jan nickte ihr zu und senkte die Stimme, als er weitersprach. »Ich weiß nicht, wie Sie Carla dazu gebracht haben, sich so etwas anzutun, aber sie hat Sie wiedererkannt.«

»Was?« Rauh sah ihn erstaunt an und befreite sich

aus Jans Griff. »Wovon, zum Teufel, reden Sie? Sie glauben doch nicht etwa, dass ich …«

»O doch, das glaube ich! Nathalie Köppler war Ihre Patientin, und nach dem, was letzte Nacht mit Carla geschehen ist, wirft das ein völlig neues Licht auf ihren mysteriösen Selbstmord. Was machen Sie mit Ihren Opfern, hm? Hypnose?«

Ein spöttisches Lächeln huschte über Rauhs Gesicht. »Ihre Fantasie geht mit Ihnen durch, Jan. Glauben Sie allen Ernstes, dass man jemanden durch Hypnose zum Selbstmord zwingen kann? Mit Verlaub, das ist ausgemachter Blödsinn.«

»Ich weiß nicht, *wie* Sie es getan haben«, sagte Jan unbeirrt. »Wahrscheinlich haben Sie dazu irgendwelche Drogen benutzt. Aber das ist auch ganz egal. Fest steht, dass Sie einen verdammt guten Grund hatten, es zu tun.«

»Ach ja?«

»Nathalie Köppler wurde während ihres Klinikaufenthalts schwanger.«

»Schwanger?« Rauh schien ehrlich perplex zu sein.

»Sie wollten es vertuschen und haben sie daraufhin so lange beeinflusst, bis sie von der Brücke gesprungen ist«, fuhr Jan fort. »Doch damit war es nicht ausgestanden, denn nun fingen einige Leute an, unangenehme Fragen zu stellen.«

»Sie zum Beispiel.«

Jan nickte. »Aber nicht nur ich. Hieronymus Liebwerk stellte Ungereimtheiten im Archiv fest, und auch Rudolf Marenburg ließ Ihnen keine Ruhe, weil er davon überzeugt war, dass Sie etwas mit dem Tod seiner Tochter zu tun hatten. Also haben Sie versucht, beide umzubringen.«

»Das sind heftige Anschuldigungen, Jan. Ist Ihnen eigentlich bewusst, was Sie da sagen?«

»Und dann kam Carla«, sagte Jan, ohne auf ihn einzugehen. »Sie haben sie dabei erwischt, als sie Ihre Unterlagen durchsuchte. Das war ihr Todesurteil. Nur leider schlug Ihr Mordversuch fehl, ebenso wie bei Marenburg. Auch er wird durchkommen.«

Rauh sah Jan sehr ernst an. »Kann ich jetzt auch mal etwas dazu sagen?«

»Sprechen Sie!«

Rauh atmete tief durch. »Sie stehen unter emotionalem Stress, Jan, weswegen ich jetzt einfach mal über all Ihre haltlosen Anschuldigungen hinwegsehe. Dass die Ereignisse der vergangenen Tage Sie stark mitnehmen, kann ich nur zu gut verstehen.«

»Sie lenken ab.«

Rauh lächelte müde. »Sie täuschen sich, Jan. Ich habe mit dieser ganzen Sache nichts zu tun. Als Ihr Freund Marenburg überfallen wurde, war ich am anderen Ende der Stadt. Der Mann vom Vermessungsamt wird Ihnen das gern bestätigen. Und was die vergangene Nacht betrifft, so gibt es auch hier eine Zeugin, die bestätigen wird, dass ich nicht einmal in der Nähe der Klinik gewesen bin. Wenn Sie wollen, gebe ich Ihnen gerne die Nummer der Dame. Nur bitte ich Sie, diese Angelegenheit diskret zu behandeln. Sie verstehen?«

»Und das soll ich Ihnen glauben?«

»Es ist die Wahrheit, Jan«, sagte Rauh bestimmt, und Jan musste zugeben, dass er ziemlich überzeugend klang. Sollte er sich tatsächlich getäuscht haben, ebenso wie Carla?

»Und nun zu dem Grund, weshalb ich mit Ihnen sprechen wollte«, fuhr Rauh fort. »Besagter Besuch beim

Vermessungsamt hatte mit Ihnen zu tun. Genauer gesagt, mit dem Verschwinden Ihres Bruders.«

»Hören Sie auf«, sagte Jan. »Sie präsentieren mir hier Ihre Alibis und glauben, damit hätte sich die Sache für mich erledigt?«

Rauh zuckte mit den Schultern. »Wenn Sie glauben, dass ich mir etwas habe zuschulden kommen lassen – bitte, dann rufen Sie eben die Polizei.« Er hob die Hände, als wolle er sich ergeben. »Nur zu, ich warte hier, bis die Polizei eintrifft.«

Er schien es ernst zu meinen.

Jan sah Rauh unschlüssig an. Dann gab er sich einen Ruck. »Also gut, was haben Sie herausgefunden?«

Rauh ließ die Hände sinken. »Offen gesagt bin ich mir nicht sicher, aber ich habe da so einen Verdacht, wohin Ihr Vater in jener Nacht unterwegs gewesen ist.«

»Einen Verdacht?«

Rauh verschränkte die Arme. »Mir ist wieder eingefallen, was mir vor langer Zeit einmal ein Jäger erzählt hat. Wussten Sie, dass ein Teil des Waldes in der Nähe des Parkplatzes den Wagners gehört hat?«

»Sie meinen Alfred Wagner?«

Rauh nickte. »Genauer gesagt seinem Vater, Hartmut Wagner. Er hatte das Waldstück kurz nach dem Krieg für einen Appel und ein Ei erstanden, wie man so schön sagt.«

»Die Unterirdischen«, murmelte Jan.

»Wie bitte?«

»Ich habe mich nur erinnert, dass Alfred mal von den Unterirdischen gesprochen hat, vielleicht …«

In Rauhs Augen schien etwas aufzublitzen. Er klopfte Jan auf die Schulter. »Kommen Sie mit, und ich zeige es Ihnen. Wir setzen sozusagen Ihre Therapie am Ort des

Geschehens fort und recherchieren ein bisschen. Was halten Sie davon?«

Jan wich einen Schritt zurück. Carlas Warnung kam ihm wieder in den Sinn.

Gefahr.

»Sie trauen mir nicht?«

»Es könnte eine Falle sein«, gab Jan unumwunden zu.

»Ja, natürlich«, sagte Rauh. »Ich könnte Sie in den Wald locken und dort umbringen.«

»Wer weiß?«

»Dann müssen Sie wohl doch die Polizei rufen«, sagte Rauh lächelnd. »Und sobald meine Alibis bestätigt sind, holen wir unseren Ausflug nach. Einverstanden?«

Jan missfiel der spöttische Unterton, in dem Rauh zu ihm sprach. Als rede er mit einem kleinen Kind oder mit einem Geisteskranken.

»Also, wie lautet Ihre Entscheidung?«

»Vielleicht mache ich jetzt einen großen Fehler«, sagte Jan.

Er holte sein Handy heraus und drückte die Kurzwahltaste. Gleich darauf meldete sich Konni. Jan erklärte ihm genau, wohin er mit Dr. Rauh unterwegs sei und dass er die Polizei verständigen solle, wenn sie nicht binnen einer Stunde zurück seien.

»Sehr klug«, sagte Rauh und nickte. »Wenn es Ihnen recht ist, nehmen wir meinen Wagen. Kommen Sie, wir wollen keine Zeit verlieren. Sonst schaffen wir es nicht in einer Stunde.«

59

Während seiner Zeit als Assistenzarzt hatte Jan einen jungen Patienten behandelt, der unter panischer Angst vor dem Autofahren gelitten hatte.

Wenn ich an den Verkehr da draußen nur denke, wird mir sofort übel, hatte der Mann erklärt, und der Schweiß war ihm auf die Stirn getreten. *Aber noch viel schlimmer,* hatte er hinzugefügt, *ist die Vorstellung, als Beifahrer in einem Auto zu sitzen und dem Fahrer auf Gedeih und Verderb ausgeliefert zu sein.*

Als Jan jetzt auf dem Beifahrersitz neben Norbert Rauh saß und mit ihm über die Schnellstraße zur Fahlenberger Ortsausfahrt unterwegs war, konnte er die Empfindungen des Mannes lebhaft nachfühlen.

»Ich will Ihnen etwas erzählen«, sagte Rauh und betätigte den Scheibenwischer, um das Spritzwasser eines Betonmischers vor ihnen zu beseitigen. »Als ich an der Waldklinik anfing, kam ich gerade frisch von der Uni. Ich kannte bis dahin nur Kasuistiken aus Fachbüchern. Hartmut Wagner war, wenn man so will, das erste reale Fallbeispiel, mit dem ich zu tun hatte. Ein interessanter Patient mit komplexer Anamnese. Als ich von seiner Geschichte erfuhr, warf ich den ganzen theoretischen Krempel auf den Müll. Das, was wirklich in dieser Welt geschieht, kann sich kein Theoretiker ausdenken. Ja, ich glaube sogar, kein Romanschreiber hat so viel kreative Energie wie das Leben selbst.«

»Was war mit ihm?«, fragte Jan. Er war nervös, versuchte sich dies aber nicht anmerken zu lassen.

»Hartmut Wagner muss ein einfach strukturierter junger Mann gewesen sein«, sagte Rauh, ohne den Blick von der Straße abzuwenden. »Meiner Einschätzung nach hatte er schon immer unter einer leichten Intelligenzminderung gelitten. Bis zum Zweiten Weltkrieg war sein Vater Waldarbeiter gewesen, dann wurde er in die Wehrmacht eingezogen und fiel bei der Erstürmung Warschaus. Hartmut lebte bei seiner Mutter, und die beiden hielten sich während der folgenden Jahre mehr schlecht als recht über Wasser. Dann kam Hitler auf die Wahnsinnsidee, sein letztes Aufgebot in die Schlacht zu schicken, alte Männer und kleine Jungs. Hartmut stand kurz vor seinem siebzehnten Geburtstag und meldete sich freiwillig, obwohl ihn seine Mutter davon abhalten wollte. Der Junge war ein feuriger Verfechter der Endsiegideologie und wie besessen von der Idee, den Tod seines Vaters am Feind zu rächen. Nun ja, wie gesagt, er muss schon damals nicht sonderlich helle gewesen sein.«

Sie erreichten eine Ampelkreuzung. Rauh bog links in eine kleinere Straße ein, die um Fahlenberg herum zur Stadtrandsiedlung unterhalb des Waldes führte.

»Als Wagner zu mir in die Klinik kam, lag seine Zeit in der russischen Kriegsgefangenschaft zwar schon mehr als zwanzig Jahre zurück, aber das Trauma hatte ihn schizophren werden lassen. Er litt immer wieder unter heftigen paranoiden Wahnvorstellungen. Während solcher Schübe sah er sich von den ›purpurnen Schlächtern‹ verfolgt, wie er sie nannte. Er hatte, wie ich erfuhr, mit angesehen, wie Aufseher seines Gulags einige Mitgefangene kastriert hatten und verbluten ließen. Seither litt er unter der Angst, russische Kommunisten würden das Land heimsuchen und ihm dasselbe antun. Und, na ja, es waren die frühen Siebziger, da bot sich eine Menge Zündstoff für seinen Verfolgungswahn.«

Sie hatten die Siedlung erreicht und passierten das

Fahlenberger Ortsschild. Als der Wagen über den Bahnübergang rumpelte, schaute Jan zu Hubert Amstners verfallenem Bahnwärterhäuschen hinüber. Im grauen Tageslicht sah es noch maroder aus als neulich bei Nacht. Hier halfen keine Renovierungsarbeiten mehr. Das uralte Gemäuer, das schon die erste Dampflok auf der Bahnstrecke von Fahlenberg nach Ulm gesehen haben musste, war längst reif für die Abrissbirne.

Rauh fuhr die schmale Straße entlang, auf der Jans Vater dreiundzwanzig Jahre zuvor unterwegs gewesen war. Sie bogen in die langgezogene Kurve hinter Amstners Haus ein, ohne dass Rauh vom Gaspedal ging. Die Straße war schneefrei, aber dennoch spürte Jan, wie ihm der Schweiß auf die Stirn trat.

… noch viel schlimmer ist die Vorstellung, als Beifahrer in einem Auto zu sitzen und dem Fahrer auf Gedeih und Verderb ausgeliefert zu sein.

»Bevor sich Wagner tatsächlich das Leben nahm, kam es eines Abends zu einem Zwischenfall«, setzte Rauh seinen Bericht fort. »Ein Mitpatient sah Blut unter einer der Toilettenkabinen herauslaufen. Die Pfleger brachen die Tür auf und konnten Wagner gerade noch davon abhalten, sein bestes Stück abzutrennen. Er kam mit dem Leben davon, war jedoch nicht mehr zeugungsfähig.«

»Er hat versucht, sich selbst zu kastrieren?«, fragte Jan verdutzt. »Hatten Sie nicht vorhin noch gesagt, dass das seine größte Angst war?«

»Allerdings«, nickte Rauh. »Als ich ihn fragte, warum er das getan hatte, sagte er, er habe der Heiligen Jungfrau ein Opfer darbringen wollen, damit sie sein Versteck vor seinen imaginären Verfolgern geheim halte.«

»Was für ein Versteck hat er gemeint?«, fragte Jan und hielt den Türgriff fest umklammert.

Rauh sah kurz zu ihm herüber. »Fahre ich Ihnen zu schnell?«

»Äh, nein. Es geht schon.«

Rauh lächelte spöttisch. Dann erzählte er weiter. »Nun, anfangs dachte ich, er meinte seinen gegenwärtigen Aufenthaltsort, also die Klinik. Aber dann erfuhr ich von dem Grund für seine hohen Schulden.«

»Die Lebensmittelkonserven«, sagte Jan.

»Genau. Weiterverkauft konnte er sie nicht haben, sonst hätte er wenigstens einen Teil der Schulden zurückzahlen können, und bei ihm zu Hause hatte man nichts gefunden. Also musste es höchstwahrscheinlich doch ein Versteck geben, das er vor allen geheim gehalten hatte.«

Sie kamen an der Stelle vorbei, an der Bernhard Forstner verunglückt war. Jan sah die freie Fläche, an der sich einst hohe Tannen befunden hatten. Nun lagen dort mehrere Holzstapel neben einer großen Tafel, die Touristen auf die Wanderangebote des Fahlenberger Forsts aufmerksam machte. Nichts erinnerte mehr an die tragischen Ereignisse jener Winternacht.

»Wie geht es Ihnen?«, fragte Rauh, der Jans Blicke aus dem Fenster bemerkt haben musste.

Jan ging nicht auf ihn ein. Er hatte Rauh ohnehin schon viel zu viel von sich erzählt.

»Wussten Sie, wo das Versteck gelegen haben könnte?«, frage er schließlich.

»Nein«, sagte Rauh. »Irgendwann hatte ich die ganze Sache einfach vergessen. Ich ging ins Ausland, verfolgte meine Karriere und bekam ein Forschungsstipendium. Kurz gesagt, mein Leben ging weiter. Aber dann tauchten Sie auf, und die ganze Geschichte wurde wieder lebendig. Die Erinnerungen kehrten zurück. Und auch wenn Sie mir das jetzt vielleicht nicht glauben werden, Jan, aber nach unseren beiden Sitzungen wollte auch ich endlich wissen, was damals geschehen ist. Ihretwegen.«

Sie waren etwa einen Kilometer weiter gefahren, als Rauh das Tempo verlangsamte und auf den Waldparkplatz einbog. Rauh stellte den Motor ab und löste seinen Sicherheitsgurt.

»Mir ist Ihre Frage nachgegangen«, sagte er, »wohin Ihr Vater in jener Nacht tatsächlich wollte. Und ich denke, dass er *hierher* wollte. Ich glaube, er wollte sich hier mit dem Entführer Ihres Bruders treffen.«

Auch Jan klinkte seinen Gurt aus. Er wandte sich zu Rauh und sah ihn skeptisch an. »Warum erzählen Sie mir das erst jetzt?«

»Weil ich erst jetzt einen sicheren Hinweis darauf erhalten habe«, entgegnete Rauh. »Wissen Sie, vor einigen Tagen habe ich einen alten Bekannten getroffen. Er war Jäger hier im Forst. Lebt drüben in Kössingen. Ich beziehe immer wieder mal Wild von ihm. Nun ja, eigentlich von seinem Sohn, aber als ich neulich dort war, traf ich nur den Alten. Wir kamen ins Gespräch, und ganz nebenbei erwähnte er, dass jetzt ein Stück des Waldes zum Verkauf stehe, das er seit etlichen Jahren gepachtet hatte. Der Besitzer sei schwer verunglückt, werde wohl auch nicht mehr richtig gesund, und man brauche das Geld für die teure Behandlung.«

»Alfred Wagner«, sagte Jan und dachte an Rauhs Andeutung von vorhin.

Rauh nickte. »Nach Hartmut Wagners Tod war das Waldstück in Alfreds Besitz übergegangen. Etwas mehr als die Hälfte davon verkaufte er der Bank, um die Schulden seines Vaters abzubezahlen, aber einen Teil behielt er. Er muss ganz versessen darauf gewesen sein, obwohl ihm die Bank einen stattlichen Betrag dafür geboten hatte.«

»Also muss es dort etwas geben, was ihm wertvoller war als Geld«, schlussfolgerte Jan.

»Natürlich hat er niemandem davon erzählt, da ihm sein Vater ja eingetrichtert hatte, ihn würden sonst die Kommunisten holen. Und so wusste kaum einer vom heimlichen Grundbesitz der Wagners.« Rauh beugte sich ein wenig zu Jan vor und sah ihm tief in die Augen. »Zu der Zeit, als Ihr Freund Marenburg angegriffen wurde, war ich auf dem Vermessungsamt. Genauer gesagt beim Leiter der Behörde, den ich schon seit der Schule kenne. Ich habe mir Luftaufnahmen und Karten des Fahlenberger Forsts geben lassen und das Grundstück der Wagners herausgesucht. Öffnen Sie mal das Handschuhfach.«

Jan öffnete die Klappe und nahm einige Kopien heraus, die in einer Klarsichthülle steckten. Er sah die Linien und Markierungen, die den Parkplatz auswiesen, auf dem sie jetzt standen.

»Sehen Sie sich das zweite Blatt an«, sagte Rauh. »Vor allem den Wegverlauf.«

Jan nahm das Blatt heraus und erkannte den eingezeichneten Forstweg, der sich von der Straße aus in den Wald schlängelte und sich dort verzweigte.

Mit seinem manikürten Fingernagel tippte Rauh auf die Kopie. »Mein Schulfreund hat mir zu dieser Stelle hier etwas Hochinteressantes erzählt. Etwas, das nur die wenigsten Fahlenberger wissen. Diesen Parkplatz hier gibt es schon seit sehr vielen Jahren. Anfangs war es noch ein Ablageplatz für Holzstämme, aber dann, gegen Ende des Zweiten Weltkriegs, wurde diese Fläche betoniert und die Umgebung zum militärischen Sperrgebiet erklärt. Man vermutet, dass die Straße nach Kössingen als geheime Startbahn für Kampfflugzeuge gedacht war. Etwas Ähnliches gab es ungefähr zwanzig Kilometer von hier entfernt, nahe der Autobahn. Diese große Betonfläche war eine Art Hangar, von dem seinerzeit ein Teil überdacht gewesen sein muss, höchstwahrscheinlich mit einer hölzernen Tarnkonstruktion.«

Jan sah aus dem Fenster, und auf einmal erschien ihm dieser riesige Parkplatz mitten im Wald in völlig neuem Licht. Früher hatte er gedacht, man habe ihn für die Forstarbeiter und Touristen gebaut und sich so die Größe dieser freien Fläche erklärt. Nun aber erschienen ihm hier für einen Moment die geisterhaften Schemen der Flugzeuge und der Männer, die an dieser Stellung ihren Dienst verrichtet hatten. Piloten, Soldaten, vielleicht auch Fluglotsen und Funker.

»Gleich daneben grenzt Wagners späterer Grundbesitz an«, sagte Rauh, der noch immer auf die Kartenkopie deutete. »Und das Stück, das an den Parkplatz anschließt, hat Alfred behalten. Ist immer noch recht beachtlich, aber bei weitem kleiner als der ursprüngliche Besitz. Wie gesagt, ihm blieb am Ende etwas weniger als die Hälfte.«

»Ich glaube, ich verstehe, auf was Sie hinauswollen«, sagte Jan und sah zu den Büschen am Ende des Parkplatzes hinüber. Dahinter ragte dichter Mischwald auf. »Wenn dies hier eine geheime militärische Stellung gewesen ist und es einen Unterstand für die Flugzeuge gegeben hat, dann muss es hier auch ein Quartier für die Mannschaft gegeben haben. Einen … Bunker.«

Den Blick starr auf die Bäume gerichtet, flüsterte er das Wort mit kaum hörbarer Stimme.

Rauh nickte. »Wenn er gut getarnt ist, dann wäre es nicht verwunderlich, dass man ihn damals nicht gefunden hat, als man mit Hundestaffeln den Wald nach Ihrem Bruder abgesucht hat.«

»Die Unterirdischen«, sagte Jan. »Das hat Alfred gemeint. Sven sei jetzt einer der Unterirdischen. Er muss in diesem Bunker gewesen sein.«

»Was ist«, fragte Rauh und nahm eine Taschenlampe aus dem Handschuhfach, »helfen Sie mir beim Suchen?«

60

Zu Fuß folgten Jan und Rauh dem Zufahrtsweg, der sich immer tiefer in den Wald wand. Mit Rauhs Wagen wären sie nicht weit gekommen, denn der Weg war von den tiefen Reifenfurchen der Forstfahrzeuge durchzogen und für einen normalen Pkw unpassierbar.

Die beiden Männer hielten sich in der Mitte des Weges, wo der Boden noch am besten begehbar war. Um sie herum waren nur die Wintergeräusche des Waldes zu hören. In weiter Ferne krächzte eine Krähe, hie und da fielen kleine Schneehaufen aus dem Geäst, und gelegentlich hörte man ein Knacken im Unterholz.

»Wird nicht einfach sein, hier etwas zu finden«, sagte Rauh und blieb stehen. Er vergrub die Hände in den Jackentaschen und ließ den Blick umherschweifen.

Jan behielt Rauhs verborgene Hände im Blick. Rauh musste dies bemerkt haben. Er stieß den Atem durch die Nase aus, der in der kalten Waldluft wie Rauch aussah.

»Noch immer misstrauisch?«

»Wären Sie das nicht an meiner Stelle?«

»Sie können mich durchsuchen, wenn Sie sich dann wohler fühlen.« Rauh zog die Hände aus den Taschen und hob sie hoch. »Außer der kopierten Karte, der Taschenlampe, einem Päckchen Pfefferminz und meinen Autoschlüsseln trage ich nichts bei mir.«

Jan winkte ab. »Sehen Sie lieber auf der Karte nach, wie weit wir schon auf Wagners Grund sind.«

Rauh lächelte, dann senkte er die Hände und zog die zusammengefalteten Kopien aus seiner Jackentasche. Dabei fiel ihm ein silberner Gegenstand zu Boden. Es war ein Feuerzeug, das mit der Unterseite im gefrorenen Morast landete.

»Sie haben etwas verloren.«

Rauh bückte sich und hob hastig das Feuerzeug auf. »Oh, danke.«

Er streifte den Schmutz ab.

»Schönes Stück«, sagte Jan.

»Ja.« Rauh steckte das Feuerzeug in seine Jacke zurück. Diesmal in die Innentasche. »Ein Geschenk von meiner Exfrau. Carmen. Wir hätten vorgestern unseren zehnten Hochzeitstag gehabt.«

»Tut mir leid.«

»Ist lange her.« Ohne Jan anzusehen, entfaltete Rauh die Karte und tippte auf eines der eingezeichneten Felder. »Wir sind jetzt in etwa hier.«

»Dann sollten wir noch ein Stück weitergehen«, sagte Jan und besah sich die Karte. »Ungefähr hundert Meter von hier sind Erhöhungen eingezeichnet. Die sollten wir uns genauer ansehen.«

»Also gut«, sagte Rauh und faltete die Karte zusammen. »Dann mal los. Allmählich friere ich hier fest.«

Wenig später gelangten sie an eine Gabelung. Der linke Weg führte zu dem Teil des Grundstücks, den Alfred verkauft hatte, den rechten versperrte eine verrostete Metallschranke. Sie musste einmal rot-weiß gestrichen gewesen sein, doch nun war vor Rost fast nichts mehr von der Farbe erkennbar. Nur das gelbe Plastikschild schien aus jüngerer Zeit zu stammen:

PRIVATGRUNDSTÜCK
ZUFAHRT UND BETRETEN VERBOTEN!

»Ich vermute, das hat Alfred angebracht«, sagte Rauh.

»Anscheinend«, nickte Jan. »Ich denke, ab hier lohnt es sich zu suchen.«

»Da drüben!«

Rauh zeigte zu einer Ansammlung kleiner Hügel, die mit dicken Tannen bewachsen waren.

Jan besah sich die Hügel, die nicht natürlichen Ursprungs zu sein schienen. Dafür waren sie zu gleichmäßig verteilt. Ihm fiel einer seiner ehemaligen Grundschullehrer wieder ein – Herr Haas, der ihn in Heimat- und Sachkunde unterrichtet hatte. Jan konnte sich noch gut an die Geschichten erinnern, die ihnen der Lehrer über die Vorzeit der Fahlenberger Region erzählt hatte.

»Das sind Keltengräber.«

»Hallstattzeit.« Rauh nickte. »Da würde ein weiterer Hügel nicht auffallen.«

»Na, dann los.«

Mehr als eine halbe Stunde suchten sie die Hügel und die nähere Umgebung nach einem möglichen versteckten Eingang ab. Vergeblich. Wie es schien, waren diese Erhebungen wirklich nur Gräber aus einer Zeit von vor fast dreitausend Jahren.

»Ärgerlich«, sagte Rauh, als sie sich wieder trafen. »Ich hätte wetten können, dass sich der Bunker hier befindet.«

Er rieb sich die Hände. Sein Gesicht mit dem sonst leicht gebräunten Teint regelmäßiger Solariumbesuche war blass vor Kälte. Seine Wangen und die Nasenspitze leuchteten rot wie bei einer Clownsmaske.

Auch Jan war vor Kälte klamm und hatte kaum noch Gefühl in Händen und Füßen. »Viel Auswahl haben wir nicht mehr. Wenn ich die Karte richtig verstehe, macht der Weg in etwa zweihundert Metern eine weitere Biegung und führt dann in das Nachbarstück hinein.«

»Vielleicht gibt es ja doch keinen Bunker«, sagte Rauh und machte eine ratlose Geste.

»Möglich.« Enttäuscht schaute sich Jan nach allen Seiten um. Dann stutzte er. »Warten Sie! Ich glaube, es gibt ihn doch.«

Er ging auf eine dicke Buche zu, die etwa fünfzig Meter von den Hügelgräbern entfernt aufragte. Der Baum musste sehr alt sein. Zwischen zahlreichen Fichten und Tannen stand er da wie ein Riese. An beiden Seiten des Stammes hatten sich dicke, knotige Schwämme gebildet, die im Lauf vieler Jahre von Moos überzogen und verholzt waren. Zwei dieser Wucherungen traten besonders auffällig hervor. Ihre Formen erinnerten Jan an Hände. Hände mit verkrüppelten, bedrohlich gespreizten Fingern.

»Klauenhände.«

»Wie bitte?« Rauh sah ihn verwundert an.

Jan ging um den Baum herum, besah sich von dort den Stamm und nickte.

»Ein Bekannter, Hubert Amstner, hat mir vor kurzem von Alfreds Wahnvorstellungen erzählt«, sagte er zu Rauh, der sich nun ebenfalls zu ihm durch das Unterholz vorarbeitete. Er verzog schmerzvoll das Gesicht, als ihn die Dornen der Büsche durch seine Stoffhose in die Haut stachen.

»Alfred hatte ihm von den Unterirdischen berichtet.

Und von der Madonna mit den Klauenhänden. Nun, hier ist sie.«

Jan zeigte auf ein kleines gerahmtes Marienbild, das in die glatte Rinde eingewachsen war. Im Lauf der Jahrzehnte, die das Bild dort schon hing, war es vom Sonnenlicht ausgebleicht und blaustichig geworden, aber man konnte das Antlitz der Gottesmutter noch gut erkennen.

»Dann sind wir also doch richtig«, sagte Rauh und befreite seinen Jackenärmel aus dem Griff eines dornigen Astes. »Das muss noch vom alten Wagner stammen.«

Jan tätschelte den Buchenstamm. »Ja, und man muss auf dieser Seite stehen, um das Bild sehen zu können.«

Mürrisch dreinblickend wischte sich Rauh über seine Hosenbeine. »Freiwillig steigt sicherlich niemand durch dieses Gestrüpp. Dafür braucht man einen guten Grund.«

»Wahrscheinlich denselben Grund, weshalb man diese Sträucher überhaupt hat wuchern lassen. Also sollten wir uns hier mal ein wenig genauer umsehen.«

»Ich sehe schon, ich bin für den Anlass eindeutig falsch gekleidet«, seufzte Rauh.

»Die Wahrheit verlangt ihre Opfer«, entgegnete Jan und schob sich weiter durch die Büsche.

Auf dem Boden lag kaum Schnee. Das meiste davon hatten die Büsche abgefangen, der Rest glich einer Schicht aus feinem Puderzucker. Jan hob einen morschen Ast auf und begann, damit zwischen Wurzeln, Ästen, Tannenzapfen und trockenen Nadeln herumzustochern. Mit jedem Schritt, den er tat, zupften Äste und Dornen an seiner Kleidung. Er hielt sich links, während Rauh die rechte Hälfte des Dickichts absuchte. Nach nur wenigen Metern blieb Rauh plötzlich stehen.

»Hier!«

Jan kämpfte sich zu ihm durch. Die rostige Bodenluke war im braunen Waldboden kaum zu erkennen.

»Jede Wette, dass das kein Gullydeckel ist«, sagte Rauh triumphierend.

»Wohl kaum«, stieß Jan hervor. Ein mulmiges Gefühl beschlich ihn, doch Rauh hockte sich bereits nieder und machte sich an der Luke zu schaffen.

Jan ging ihm zur Hand. Gemeinsam fassten sie den flachen Griff und zogen daran. Die Luke war schwer, ließ sich aber erstaunlich leicht aufklappen.

»Jemand muss sie vor kurzem geschmiert haben.« Jan fuhr mit dem Finger über das Fett am Scharnier. Es war noch weich.

»Das heißt, dass dieser Bunker noch genutzt wird«, schlussfolgerte Rauh. »Für was auch immer.«

Jan schaute in das Loch, in dem eine Metallleiter in die Dunkelheit führte. »Amstner hat gesagt, dass Alfred oft für Tage oder Wochen im Wald gewesen ist. Ich denke, er wird sich hier verkrochen haben.«

Rauh legte die Stirn in Falten und sah Jan von unten herauf an. »Denken Sie dasselbe wie ich?«

Jan erwiderte seinen Blick und spürte, wie das mulmige Gefühl stärker wurde. »Wenn mein Vater wirklich zum Waldparkplatz unterwegs gewesen ist, und der Entführer Sven hier unten versteckt hat … Und wenn Alfred der Einzige gewesen ist, der von diesem Bunker wusste …«

»Dann muss er der Entführer gewesen sein«, vollendete Rauh den Gedanken.

»Aber wieso sollte ein Zwölfjähriger einen kleinen Jungen entführen?« Irritiert fuhr sich Jan durchs Haar. »Was für einen Sinn sollte das gehabt haben?«

»Leider werden wir ihn das nicht mehr fragen können«, sagte Rauh, der nun ebenfalls in das dunkle Loch starrte. »Außerdem ist noch nicht erwiesen, dass es wirklich so gewesen ist. Vielleicht war Ihr Bruder gar nicht hier. Alfred hat zwar behauptet, ihn hier gehört zu haben, aber das kann eine Wahnvorstellung gewesen sein. Immerhin wissen wir jetzt, dass er häufiger die Wahrheit gesagt hat, als wir geglaubt haben, aber er litt dennoch unter Halluzinationen.«

Noch immer sahen sie in das dunkle Loch hinab. Jans Magen rebellierte. Ihm war speiübel. Er hatte immer geglaubt, seine größte Furcht gelte der Ungewissheit. Aber jetzt, wo er die Antwort auf die Fragen, die er sich seit über zwei Jahrzehnten stellte, möglicherweise endlich erhalten würde, war seine Furcht größer als je zuvor.

Vielleicht, weil diese Antwort endgültig war. Danach gab es kein Hoffen mehr. Wenn er Svens sterbliche Überreste dort unten fand, konnte er sich nicht mehr einreden, dass sein Bruder vielleicht doch noch irgendwo am Leben war.

Aber wenigstens weiß ich es dann mit Sicherheit, sagte der vernunftgesteuerte Teil seines Verstandes. *Bring es hinter dich,* ermahnte er sich selbst, *und dann fang endlich ein neues Leben an. Ein neues Leben ohne Alpträume.*

»Was ist?«, meldete sich Rauhs Stimme. »Sollen wir runtersteigen?«

Jan schreckte aus seinen Gedanken auf. Er sah Rauh an. »Sie zuerst.«

Rauh zuckte mit den Schultern und zog die Lampe aus seiner Jackentasche. »Wie Sie wollen.«

Zögerlich trat er an den Rand und leuchtete in die Öffnung. Die Metallleiter führte etwa zwei bis drei Meter in die Tiefe. An ihrem Ende war Betonboden zu erkennen.

»Den Mutigen gehört die Welt«, sagte Rauh und fuhr sich durchs Haar. Dann stieg er vorsichtig die Leiter hinunter. Unten angekommen, sah er zu Jan hoch. »Ist stabil. Kommen Sie!«

Jan atmete tief durch, dann kletterte er ebenfalls in die Öffnung. Mit jeder Sprosse, die er nach unten stieg, nahm der Geruch nach kaltem Beton und Rost zu.

Als er in dem engen Gang neben Rauh angekommen war und zwischen den grauen Wänden zur Luke hinaufsah, hatte er den Eindruck, als sei die Oberwelt für ihn unerreichbar geworden. Hier im Dunkeln sahen die kahlen Bäume und der bleigraue Himmel außerhalb der Luke wie Bilder aus einer anderen Welt aus. Es war, als sehe Jan aus einem Grab heraus, kurz bevor der Totengräber zur Schaufel griff, um es mit Erde zu füllen.

»Verdammt eng«, sagte Rauh, dem es nicht anders zu gehen schien. »Wie mag das erst für diese Soldaten gewesen sein? *Wir* könnten jederzeit wieder zurück, wenn wir es hier nicht aushalten. Aber wenn ich mir vorstelle, dass da oben geschossen wird und Bomben fallen …« Er hielt inne und räusperte sich nervös.

»Sind Sie klaustrophobisch?«

»Eigentlich nicht.« Rauh machte eine entschuldigende Geste. »Man entdeckt eben immer wieder neue Seiten an sich.«

»Sollen wir zurückgehen?«

»Nein, nein.« Rauh winkte ab. »Wird schon gehen. Außerdem bin ich viel zu neugierig.«

Er ging voran und ließ den Lichtkegel der Taschenlampe über die grauen Betonwände mit den scharfkantigen Rillen gleiten. Der Gang war gerade breit genug, dass zwei Männer nebeneinander gehen konnten. Jan musste an seine Zeit beim Wehrdienst denken. Dies war ein sogenannter Splitterschutz, der den Zweck hatte, den eigentlichen Bunkereingang zu schützen. Selbst wenn man die Luke aufsprengte, war die eigentliche Eingangstür, die sich etwa sechs Meter weiter befand, wo der Gang rechtwinklig abbog, vor der Druckwelle der Explosion geschützt.

»Willkommen in der dunklen Vergangenheit«, murmelte Rauh und beleuchtete die dicke Stahltür. An der Wand daneben prangte in schwarzen Frakturlettern der Schriftzug

ACHTUNG!
RAUCHEN UND OFFENES FEUER VERBOTEN!

Darunter war der Reichsadler mit dem Hakenkreuz zu erkennen. Die Tür hatte weder eine Klinke noch sonst einen Öffnungsmechanismus. Sie war nicht mehr als eine glatte Stahlplatte, auf der sich im Lauf der Jahrzehnte eine gleichmäßige Rostschicht gebildet hatte. Auf der linken Seite erkannte Jan die Schlaufe eines ausgefransten Stricks, die zwischen Tür und Rahmen klemmte.

»So muss Alfred sie von außen zubekommen haben«, sagte er und stemmte sich gegen das Türblatt.

Mit rostigem Kreischen schwang die Tür nach innen auf. Dahinter lauerte Dunkelheit.

»Hier ist ihm wohl das Schmierfett ausgegangen«, sagte Rauh und schob sich an Jan vorbei. Er ging mit der Lampe voran.

Sie betraten einen weiteren Gang, der allerdings um einiges breiter war. Gleich neben der Eingangstür führte ein kurzer Gang nach rechts und endete nach wenigen

Schritten in einem kleinen Raum. Der Raum war kaum größer als eine Besenkammer. Den meisten Platz nahm ein alter Stromgenerator ein. Der Boden war verdreckt mit Rattenkot, trockenem Laub und fauligen Papierfetzen. In einer Ecke lagen zwei Flaschen mit verrosteten Bügelverschlüssen.

»Fahlenberger Schlossquellbier«, las Rauh. »Die sind uralt. Müssen mittlerweile Sammlerwert haben.«

Jan starrte auf die beiden Flaschen. Das flaue Gefühl im Magen nahm wieder zu. Er schloss die Augen und musste sich gegen die Wand lehnen.

Rauh sah ihn besorgt an. »Alles in Ordnung?«

»Ich musste nur gerade an Rudi Marenburg denken. Ich hoffe, er kommt durch.«

Rauh schwenkte den Lichtstrahl auf die beiden Flaschen, dann wieder zu Jan. Er räusperte sich. »Hören Sie, Jan, ich muss Ihnen etwas gestehen.«

»Und das wäre?«

»Ich war gestern Morgen tatsächlich bei Marenburg. Kurz bevor er angegriffen wurde.«

Jan verengte die Augen zu Schlitzen. »Sie waren bei ihm? Warum?«

»Marenburg hat immer wieder versucht, die Leute gegen die Klinik aufzuwiegeln. Er ist der festen Überzeugung, wir Ärzte seien schuld am Tod seiner Tochter. Wir hätten sie in den Selbstmord getrieben.« Er sah Jan mit einem Ausdruck des Bedauerns an. »Ich weiß, Sie beide sind Freunde, aber ich vermute, er wird Ihnen nicht erzählt haben, dass er sogar zweimal gegen die Klinik prozessiert hat. Beide Male ohne Erfolg. Aber das schien ihm gleichgültig gewesen zu sein. Er hatte es schließlich geschafft, uns vor der Presse in ein schlechtes Licht zu rücken.«

»Und deswegen waren Sie bei ihm?«

»Hauptsächlich wegen Ihrer Bekannten«, sagte Rauh. »Frau Weller scheint mir wegen des Verlusts ihrer Freundin sehr labil zu sein, und ich hatte den Eindruck, Marenburg hat sich das zunutze gemacht und ihr seine Verschwörungstheorien eingeimpft. Ich war wütend und wollte ihn deswegen zur Rede stellen. Ich wollte wissen, ob ihm klar war, was er bei der jungen Frau ausgelöst hat. Immerhin hat sie sich die Handgelenke aufgeschnitten, nur um bei uns eingewiesen zu werden. Ein solches Verhalten spricht ja wohl Bände. Tja, Marenburg jedenfalls hat mir die Tür ziemlich schnell wieder vor der Nase zugeknallt.« Rauh fuhr sich mit der Hand übers Gesicht. »Ich wollte nur, dass Sie das wissen, Jan.«

Sekundenlang herrschte Schweigen. Nur das leise Pfeifen des Windes in der offenen Luke war zu hören.

»Nun gut«, sagte Jan. »Ich wäre nicht hier, wenn ich Ihnen nicht glauben würde. Sehen wir uns weiter um.«

Rauh lächelte schwach, dann schwenkte er den Lichtstrahl wieder in den kleinen Raum. Vor dem Generator standen drei Kanister, und es roch nach Diesel. »Ob das alte Teil noch funktioniert?«

Jan wiegte den Kopf. »Möglich. Sieht zwar eher so aus, als würde einem das Ding um die Ohren fliegen, aber ich wüsste nicht, weshalb man hier sonst Treibstoff lagern sollte. Die Kanister sind nicht so alt wie der Generator.«

Rauh besah sich den Generator genauer und machte sich schließlich daran zu schaffen. Jan war erstaunt, wie geschickt er sich dabei anstellte. Das hätte er diesem Dressman gar nicht zugetraut.

Kurz darauf setzte sich die Maschine rumpelnd und ratternd in Bewegung. Gleichzeitig flackerten die hinter

Drahtgeflechten geschützten Glühbirnen auf, die entlang eines dicken Stromkabels von der Decke hingen.

»Na, wer sagt's denn«, triumphierte Rauh und wischte sich die schmutzigen Hände an der zerrissenen Hose ab. »Irgendwann zahlt sich selbst das Leben als armer Student aus. Wie viele Nächte habe ich mir mit dem Herumschrauben an meinen alten Rostmühlen um die Ohren schlagen müssen. Aber irgendwie habe ich sie immer wieder zum Laufen bekommen. Tja, das waren noch Zeiten. Keine Ahnung, wie lange wir Licht haben werden, aber ich hoffe, es reicht für einen schnellen Rundgang.«

Sie verließen den Generatorraum, und Rauh zog die dicke Schutztür hinter sich zu, die Lärm und Gestank des Gerätes verschluckte.

Es tat gut, hier unten Licht zu haben. Jan spürte, wie der klaustrophobische Druck von ihm wich. Das Gefühl, hier unten lebendig begraben zu sein, ließ nach, wenn auch nicht völlig.

Der Bunker war deutlich größer als vermutet. Vom breiten Mittelgang aus gelangte man in fünf Räume. Jeweils zwei zu beiden Seiten und einer am Gangende. Die ersten beiden Türen links und rechts führten in ehemalige Quartierräume. In jedem befanden sich zwei verrostete Hochbettgestelle. Die Matratzen waren zerschlissen und zerfressen. Mäuse oder Ratten mussten in dem weichen Füllmaterial genistet haben.

Auf einer dieser Matratzen lag ein fleckiges Kissen mit einem *SpongeBob*-Aufdruck und eine alte Wolldecke mit Indianermuster. Die Wand über dieser Schlafstelle war mit Bildern nackter Mädchen aus Zeitungen und Pornomagazinen bedeckt. An der Unterseite des darüber befindlichen Betts war die große Werbeanzeige einer Versicherungsgesellschaft in den Gitterrost geschoben worden. Sie zeigte ein schmuckes Haus auf dem Land, vor dem ein junges Paar mit zwei freudestrahlenden Kindern dem Betrachter zu verstehen gab, dass man mit dem Rundum-Sorglos-Paket dieser Gesellschaft auf der sicheren Seite des Lebens stand.

An diesem Ort erschien Jan das Plakat wie blanker Hohn. Wie oft hatte Alfred hier wohl gelegen, zu dem Bild der Idealfamilie emporgesehen und sich vorgestellt, wie es sein musste, eine Frau, Kinder und ein eigenes Heim zu haben, das kein verlassener Nazi-Bunker war.

»Traurig, nicht wahr?«

Jan fuhr zusammen. Er hatte nicht gemerkt, dass Rauh neben ihn getreten war.

»Tut mir leid, ich wollte Sie nicht erschrecken. Also, ich habe nebenan nachgesehen. Da sind nur ein weiteres Mannschaftsquartier und eine Art Aufenthaltsraum. Die Tür am Ende des Ganges ist verschlossen.«

Erstaunt sah Jan auf den Gang hinaus. »Verschlossen?«

»Ja, wundert mich auch. Hängt ein dickes Vorhängeschloss dran. Ziemlich groß und sicherlich noch nicht so alt wie dieses Loch hier.«

»Warum sollte man hier einen Raum abschließen?«

»Keine Ahnung.« Rauh zuckte die Schultern. »Im Mannschaftsraum nebenan liegt zwar altes Werkzeug herum, aber nichts, womit wir das Schloss aufbekommen könnten.«

Rauh klang nun ganz nach dem Mann der Tat. Er war wie verändert. Es schien ihn nicht einmal zu stören, dass er seine teuren Markenkleider nach diesem Ausflug in den Müll werfen musste. Seine für viel Geld manikürten Hände sahen aus wie die Pranken eines Handwerkers.

Wenn er Jan hinters Licht hätte führen wollen, hätte er gewiss alles darangesetzt, die Fassade des Dandys penibel aufrechtzuerhalten. Und dennoch spürte Jan, dass sich über dieser Erkenntnis keine Erleichterung einstellen wollte.

»Alles in Ordnung?«, wollte Rauh wissen. »Sie sind ganz blass.«

»Geht schon«, winkte Jan ab. »Muss wohl die Luft hier unten sein.«

Rauh nickte. »Äußerst trocken. Dabei hätte ich hier eher Feuchtigkeit erwartet. Selbst das Klo im Mannschaftsraum ist ausgetrocknet.« Er wies in die Richtung des Raums. »Ich weiß jetzt übrigens, warum Alfred geglaubt hat, Hitler spreche zu ihm aus dem Spülkasten.«

»Ach ja?«

»Irgendein Spaßvogel hat das gerahmte Führerbild über die Kloschüssel gehängt.«

Jan erwiderte Rauhs Grinsen. »Ein guter Ort.«

»Eines ist allerdings seltsam. Dieses Schloss da vorn an der Tür … Da muss zuvor ein anderes gehangen haben. Sieht so aus, als hätte man es aufgestemmt und später durch ein neues ersetzt.«

Ein Knall ließ sie zusammenfahren. Erschrocken sahen sie auf den Gang.

»Was war das?«, flüsterte Rauh.

»Ein Schuss?«

»Hörte sich ganz so an.« Rauh zog seine Taschenlampe aus der Jacke, wog sie in der Hand, als wollte er ihre Schlagkraft überprüfen, trat vorsichtig zur Tür und spähte hinaus.

»Und?«, flüsterte Jan und schalt sich insgeheim einen Narren, weil es keinen Grund mehr gab, zu flüstern. Wer immer sich auch nebenan befand, musste sie längst gehört haben.

»Nichts.« Rauh schüttelte den Kopf, ohne den Blick vom Gang abzuwenden. Dann ging er hinaus.

Jan folgte ihm. Die Tür des Nebenraums stand nur einen Spaltbreit offen. Jan und Rauh positionierten sich zu beiden Seiten und wechselten einen zweifelnden Blick. Falls dies wirklich ein Schuss gewesen war, hatten sie dem Gegner nicht mehr als eine Taschenlampe entgegenzusetzen.

»Kommen Sie heraus!«, rief Jan.

Rauh fasste die erhobene Lampe noch fester.

Stille.

»Kommen Sie, wir wissen, dass Sie da drin sind.«

Nichts.

Wieder sahen sich die beiden an. Rauh deutete auf die Türklinke. Jan nickte.

Im selben Moment begann das Licht auf dem Gang zu flackern. Jan schickte ein Stoßgebet an den Generator, er möge noch ein wenig durchhalten. Wenigstens so lange, bis sie wussten, wer außer ihnen noch hier unten war.

Sein Gebet schien erhört zu werden. Das Flackern ließ nach. Jan packte den Griff und riss die Tür auf.

Da war nur der dunkle Raum, sonst nichts. Rauh knipste die Taschenlampe an und suchte damit das Innere ab. Dann fing er an zu lachen. Jan trat neben ihn, und als er sah, was Rauh so belustigte, musste auch er lachen.

Rauh schüttelte den Kopf und grinste. »Da platzt eine alte Glühbirne, und wir machen uns vor Angst fast in die Hosen.«

»Psychiater sind einfach keine Helden.«

»Nein, nicht so wirklich«, sagte Rauh und leuchtete den Raum ab.

»Ich glaube es ja nicht«, staunte Jan und ging zu den Stapeln mit Konservendosen, die alle drei Wände des Raumes verdeckten. »Hier hatte Wagner also seinen Vorrat.«

»Das müssen Tausende sein«, sagte Rauh. Er nahm eine der Dosen vom Stapel und beleuchtete den Deckel, auf dem das Mindesthaltbarkeitsdatum aufgedruckt war. »März 1989. Nicht gerade frisch, was?«

Jan ging zurück auf den Gang und beobachtete den staunenden Rauh, der inmitten des Lagerraums stand und sich umsah wie ein Inventurhelfer in einem mittelgroßen Supermarkt.

»Alles fein säuberlich gestapelt«, sagte Rauh und leuchtete die Dosenwand ab. »Jedes Etikett zeigt nach vorn.«

Jan erkannte ein ganzes Bataillon Büchsenfleisch, Erbsen und Möhren, unzählige Dosen Wurst, Ravioli und Linseneintopf, an die zwanzig Suppensorten und jede Menge eingelegtes Obst.

»Kein Wunder, dass sich Alfred über Tage und Wochen im Wald aufhalten konnte. Das offizielle Haltbarkeitsdatum ist zwar längst abgelaufen, aber das muss bei Konserven nichts heißen.«

»Die halten länger, als man denkt«, pflichtete Rauh ihm bei. »Meine Mutter hat während des Krieges in der Lebensmittelausgabe gearbeitet. Fast dreißig Jahre später entdeckten wir im Keller noch zwei alte Büchsen mit Kommissbrot. Ob Sie es glauben oder nicht, es sah noch aus wie …«

Mitten im Satz hielt Rauh inne. Er riss die Augen auf und sah Jan an, als sehe er ein Gespenst. Jan wollte ihn schon fragen, was mit ihm los sei, als er ein Geräusch hinter sich hörte. Doch noch bevor Jan reagieren konnte, traf ihn ein heftiger Schlag auf den Kopf.

Sterne explodierten vor seinen Augen. Er taumelte, versuchte, seinen Sturz abzufangen, doch er hatte keine Kontrolle mehr über seinen Körper. Noch bevor er auf dem Boden aufschlug, sah er verzerrt eine hoch aufragende Gestalt hinter sich. Dann verschwamm das Bild vor seinen Augen.

Das Letzte, was er sah, waren Erbsenkonserven.

61

Als ihre Kollegin in das Stationszimmer kam, sah Rebecca Steinfurt von ihren Unterlagen auf und rieb sich die Schläfen.

»Na, was machen unsere Schützlinge?«

Schwester Edwina Sezcinsky war noch neu auf der Intensivstation. Die Fünfundzwanzigjährige, von der Rebecca noch nicht viel mehr wusste, als dass sie ihrer Arbeit mit äußerster Gewissenhaftigkeit nachkam und nach Dienstschluss für ihren ersten Marathon trainierte, nahm eine Flasche Mineralwasser vom Tisch und nickte zufrieden.

»Alles in Ordnung. Nur Frau Weller ist etwas unruhig. Ihre Pulsfrequenz ist erhöht.«

»Hast du mit ihr gesprochen?«

»Nein, sie schläft. Ich glaube, sie träumt.«

»Wird wohl an den Schmerzmitteln liegen«, sagte Rebecca und sah ihrer Kollegin zu, die sich ein Halbliterglas mit Mineralwasser einfüllte. »Sag mal, wie viel Wasser trinkst du eigentlich am Tag?«

Edwina zuckte mit den Schultern. »So zwei bis drei Liter.«

Rebecca schüttelte den Kopf. »Der reinste Durchlauferhitzer …«

Ein schrilles Alarmsignal ließ sie zusammenfahren. Sofort sahen die beiden auf die Anzeigetafel.

»Das ist bei Frau Weller!« Rebecca schnellte von ihrem Platz auf.

»Ich rufe den Doktor«, sagte Edwina, stellte ihr Glas ab und riss den Telefonhörer von der Gabel.

Rebecca eilte zu Carla Wellers Zimmer. Dem Alarm nach hatten sämtliche Vitalfunktionen der Patientin ausgesetzt, und die Schwester stellte sich innerlich schon auf eine Reanimation ein. Doch als sie die Tür zum Patientenzimmer aufriss, sah die Schwester etwas, das ihr in ihrer Berufslaufbahn noch nicht untergekommen war.

Zwar hatte sie schon häufig erlebt, dass sich Patienten die Verbindungen zu den Kontrollgeräten vom Leib rissen, aber dass sie auch die Seitenwand des Bettes herunterklappten, aufstanden und aufgebracht im Raum auf und ab liefen, das überraschte Rebecca nun doch.

»Um Himmels willen«, stieß sie hervor. »Was tun Sie denn da?«

Carla Weller schien sie gar nicht zu hören. Sie bebte am ganzen Leib. Schwester Rebecca nahm sie in die Arme und führte sie vorsichtig zurück zum Bett. »Was haben Sie sich nur dabei gedacht?«

Carla Weller murmelte etwas Unverständliches. Das starke Schmerzmittel ließ sie lallen wie eine Betrunkene.

Sie wiederholte einen einzelnen Satz immer wieder. Schließlich verstand die Schwester.

»Ich weiß jetzt, wer er ist.«

Rebecca setzte sie vorsichtig aufs Bett. »Ganz ruhig, Frau Weller. Sie haben nur geträumt.«

»Ja.« Carla nickte wie in Zeitlupe. »Und dabei hab ich ihn erkannt.«

»Wen haben Sie erkannt?«

»Nathalies Stimme. *Seine* Stimme.«

»Na, das ist aber schön.« Rebecca griff sich den Arm der Patientin und versuchte, den Infusionsschlauch wieder auf die Kanüle zu stecken. »Dann können Sie sich jetzt ja wieder hinle...«

»Nein!«, fuhr Carla sie an. Sie zog ihren Arm mit einem plötzlich Ruck zurück und sah die Schwester aus weit aufgerissenen Augen an. Ihr Gesicht war schweißglänzend. »Sie ... verstehen nicht! Jan ist in Gefahr!«

»Was ist denn los?«, fragte eine Stimme hinter Rebecca.

Begleitet von Schwester Edwina eilte Dr. Mehra in den Raum, sah verwundert zu der Patientin und dann zu Schwester Rebecca.

»Sie ist einfach aufgestanden und ...«, versuchte Rebecca zu erklären, als sich Carla mit einer einzigen schnellen Bewegung aus ihrem Griff befreite und ihr die Hand auf den Mund legte.

»Polizei holen«, keuchte sie. »Gefahr!«

62

Es war ein Gefühl wie das Auftauchen aus eisig schwarzem Wasser. Als er aus der Bewusstlosigkeit erwachte, fand sich Jan bäuchlings liegend auf staubigem Betonboden wieder. Er hatte grauenvolle Kopfschmerzen, und je klarer sein Verstand wurde, desto schlimmer wurden sie.

Ihm war übel. Seine rechte Wange fühlte sich von der Kälte des Bodens taub an, aber er war noch zu benommen, um den Kopf zu heben. Blinzelnd kämpfte er gegen die Versuchung an, die schweren Lider wieder zu schließen und abermals ohnmächtig zu werden. Er bemühte sich, den Blick auf einen Punkt zu fokussieren, aber es wollte ihm nicht gelingen. Er sah doppelt, als wäre er sturzbetrunken.

Doch trotz dieser Sehstörung, die Jan als die Folgen einer Gehirnerschütterung diagnostizierte, erkannte er, dass er sich nicht mehr in dem Lagerraum mit den Konserven befand. Dieser Raum war weitaus größer, hell erleuchtet und von einem penetranten Geruch nach Öl und Metall erfüllt.

Olivfarbene Metallkisten stapelten sich an den Wänden. Sie waren staubig und voller Spinnweben. Zwar konnte Jan die weißen Siebdrucke auf den Vorderseiten nur undeutlich erkennen, aber er war sich dennoch sicher, dass es sich um Hakenkreuze handelte.

Munitionskisten!

Nun verstand er, wo er sich befand und weswegen dieser Raum durch ein großes Vorhängeschloss gesichert worden war.

Ein Munitionsdepot. Deshalb wurde dieser Bunker so gut gegen Feuchtigkeit geschützt.

Er winkelte die Arme an, durch die ganze Ameisenheere zu laufen schienen, und versuchte, sich hochzustemmen. Nach zwei erfolglosen Anläufen gelang es ihm schließlich. Er setzte sich auf und lehnte sich gegen einen der Kistenstapel.

Er zitterte am ganzen Leib, die Schmerzen in seinem Kopf hämmerten wie wild gegen seine Schläfen. Doch als er eine Weile so dagesessen hatte, ebbte das Hämmern allmählich ab. Die tanzenden Bilder vor seinen Augen kamen zum Stillstand.

Noch fiel ihm das Denken schwer. Doch bald erinnerte er sich, dass er einen Schlag auf den Hinterkopf bekommen hatte. Er sah an sich herab und stöhnte entsetzt auf. Seine Hände waren voller Blut, und auch die Brustseite seiner Jacke war so nass, als hätte er ein Bad in roter Farbe genommen.

Noch während sein Herz vor Panik Kapriolen schlug, versuchte ihn sein professioneller Verstand zu beruhigen. So viel Blut konnte unmöglich von ihm allein stammen. Andernfalls hätte er längst tot sein müssen.

Als Jan den Kopf zur Seite drehte und Norbert Rauh sah, der knapp einen Meter von ihm entfernt lag, begriff er, von wem all das Blut stammte.

Jemand hatte Rauh die Jacke und den Pullover ausgezogen. Der halbnackte Körper des Psychiaters lag in einer gewaltigen Blutlache. Sie bildete das Ende einer langen Schleifspur, die vom Gang hierherführte.

Rauh hatte die Arme ausgestreckt und sah aus wie ein Turmspringer, der auf den Rücken gefallen war. Als Jan den fleischigen Klumpen zwischen den Armen sah, schnürte sich ihm die Kehle zu. Dort, wo sich einst ein markantes, solariumgebräuntes Gesicht befunden hatte, war nur noch ein Unterkiefer mit einer Reihe rot verfärbter Zähne zu sehen. Vom Rest des Kopfes waren nur Knochensplitter und Hautstücke geblieben, an denen vereinzelte Haarbüschel hingen.

Jan kämpfte gegen den Brechreiz. Er versuchte, sich hochzustemmen, doch seine Beine wollten ihm nicht gehorchen. Zitternd versagten sie ihm den Dienst, und er sank keuchend in seine Sitzposition zurück.

Noch während er einen zweiten Anlauf unternahm, hörte er Schritte auf dem Gang. Sie kamen auf ihn zu, doch da die Tür nur halb offen stand, konnte er niemanden erkennen.

Verzweifelt sah er sich um, doch er fand weder eine Möglichkeit zur Flucht noch etwas, womit er sich hätte wehren können. Zwar saß er inmitten von Kisten voller Patronen und Geschützprojektile, aber was hätte er damit schon anfangen können? Schweiß rann ihm übers Gesicht, vermischte sich mit dem Blut, das teils aus seiner Platzwunde, größtenteils jedoch von Norbert Rauh stammte.

Es gab keinen Ausweg, nun würde er dem Tod ins Gesicht sehen müssen.

Kurz vor der Tür hielten die Schritte an. Das tiefe Seufzen eines Mannes war zu hören. Jan glaubte, die Stimme zu erkennen, doch gleichzeitig schien dies ganz unmöglich zu sein.

Das kann nicht sein, schoss es ihm durch den Kopf. *Das* darf *nicht sein!*

Doch als die Tür sich vollends öffnete, bestätigte sich Jans Befürchtung.

Raimund Fleischer hielt in der einen Hand einen Kanister aus dem Generatorraum, mit der anderen wischte er sich eine Haarsträhne aus dem Gesicht. Die Pistole steckte in seinem Hosenbund.

Der Professor wich der blutigen Schleifspur am Boden aus, stellte den Kanister neben Rauhs Leiche ab und rückte sich die Brille zurecht. Er schien Jan gar nicht wahrzunehmen, sondern betrachtete den Toten. Dabei sah er aus, als prüfe er den Blechschaden an seinem Auto nach einem Auffahrunfall oder eine Fensterscheibe, die durch einen Kinderball zu Bruch gegangen war.

»Hätte nicht geglaubt, dass diese Dinger so etwas anrichten können«, murmelte er und zog die Pistole aus dem Hosenbund. Nachdenklich wog er die Waffe in der Hand, dann sah er auf Jan herab. »Hättest du das gedacht?«

Jan hatte den Eindruck, sich in einem seiner Alpträume zu befinden. Ein Teil von ihm hoffte inständig, er würde jeden Moment daraus erwachen.

»Die habe ich hier vor Jahren gefunden«, erklärte Fleischer. Zu Jans Entsetzen wirkte er ruhig und gelassen wie immer, so als wären sie sich gerade auf dem Klinikgelände begegnet. »Eine Walther P38. Muss einem Offizier gehört haben. War schön ordentlich in Wachspapier eingewickelt. Eigentlich hatte ich gedacht, dass das alte Ding gar nicht mehr funktioniert. Und jetzt sieh dir das an.« Er deutete mit der Pistole auf Rauh. »Dass er so aussieht, habe ich nicht gewollt. Wo er doch so ein Kopfmensch war. So sagt man doch, oder? *Kopfmensch.*«

Fleischer seufzte abermals, dann ging er zu einem Kistenstapel, neben dem Rauhs übrige Kleidungsstücke lagen. »Möchtest du seinen Pullover als Sitzunterlage? Der Boden ist doch eiskalt.«

Fassungslos starrte Jan den Professor an. Er brachte kein Wort hervor.

»Wirklich nicht? Du holst dir noch eine Nierenbeckenentzündung.«

»Warum … warum haben Sie das getan?« Jans Stimme war ein heiseres Flüstern. »Er war Ihr Freund.«

»Ja, das war er.« Fleischer zog ein T-Shirt unter dem Pullover hervor, wischte damit über eine der Kisten und setzte sich darauf. »Weißt du, Jan, wenn ich meine Vorlesungen halte, beginne ich gern mit einem einleitenden Zitat. Ich glaube, hier würden die Worte des alten Nietzsche recht gut passen: Die Historie gehört dem Lebendigen in dreierlei Hinsicht. Als dem Tätigen und Strebenden, als dem Bewahrenden und Verehrenden und als dem Leidenden und der Befreiung Bedürftigen.«

Jan schluckte und versuchte, seiner Panik Herr zu werden. Jetzt war professionelles Denken gefragt, keinesfalls durfte er seiner Angst gestatten, Macht über ihn zu erlangen. In der Vergangenheit hatte er schon vielen Psychopathen gegenübergesessen. Männern und Frauen, die getötet, gequält und vergewaltigt hatten. Menschen, die keinerlei Reue für ihre Taten gezeigt hatten, weil sie kein Unrechtsempfinden hatten oder weil sie ihre Tat verdrängten und anderen dafür die Schuld gaben. Jan hatte sie untersucht, Diagnosen erstellt und den Grad ihrer Gefährlichkeit für sie selbst und ihre Umwelt eingeschätzt. Der Umgang mit ihnen war Teil seiner beruflichen Routine gewesen. Und nichts anderes geschah jetzt, versuchte er sich klarzumachen. Auch wenn es einen entscheidenden Unterschied gab: Fleischer trug eine Waffe, er hatte sie bereits einmal eingesetzt, und er konnte es jederzeit wieder tun.

Jan dachte fieberhaft nach. Es musste längst eine Stunde vergangen sein, seit er und Rauh losgefahren waren. Wenn er sich auf Konni verlassen konnte, dann verständigte er vielleicht in diesem Moment die Polizei. Man würde Rauhs Wagen auf dem Parkplatz entdecken und das Waldstück nach ihnen absuchen. Wahrscheinlich hatte auch Fleischer dort geparkt. Alles, was Jan jetzt tun konnte, war, den Professor hinzuhalten und zu hoffen, dass sie genug Spuren hinterlassen hatten, um die Polizisten zur Bunkerluke zu führen.

»Du sagst ja gar nichts, Jan.« Fleischer betrachtete ihn mit kalten Augen. »Grübelst du, wie du hier rauskommst? Da werde ich dich leider enttäuschen müssen. Dies hier ist Endstation. Für uns beide.«

Jan atmete tief durch, verdrängte die Angst und stellte sich vor, er säße Fleischer in einem geschützten Raum gegenüber. Hinter ihm die Kamera und am Monitor im Nebenraum zwei Wachbeamte – bereit, sofort einzugreifen, falls Fleischer ihn mit mehr als nur Worten attackieren wollte. Vorsichtig schob er die Hand in seine Jackentasche.

»Na, na, na!«, rief Fleischer und winkte mit der Pistole. »Ich will beide Hände sehen. Nimm sie wieder heraus.«

»Sie haben einen Menschen getötet, ist Ihnen das bewusst?«

»Ich sagte, du sollst mir deine Hände zeigen!«

Den Blick auf die Pistolenmündung gerichtet, gehorchte Jan. Er streckte Fleischer die Hände entgegen, dann stützte er sich wieder auf dem Boden ab.

»Um auf Nietzsche zurückzukommen«, sagte Fleischer und verfiel wieder in den Tonfall eines Mannes, der es gewohnt war, vor großem Publikum zu reden. »Du, lieber Jan, gehörst zur dritten Kategorie. Zu denen, die leiden und nach Befreiung suchen.«

»Ach ja?«

»Ich bitte dich, Junge«, Fleischer sah ihn tadelnd an. »Das solltest du eigentlich selbst am besten wissen.«

»Wie Sie meinen«, entgegnete Jan. »Ja, ich leide unter meiner Vergangenheit.«

»Und dieses Leiden hätte ich gern von dir genommen«, sagte Fleischer. »Du hättest nur die Hand ergreifen müssen, die ich dir gereicht habe. Ein Neuanfang hätte für dich die Befreiung sein können, du hättest es nur wollen müssen. Aber nein, du hast weiter und weiter und weiter gebohrt. Und jetzt sieh dir an, was du angerichtet hast.« Er zeigte auf Rauh. »Bringst ihn dazu, mich zu hintergehen. Mir ist keine andere Wahl geblieben, als auch ihn zum Schweigen zu bringen.«

»Rudolf Marenburg, Carla Weller ... Die haben Sie auf dem Gewissen, nicht wahr?«

Fleischer nickte. »Hinzuzufügen sind noch Nathalie Köppler, Alexandra Marenburg und eine kleine, dumme Nutte. Gehen alle auf mein Konto.« Er legte die Pistole auf dem Schoß ab, packte Rauhs T-Shirt mit beiden Händen und riss es entzwei. »Schuldig im Sinne der Anklage.«

»Und ... Sven?« Jans Stimme drohte zu versagen. Er riss sich zusammen. »Was ist mit Sven geschehen?«

Prüfend betrachtete Fleischer die beiden Stoffstreifen, dann ließ er einen davon zu Boden fallen. »Weißt du, Jan, Bernhard Forstner war keinen Deut besser als Marenburg oder diese neunmalkluge Journalistin. Solche Leute wühlen in anderer Leute Vergangenheit herum, und dann jammern sie, wenn man ihnen auf die Finger klopft.«

»Was haben Sie mit Sven gemacht?«

»*Was haben Sie mit Sven gemacht*«, äffte Fleischer ihn nach. »Herrgott nochmal, du benimmst dich wie eine Heulsuse, ist dir das eigentlich klar? Als ob es immer nur um deinen Bruder ginge. Bist du dir denn selbst so wenig wert?«

Jan ignorierte den aggressiven Tonfall. *Verhalte dich*

wie ein Pokerspieler, hatte ihm sein ehemaliger Ausbilder geraten. *Lass dein Gegenüber niemals deine Gefühle ahnen. Halt die Karten bedeckt.* Und daran hielt er sich auch jetzt, als er den Professor mit einem nüchternen Blick ansah.

»Wo ist Sven?«

»Ach, Jan.« Fleischer lächelte nachsichtig. »Du hast dir in der Vergangenheit eine Menge Fragen gestellt, aber wie es scheint, nie die richtigen. Hattest du nie das Gefühl, dass dein Vater sich dir gegenüber – wie soll ich sagen – immer etwas reserviert verhalten hat, während er deinen Bruder vergötterte? Und nachdem du Zeuge von Alexandras Tod gewesen warst, war es ihm nicht ganz gleichgültig, was du durchgemacht hast? Im Gegensatz zu deiner Mutter, die sich liebevoll um dich gesorgt hat.« Er beugte sich vor und stützte die Unterarme auf die Knie. »Hast du dich nie gefragt, weshalb ich dich nach Fahlenberg geholt habe? Wieso ausgerechnet ich dir eine zweite Chance geboten habe?«

»Worauf wollen Sie hinaus?«

»Nun komm schon, Jan. Die Antwort liegt doch auf der Hand. Bernhard Forstner war nicht dein Vater. Und er muss es immer geahnt haben.«

Jan schluckte. Er glaubte, ein gutes Gespür für Lüge und Wahrheit zu haben, aber nun hoffte er inständig, sich zu täuschen. »Sie wollen mir doch nicht erzählen, dass ...«

Fleischers Lächeln wurde breiter. »Wenn du in den Spiegel schaust, wer blickt dir dann entgegen? Bernhard? Nein, wohl kaum. In deiner Wesensart hast du viel Ähnlichkeit mit deiner Mutter, und auch sonst kommst du ganz nach ihr. Aber deine Augen sind den meinen nicht unähnlich, findest du nicht?«

»Das ist doch ausgemachter Blödsinn!«, fuhr Jan ihn an. »Meine Mutter hätte meinen Vater niemals betrogen.«

»*Betrogen*. Was für ein hässliches Wort.« Fleischer rümpfte die Nase und zeigte wie beiläufig auf Rauh. »Das mag auf ihn hier zutreffen, oder auf Marenburg und Bernhard, ja in gewisser Weise auch auf dich. Aber nicht auf deine Mutter. Wir haben niemanden betrogen.« Fleischer sah Jan spöttisch an. »Wenn es dein moralisches Empfinden tröstet – die Affäre mit deiner Mutter hat nicht lange gedauert. Und es war auch nie mehr als eine Affäre. Sie hat Bernhard geliebt, auch wenn er es eigentlich nicht wert gewesen ist. Immerhin hatte er deine Mutter über Jahre hinweg mit seiner Arbeit betrogen. Ein aufstrebender junger Mediziner, dem seine Karriere über alles ging.«

Er machte eine abfällige Geste mit dem Stofffetzen. »Ich glaube, für deine Mutter war die kurze Beziehung mit mir nichts anderes als ausgleichende Gerechtigkeit. Sie war einsam, so wie ich zu jener Zeit. Wenige Jahre zuvor hatte ich den wichtigsten Menschen in meinem Leben verloren. Ich war auf der Suche nach Trost.«

Fleischer wich Jans Blick aus. Er senkte den Kopf und starrte mit ernstem Gesicht zu Boden, wo sich ein dünnes Rinnsal Blut auf seine Schuhe zubewegte. »Heute weiß ich, dass es für mich nie Trost gegeben hat und nie geben wird. Aber dazu musste ich erst heiraten und zwei Töchter in die Welt setzen. Niemand, weder deine Mutter noch meine Frau noch deine Halbschwestern konnten mich aus jenem schwarzen Loch ziehen, in das ich vor vielen Jahren gefallen bin. Nicht einmal du konntest das.«

Fleischer verfiel in Schweigen. Stille breitete sich in

dem kalten Munitionsdepot aus. Nur das leise, weit entfernte Heulen des Windes drang zu ihnen vor.

Zum ersten Mal seit Jahren empfand Jan die Stille wie eine Erlösung. Wenn er hier unten den Wind hören konnte, der sich im Vorraum zum Eingang fing, dann bedeutete dies, dass Fleischer die Luke offen gelassen hatte. Dann bestand Hoffnung, dass man das Loch entdecken würde. An diesen Strohhalm wollte er sich klammern – und wenn es das Letzte war, was er seinem Leben tat.

Ich muss ihn am Reden halten, sagte er sich. *Auf keinen Fall darf er in seiner Depression versinken und allem ein Ende setzen wollen.*

»Sie haben meine Frage nicht beantwortet«, sagte Jan.

»Ach ja?« Fleischer hob den Kopf. Er sah aus, als habe Jan ihn aus einer anderen Welt zurückgeholt.

»Ich habe Sie gefragt, wo Sven ist. Was haben Sie ihm angetan?«

»Du willst es also wissen.« Fleischer wiegte den Kopf und seufzte. »Na gut.«

Er nahm die Pistole wieder in die Hand, stand auf und legte den Stofffetzen auf der Kiste ab. Dann ging er an Jan vorbei ans andere Ende des Raumes und blieb neben einer Plane stehen, die etwas anderes als Munitionskisten verdeckte.

»Weißt du, Jan«, begann er mit fast feierlicher Stimme, »es gibt da etwas, von dem ich nie einer Menschenseele erzählt habe. Aber ich denke, jetzt ist es an der Zeit, mein Schweigen zu brechen. Du bist mein Sohn und hast es verdient, die Wahrheit zu erfahren. Zwar hatte ich mir dafür einen angenehmeren Ort vorgestellt, aber so wie die Dinge jetzt stehen, scheint das hier durchaus der *richtige* Ort zu sein.«

Jan sagte nichts und sah zu, wie Fleischer die Plane

vorsichtig anhob und dann zu Boden gleiten ließ. Seine Augen weiteten sich, als er sah, was Fleischer darunter verborgen hatte.

Das Konstrukt, das aus den olivfarbenen Kisten, einigen Kerzen und einem weißen Spitzentuch zusammengestellt war, sah einem Altar gleich. Obenauf thronte ein Bild, und der Anblick verschlug Jan die Sprache. Es war das Porträt einer lachenden jungen Frau mit langen dunklen Haaren und ausdrucksstarken Augen. Ihre Ähnlichkeit mit Alexandra Marenburg und Nathalie Köppler war frappierend.

Es handelte sich bei dem Porträt ganz offensichtlich um den vergrößerten Ausschnitt eines Fotos, das Jan schon einmal gesehen hatte. Ihm fiel das Klassenfoto in Fleischers Büro wieder ein – dasselbe Foto, das Jan auch bei ihm zu Hause im Arbeitszimmer wiederentdeckt hatte.

Unterhalb des Rahmens lag etwas, das Jan nicht sogleich erkannte. Eine Art Relief. Daneben lag ein säuberlich zusammengelegtes Abendkleid aus nachtblauem Samt.

»Was hat das alles zu bedeuten?«

»Denk an mein Nietzsche-Zitat.« Fleischer fuhr zärtlich mit den Fingerspitzen über die Konturen des Reliefs, das Jan jetzt als eine Maske erkannte. »Demnach bin ich der Bewahrende. Der Verehrer der Vergangenheit.«

Er trat einen Schritt zurück und sah sich zu Jan um. »Ich war fünfzehn, als eine neue Mitschülerin in meine Klasse kam. Sie sollte mein Leben für immer verändern. Ihr Name war Carmen. Dieses Bild hier ...«, er deutete mit der Pistole auf das Porträt, »es wird ihrer wahren Schönheit kaum gerecht. Wenn sie an sonnigen Tagen auf dem Schulhof ihr langes Haar offen trug, schimmerte es wie dunkle Seide. Und das Grün ihrer Augen habe ich bisher nur in besonders reinen Smaragden wiederentdeckt. Sie war eine Königin, Jan, eine wahre Hoheit. Jede ihrer Bewegungen war Ausdruck ihrer Persönlichkeit – stolz und wissend, dass ein Wort von ihr genügte, um sich die Welt untertan zu machen.«

Er machte eine verlegene Geste. »Ja, ich weiß, es klingt schwärmerisch, aber ich übertreibe nicht. Müsste ich sie in einem Wort beschreiben, so würde ich sagen, sie war perfekt. Damit meine ich selbstverständlich nicht nur ihr Aussehen. Das Gefühl, das ich in ihrer Nähe empfand, hätte ein großer Dichter wohl als die einzig wahre, allumfassende Liebe bezeichnet. Es war Magie, Jan. Ich war in ihrem Bann, von dem Moment an, als ich sie zum ersten Mal sah.«

Jan stieß ein verbittertes Lachen aus. Fleischer sah ihn irritiert an. »Was gibt es da zu lachen?«

»Wollen Sie mir allen Ernstes erzählen, dass eine Liebesgeschichte der Grund ist für all die Verbrechen?«

»Du hast nicht die geringste Ahnung.« Fleischer funkelte ihn wütend an. »Du scheinst ja nicht einmal zu ahnen, wie es ist, wenn man eine Frau über lange Zeit nur aus der Ferne bewundern kann, weil man sonst Luft für sie ist. Wer war ich damals schon? Ein langer, schmächtiger Kerl mit Flausen im Kopf, nicht mehr. Aber ich kam nicht von ihr los, ganz gleich, wie sehr ich mich auch bemühte. Wirklich, ich habe mich *bemüht*, von ihr freizukommen, aber es war, als würde ein kleines unbedeutendes Stück Metall versuchen, einem gewaltigen Magneten zu entkommen. Unmöglich. Ja, mein Junge, ich war süchtig nach ihr. Ich hätte für einen Moment in ihrer Nähe alles gegeben. Ein Leben ohne sie war für mich nicht mehr vorstellbar.«

Er griff in seine Hosentasche und zog einen silbernen Gegenstand daraus hervor. Jan erkannte Rauhs Feuerzeug wieder. Als er sah, wie sich Fleischer damit den Kerzen näherte, zuckte er zusammen. Zwar waren es dickbauchige Kerzen, die nach innen abbrannten und einen Wachsrand hinterließen, aber dies hier war ein Munitionsdepot, und die Kerzen standen auf Kisten, in denen sich allerlei Explosives befand.

»Ich würde das nicht tun«, rief Jan. »Oder wollen Sie uns in die Luft jagen?«

Lächelnd sah Fleischer sich zu ihm um. »Hast du Angst vor dem Tod?«

Jan schwieg, und Fleischer ließ das Feuerzeug wieder in seiner Hosentasche verschwinden. »Ich hätte damals liebend gern mein Leben hingegeben für Carmen. Aber das hätte sie wohl kaum beeindruckt. Ich habe daher angefangen zu trainieren. Ich habe auf mein Äußeres geachtet, um mit den anderen jungen Männern mithalten zu können, wenn ich ihnen schon in materieller Hinsicht unterlegen war, denn meine Eltern hatten nicht viel Geld. Das versuchte ich durch Gelehrsamkeit auszugleichen. Ich lernte wie ein Wahnsinniger, stopfte mich mit Wissen voll. Die Bibliothek wurde sozusagen meine zweite Heimat.«

Fleischer verfiel wieder in seine Dozentenrolle. Die Hände hinter dem Rücken, ging er vor dem seltsamen Altar auf und ab. »Dieser Ehrgeiz verlieh mir ungeahnte Kräfte. Innerhalb kürzester Zeit wurde ich zum Klassenbesten in allen Fächern, und bald schon hatte ich den Ruf eines wandelnden Lexikons. Viele kamen mit ihren Fragen zu mir, wollten Nachhilfe in Mathematik, Physik oder Sprachen, und ich half jedem von ihnen.«

Während Jan ihm zuhörte, ließ er Fleischers Hand mit

der Pistole keinen Moment aus den Augen. Er durfte sich nicht bewegen, durfte Fleischer nicht aus seinem Redefluss bringen. Alles, was er jetzt tun musste, war stillsitzen, Fleischer am Reden halten und auf baldige Hilfe hoffen.

»Keiner dieser Mitschüler hat mir je irgendetwas bedeutet«, fuhr Fleischer fort. »Auch wenn mich einige gern als ihren besten Freund bezeichneten. Ich tat es einzig nur ihretwegen. Ich war geradezu besessen von dem Wunsch, ihre Aufmerksamkeit zu erregen. Und schließlich ging mein Plan auf. Es war kurz vor dem Abitur, als sie mich fragte, ob ich an einer Lerngemeinschaft teilnehmen wolle. Unter ihren Freunden gab es zwei Mitschülerinnen, deren Erfolgschancen auf das Bestehen der nächsten Prüfung äußerst gering waren. Natürlich war ich sofort zur Stelle. Ich half, so gut ich konnte, und die beiden bestanden tatsächlich. Carmen freute sich. Einmal meinte sie sogar, sie bewundere mein Feingefühl für Menschen, die Art, mit der ich Wissen vermitteln konnte, und dass sie sicher sei, dass ich es eines Tages ganz weit bringen würde.«

Er lächelte Jan mit entrücktem Blick an. »Danach schlug mein Herz so wild, Jan, dass ich dachte, ich würde den Verstand verlieren. Dann kam das Abitur, schneller, als ich befürchtet hatte, und nachdem wir alle bestanden hatten – auch meine beiden Nachhilfeschülerinnen –, nahte die Zeit des Abschieds. Zu spät erfuhr ich, an welcher Universität sich Carmen eingeschrieben hatte, und der Gedanke, die nächsten Jahre von ihr getrennt zu sein, stürzte mich in die schwärzeste Depression. Hinzu kam die Angst, sie würde sich dort in einen anderen verlieben und den Kontakt zu ihren bisherigen Freunden und Bekannten abbrechen.«

Fleischer blieb stehen und starrte ins Leere. Er schwieg, und Jan deutete dies als schlechtes Zeichen. Die ausdruckslose Miene des Professors verhieß nichts Gutes, ebenso wenig die verkrampfte Art, mit der er nun die Pistole hielt.

Ich muss ihn am Reden halten. Ihn etwas fragen, mit ihm sprechen!

»Was hat das alles mit meiner Familie zu tun?«

Für den Bruchteil einer Sekunde starrte Fleischer ihn an, als wisse er nicht, wo er sich befand. Dann schüttelte er sich und rieb sich die Schläfe.

»Ja, ja,«, sagte er langsam. »Ich erzähle es dir ja. Ich erzähle es. Zwischen Carmen und mir kam es nie zu mehr als zufälligen Berührungen.« Es hörte fast wie eine Entschuldigung an. »Wenn wir nach demselben Buch griffen, oder eine flüchtige Umarmung zur Begrüßung. Aber ich war abhängig von ihrer Nähe. Das war für mich so wichtig wie atmen. Und dann, an unserem letzten Abend, während die Abschlussfeier in vollem Gang war, sagte ich es ihr.«

»Wie hat sie darauf reagiert?«, wollte Jan wissen, doch der Professor schien ihn nicht zu hören.

»Ich sehe sie vor mir«, sagte Fleischer. »So als sei es erst gestern gewesen. In ihrem dunkelblauen Kleid steht sie auf der Terrasse hinter dem Festsaal unserer alten Schule. Sie sieht gedankenverloren die breite Steintreppe hinunter, die zum Parkplatz führt. Sie wirkt ein wenig traurig. Als ich sie frage, was mit ihr los ist, sagt sie, im Saal sei es ihr zu verqualmt und stickig. Sie brauche frische Luft. Es ist dunkel, und nur das Licht des Festsaals erhellt ihr wunderschönes Gesicht. Ich sehe das Glitzern in ihren Smaragdaugen, den glänzenden Lippenstift auf ihrem vollen Mund und das einzelne Haar, das sich in ihrer dunklen Braue verfangen hat. Ich rieche ihr Parfüm, süß und schwer, mit einer dezenten Holznote, als ob es der Magie dieses Augenblicks einen eigenen Duft verleihen will. In dieser Atmosphäre klingt ihre Stimme noch voller und wärmer, ja geradezu verlockend.«

Fleischer ging zurück zu den Kisten neben Rauhs Leiche und setzte sich seufzend.

»Es war überhaupt nicht schwer, ihr meine wahren Gefühle zu gestehen. Im Gegenteil. Was ich jahrelang mit mir herumgetragen hatte, kam nun ganz leicht über meine Lippen. Es war so gut, es endlich auszusprechen, ihr dabei in die Augen zu sehen und sich ihrer völligen Aufmerksamkeit gewahr zu sein. Es war eine Befreiung. Aber dann«, Fleischer runzelte die Stirn, »dann geschah etwas, das ich niemals erwartet hätte. Sie hatte mich kein einziges Mal unterbrochen, während ich zu ihr sprach, und ich hatte ernsthaft geglaubt, sie würde mich verstehen. Ja, für einen winzigen Augenblick hatte ich sogar gehofft, sie würde dieses Geständnis erwidern. Doch stattdessen ...«

Fleischer presste die Augen zusammen und biss sich auf die Lippen.

»Was hat sie getan?«, fragte Jan. Sie waren jetzt an einem kritischen Punkt angelangt, und wenn er den Professor jetzt nicht zum Weiterreden bewegte, war das Schlimmste zu befürchten.

Fleischer öffnete wieder die Augen. Als er Jan ansah, liefen ihm Tränen über die Wangen. »Sie hat mich ausgelacht, Jan.«

»Ausgelacht?«

Fleischer nickte. »Du könntest mir bei vollem Bewusstsein alle Zähne aus dem Mund reißen, mir die Finger brechen oder die Hände abschneiden – es wäre nichts gegen den Schmerz, den ich bei diesem Lachen empfand. Es war kein fröhliches Lachen, Jan, es war nicht einmal belustigt. Vielmehr spürte ich den Ekel, der sich hinter dem Lachen verbarg. Nach all der Zeit, die ich geglaubt hatte, ihr auf Augenhöhe zu begegnen, gab sie mir nun wieder zu verstehen, wie klein und unbedeutend ich doch war.«

Fleischer erhob sich zur vollen Größe, die Hände zu Fäusten geballt, so dass die Knöchel weiß hervortraten. Jan starrte auf die Pistole. Noch war sie auf den Boden gerichtet.

»Ob ich verrückt geworden sei«, stieß Fleischer hasserfüllt hervor. »Ob ich keine Augen im Kopf hätte. Ein Blinder müsse doch sehen, dass sie sich nie mit einem Mann einlassen würde. Sie war eine Lesbe, Jan! Dieses wunderschöne Geschöpf, das mit einem Wimpernschlag jeden Mann in die Knie zwang, war eine gottverdammte Lesbe! Und ihre Partnerin war ausgerechnet eines der Mädchen, denen ich durch meine Nachhilfe zum Abitur verholfen hatte. Was fand sie nur an ihr? Ich hätte ihr so viel mehr zu bieten gehabt. Meine Liebe, mein Wissen, mein Leben. Ihre Partnerin war ein unansehnliches, begriffsstutziges Ding. Ich konnte es einfach nicht fassen. Ich kann es bis heute nicht fassen.«

Er wischte sich die Tränen aus dem Gesicht. »Ich … ich fing an zu stammeln, beschwor sie. Aber sie wollte nicht verstehen. Vielleicht hat sie auch nur zu gut verstanden und wurde deshalb so abweisend – um es mir leichter zu machen. Ich weiß es nicht. Ich habe unzählige Male darüber nachgedacht, aber ich komme zu keinem Ergebnis. Nacht für Nacht verfolgen mich ihre Worte. Ich solle sie gefälligst in Ruhe lassen. Sie schrie nicht, sie zischte wie ein in die Enge getriebenes Tier. Ich glaube, sie hatte Angst vor mir, vor meiner Körpergröße. Ich war ihr zu nahe gekommen, aber ich merkte es nicht.«

Nun begriff Jan schlagartig, was danach geschehen sein musste. »Sie haben sie umgebracht, nicht wahr? Das war Ihr erster Mord.«

»Es war ein Unfall!«, schrie Fleischer. »Ich wollte das nicht, das musst du mir glauben. Es platzte einfach so aus mir heraus. Ich nannte sie eine Schlampe, ein Miststück, eine …« Er keuchte und schüttelte den Kopf. »Ich packte sie bei den Schultern. Ich stieß sie leicht an. Nur ganz leicht. Es war nur ein winziger Stoß, aber … Sie verlor den Halt, prallte rücklings gegen das steinerne Geländer und stürzte die Treppe hinab. Als sie auf der untersten Stufe aufschlug, hörte ich ihr Genick brechen. Vielleicht hätte sie es überlebt, wenn ihr Reaktionsvermögen besser gewesen wäre. Die Polizei stellte später einen erhöhten Alkoholwert im Blut fest. Vielleicht hätte sie all die hässlichen Dinge nicht zu mir gesagt, wenn sie nüchtern gewesen wäre. Vielleicht, vielleicht …«

Fleischer schlug die Hände vors Gesicht und weinte hemmungslos. Jan lauschte angespannt in den Gang. Doch dort war nichts zu hören. Niemand kam, um ihm zu helfen. Eine Welle der Verzweiflung drohte über ihm zusammenzuschlagen. Doch er riss sich zusammen.

Er wandte sich an Fleischer: »Warum Sven? Was hatte mein Vater damit zu tun?«

Fleischer hielt noch immer die Hände vors Gesicht. Er schluchzte. »Ich muss dir sicherlich nicht erklären, was Alpträume sind«, fuhr er mit matter Stimme fort. »Dass es Alpträume gibt, die einen verfolgen, auch wenn man nicht schläft. Ich sehe sie fallen, Jan. Wieder und wieder. In jedem stillen Moment. Nachts im Bett, tagsüber, wenn ich allein in meinem Büro bin, abends auf dem Weg zum

Parkplatz. Ihr Geist verfolgt mich. Sie will mir nicht verzeihen. Alle hielten ihren Sturz für ein tragisches Unglück. Niemand verdächtigte mich. Es hieß, der Alkohol sei schuld. Und ich schwieg.« Er zuckte mit den Schultern. »Ich bin ein Feigling, Jan. Deshalb habe ich geschwiegen. Ich habe immer geschwiegen.«

Jan sah zu dem Porträt auf dem Altar. »Und irgendwann kam Alexandra Marenburg in die Klinik, und sie hat Sie an Carmen erinnert.«

»Nicht nur erinnert, Jan. Die Ähnlichkeit mit Carmen war unglaublich – ja, geradezu unheimlich. Sie war sogar in ihrem Alter. Es war, als sei Carmen nach Jahren zu mir zurückgekehrt, damit ich sie um Verzeihung bitten konnte.«

Jan sah Fleischer an und schüttelte den Kopf. »Als Psychiater müssten Sie eigentlich wissen, wie sich das anhört.«

»Ich weiß, Jan, ich weiß. Zuerst sträubte ich mich auch gegen diese Vorstellung, hielt mich für verrückt – aber dann, eines Tages, als ich Bernhard bei seinen Patienten vertrat, lächelte sie mich während eines Gesprächs an, und ich erkannte Carmens Lächeln wieder.« Er riss die Augen auf, als sähe er es wieder vor sich. »Sie war es, Jan! Für einen kurzen Moment *war* sie Carmen, darauf schwöre ich jeden Eid. Und wieder konnte ich ihr nicht widerstehen.«

»Was haben Sie mit ihr gemacht? Ist Alexandra Ihretwegen aus der Klinik weggelaufen?«

Mit einer bedauernden Geste hob Fleischer die Hände. »Himmel, ich konnte doch nicht ahnen, dass die Sache derart ausufern würde. Es war doch nur Früchtetee und ein wenig Temazepam, um ihren Geist zu befreien. Es muss an diesem gottverdammten Narkotikum gelegen haben. Eine Unverträglichkeit. Ja, bestimmt war es so.«

Fleischer griff nach dem Kanister und zog ihn zu sich heran. Dann grinste er Jan über den Rand seiner Brille an. Was auch immer es gewesen war, das Jan an Gregory Peck erinnerte hatte, nun war es endgültig aus Fleischers Gesicht verschwunden.

»Sie waren so willig, Jan. Beide. Du hättest Nathalie erleben sollen, als sie unter dem Einfluss der Droge stand. Nur ein wenig Hypnose und etwas GHB genügten, um sie ihre Furcht vor Männern vergessen zu lassen. Sie war wie eine Raubkatze, so wie auch Carmen gewesen wäre, da bin ich mir sicher.«

»GHB?« Jan glaubte seinen Ohren nicht zu trauen. »Sie haben ihnen k.o.-Tropfen verabreicht?«

»Nur als therapeutische Intervention«, entgegnete Fleischer, als sei dies das Selbstverständlichste der Welt.

»Deshalb also die R-Notizen in Rauhs Terminkalender. Wenn Sie ihn vertreten hatten, hatte er ein R hinter dem Patientennamen vermerkt. R wie *Raimund*.«

»Rauh und seine Hypnose sind nur ein Weg, um Hemmungen abzubauen«, sagte Fleischer. »Kombiniert mit GHB legt man jedoch den wahren Kern der Seele frei. Das wusste schon Bernhard. Nur hat er sich nie so weit vorgewagt wie ich.«

»Deshalb konnte sich Nathalie an nichts erinnern«, sagte Jan. »Und ähnlich war es Carla ergangen, nachdem sie geglaubt hatte, von Nathalie heimgesucht worden zu sein. Sie hatten ihr das suggeriert. Sie haben diese Frauen missbraucht, Fleischer. Und all das nur, um Ihr schlechtes Gewissen zu beruhigen. Haben Sie denn wirklich geglaubt, Sie könnten Ihren Mord dadurch wieder ungeschehen machen?«

»Sie waren nicht wie Carmen!«, schrie Fleischer ihn an. Er schüttelte sich wieder, und der niedergeschlagene Gesichtsausdruck kehrte zurück. »Keine von ihnen war wie Carmen. Das musste ich stets aufs Neue feststellen. Keine brachte mir die Erlösung. Weder Alexandra noch Nathalie, und auch nicht dieses Flittchen. Sie gingen freiwillig in den Tod. Keiner hat sie gezwungen, ihrem armseligen Leben ein Ende zu setzen. Mit Ausnahme dieser kleinen Nutte, aber bei der habe ich nur ein klein wenig nachhelfen müssen.«

Die letzten Worte hatte er mit hassverzerrter Miene ausgesprochen. Jetzt glätteten sich seine Zügen wieder. Wieder sprach der nüchterne Dozent aus ihm: »Weißt du, Jan, manchmal glaube ich, sie wussten, welchen Frevel sie begangen hatten. Sie hatten versucht, Carmens Stelle in meinem Leben einzunehmen. Dafür hatten sie den Tod verdient. Bei keiner von ihnen fühle ich mich schuldig.«

»Mein Vater ist Ihnen auf die Schliche gekommen, stimmt's? Er hat herausgefunden, was Sie mit Alexandra gemacht hatten und dass sie deshalb in den Park gelaufen war.«

»Dein *Vater.*« Fleischer stieß ein verächtliches Schnauben aus. »Na gut, wenn du ihn so nennen willst. Ja, Bernhard hat die Wahrheit entdeckt.«

»Deshalb haben Sie Sven entführt und ihn unter Druck gesetzt, damit er den Mund hält.« Jan sah ihm direkt in die Augen. »Sagen Sie mir endlich, was geschehen ist. Sven ist tot, nicht wahr? Sie haben ihn ermordet.«

Für eine Weile sagte Fleischer nichts. Er saß nur da und hielt Jans eindringlichem Blick stand. Dann geschah das, wovor sich Jan in den vergangenen dreiundzwanzig Jahren am meisten gefürchtet hatte. Fleischer nickte.

»Ja, Jan«, flüsterte er. »Sven ist tot.«

Jan spürte, wie ihm das Blut aus dem Kopf wich. Der Boden unter ihm schien zu schwanken, und er befürchtete, das Bewusstsein zu verlieren.

»Aber es war kein Mord«, fügte Fleischer hinzu. »Es war ein Unglück. Eine Verkettung tragischer Umstände.«

Jan schluckte und kämpfte gegen die Tränen an. »Tragische Umstände?«

»Nach Alexandras Tod hatte Bernhard Unstimmigkeiten in ihrer Akte entdeckt«, sagte Fleischer. »Er fand heraus, dass ich den Therapieplan manipuliert hatte, damit kein Verdacht auf mich fiel. Zudem hatte irgendein übereifriger Pfleger vermerkt, dass das Mädchen über Gedächtnislücken geklagt hatte. Also untersuchte Bernhard das Blut der Toten und stellte darin das Temazepam fest. Noch am selben Abend teilte er mir mit, dass er am nächsten Morgen zum Klinikleiter gehen werde. Er wollte mich verraten, verstehst du?«

»Es war seine Pflicht, so zu handeln!«

»Gott, was bist du selbstgerecht«, schnaubte Fleischer. »Genau wie Bernhard.«

»Was ist dann passiert?«

»Bernhard hatte die Akte mit nach Hause genommen.« Fleischer lachte finster. »Er hatte Angst, dass ich sie mir unter den Nagel reißen könnte. Irgendwann an diesem Abend entschloss ich mich, zu ihm zu fahren und ihn zu überreden, es nicht zu tun. Ich wollte als Freund mit ihm reden. Ich hätte ihn gewiss überzeugen können.«

»Da scheinen Sie meinen Vater schlecht gekannt zu haben«, sagte Jan und stützte sich mit den Armen hoch. Das Schwindelgefühl hatte nachgelassen. Allmählich fühlte er sich wieder kräftiger.

»Bleib ja sitzen!«, fuhr Fleischer ihn an und hielt ihm

die Pistole vors Gesicht. »Ich drücke ab, sobald du dich noch einmal bewegst.«

»Schon gut, schon gut«, sagte Jan und ließ sich wieder zurücksinken. »Sagen Sie mir lieber, ob Sie allen Ernstes geglaubt hatten, mein Vater würde Ihretwegen ein Verbrechen vertuschen.«

»Es ging ja nicht nur um mich«, schrie Fleischer ihn an. »Herrgott nochmal, ich hatte Familie! Meine Frau war mit unserer ersten Tochter schwanger. Ich hätte beruflich nie wieder einen Fuß auf den Boden bekommen. Wie hätte es denn weitergehen sollen?«

Mit einer zornigen Bewegung ließ Fleischer den Klappverschluss des Kanisters aufschnappen. Der Geruch nach Diesel mischte sich mit dem nach Metall und Waffenöl.

Jan sah nervös zum Gang hinaus, dann wieder zu Fleischer. Er musste Zeit gewinnen. Nur noch ein wenig Zeit.

»Was ist in der Nacht passiert? Sie waren nicht bei uns.«

»O doch, das war ich.« Fleischer begann, den Stofffetzen in die Kanisteröffnung zu stopfen. »Aber als ich mich eurem Haus näherte, sah ich zuerst dich und dann Sven in den Park laufen. Tja, und dann änderte ich meinen Plan.«

Bei diesen Worten blieb Jan fast das Herz stehen.

Es wäre alles nicht passiert, wenn ich nicht die verrückte Idee mit dem Tonband gehabt hätte, schoss es ihm durch den Kopf.

Wie oft schon hatte er sich diesen Vorwurf gemacht, aber nun, da er dem Mann gegenübersaß, der all das Leid und den Tod über seine Familie gebracht hatte, war diese Anklage für ihn wie in Stein gemeißelt.

»Es war, als wollte mir eine höhere Macht zu verstehen geben, dass ich mit Reden allein keine Chance bei Bernhard haben würde.« Der Professor betrachtete den Fetzen, der nun aus der Öffnung des Kanisters hing und sich mit dem Treibstoff vollsog. »Wohl aber, wenn ich die Akte gegen etwas austauschte, das ihm viel bedeutete. Also folgte ich euch in den Park.«

Jan zitterte am ganzen Leib, als er nun die Frage stellte, die ihm unzählige Nächte lang den Schlaf geraubt hatte. »Warum Sven? Warum nicht mich?«

»Ganz einfach, Jan.« Fleischer legte den Kopf schief und sah ihn mitleidig an. »Ich wählte Bernhards *richtigen* Sohn, an dem er über alles hing. Es war alles so leicht. Sven wehrte sich kaum, als ich ihn in den Kofferraum drückte. Dann brachte ich ihn hierher zum Bunker und schloss ihn ein. Hier, in diesem Raum. Danach fuhr ich zu einer Telefonzelle in Kössingen und rief Bernhard an. Wie erwartet machte er sich sofort auf den Weg.« Er stieß einen tiefen Seufzer aus. »Alles hätte gut werden können, glaub mir. Bernhard hätte mit mir gesprochen, und ich hätte ihn überreden können, mich nicht zu verraten. Ja, da bin ich mir absolut sicher. Sven war doch nur ein Mittel zum Zweck, damit er mir zuhörte. Ich schwöre dir, was dann geschah, war nicht meine Schuld. Es war Schicksal. Bernhard fuhr viel zu schnell. Er hat sich seinen Tod selbst zuzuschreiben. Als ich ihn fand, lag er bereits im Sterben. Also nahm ich die Akte an mich und stand ihm während seiner letzten Minuten bei.«

»Sie haben ihm beim Sterben zugesehen? Warum haben Sie keine Hilfe geholt?«

»Weil er schon so gut wie tot war, als ich ihn fand. Das ist die Wahrheit, Jan. Hätte ich ihn denn mutterseelenallein verrecken lassen sollen? Er war doch trotz allem noch immer mein Freund.«

»Ihr Freund?«, schrie Jan ihn an. »Sie verlogenes Stück Scheiße! Sie haben meinen Vater krepieren lassen und meinen Bruder umgebracht, und Sie behaupten, er sei Ihr Freund gewesen?«

»Ich wollte nicht, dass Sven stirbt. Das musst du mir glauben, Jan. Aber was hätte ich tun sollen? Ich musste ihn lassen, wo er war. Der Wald und die ganze Gegend waren voll von Suchmannschaften. Also beschloss ich ein Gottesurteil. Wenn man ihn fand, wollte ich mich stellen. Ja, wirklich, ich hätte alles gestanden.« Anklagend hob Fleischer den Finger zur Decke. »Es war ein Gottesurteil. Es war *Gott*, der Svens Tod wollte, nicht ich. Alfred Wagner hörte ihn schreien. Man hätte ihn retten können, wenn man Alfred geglaubt hätte. Aber wer glaubt schon einem paranoid Schizophrenen?«

»Sie haben einen Sechsjährigen sich selbst überlassen?«

Fleischer nickte. »Mir blieb keine andere Wahl, Jan.«

Jan schloss die Augen. »Wie lange?«

»Er ist erfroren, Jan«, sagte Fleischer mit leiser Stimme. »Wie du dich erinnern wirst, war es sehr kalt in jenem Winter. Es war wie Einschlafen, ohne wieder aufzuwachen. Du bist Arzt, Jan, du müsstest doch wissen, dass …«

»Ich will wissen, wie lange!«

Fleischer seufzte tief, dann zuckte er mit den Schultern. »Eine Woche.«

»Eine Woche«, wiederholte Jan tonlos.

Fleischer erhob sich und griff mit der Linken in seine Hosentasche, während er mit der anderen Hand die Waffe auf Jans Kopf richtete. »Wir alle hätten unseren Frieden finden können, Jan. Als ich von deinem Zusammenbruch erfuhr, wollte ich alles wiedergutmachen. Ich bot dir eine faire Chance für einen Neuanfang. Du bist doch mein Sohn. Ich wollte nicht, dass du leidest. Und wer weiß, vielleicht hätte dann auch ich Erlösung gefunden. Aber nein, du musstest ja unbedingt weiter in der Vergangenheit herumstochern. Du und deine Freundin. Ihr habt euch von Marenburg aufhetzen lassen. Ich musste dem alten Trottel eine Lehre erteilen. Ein für alle Mal.«

Jan sah zu ihm auf, sah in Fleischers Augen. Alle Angst war nun von ihm gewichen. Ihn erfüllte nur noch ein einziges Gefühl: abgrundtiefer Hass.

»Ich habe in meinem Leben mit vielen Psychopathen zu tun gehabt«, sagte er mit ausdrucksloser Stimme, »aber Sie sind der widerwärtigste von allen.«

»Ich ein Psychopath?« Fleischer klang beinahe belustigt. »Ist dir eigentlich klar, was ihr angerichtet habt? Marenburg, du und deine Freundin. Rauh, Liebwerk und die kleine Nutte sind nur *euretwegen* gestorben. Ihr Tod geht auf *euer* Konto. Das kann man nicht so einfach unter den Tisch kehren, Jan. Jetzt nicht mehr. Dafür müsst ihr bezahlen. Wir müssen alle für unsere Schuld bezahlen. Ja, heute ist Zahltag.«

Er zog Rauhs Feuerzeug hervor und hielt es so, dass Jan es sehen konnte. Das eingravierte C blitzte im Licht der Glühbirnen auf wie ein überirdisches Symbol.

»Wieder so eine kleine Ironie des Lebens«, sagte er und klopfte mit dem Pistolenlauf gegen das Feuerzeug. »Norberts Frau hieß ebenfalls Carmen, auch wenn sie diesen Namen bestimmt nicht verdient hatte. Und weil wir gerade von Ironie reden: Weißt du eigentlich, woher ich wusste, dass ihr beide hier seid?«

Jan durchfuhr es eiskalt. »Konni!«

»Ja, dieser Konni ist ein netter Kerl«, nickte Fleischer. »Sehr folgsam. Als ich ihm gesagt habe, er bräuchte die Polizei nicht zu verständigen, gehorchte er sofort und ohne Widerrede.«

Noch immer den Blick auf die Pistole gerichtet, spannte Jan die Muskeln an. »Und was haben Sie jetzt vor?«

»Wie schon gesagt, Jan«, Fleischer ließ das Feuerzeug aufschnappen, und eine schlanke Flamme erschien, »heute ist der große Tag. Zeit, die Spuren der Vergangenheit endgültig zu verwischen. Rauh hat für seinen Verrat bezahlt, und auch Rudolf Marenburg wird bald für immer Ruhe geben. Ich denke, ich werde es wie einen Hirninfarkt aussehen lassen. Aber vorher werde ich noch deine Freundin von ihrer Schuld erlösen.«

»Damit kommen Sie niemals durch!«

Jan warf einen schnellen Blick zur Ausgangstür. Zu weit weg. Ehe er sie erreicht haben würde, hätte Fleischer ihn niedergeschossen.

»Mach dir darüber keine Sorgen, mein Junge«, sagte Fleischer. »Schließ jetzt deinen Frieden. Die Zeit der Obsessionen ist für dich zu Ende.«

Fleischer beugte sich mit dem Feuerzeug zu dem Kanister hinunter. Jan wusste, er musste alles auf eine Karte setzen. Bisher war sein Blatt in dieser Pokerpartie denkbar schlecht gewesen. Fleischer hatte die Pistole – eine P38, deren 9mm-Parabellum-Munition verheerende Schäden hervorrufen konnte, wie der tote Norbert Rauh anschaulich unter Beweis stellte. Alles, was Jan entgegenzusetzen hatte, war der Mut der Verzweiflung.

Fleischer berührte mit der Flamme den Stofffetzen. Mit einem fauchenden *Whump!* flammte der Rest von Norbert Rauhs T-Shirt auf. Jan warf sich zur Seite, just im selben Augenblick, in dem Fleischer sich wieder aufrichtete und mit der Waffe auf ihn zeigte.

Es gab ein hässliches schmatzendes Geräusch, als Jan mit der Schulter voraus in der Blutlache landete. In einer einzigen Bewegung trat er mit aller Kraft hinter sich und setzte eine Kettenreaktion in Gang. Sein Tritt traf Norbert Rauhs lebloses rechtes Bein, so dass der Tote wie beim Salutieren die Hacken aneinanderschlug. Von der Wucht des Aufpralls wurde Rauhs linkes Bein zur Seite geschleudert und traf den Kanister, der daraufhin in Raimund Fleischers Richtung kippte und seinen brennenden Inhalt über Fleischers Waden ergoss.

Der Professor stieß einen gellenden Schrei aus, in den sich Überraschung, Wut und Schmerz mischten. Im selben Moment löste sich ein Schuss.

Jan spürte einen Luftzug an der Schläfe, dann traf ihn der Querschläger in seine linke Wade. Es fühlte sich an, als habe man ihm einen Hieb versetzt. Jan rollte sich zusammen, um einem weiteren Schuss auszuweichen.

Dann sah er Fleischer, der sich ebenfalls zu Boden warf und versuchte, seine brennenden Hosenbeine zu löschen. Kreischend wälzte er sich hin und her, schlug mit den Händen nach seinen Beinen und presste sie in die Lache aus Norbert Rauhs halb geronnenem Blut.

Jan stieg der Geruch nach glühendem Kupfer in die Nase. Er sah die Pistole, die nun in knapp drei Metern Entfernung von Fleischer lag. Der brennende Inhalt des Kanisters hatte sich schon ein gutes Stück in diese Richtung vorgearbeitet und trennte Fleischer durch eine Flammenwand von der Waffe.

Jan sprang auf. Fast wäre er sofort wieder der Länge nach hingefallen – er spürte einen weißglühenden Stich in der Wade –, doch er fing sich, machte einen Satz nach vorn, schnappte sich die Waffe, noch ehe die Flammen ihm zuvorkommen konnten, und eilte hinkend auf die Tür zu.

Aus dem Augenwinkel konnte er Fleischer erkennen, der ebenfalls aufgesprungen war und ihm brüllend hinterherstürzte. Als Jan den Gang erreicht hatte, sah er noch kurz das vor Schmerz und grenzenloser Wut verzerrte Gesicht des Professors. Dann war er auf der anderen Seite der Tür und schlug sie zu.

Fleischer drückte mit aller Kraft gegen die Tür, und Jan hatte Mühe, seinem Ansturm standzuhalten, während er mit einer Hand nach dem dicken Vorhängeschloss fischte, das wenige Zentimeter von seinen Fingerspitzen entfernt am Boden lag.

Fleischer gelang es, die Tür einen Spaltbreit aufzudrücken und die Finger um das Türblatt zu schließen.

Als Jan das sah, ließ er kurz von der Tür ab, nur um sich gleich wieder mit voller Wucht dagegenzuschmettern. Brüllend zog Fleischer die Hand zurück. Von der anderen Seite der Tür war ein grausiger Schmerzensschrei zu hören, der mehr nach einem Raubtier als nach einem Menschen klang.

Jan hob das Vorhängeschloss vom Boden auf, schob es durch die beiden Ösen und ließ es zuschnappen. Keuchend lehnte er sich gegen die Tür und sah den Gang entlang. Die Glühbirnen hatten wieder zu flackern begonnen, und wahrscheinlich würde der Generator in den nächsten paar Minuten seinen Geist aufgeben. Aber das spielte jetzt keine Rolle mehr. In ein paar Minuten würde es diesen Bunker nicht mehr geben. Nicht, wenn die Flammen die Munitionskisten erreichten.

Ich muss hier raus!

Begleitet von Fleischers heftigem Getrommel gegen

die Stahltür hinkte Jan dem Ausgang entgegen. Doch schon nach zwei Schritten hielt er inne und sah sich noch einmal um.

Fleischer brüllte nun nicht mehr. Er weinte, heulte, bettelte um sein Leben. Heftig atmend starrte Jan auf die Tür, hörte die Faustschläge und das Flehen des Professors.

»Bitte, Jan!«, wimmerte Fleischers Stimme durch das Metall. »Lass mich raus! Sonst wirst du nie erfahren, wo ich Sven begraben habe!«

Fassungslos stand Jan da und starrte auf die Tür.

63

Er umklammerte den Pistolengriff fester. Auf einmal waren alle körperlichen Schmerzen vergessen – die aufgeplatzte Stelle an seinem Hinterkopf, die geprellte Schulter und die Schusswunde in seiner Wade. Sein Körper war wie betäubt.

Dafür flammte ein anderer Schmerz in ihm auf. Er war so vertraut wie ein alter Weggefährte. Er war wie ein eiserner Griff, der sich um Herz und Eingeweide schloss und zudrückte. Norbert Rauh hatte es *Obsession* genannt und damit den Nagel auf den Kopf getroffen.

»Jan! Bitte, Jan!«

Fleischers weinerliche Stimme klang in Jans Gehirn, als würde der ganze Bunker von ihr widerhallen. »Jan! Bist du …« Ein Husten. »Bist du noch da?«

Jan wusste nicht, wie viel Zeit vergangen war. Er glaubte sich selbst zu beobachten, wie er sich in Zeitlupe zur Tür bewegte, den Schlüssel im Vorhängeschloss drehte und es wieder aus den Ösen entfernte.

Als er die Tür aufzog, schwankte ihm der Professor aus einem Flammeninferno entgegen. Er keuchte und spuckte aus. Seine Haare und Kleider waren versengt und das Gesicht rußverschmiert.

Jan packte Fleischer am Kragen und schleifte ihn mit sich. Sie hatten die Hälfte des Ganges erreicht, als die ersten Patronen in der Hitze platzten. Das laute *Rattattatttat* hörte sich an wie Knallfrösche, die Kinder am Silvesterabend auf die Straße werfen.

Hinkend hielten die beiden Männer auf die Ausgangstür zu, gelangten schließlich in den Vorraum und zu der Leiter, die zur offen stehenden Luke führte. Mühsam, Stufe für Stufe, kletterte Jan die Metallsprossen hoch. Fleischer folgte ihm dicht auf den Fersen. Hinter ihnen erschütterte eine erste größere Detonation die Erde, dann eine weitere.

»Schneller!«, brüllte Fleischer.

Kaum hatten sie den Waldboden erreicht, rannten sie los. Sie waren erst wenige Meter weit gekommen, als ein gewaltiges Beben den Boden erschütterte und sie von den Beinen riss.

Ohrenbetäubendes Donnern erfüllte die Luft. Erde spritzte auf, Holz und Gesteinsbrocken schlugen um sie herum ein, und Jan dachte: *Jetzt ist es so weit. Jetzt werde ich sterben. Erschlagen von den Trümmern des Bunkers.*

Nur wenige Meter von ihm entfernt tat sich der Boden auf, Flammen schossen krachend aus einem Maul aus Beton und Stahlgeflecht, ehe sie mit einem letzten Fauchen in den Höllenschlund zurückfuhren.

Dann war es vorbei.

Jan hustete und schaute um sich. Der Wald sah aus,

als sei er von Bulldozern durchpflügt worden. Bäume lagen wie riesige Mikadostäbe übereinander. Pulverdampf trieb über dem geschmolzenen Schnee.

Wenige Meter entfernt hörte Jan das Keuchen und Husten des Professors. Auf allen vieren kroch er von Jan weg und zog sich an einer umgestürzten Fichte hoch. Wie es schien, hatte auch Fleischer keine größeren Verletzungen durch die Explosion davongetragen.

Jan sah auf die Pistole, die er noch immer in der Hand hielt. Mit der Linken tastete er sich ab. Kein neues Blut. Alles schien unversehrt. Dann richtete er sich auf.

Schwankend standen sich die beiden Männer gegenüber. Weiße Atemwölkchen quollen ihnen aus den Mündern. Um sie herum war es totenstill. Selbst die Krähen waren verstummt.

Jan hob die Waffe an und zielte auf Fleischers Stirn. »Ist Sven hier im Wald?«

Fleischer stieß einen Würgelaut aus und nickte.

»Los, zeigen Sie mir die Stelle!« Jan winkte auffordernd mit der Pistole.

Hustend humpelte Fleischer los. Jan ließ ihn ein paar Schritte vorangehen, ehe er ihm folgte. Sie gingen in Richtung der Hügelgräber, als Fleischer plötzlich stehen blieb.

»Hier«, keuchte er. »Hier ist es.«

Bestürzt starrte Jan auf den glatten Stamm der Buche, starrte auf die Pilzschwämme, die die Form von verkrüppelten Händen hatten – *Klauenhände*, wie Alfred Wagner sie genannt hatte –, und auf das gerahmte Marienbild, das im Lauf der Jahre mit dem Stamm verwachsen war.

»Carmens Sterbebild«, sagte Fleischer mit rauer Stimme, dann deutete er zwischen zwei dicke Wurzelstränge, die unterhalb des Bildes im Boden verschwanden. »Er liegt genau hier. Damit man ihn nicht mehr finden konnte, habe ich ihn mit …« Er wurde von einem erneuten Hustenanfall geschüttelt, ehe er weiterreden konnte. »Calciumoxid«, stieß er hervor. »Ätzkalk. Ich glaube nicht … dass noch etwas von seinem Körper übrig ist.«

»Und die Unterhose?«, fragte Jan, erstaunt, dass er dieses Wort nun ohne Emotionen aussprechen konnte.

»Das … habe ich erst nach seinem Tod getan«, sagte Fleischer. »Ich bin ein Stück gefahren und habe sie dann aus dem Fenster geworfen.«

Jetzt, da er alles wusste, was er hatte wissen wollen, fühlte Jan – nichts. Keine Trauer, keine Erleichterung. Eine abgrundtiefe Leere tat sich in ihm auf, ein schwarzes Nichts.

Müsste ich denn nicht irgendetwas *empfinden?*, schoss es ihm durch Kopf. *Habe ich denn all die Jahre umsonst nach der Wahrheit gesucht?*

Das kommt noch, hörte er eine Stimme in seinem Innern. Sie hörte sich wie die Stimme von Norbert Rauh an, wenn er auf dem Holzstuhl in seinem Behandlungszimmer mit den samtroten Wänden saß und mit seinen Patienten sprach. *Sie stehen unter Schock, Jan. Warten Sie noch ein wenig, dann werden Sie etwas fühlen. Vielleicht sogar mehr, als Ihnen lieb ist.*

Das weit entfernte Heulen von Sirenen holte Jan in die Gegenwart zurück. Wie es schien, hatte man auch in Fahlenberg und Kössingen die Explosion gehört und die Rauchsäule entdeckt, die vom Wald aufstieg.

Die Hände auf die Knie gestützt, stand Raimund Fleischer in gebückter Haltung da. Er sah Jan an und grinste.

»Weißt du, was wirklich komisch ist?«, krächzte er und musste wieder husten.

»Nein, sagen Sie es mir«, antwortete Jan mit monotoner Stimme.

Fleischer wischte sich mit den schmutzigen Händen übers Gesicht. »Jetzt kennst du die Wahrheit, aber du kannst nichts damit anfangen. Du hast nichts gegen mich in der Hand. Ich kann alles abstreiten. Und wem wird man eher glauben: einem renommierten Psychiatrieprofessor oder einem jungen Heißsporn, der leicht seine Fassung verliert und Patienten tätlich angreift?«

Fleischer lachte heiser auf. Doch er verstummte schlagartig, als Jan ihm die Waffe an die Schläfe drückte.

»Sie haben eins nicht bedacht«, sagte Jan mit einer Stimme, die ihm selbst fremd klang. Oder war es seine tatsächliche Stimme, die sich viele Jahre lang tief in ihm verborgen und auf ihren Moment gewartet hatte? »Vielleicht will ich Sie gar nicht der Polizei übergeben. Vielleicht will Sie ja ganz für mich allein haben. Los, hinknien!«

»Tu das nicht«, ächzte der Professor. »Mach dich nicht unglücklich, Junge!«

»Auf die Knie!«

Fleischer sank nieder. Vor Angst krampfte er die Hände in den mit Nadeln, Moos und modrigen Rindenstücken bedeckten Waldboden.

Verwundert stellte Jan fest, wie die innere Leere sich jetzt mit einem Gefühl füllte. Einem berauschenden Gefühl. Er spürte die Macht, die er über den Mörder hatte. Dies war sein großer Moment. Jan fühlte die schwere Waffe in der Hand. Er atmete tief durch.

»Nein«, keuchte Fleischer und stieß hektisch eine Reihe weißer Atemwölkchen hervor. »Bitte nicht. Noch können wir uns beide aus der …«

»Ruhe!«, fuhr Jan ihn an, und der Professor verstummte augenblicklich. »Sie haben sich getäuscht, Fleischer. Ich habe etwas gegen Sie in der Hand. Es ist nicht besonders groß, aber es genügt, um endlich unter alles einen Schlussstrich zu ziehen.«

Für eine Weile sah Jan auf Fleischer hinab, der keuchend vor ihm kniete und auf den Schuss wartete. Er genoss den Moment, auf den er so viele Jahre gewartet hatte. Dann griff er mit der Linken in seine Jackentasche, holte das Diktiergerät hervor und hielt es dem Professor vors Gesicht.

»Sie hätten vorhin im Bunker nachsehen sollen, warum ich in meine Jacke gegriffen habe.«

Jan drückte die Stopptaste, und Fleischer zuckte zusammen, als hätte sich ein Schuss gelöst.

64

Es war das seltsamste Begräbnis, das Hans Auer je erlebt hatte. Seit fast fünfundvierzig Jahren war er nun Totengräber auf dem Fahlenberger Friedhof und hatte schon so einige seltsame Dinge erlebt – bis hin zu einem Toten, der aufgrund der fortgeschrittenen Verwesung in seinem Sarg zu furzen schien und den Pfarrer bei der Grabrede aus dem Konzept brachte. Doch die Beisetzung von Sven Forstner würde ihm mindestens ebenso in Erinnerung bleiben.

Nicht nur, dass sich in dem Kindersarg kein Leichnam, sondern nur einige Schaufeln Waldboden befanden, auch die vier Trauergäste waren überaus sonderbar. Da war zum Beispiel Hubert Amstner, den Auer jahrelang nicht bei Tageslicht zu Gesicht bekommen hatte. Oder der dicke Kröger, den Auer nur von Fotos aus dem Polizeibericht im *Fahlenberger Boten* kannte.

Vor allem aber erstaunte ihn der Auftritt von Sven Forstners älterem Bruder Jan und der Frau an seiner Seite. Er ging an Krücken, und beide hatten die Köpfe bandagiert, als seien sie eine Abordnung aus dem Invalidenheim.

Der alte Totengräber schüttelte den Kopf. Wie immer stand er in einigem Abstand zum Grab. An seinen Minibagger gelehnt, rauchte er eine Selbstgedrehte, lauschte mit halbem Ohr den Worten des Pfarrers und wartete auf seinen Einsatz, sobald die Trauernden die Grabstätte verlassen hatten.

Ja, das Leben ist schon eine seltsame Sache, dachte er und blinzelte in den klaren blauen Himmel empor. Jeder Tag brachte etwas Neues. Das Leben war wie dieser herrlich blaue Himmel. Man konnte nie sagen, wann er sich wieder verdunkeln und Schnee herabwerfen würde. Deshalb war man klug beraten, jeden schönen Moment zu genießen, denn schon morgen konnte es dafür zu spät sein. Und wer sollte das schließlich besser wissen als ein Totengräber?

Nachdem der Pfarrer mit dem Ministranten davongegangen war, starrte Jan noch eine Weile in die Grube auf Svens Sarg hinab.

Vielleicht ist seine Asche jetzt da drin, dachte er. *Vielleicht auch nicht. Vielleicht hat Fleischer mich angelogen.*

Früher hätten ihn diese Gedanken nicht mehr in Ruhe gelassen, aber nun spielten sie keine Rolle mehr. Ganz gleich, ob sich Svens sterbliche Überreste in diesem Sarg befanden oder nicht, es war vorbei.

Jan hob den Kopf und ließ die Stille des Friedhofs auf sich wirken. Selbst der Verkehr auf der nahen Schnellstraße schien für einen Moment verstummt zu sein. Kein Lüftchen regte sich im Geäst der Bäume. Es war eine Stille, die Jan keine Qual bereitete. Stattdessen war sie voller Frieden. Zum ersten Mal.

»Möchtest du noch bleiben?«, fragte Carla leise und berührte ihn an der Hand.

Jan schüttelte den Kopf. Sie wandten sich um und gingen langsam zum Ausgang, wo Hubert Amstner und Polizeihauptmeister Kröger wie ein ungleiches Paar nebeneinanderstanden und ihnen zunickten.

»Soll ich Sie zu Ihrem Hotel bringen?«, fragte Kröger.

»Nein danke«, sagte Jan. »Ich gehe lieber ein Stück zu Fuß.«

Kröger sah auf Jans Krücken, dann zuckte er mit den Schultern. »Wie Sie wollen. Ich melde mich, falls wir noch weitere Angaben benötigen.«

»In Ordnung. Meine Nummer haben Sie ja.«

»Und Sie?« Kröger wandte sich Carla zu. »Zurück in die Klinik?«

»O nein«, entgegnete sie. »Von Krankenhäusern habe ich die Nase voll.«

»Verständlich.« Kröger nickte ihnen noch einmal zu, dann watschelte er gemächlich zu seinem Streifenwagen.

Jan wandte sich Hubert Amstner zu. »Danke, dass Sie gekommen sind.«

»Ehrensache«, entgegnete Amstner. Jan glaubte, einen Ausdruck tiefster Erleichterung in seinen Augen zu erkennen. Auch für ihn schien ein schlimmes Kapitel in seinem Leben ein für alle Mal abgeschlossen zu sein.

»Alles Gute«, sagte Amstner und nickte Carla zu. »Euch beiden.«

Dann ging auch er. Er nahm den Weg quer über den Friedhof und war kurz darauf zwischen den Grabsteinen verschwunden.

»Netter Kerl«, sagte Carla. »Hätte ich nie gedacht.«

Jan nickte. »Da sieht man mal wieder, wie man sich in den Menschen täuschen kann.«

»Na, hoffentlich begreifen das auch die Fahlenberger. Ich würde es ihm wünschen.«

Sie gingen zusammen in Richtung der Bushaltestelle. Carla sah Jan an. »Und was wird jetzt aus Fleischer?«

»Ich schätze, man wird ihn in eine forensische Einrichtung für psychisch kranke Straftäter stecken«, entgegnete Jan. »Da gehört er meiner Meinung nach auch hin.«

»Und du? Wirst du in Fahlenberg bleiben?«

»Ich weiß es noch nicht.« Jan glaubte, ein wenig Wehmut in ihrem Blick zu erkennen. »Jetzt werde ich erst einmal zum Hotel zurückgehen und hundert Jahre schlafen. Danach werde ich Rudi in der Klinik besuchen, und dann sehen wir weiter.«

»Oh«, sagte Carla, »das hätte ich ja fast vergessen. Ich soll dich von ihm grüßen.«

»Von Rudi? Wie geht es ihm?«

»Na ja, es hat ihn schlimm erwischt«, sie zuckte mit den Schultern, »aber er ist ein zäher Knochen. Als ich aus der Klinik los bin, hat er gesagt, du sollst ihm unbedingt Bier mitbringen, sonst würde er noch wahnsinnig.«

Jan schmunzelte. Sein alter Freund befand sich eindeutig auf dem Weg der Besserung. Als sie bei der Bushaltestelle angekommen waren, wandte Carla sich zu ihm um.

»Sag mal … das Hotelzimmer …«

»Ja?«

Sie legte die Stirn in Falten. »Ist das ein Einzelzimmer?«

»Nein, ein Doppelzimmer. Einzelzimmer haben die nicht.«

»Hundert Jahre schlafen, hast du gesagt?«

»Mindestens.«

Carla wiegte den Kopf. »Klingt verlockend. Der Bus hält übrigens direkt am Hotel.«

»Na, dann sollten wir wohl gemeinsam fahren.«

Bevor sie in den Bus stiegen, sah Jan noch einmal in den klaren Winterhimmel hinauf.

Wie friedlich er doch aussah. Tiefblau. Und noch immer erfüllt von dieser wohltuenden Stille.

Epilog

Zwei Monate später erhielt Jan Besuch von Heinz Kröger. Es war bereits Abend, als der dicke Polizist vor Jans Haustür stand und sich den Schnee von den Schultern klopfte.

»Tut mir leid, dass ich noch so spät störe«, sagte er. »Aber ich wollte es Ihnen gleich nach Dienstschluss vorbeibringen, ehe ich es vergesse.«

»Kein Problem«, entgegnete Jan und sah auf die kleine Plastiktüte mit dem Aufdruck einer Apotheke in Krögers Hand. »Wollen Sie reinkommen?«

»Nein danke.« Kröger deutete auf die Umzugskartons, die sich im Flur stapelten. »Sie haben bestimmt noch eine Menge zu tun. Außerdem wartet zu Hause ein Sauerbraten auf mich.«

»Da kann ich leider nicht mithalten. Im Moment funktioniert hier nur die Mikrowelle.«

»Nettes Haus«, sagte Kröger. »Herr Marenburg hat mir erzählt, dass Sie jetzt wieder Nachbarn sind.«

»Ja, ich habe mich entschlossen, wieder in mein Elternhaus zu ziehen. Ist noch nicht lange her, da wäre mir das undenkbar erschienen, aber jetzt ... Wollen Sie wirklich nicht reinkommen?«

»Nein, nein.« Kröger hielt Jan die Plastiktüte hin. »Ich dachte nur, das hätten Sie vielleicht gern zurück.«

Jan nahm die Tüte und sah hinein. Er nickte und zog das Diktiergerät heraus.

»Wir haben die Aufnahme digital gesichert«, erklärte

Kröger. »Auf dem Band wurde sie gelöscht. Datenschutz, Sie verstehen. Aber die Kassette ist noch drin.«

Andächtig wiegte Jan das Gerät in der Hand. Nahezu zweieinhalb Jahrzehnte hatte er es fast immer bei sich getragen. Es war Zeuge seiner jugendlichen Dummheit gewesen, hatte Svens Entführung miterlebt und hatte Jan schließlich dazu gedient, den Täter zu überführen. Nun kehrte es zu Jan zurück. Es war wie ein Symbol.

Das Leben ist ein Kreis, dachte er. *Egal, wo es beginnt, dort endet es auch wieder.*

»Tja«, sagte Kröger und rieb sich die kalten Hände. »Ich muss dann mal wieder los.«

»Danke.« Jan hielt das Diktiergerät hoch. »Ist wirklich nett von Ihnen.«

»Dafür ist die Polizei schließlich da.« Kröger grinste breit. »Dein Freund und Helfer.«

Nachdem der Polizist davongefahren war, ging Jan in die Küche und setzte sich an den Tisch. Er legte das Gerät vor sich und konnte es zum ersten Mal seit vielen Jahren ohne Angst betrachten.

Er drückte die Starttaste und erwartete schon, das vertraute Rauschen zu hören, doch stattdessen hörte er nur die Stille des gelöschten Bandes. Früher hätte ihm diese Stille den Schweiß auf die Stirn getrieben. Doch jetzt war sie einfach nur da, ohne ihm etwas anhaben zu können.

Jan stand auf und wollte sich wieder ans Auspacken seiner Sachen machen, als ihn der Klang einer Stimme zusammenfahren ließ.

Eine vertraute Stimme. Drei Worte, gesprochen von einem sechsjährigen Jungen, der vor dreiundzwanzig Jahren für immer verschwunden war.

Abermals zuckte Jan zusammen, als sich das Band mit einem lauten Klicken abschaltete.

Er betrachtete das Diktiergerät auf dem Küchentisch und konnte nicht glauben, was er gehört hatte. Vorsichtig näherte er sich wieder und behielt es starr im Blick, als könnte es plötzlich zum Leben erwachen und ihn anspringen. Zögerlich nahm er es in die Hand und drückte kurz die Rücklauftaste.

Jan musste heftig schlucken. Sein Herz hämmerte wie wild. Langsam hob er den winzigen Lautsprecher ans Ohr und drückte die Starttaste.

Stille. Dann ein Klickgeräusch, das vom Ende der gelöschten Aufnahme stammen musste.

Was Jan dann hörte, war ein Überbleibsel der Aufzeichnung aus jener längst vergangenen Winternacht. Es war nur das letzte Fragment des Satzes, den Sven zu ihm gesagt hatte, ehe das Band zu Ende gewesen war.

Aber nun, da er diese drei Worte so allein hörte, erschienen sie ihm wie eine letzte Botschaft seines kleinen Bruders. Wie eine Nachricht, die Sven ihm aus dem Jenseits zukommen ließ.

»… endlich wieder heim.«

Schlussbemerkung

Die Leser von *Trigger* wissen es bereits, aber für alle, die zum ersten Mal mit mir nach Fahlenberg gereist sind, sei es noch einmal erwähnt: Dieser Ort ist frei erfunden, ebenso das benachbarte Kössingen. Auch die Waldklinik, in der Teile dieser Geschichte spielen, gibt es nicht wirklich. Und selbstverständlich sind sämtliche Ähnlichkeiten mit lebenden oder toten Personen rein zufällig und nicht von mir beabsichtigt. Ausgenommen natürlich Gregory Peck und Robert De Niro, die mir meine kleine Hommage hoffentlich nicht verübeln werden.

Die Informationen über Friedrich Jürgenson und das Phänomen der Tonbandstimmen sind dem Buch *Sprechfunk mit Verstorbenen* entnommen. Inwieweit diese Stimmen tatsächlich existieren, ist noch immer umstritten.

Danksagung

Der Weg von der ersten Idee bis hin zum fertigen Buch lässt sich für einen Autor wohl am ehesten mit dem Vaterwerden vergleichen. Und so danke ich nachfolgenden Personen, die diesem Roman als Geburtshelfer zur Seite gestanden haben:

Markus Naegele, dem ich hiermit die freundschaftliche Auszeichnung »Coolster Lektor aller Zeiten« verleihe,

dem gesamten *Heyne-Team* für die familiäre Atmosphäre, die Engelsgeduld mit mir und meinen Fragen, die Begeisterung für meine Projekte und das großartige Miteinander,

Heiko Arntz der nun weiß, was Sterbebilder sind, und seinem dicken Rotstift, mit dem er diesem Roman die richtige Diät verpasst hat,

meinen Literaturagenten *Roman Hocke* und *Uwe Neumahr*, die mich immer wieder in freudiges Erstaunen versetzen,

Ursula Poznanski und *Andreas Eschbach* für ihre wertvollen Kommentare und Tipps,

Kerstin Jakob für die grandiosen Diskussionen bei Heuschnaps und Hausmachersülze und selbstmurmelnd für die gewohnt lehrreichen Sprachfitzeleien, ohne die ich nicht mehr sein möchte,

dem *Club der fetten Dichter* für all die Inspirationen beim Verzehr riesiger Steaks,

und allen, die mich bei kleinen und großen Fragen beraten haben.

Wertvolle Hilfe bei meinen Recherchen waren mir die Informationen der *Deutschen Gesellschaft für Hypnose und Hypnotherapie e. V.* und das Buch *Hypnose – Schlüssel zur Seele* von *Dr. Rainer Wittek*, dessen Arbeit ich seit vielen Jahren bewundere und den ich als Person sehr schätze.

Sollten sich dennoch irgendwelche Fehler eingeschlichen haben, liegt die Schuld allein bei mir.

Mein größter Dank gilt wie immer meiner Frau *Anita*. Für ihre Unterstützung, ihren Glauben an mich und meine Arbeit und für ihre Geduld mit den Marotten eines Schriftstellers. Nichts davon ist selbstverständlich.

Und vor allem danke ich *Ihnen*, liebe Leserin, lieber Leser. *Sie* sind die wichtigste Person für einen Autor. Für Sie schreibe ich. Deshalb hoffe ich, wir lesen uns recht bald wieder. Bis dahin alles Gute, und passen Sie auf sich auf.

Wulf Dorn

Februar 2010